Kulinarischer MarktSpaziergang

Kulinarischer MarktSpaziergang

Kompetent einkaufen – kreativ kochen
mit neuen Zutaten

von
SOPHIE GRIGSON

Fotos
JESS KOPPEL

Christian Verlag

Für Dominic Owens und Mary Hatchwell
als Zeichen des Danks

Aus dem Englischen übertragen
von Angelika Feilhauer
Redaktion und Register: Brigitte Milkau
Korrektur: Britta Fuss
Umschlaggestaltung: Ludwig Kaiser
Herstellung: Dieter Lidl
Satz: Fotosatz Völkl, Puchheim

Die Originalausgabe mit dem Titel
Sophie Grigson's Ingredients Book
wurde 1991 von Pyramid Books, London,
veröffentlicht

Produktion: Mandarin Offset
Printed in Singapore

ISBN 3-88472-211-5

Alle Fotos im Buch und auf dem Umschlag (Vorder- und Rückseite) sind von Jess Koppel

Viel Zeit scheint vergangen, seit ich mich zum ersten Mal mit Isabel Moore und Janice Anderson von Paul Hamlyn Publishing traf, um über eine Warenkunde zu sprechen. Es ist wirklich schon lange her, und ich muß mich bei ihnen nicht nur für die Idee bedanken, sondern auch für ihre unendliche Geduld. Sie müssen sich oft gefragt haben, ob sie wohl je ein fertiges Manuskript sehen würden.

Es begeisterte mich, daß sie beide mit mir in der Wahl der Fotografin einig waren. Ich begegnete Jess Koppel, als wir beide am Anfang unserer Laufbahn standen. Wir haben eine Passion für Lebensmittel und vor allem für gutes Essen und sind Freundinnen geworden. Ich kenne sonst niemanden, der meine Texte so treffend und so schön bebildern könnte. Eng zusammengearbeitet hat mit ihr die Foodstylistin und Hauswirtschaftlerin Lyn Rutherford. Sie machte ungewöhnliche Lebensmittel ausfindig und bereitete Gerichte zu, damit sie fotografiert werden konnten. Dies war nicht immer eine leichte oder beneidenswerte Aufgabe.

Ich habe bei so vielen Autoren, zum Teil persönlich, Informationen und Rat eingeholt, daß es unmöglich wäre, sie alle zu nennen. Die Bibliographie beinhaltet eine ausführlichere Übersicht, doch mein besonderer Dank gilt Claudia Roden, Sri Owen, Frances Bissell, Carolyn Heal, Michael Allsop und dem verstorbenen Tom Stobard, auf deren informative und sachkundige Bücher ich immer wieder Bezug genommen habe.

Zahlreiche Firmen und Fremdenverkehrsbehörden haben es mir ermöglicht, Länder zu bereisen, die ich sonst nie gesehen hätte. Dabei gingen die Firmen ein finanzielles Risiko ein, denn es war ihnen klar, daß ich ihre Produkte vielleicht nie erwähnen würde. Auf der Suche nach Informationen habe ich Groß- und Einzelhändlern die Zeit geraubt, doch sie gaben mir, wann immer möglich, bereitwillig Auskunft. Besonderen Dank schulde ich Ladeninhabern vor Ort, die mir zahllose Fragen beantworteten, obwohl die Antworten für sie häufig sehr naheliegend erschienen sein müssen.

Puff Fairclough hat viele Stunden damit zugebracht, Rezepte zu testen, und unterstützte mich durch unablässige Ermutigungen, Enthusiasmus, Tee und Kaffee. Zahlreiche Freunde haben tapfer immer wieder die ausgefallensten Gerichte probiert und, wo notwendig, konstruktive Kritik geübt. Sowohl meine Freunde als auch meine Familie, und insbesondere die Hatchwells, waren mir, wenn es schwierig wurde, eine unendliche Hilfe. Schließlich möchte ich mich noch bei meiner Großmutter für einen Rat bedanken, den sie meiner Mutter gab, und bei meiner Mutter dafür, daß sie ihn an mich weiterleitete. Er lautet: »Wenn es auf der Speisekarte etwas gibt, was du noch nicht probiert hast, bestelle es!«

ZU DEN REZEPTEN

Ein Rezept sollte als Hilfe betrachtet werden, nicht als unumstößliche Vorschrift. Welche Menge an Gewürzen für ein Gericht erforderlich ist, kann letztlich nur der Koch oder die Köchin während der Zubereitung entscheiden. Dennoch ist es – insbesondere bei der erstmaligen Verwendung von unbekannten Zutaten – ratsam, die eine oder andere Grundregel einzuhalten.

Sofern nicht anders angegeben, handelt es sich bei in Löffeln spezifizierten Mengen immer um leicht gehäufte Löffel. Genaue Backofentemperaturen können von entscheidender Bedeutung sein, etwa für das Gelingen von Soufflés oder Kuchen (obwohl auch hier Abweichungen von zwei oder drei Grad keine Katastrophe auslösen), zumeist hat man jedoch einen gewissen Spielraum. Die Backofentechnologie ist noch nicht weit genug entwickelt, um vollkommene Gleichförmigkeit zu gewährleisten. Mit anderen Worten: Es ist durchaus möglich, daß Ihr Gasherd beispielsweise bei Stufe 3–4 einige Grade heißer oder kälter ist als mein Elektroherd bei 200 °C. Infolgedessen ist es unmöglich, Garzeiten exakt anzugeben. Ferner hängen sie auch von Durchmesser und Tiefe der verwendeten Form ab sowie von der Auslegung von Angaben, wie etwa »bei niedriger Temperatur«. Letztlich ist es die Aufgabe von Koch oder Köchin, die Garzeiten zu überprüfen und nach eigenem Ermessen zu ändern.

Manche Zutaten dürften hierzulande nur schwer oder gar nicht erhältlich sein. Suchen Sie in asiatischen, türkischen, griechischen Geschäften sowie Läden, die Lebensmittel aus dem Nahen Osten anbieten, danach oder bringen Sie sie als Souvenirs von Ihren Reisen mit nach Hause.

INHALT

EINLEITUNG

Während ich dieses Buch schrieb, fragten mich Freunde, woran ich gerade arbeiten würde, und da nannte ich es – halb im Ernst, halb im Scherz – ein »Schwelge-Buch«. Denn es gab mir Gelegenheit, ausgiebig in zwei meiner Lieblingsbeschäftigungen zu schwelgen. Die eine ist Einkaufen, und um dieser Leidenschaft zu frönen, brauche ich keinen besonderen Anlaß. Ich kann weder daheim noch in fremden Ländern den Verlockungen geheimnisvoller, exotischer Lebensmittelgeschäfte widerstehen, und so kehre ich unweigerlich mit Schätzen beladen nach Hause zurück. Die andere ist das Experimentieren mit neuen Zutaten. Zuerst mache ich mich mit ihrer herkömmlichen Verwendungsweise vertraut, und dann probiere ich aus, wie sie zu anderen Speisen passen, um bekannten Rezepten neuen Pfiff zu verleihen.

Es ist aber keineswegs so, daß alle Zutaten in diesem Buch schwer erhältlich oder besonders außergewöhnlich sind. Neben den ausgefalleneren Dingen findet sich eine recht große Zahl, die verblüffend alltäglich, ja sogar uninteressant erscheinen mögen, wieder andere sind irgendwo dazwischen einzuordnen.

Da alle Zutaten in diesem Buch ihre besonderen Eigenschaften haben, sollte man nach ihnen Ausschau halten, und in vielen Fällen lohnt es sich sogar, gezielt nach ihnen zu suchen. Der Preis war kein Auswahlkriterium – einige Zutaten sind sehr preiswert, andere entsetzlich teuer, doch die Mehrzahl liegt im mittleren Bereich. Letztendlich zählte nur der kulinarische Wert. Ein Beispiel: Konservierte Trüffeln sind, zumindest soweit ich sie probiert habe, Geldverschwendung und werden meines Erachtens nicht wegen ihres Geschmacks, sondern aus Snobismus gekauft – also haben sie in diesem Buch nichts zu suchen. Frische Trüffeln sind dagegen ihr Gewicht in Gold wert (entsprechend teuer sind sie allerdings auch) – und somit gehören sie hinein. Was exotische Früchte und Gemüse betrifft, so haben beispielsweise Babaco und Colocase zwar hübsche Namen, aber wenig Geschmack, während Sapotillas und Bataten vielleicht unscheinbar aussehen, aber herrlich schmecken. Außerdem habe ich einige alltägliche Früchte in dieses Buch aufgenommen, die leider durch falsche Verwendung in Verruf gekommen sind. Spontan fallen mir hier rote Bete und Kiwis ein. Beide wecken in mir einen missionarischen Eifer, denn wenn man sie respektvoll behandelt, sind sie ebenso köstlich wie viele der weit mehr geschätzten Obst- und Gemüsesorten. Ihr guter Ruf sollte unbedingt wiederhergestellt werden.

Die Auswahl habe ich nach ganz persönlichen Kriterien getroffen, und natürlich erhebt sie keinen Anspruch auf Vollständigkeit. Alle ausgewählten Zutaten habe ich selbst schon verwendet, und meiner Meinung nach ist jede einen Versuch wert. Möglicherweise stimmen Sie mit mir darin jedoch nicht immer überein. Vielleicht werden Sie sich auch fragen, warum ich dieses oder jenes weggelassen habe, was Sie für äußerst wichtig halten. Aber Geschmäcker sind eben verschieden. Während ich an dem Buch arbeitete, bin ich auf viel Neues gestoßen, und ich hätte es Ihnen gern vorgestellt. Doch irgendwann mußte ein Schlußstrich gezogen werden, sonst wäre dieses Buch nie fertig geworden.

Ich hoffe, daß die folgende Lektüre Ihnen neue Wege eröffnet und Lust macht, sie zu erforschen. Essen gehört zu den wenigen echten Grundbedürfnissen im Leben. Machen Sie das Beste daraus, machen Sie es so interessant und vergnüglich wie möglich. Das ist höchst vernünftig und nicht nur Schwelgerei.

SOPHIE GRIGSON
LONDON 1990

KRÄUTER UND GEWÜRZE

Auch wenn Kräuter und Gewürze nur in vergleichsweise geringen Mengen benutzt werden, sind sie in der Küche doch das A und O. Kochen kann jeder lernen, aber die Verwendung von Gewürzen erfordert Erfahrung und Fingerspitzengefühl. Ich glaube, daß dabei der Unterschied zwischen einem durchschnittlichen, einem guten und einem großen Koch offenbar wird. Beinahe jeder, der sich etwas Mühe gibt, kann ein guter Koch werden, die dritte Stufe erreichen jedoch nicht viele. Ich kenne nur wenige große Köche (und ich zähle mich nicht dazu) – einige Profis, zwei Kochbuchautoren und ein paar Leute, die aus reinem Vergnügen kochen. Sie alle besitzen ein instinktives Gespür dafür, wie man Aromen perfekt kombiniert.

Uns übrigen bleibt nur Erfahrung und Experimentierfreude. Bei der Verwendung von (bekannten und unbekannten) Kräutern und Gewürzen muß man unbedingt lernen, seinem eigenen Urteil zu vertrauen, das letztlich ein viel zuverlässigerer Ratgeber ist als die Zutatenliste eines Rezepts. Ebenso wenig wie jeder andere Foodautor kann auch ich genaue Anweisungen geben, wieviel man von diesen oder jenen Kräutern und Gewürzen verwenden sollte. Denn die Würzkraft ist immer von ihrer Herkunft und vom Alter abhängig.

Allgemein gilt, daß Kräuter und Gewürze aus warmen Gegenden, wie Italien oder anderen südlichen Ländern, einen intensiveren Geschmack haben als solche, die im Gewächshaus, auf dem Fensterbrett oder bei uns im Garten gewachsen sind. Außerdem würze ich persönlich gern kräftig, während Sie es vielleicht milder mögen. Deshalb können die angegebenen Mengen nur einen Anhaltspunkt dafür geben, in welchen Mengen man ein Kraut oder Gewürz benutzen sollte.

In den vergangenen Jahren ist das Angebot an Kräutern und Gewürzen in Supermärkten und Lebensmittelgeschäften immer größer geworden. Eine bedauerliche, aber offenbar unvermeidliche Tatsache ist dabei, daß die exotischeren Sorten oft auch exotische Preise haben. Wer sich jedoch etwas Zeit zum Einkaufen nimmt, bekommt die Zutaten in ausländischen Lebensmittelgeschäften häufig billiger. So sind beispielsweise asiatische und indische Geschäfte eine reiche Fundgrube für frische oder getrocknete Kräuter und Gewürze.

Wenn Sie in solchen Läden aufmerksam die Regale betrachten, werden Sie eine große Zahl von Gewürzen entdecken, von denen Ihnen sicher einige völlig unbekannt sind. Die meisten sollten Sie trotzdem ausprobieren, obwohl ich zugegebenermaßen hin und wieder auch eines gekauft habe, das ich dann absolut langweilig fand. Möglicherweise lag es aber daran, daß ich nicht die richtige Verwendung gefunden hatte. Ich will damit lediglich darauf aufmerksam machen, daß es aufregend und vergnüglich ist, neue Gewürze oder Kräuter auszuprobieren, da man auf diese Weise wundervolle Aromen entdecken und in die Küche integrieren kann.

Kräuter verwenden

Mit wenigen Ausnahmen werden Kräuter am besten frisch verwendet. Frische Kräuter haben eine lebendige Würzkraft, die beim Trocknen unweigerlich verlorengeht. Einige büßen sogar fast ihr ganzes Aroma ein – allen voran Basilikum und Koriander – und sind nur noch ein Schatten ihrer selbst. Natürlich müssen getrocknete Kräuter gewöhnlich mitgegart werden. Eine Prise getrocknetes Heu zum Schluß wird weder den Geschmack noch das Aussehen eines Eintopfs verbessern.

Obwohl heute in den Geschäften mehr frische Kräuter denn je verkauft werden, ist das Angebot dennoch begrenzt und unzuverlässig. Um eine konstante Versorgung zu gewährleisten, sollte man nach Möglichkeit eigene Kräuter ziehen – im Blumenkasten, im Garten oder in Töpfen auf der Fensterbank. Und wenn man sich dazu entschließt, sollte man nicht geizen. Von Kräutern, die keine großen, dichten Büsche bilden, setzt man am besten gleich ein halbes Dutzend Pflanzen und von solchen, die besonders häufig verwendet werden, noch mehr. Mit einer einzelnen Basilikum- oder Korianderpflanze kommt man zum Beispiel nicht weit. Dagegen reicht von Liebstöckel, Süßdolde, Rosmarin oder Thymian eine einmal angewachsene Pflanze zumeist völlig aus. Achten Sie in Gartenzentren auf ausgefallenere Kräuter; umfangreiche Samensortimente bieten Kräuterspezialisten und Samenlieferanten an. Und in Gemüseläden werden Kräuter oft mit ihren Wurzeln verkauft. Pflanzen Sie sie in einen kleinen Topf mit Erde – vielleicht wachsen sie an.

Natürlich kommt man manchmal nicht umhin, getrocknete Kräuter zu verwenden. Allgemein gilt: Am besten lassen sich Kräuter trocknen, die sehr aromatisch sind und festere, dickere Blätter haben wie Lorbeer, Kaffirlimette, Currypflanze, Rosmarin, Thymian, Zitronengras und Bockshornklee. Damit sie aber ihr Aroma entfalten können, müssen sie im Kochtopf, im Dressing oder auch in warmem Wasser Zeit zum Quellen haben. Die Zugabe in letzter Minute ist, wie gesagt, sinnlos.

Falls man frische Kräuter übrig hat, friert man sie am besten ein. Nach dem Waschen und Putzen gibt man sie locker in Tiefkühlbeutel und legt sie in das Gefriergerät. Wenn sie gefroren sind, zerdrückt man sie mit einem Nudelholz und lagert sie dann bis zum Gebrauch in kleineren Behältern im Gefriergerät.

Gewürze verwenden

Gewürze werden aus den Samen, Blüten, Blättern, Rinden oder Wurzeln aromatischer Pflanzen hergestellt. Folgt man dieser Definition konsequent, sollten auch Knoblauch, Meerrettich und frische Ingwerwurzel den Gewürzen zugeordnet werden, obgleich ich sie spontan eher den Kräutern zurechnen würde, da Gewürze gewöhnlich getrocknet sind, Kräuter hingegen frisch verwendet werden sollten. Manchmal frage ich mich, wie all die getrockneten Gewürze wohl schmecken würden, wenn man sie frisch kosten könnte. Da ich eigenen Koriander ziehe, kenne ich den wunderbaren Geschmack grüner Korianderfrüchte, die in sich das Aroma frischer Blätter und getrockneter Früchte vereinen. In den meisten Fällen wird sich eine solche Gelegenheit jedoch nicht bieten.

Im Gegensatz zu den meisten Kräutern bewahren Gewürze auch in getrocknetem Zustand ihren intensiven Duft. Diese Tatsache ist ätherischen Ölen zu verdanken, die beim Trocknen gebunden werden. In dem Moment aber, in dem man ein Gewürz vermahlt, beginnt es die Öle freizugeben, um hoffentlich eine Speise mit seinem Aroma zu bereichern. Bricht man ein Glas oder Paket mit gemahlenen Gewürzen an, verströmen sie einen herrlichen Duft, doch nach wiederholtem Öffnen sind die meisten ätherischen Öle entwichen, und das Pulver hat einen großen Teil seiner Würzkraft verloren. Deshalb sollte man nach Möglichkeit Gewürze im ganzen kaufen und sie bei Bedarf in einer nur für diesen Zweck verwendeten elektrischen Kaffeemühle oder einem Mörser mahlen. Das beste Aroma haben Ge-

KRÄUTER

Engelwurz

Liebstöckel

würze, die zuvor geröstet wurden; der Unterschied ist wirklich verblüffend.

Gewürze rösten: Häufig findet sich in Rezepten die Anweisung, ein Gewürz vor der Verwendung zu rösten. In diesem Fall gibt man es unzerkleinert und ohne Zugabe von Fett in eine kleine, schwere Bratpfanne und röstet es – während man es rührt oder behutsam in der Pfanne schwenkt – bei mittlerer bis hoher Temperatur, bis es eine dunklere Farbe bekommt und zu duften beginnt. (Manche Gewürze werden dabei allerdings lebendig und versuchen aus der Pfanne zu springen.) Bevor das Gewürz anbrennen kann, füllt man es in eine Schüssel und läßt es abkühlen. Das Rösten intensiviert nicht nur sein Aroma, sondern macht es auch spröder, so daß man es leichter zu einem feinen Pulver vermahlen kann.

ENGELWURZ
(Angelika)

An der rauheren Nordküste Jerseys gibt es einen steilen Weg, der sich hinunter zum Devil's Hole windet und im Spätfrühjahr zu beiden Seiten von einem Meer leuchtendgrüner, farnartiger Doldengewächse gesäumt wird. Auf den ersten Blick glaubt man, es sei Wiesenkerbel, tatsächlich aber ist es Engelwurz. Offenbar schenkt ihr niemand Beachtung, so daß sie dort prächtig gedeihen kann.

Frische Engelwurz ist wenig bekannt, und selbst die smaragdgrüne kandierte Engelwurz findet man nur selten. Frische Engelwurz hat einen moschusartigen, süßlichen Duft. Obwohl Blätter und Stengel auch für pikante Gerichte verwendet werden können, eignen sie sich für Süßspeisen, Naschwerk und Marmeladen besser. Wenn man Pflaumen oder Rhabarber mit einer Handvoll Engelwurzblättern dämpft, wird dadurch die Säure gemildert, und man braucht weniger Zucker. Das Kandieren von Engelwurz erfordert eine umständliche Prozedur, dagegen läßt sie sich leicht in Sirup einlegen. Man schneidet dazu große Stengel in passende Stücke, kocht sie in Wasser gerade eben weich, läßt sie abtropfen und zieht die Haut ab. Dann kocht man sie in frischem Wasser, bis sie eine schöne grüne Farbe haben. Nach dem Abtropfen läßt man sie abkühlen. Nun stellt man einen dicken Zuckersirup her, in dem man die Engelwurz fünf Minuten köchelt. Anschließend füllt man sie in sterilisierte Gläser, bedeckt sie mit Sirup und verschließt die Gefäße fest.

Die Stengel können auch wie Bleichsellerie gegessen werden. Dazu dämpft man sie oder gart sie in Wasser und richtet sie mit einem großen Stück Butter an.

LIEBSTÖCKEL
(Maggikraut)

Dieses alte Kraut ist aus unerfindlichen Gründen etwas in Vergessenheit geraten. Es läßt sich äußerst leicht im Garten oder Blumentopf ziehen; damit es seine sellerieähnlichen Stengel aus der Erde schiebt, muß man es lediglich ab und zu gießen.

Liebstöckelblätter haben einen kräftigen Geschmack, der an eine Mischung aus Bleichsellerie und Zitrone erinnert. Eine klassische Kombination ist Kartoffelsuppe mit Liebstöckel, doch man kann das Kraut auch an die verschiedensten Fleischgerichte und Gemüse (insbesondere Wurzelgemüse) geben. Vorsicht ist aber angebracht, da sein Aroma sehr dominant sein kann. Die Blätter passen zu Salaten, Frischkäse oder Hüttenkäse, die Stengel können wie Engelwurz kandiert werden. Die Samen kann man sammeln und trocknen. Sie haben einen sellerieartigen Geschmack.

Süßdolde

Pimpinelle

Thailändisches Basilikum

SÜSSDOLDE

Diese hübsche Pflanze hat zartes, farnartiges Laub, das süßlich schmeckt und ein wenig an Anis und Liebstöckel erinnert. Man kann sie zum Aromatisieren von Salaten, Marinaden und Frischkäse verwenden, doch besonders gut eignet sie sich für Süßspeisen. Wie Engelwurz reduziert sie bei Früchten, die gedünstet oder im Backofen gegart werden, die Säure. Auch in frischen Obstsalaten schmeckt sie gut. Obwohl ich es nie probiert habe, spricht meines Erachtens nichts dagegen, die dickeren Stengel zu kandieren oder in Sirup einzulegen. Die Wurzeln können gekocht und warm als Gemüse oder kalt als Salat serviert werden.

Bohnenkraut

PIMPINELLE

(Pimpernell, Bibernelle, Steinpetersilie)

Die kleinen, gezähnten Blätter der Pimpinelle haben einen gurkenartigen Duft, und auch ihr Geschmack ist gurkenähnlich und etwas bitter. Die Blätter werden gern für Salate verwendet, doch sollte man hierfür möglichst junge verwenden. In italienischen Geschäften werden sie manchmal zusammen mit jungem Salat verkauft. Aber Pimpinelle ist vielseitiger. Gehackt eignet sie sich vor allem als Zutat für kalte Saucen wie Vinaigrette und Mayonnaise sowie für Suppen. Außerdem kann man die Blätter zum Aromatisieren von Essig und als Dekoration für gekühlte Sommerdrinks verwenden.

BOHNENKRAUT

Das einjährige Bohnenkraut hat einen angenehmen pfefferähnlichen Geschmack, der an Thymian mit einem Anflug von Rosmarin erinnert. Da er sehr intensiv ist, sollte man Bohnenkraut mit Vorsicht verwenden; in der richtigen Menge und im passenden Gericht schmeckt es jedoch wunderbar. Am besten harmoniert es mit Hülsenfrüchten wie Wachsbohnen, weißen Bohnen, Erbsen oder Linsen. Darüber hinaus eignet es sich für gehaltvolle Fleischtöpfe und Füllungen. Ein Kraut für kräftige, herzhafte Gerichte.

BASILIKUM

Urlaubsreisen nach Italien und Südfrankreich haben das Basilikum bei uns wieder in Mode gebracht. Am bekanntesten sind das großblättrige und das Zwerg- oder Buschbasilikum (*Ocimum basilicum*). Daneben gibt es aber noch zahlreiche andere Sorten, von denen manche nach Zimt, Zitronen, Anis oder Ingwer duften. Alle stammen ursprünglich aus Indien; und alle haben einen wunderbar aromatischen, würzigen Duft, der bei Pflanzen am ausgeprägtesten ist, die in heißen Gegenden wachsen. In Italien hat Basilikum einen herrlich pfeffrigen, nelkenartigen Duft, mit dem mein selbstgezogenes Basilikum nicht konkurrieren kann. Dies gilt auch für alle aus Asien importierten Basilikumarten.

Rotblättriges Basilikum Diese Sorte gilt gerade als schrecklich chic, und Gartenzentren bieten immer häufiger Pflanzen an. Samen bekommt man heute fast überall. Die Blätter haben eine dunkle, bronzerote Farbe und sehen auf Tomatensalat hübsch aus. Diese Form schmeckt fast wie Zwergbasilikum, vielleicht nicht ganz so intensiv. Am besten verwendet man das Kraut dort, wo seine Farbe gut zur Geltung kommt. Pesto aus violettblättrigem Basilikum sieht jedoch schmutzig und wenig appetitanregend aus.

Rotblättriges Basilikum

Schnittknoblauch

Ocimum sanctum (holy basil) Diese Sorte wird gewöhnlich aus Thailand eingeführt und hat rötliche Stiele mit großen, dunkelgrünen Blättern, die mitunter violett gestreift sind. Sie hat ein intensives Anis-Pfeffer-Aroma und ist nicht weniger verführerisch als das bei uns häufig verwendete Basilikum. Man sollte sie nicht nur für die südostasiatische Küche verwenden, sondern auch für Gerichte aus dem Mittelmeerraum, möglicherweise aber etwas sparsamer. Man bekommt sie oft in Lebensmittelgeschäften, die chinesische, indonesische, thailändische und malaysische Produkte anbieten. Pflanzen und Samen werden gelegentlich in Gartenzentren und Geschäften die sich auf Kräutersamen spezialisiert haben, angeboten.

SCHNITTKNOBLAUCH

(Chinesischer Schnittlauch, *ku chai*)

In chinesischen oder asiatischen Lebensmittelgeschäften werden Blätter und Blütenstengel des Schnittknoblauchs meist getrennt verkauft. Beide haben einen ähnlichen Geschmack wie Schnittlauch, doch ist er intensiver mit einem Anflug von Knoblaucharoma. Die langen, flachen Blätter sind etwa einen halben Zentimeter breit und erinnern an zartes Frühlingszwiebelgrün. Die runden Blütenstengel sind knackig und saftig, und an ihrer Spitze sitzt eine pralle helle Knospe. Bereits geöffnete Blüten sehen zwar hübsch aus, sind aber ein Zeichen dafür, daß die Pflanzen schon älter und damit wahrscheinlich auch hart und fasrig sind. In diesem Fall sollte man den Schnittknoblauch nur kaufen, wenn man die Blüten als Dekoration verwenden will.

Die Blütenstengel halten sich, in Frischhaltebeutel verpackt, im Gemüsefach des Kühlschranks etwa eine Woche, die Blätter dagegen kaum länger als drei bis vier Tage.

Man kann die Blätter und Stengel wie herkömmlichen Schnittlauch verwenden, muß aber ihren kräftigeren Geschmack berücksichtigen. Sie eignen sich gut für Omeletts und Salate oder können gehackt in dicken Joghurt oder Sauerrahm (als Beilage für Räucherfisch oder rote Bete) gegeben werden. Oder man gibt sie in pfannengerührte Gerichte, wo sie Farbe und Form bewahren. Mitunter werden sie auch sautiert oder gedünstet als Gemüsebeilage serviert.

FILÉPULVER

(Sassafras)

Filépulver besteht aus den getrockneten und vermahlenen Blättern des Sassafras-Baums. Es ist eine Spezialität Louisianas, wo man es an kreolische Gerichte und insbesondere *gumbos* (herzhafte Eintöpfe aus Schaltieren und/oder Geflügel) gibt und manchmal auch in Kombination mit Okras verwendet. Wie Okras bildet es einen Schleim, der dem Eintopf seine typische Konsistenz verleiht. Sein feiner, würziger Geschmack lädt aber auch zum Experimentieren mit anderen Gerichten ein. Rühren Sie beispielsweise fünf bis zehn Minuten vor Ende der Garzeit etwa einen Eßlöffel Filépulver in Suppen und Eintöpfe.

KORIANDER
(Cilantro)

Koriander und Basilikum sind meine Lieblingskräuter. Beide haben einen intensiven Geschmack, aber dennoch passen sie fast in jedes Gericht. Bei den pikanten Speisen fällt mir spontan tatsächlich keine Ausnahme ein.

Die Leidenschaft für Koriander entwikkelt man langsam. Zunächst scheint einem der Geschmack zwar angenehm, aber irgendwie fremd, dann findet man nach und nach immer mehr Gefallen an dem Kraut, und schließlich benutzt man gewaltige Mengen davon. Ich entdeckte ihn bei meinen ersten Versuchen mit der asiatischen Küche, aber er wird auch im Nahen Osten und in Südamerika viel verwendet. In einem Urlaub in Portugal fand ich zu meiner Verblüffung gehackten Koriander in der Butter und später auch in anderen Gerichten. Obwohl Koriandersamen rund ums Mittelmeer verwendet werden, hatte ich das grüne Kraut nicht mit europäischen Küchen in Verbindung gebracht, von der griechischen und der türkischen einmal abgesehen. Aber dann wurde mir klar, daß die Portugiesen den Koriander aus ihren früheren indischen Kolonien mitgebracht hatten.

Die Verwendungsmöglichkeiten von frischem Koriander sind so vielfältig, daß es schwer ist, eine Auswahl zu treffen. Er eignet sich ausgezeichnet zum Würzen von Salaten, wie Blatt- oder Tomatensalat, Marinaden, Saucen, Füllungen, Schaltieren und Huhn. Mit gehacktem Koriander, Zitronensaft und Knoblauch vermischte Butter schmeckt ausgezeichnet zu gegrilltem Fisch, Lamm oder Geflügel. Auch Koriander und Wurzelgemüse passen gut zusammen. Ferner gibt man ihn in Saucen und Dips wie Mayonnaise, Joghurt oder *hummus* (Püree von Kichererbsen und Sesam). Und die Aufzählung ließe sich endlos fortsetzen.

Wer die Wahl hat, sollte Koriander nicht im Supermarkt kaufen, wo er in kleinen, teuren Bündeln abgepackt ist, sondern in chinesischen oder indischen Lebensmittelgeschäften. Dort bekommt man ihn oft in großen Sträußen. Falls er nicht sofort verwendet wird, schneidet man die Wurzeln ab und stellt ihn in ein Glas Wasser, wo er sich einige Tage hält. Die Wurzeln sollten nicht weggeworfen werden. In der thailändischen Küche verwendet man sie feingehackt zum Würzen von Currys; doch warum sollte man sie nicht auch in andere Speisen geben? Zur Aufbewahrung legt man sie gewaschen und in Papier eingewickelt in den Kühlschrank. Manchmal findet man auch getrockneten Koriander, der aber nicht zu empfehlen ist.

Oben: Koriander; unten: Bockshornklee

Außerdem kann man Koriander leicht selber ziehen. Theoretisch braucht man nur Koriandersamen aus dem Gewürzregal in die Erde zu drücken, ich habe jedoch mehr Erfolg mit Jungpflanzen aus dem Gartenzentrum. Zu den größten Vergnügen gehören bei Koriander die frischen grünen Samen, die den Geschmack von Kraut und getrockneten Früchten in sich vereinen. Sie werden frisch geerntet in Salate gegeben und zerstoßen für Marinaden und Saucen verwendet.

BOCKSHORNKLEE

(Griechisches Heu)

Die Samen des Bockshornklees sind ein wichtiger Bestandteil von Currypulver, in der indischen Küche verwendet man jedoch auch häufig die grünen Blätter. Ich habe frischen Bockshornklee bisher in indischen und griechisch-zypriotischen Geschäften gefunden. Die kleinen Blüten duften nach Curry, die Blätter aber haben einen wunderbar bitteren Geschmack. Da er sehr intensiv ist, eignen sie sich nicht als Gemüse, sondern werden unter stärkehaltige Gemüse (insbesondere Kartoffeln und Hülsenfrüchte) und aromatische Gewürze gemischt. Ein guter Ersatz ist getrockneter Bockshornklee, den man in den meisten indischen Geschäften bekommt. Beide Sorten kann man für Eintöpfe, Suppen und pikante Gemüsegerichte verwenden.

CURRYBLÄTTER

(Murraya)

Die glänzenden, dunkelgrünen Curryblätter erinnern an kleine Lorbeerblätter, sie sind aber sehr viel weicher als diese. In indischen Lebensmittelgeschäften bekommt man sie häufig sowohl frisch als auch getrocknet. Die frischen Blätter kann man zu Hause trocknen oder einfrieren. Sie duften und schmecken (natürlich) nach Curry und können ganz, gehackt oder zu einer Paste zerrieben in alle Arten von Currys gegeben werden.

Sie passen aber auch sehr gut in die westliche Küche, etwa in Marinaden, Dressings, Suppen und kräftige Eintöpfe, und verleihen den Speisen einen feinen Curryduft, ohne sie gleich zu asiatischen Gerichten zu machen.

Curryblätter

Kaffirlimettenblätter

KAFFIRLIMETTENBLÄTTER

Der Kaffirlimettenbaum hat glänzende Blätter, die sich in der Mitte wie eine Sanduhr verjüngen, sie sind dunkelgrün und haben einen äußerst würzigen Zitrusgeschmack. In asiatischen Läden werden sie manchmal frisch verkauft, getrocknet sollte man sie dort aber auf jeden Fall bekommen. Frische Blätter sitzen gewöhnlich noch an Zweigen. Falls man sie nicht sofort verbraucht, werden sie am besten zum Trocknen an einem kühlen, luftigen Platz aufgehängt. Man kann sie aber auch tiefgefrieren.

Beim Einkaufen sollte man die Blätter nicht mit Curryblättern (siehe oben) verwechseln. Im Zweifelsfall bricht man ein kleines Stück vom Blatt ab und riecht daran. Der Zitrusduft der Limettenblätter und der curryartige Geruch der Curryblätter haben keinerlei Ähnlichkeit.

Kaffirlimettenblätter werden wie Lorbeerblätter verwendet und im ganzen an Suppen, Marinaden, Currys und andere Gerichte gegeben, doch vor dem Servieren möglichst wieder entfernt, da sie sehr ledrig sind.

Die Kaffirlimettenfrucht ist klein, dunkelgrün und hat eine dicke, runzlige Schale, und nur diese hocharomatische Schale wird in der Küche benutzt. Der Kochbuchautor Alan Davidson bereitet seine Orangenmarmelade mit der Schale einiger Kaffirlimetten zu – sie schmeckt wunderbar.

Zitronengras

ZITRONENGRAS
(Zitronellgras)

Der exquisite Geschmack des Zitronengrases ist charakteristisch für die asiatische Küche und erinnert an eine Mischung aus Zitrus, Gras und Ingwer. Heute sind die nach oben schmal zulaufenden Stengel auch bei uns zunehmend erhältlich, vor allem in asiatischen Lebensmittelgeschäften. In Zeitungspapier eingewickelt halten sie sich im Gemüsefach des Kühlschranks mehrere Wochen.

Wie Zitronengras verwendet wird, hängt vom Rezept ab. Dient es als Aromazutat, kann man die Stengel in vier Zentimeter lange Stücke schneiden und, wie Lorbeerblätter, am Ende der Garzeit wieder herausnehmen. Soll das Zitronengras feingehackt oder zu einer Paste zerrieben werden, nimmt man die unteren verdickten weißen Enden des Stengels und zerdrückt sie nach Entfernen der harten Außenschicht mit einer Messerklinge. Dann wird der Stengel nach Bedarf gehackt oder geschnitten. Den oberen, fasrigen Teil sollte man nicht wegwerfen, sondern zum Würzen von Fonds oder Suppen verwenden. Man kann ihn aber auch zerdrücken und in Öl mischen, mit dem man Fleisch, Fisch oder Gemüse vor dem Grillen bestreicht, dann nimmt das Grillgut ein wenig von seinem Duft an.

Als Ersatz für frisches Zitronengras kann man getrocknetes Zitronengras verwenden, das in Stücke geschnitten oder vermahlen wurde. Stücke müssen vor Gebrauch eine Stunde eingeweicht werden, Pulver kann man wie jedes andere Gewürz direkt in die Speisen geben. Oft heißt es, daß Zitronen ein guter Ersatz für Zitronengras seien, aber das stimmt nicht. Andererseits sind sie besser als nichts.

SHISO
(Perilla)

Die japanische *Perilla* gehört zur selben Pflanzenfamilie wie Minze und Basilikum, duftet aber nicht so intensiv. Ihre etwa fünf bis acht Zentimeter großen gezähnten grünen Blätter sind mitunter in japanischen Lebensmittelgeschäften erhältlich. Man kann sie zum Garnieren benutzen, durch Ausbackteig ziehen und fritieren oder wie andere Kräuter gehackt verwenden.

Es gibt auch rote Blätter, die von einer anderen Art stammen, aber ich habe sie noch nie gesehen, und vermutlich wird man sie kaum bekommen. Dies liegt sicher daran, daß sie nach der Ernte rasch welken. Eingelegt sind sie dagegen erhältlich, entweder in Vakuumpackungen oder mit *umeboshi* (S. 73) gemischt.

SCHRAUBENBAUM
(*Pandanus,* Kewra)

Von den vielen Pandanus-Arten, die im tropischen Asien wachsen, werden zwei für kulinarische Zwecke kultiviert. Aus den herrlich duftenden männlichen Blütenständen von *Pandanus tectorius* wird eine Essenz, das Kewra-Wasser, gewonnen, mit dem man Süßspeisen und Sirup aromatisiert. Man bekommt es in asiatischen Lebensmittelgeschäften, aber es sollte nur tropfenweise verwendet werden.

Frische Schraubenbaum-Blätter stammen von *Pandanus odoratissimus* und haben einen exotischen, moschusartigen Duft, der jedoch nicht so intensiv ist wie die Kewra-Essenz. Man findet sie möglicherweise – frisch oder getrocknet – in Geschäften, die indonesische oder thailändische Lebensmittel führen. Sie passen gut in Süßspeisen aller Art; zur Verwendung schneidet man sie in etwa sieben Zentimeter lange Stücke. Dann läßt man sie in Wasser köcheln oder in Zuckersirup, Milch oder Sahne ziehen. Auf 1/2 l Flüssigkeit werden 4 oder 5 Stücke gegeben. Mit *Pandanus*-Blättern aromatisierte Englische oder Bayerische Creme schmeckt himmlisch. In Asien werden *Pandanus*-Blätter auch für pikante Speisen, von gekochtem Reis bis zu Currys, verwendet. Ein herrlich duftender Tee läßt sich zubereiten, indem man einige Blattstücke in einen leichten chinesischen Tee gibt.

DUFTENDE BLÄTTER UND BLÜTEN

Ananassalbei

Blätter der schwarzen Johannisbeere

ANANASSALBEI

(Salvia rutilans)

Als ich das erste Mal den süßen Duft dieses Salbeis roch, war ich so überwältigt, daß ich gleich am nächsten Tag eine Pflanze für meinen Garten kaufte. Meiner Meinung nach riecht nicht eine der zahlreichen anderen Salbei- und Minzesorten auch nur annähernd so wunderbar wie der Ananassalbei. Als ich mein Exemplar pflanzte, war es nicht einmal dreißig Zentimeter groß, doch innerhalb eines Jahres wuchs es zu einem stattlichen Busch von über einem Meter heran. Heute gehe ich oft in den Garten und zerreibe einfach ein Blatt, nur um den Duft zu genießen.

Obwohl sich Ananassalbei in der Küche nur beschränkt verwenden läßt, sollte man ihn nicht vergessen. Man kann die Blätter halbiert an Obstsalate und *salsas* geben, in Sirup ziehen lassen, Getränken oder pochierten Früchten hinzufügen oder Kuchen mit ihnen parfümieren. Man kann sie auch zum Garnieren von Süßspeisen oder als Bett für Eiscremes und Sorbets verwenden.

PFIRSICHBLÄTTER

Der Pfirsichbaum in meinem Garten hat nie die Absicht erkennen lassen, Früchte zu tragen, aber er ist auch noch nicht besonders groß. Dennoch hat er kulinarischen Wert. Ich wäre nie auf die Idee gekommen, seine Blätter zu verwenden, aber dann begegnete ich Joyce Molyneux, der Köchin und Besitzerin des »Carved Angel Restaurant« in Dartmouth, Devon. Sie läßt Pfirsichblätter in Milch oder Sahne ziehen, um daraus eine herrliche dünne *crème anglaise* mit einem feinen Bittermandelaroma herzustellen.

Man kann allen möglichen Süßspeisen, die mit Milch oder Sahne zubereitet werden, ein oder zwei Blätter hinzufügen, wie etwa Reispudding, Eiscreme oder Bayerischer Creme. Oder man kleidet eine Kuchenform mit Blättern aus; ihr feines Aroma parfümiert dann beim Backen den Kuchen. Wer also einen Pfirsichbaum im Garten hat, sollte die Blätter nutzen.

DUFTGERANIEN und SCHWARZE JOHANNISBEEREN

Die Blätter beider Pflanzen können auf die gleiche Weise verwendet werden wie Pfirsichblätter, doch haben sie ein anderes Aroma; das der Duftgeranienblätter ist intensiver. Unter anderem gibt es Sorten, die nach Rosen, Zitrone, Zimt, Muskatnuß oder Orange duften. Man kann die Blätter auch zum Parfümieren von Gelees, Marmeladen, Eiscremes und Sorbets oder, mit den Früchten vermischt, für Obstkuchen verwenden.

ROSEN

Wie ich gestehen muß, habe ich schon mehr als einmal Rosen stibitzt, da in meinem Garten nicht die richtigen Sorten für die Küche wachsen. Es müssen dunkelrote, große Rosen mit einem intensiven Duft sein, und bei manch einer Gelegenheit konnte ich einfach nicht widerstehen, mich über eine Mauer zu lehnen und ein paar herrliche Blüten zu pflücken. Aber ich tat es immer nur bei Strauchrosen mit dichtem Blütenflor, und so ist es den Besitzern wahrscheinlich nie aufgefallen.

Rosen sollten schnell verwendet werden, bevor sie ihren Duft verlieren. Dazu zupft man die Blütenblätter ab und entfernt nach Möglichkeit auch die weißen Blattbasen. Letzteres vergesse ich manchmal, doch es war nie eine Katastrophe. (Verwenden Sie keine Rosen, die zahllose Male gespritzt wurden – bei Rosen aus einem fremden Garten wissen Sie das natürlich nicht.) Dann werden die Blätter in kaltem Wasser gewaschen und zum Trocknen auf Küchenpapier oder ein sauberes Küchenhandtuch gelegt.

Wenn ich nichts Bestimmtes mit den Rosenblättern vorhabe, bereite ich daraus entweder ein Glas Rosensirup oder püriere sie rasch mit etwas Zitronensaft und Puderzucker, um sie anschließend in kleinen Portionen einzufrieren. (Der Zitronensaft verhindert, daß sie braun werden.) Sowohl Sirup als auch Püree kann man später für Cremes und Speiseeis verwenden. Oder

Von oben links im Uhrzeigersinn: Rose, Lavendel, Geranienblätter, Blätter und Blüten der Kapuzinerkresse

man legt die sauberen, getrockneten Blütenblätter (oder Knospen) in Zucker, um ihn zu parfümieren.

Darüber hinaus kann man die Blütenblätter in Weißweinessig ziehen lassen oder direkt in Marmeladen und Gelees geben. Nach Rosen duftende Himbeer- oder Erdbeermarmelade ist herrlich, und auch Gelee aus Äpfeln, Quitten oder roten Johannisbeeren verleihen Rosenblätter einen wunderbaren Duft. Mittlerweile weiß ich, wo man fertiges Rosenblütengelee bekommt, das himmlisch duftet. Es wird in Pakistan hergestellt und in kleinen Dosen verkauft. Wer jedoch genügend Rosenblüten hat, kann es auch selbst herstellen. Man köchelt dazu 450 g Blütenblätter drei Minuten in 300 ml Wasser, nimmt den Topf von der Kochstelle und fügt 450 g Zucker sowie den Saft von zwei großen Zitronen hinzu. Dann rührt man, bis sich der Zucker aufgelöst hat. Diese Mischung wird zu einem dicken Sirup eingekocht – sie geliert nicht wie gewöhnliches Gelee, da die Blüten kein Pektin enthalten.

Die Kochbuchautorin Frances Bissell schlägt vor, Butter mit Rosenblättern zu parfümieren. Dazu wickelt man die Butter in Nesseltuch, legt sie in eine Schüssel mit Blütenblättern und stellt diese zugedeckt für zwölf Stunden an einen kühlen Platz. Diese herrlich duftende Butter schmeckt zu getoasteter Brioche oder warmen Kuchenbrötchen wunderbar. Die Butter kann auch mit anderen duftenden Blütenblättern zubereitet werden.

LAVENDEL

Lavendelwasser, Lavendelkissen im Wäscheschrank, Lavendel in Duftpotpourris kennt man – aber Lavendel in der Küche? Auf den ersten Blick mag diese Idee seltsam erscheinen, doch in Maßen verwendet kann Lavendel sowohl pikanten als auch süßen Speisen einen zarten Duft verleihen. Die Blüten passen besser zu letzteren, und man kann für Eiscremes und andere cremige Süßspeisen einige Stengel in Sahne oder Milch ziehen lassen. Ferner eignen sie sich zum Aromatisieren von Zuckersirup, Getränken und pochierten Früchten oder können feingehackt in Teig für Kuchen und Kekse gegeben werden. In Emelie Tolleys und Chris Meads Kräuterbuch gibt es ein Rezept für Lavendelpralinen, die aus gleichen Teilen Zucker und frischen Lavendelblüten hergestellt werden.

Sowohl Blüten als auch Blätter kann man in kleinen Mengen verwenden, um Kaninchen- oder Lammfleisch einen feinen Duft zu verleihen. Man legt sie entweder um den Braten herum oder gibt sie mit in den Schmortopf.

Mir gefällt die Kombination von Fisch und Lavendel nicht, aber ich habe schon Rezepte dafür gefunden. Bei den ersten Versuchen mit Lavendel sollte man daran denken, daß getrockneter Lavendel intensiver schmeckt als frischer. Er hat mindestens ebensoviel Würzkraft wie Rosmarin, und zuviel des Guten kann den Geschmack verderben. Lavendel ist Bestandteil vieler Rezepturen der »Kräuter der Provence«.

KAPUZINERKRESSE

Kapuzinerkresse ist eine fröhlich wirkende Pflanze, die kräftig gedeiht und den Garten mit leuchtenden orangefarbenen und gelben Blüten schmückt. Sowohl die Blüten als auch die Blätter sind eßbar. Beide haben einen pfeffrigen Geschmack, der der Blätter ist jedoch intensiver. Ich stelle oft einen großen Strauß in die Mitte des Eßtisches und räume ihn dann nach dem Hauptgang ab, um ihn zur Verblüffung der Gäste im Salat zurückzubringen. Die Blätter werden mit anderem Grünzeug vermischt und die Blüten daraufgesetzt. Besonders hübsch sieht dabei buntlaubige Kapuzinerkresse aus.

Blüten und Blätter können auch gehackt und in Frischkäse, Rühreier, Omeletts, Teigwaren, Saucen, Butter und Suppen gegeben oder mit Schaltieren und Geflügel gereicht werden.

Erstaunlich gut schmeckt auch mit Kapuzinerkresse zubereitetes Eis. Dazu fügt man einer Vanilleeismasse gehackte Blüten hinzu, durch die sie hübsche gelbe und orangefarbene Tupfen bekommt. Sowohl Knospen als auch Früchte können wie Kapern eingelegt werden.

HOLUNDERBLÜTEN

Jedes Jahr wieder beobachte ich von Maibeginn an die Holunderbüsche bei meinem Haus und warte ungeduldig auf das Erscheinen der ersten Blütenknospen. Und wenn sich dann die cremeweißen Blüten geöffnet haben, schwelge ich zwei Wochen lang in ihrem schweren Duft.

Meine Mutter pflegte jedes Jahr Holunderküchlein zuzubereiten. Dazu tauchte sie die Blütendolden in einen mit Eiweiß hergestellten Ausbackteig und backte sie dann mit den Stengeln nach oben aus. Sobald der Teig fest war, schnitt sie die Stengel ab und wendete die Küchlein, um auch die andere Seite zu bräunen. Wir aßen die Küchlein heiß mit Zucker bestreut und etwas Zitronensaft. Eine andere Süßspeise, auf die wir ungeduldig warteten, war eine mit Holunderblüten parfümierte Stachelbeercreme. Später bekam meine Mutter noch ein Rezept für eine Holunderblütenlimonade, die ein Lieblingsgetränk der Familie wurde.

Ihrer Tradition folgend, habe ich oft und erfolgreich mit Holunderblüten experimentiert und sie für Sorbets, Eiscremes, Englische und Bayerische Creme, Gelees und Kuchen verwendet. Die Zubereitungsmethode ist meist sehr ähnlich. Man köchelt die Holunderblüten in Milch, Sahne oder auch Sirup, dem Zitrone hinzugefügt werden kann, oder läßt sie darin ziehen. Wenn das Aroma extrahiert ist, gießt man die Flüssigkeit durch ein Sieb und verwendet sie auf die übliche Weise. Das Parfümieren von Kuchen erfordert jedoch eine andere Vorgehensweise, die in einem Rezept weiter hinten in diesem Kapitel beschrieben ist. Holunderblütenessig eignet sich gut für Dressings und zum Ablöschen von Bratensatz in Pfannen, in denen Huhn zubereitet wurde. Für seine Herstellung füllt man ein Einmachglas locker mit Blüten und bedeckt sie mit einem guten Weißwein- oder Reisessig. Dann verschließt man das Glas fest. Bis zum Gebrauch läßt man es mindestens zwei Wochen stehen.

Man sollte Holunderblüten nur von Sträuchern pflücken, die weit weg von jeder Straße stehen. Am besten schneidet man frisch geöffnete Blütendolden – regnet es bei einem behutsamen Schütteln weiße Blüten, nehmen Sie andere. Die Blüten sollten möglichst rasch verwendet werden, auf jeden Fall aber noch am gleichen Tag, denn ihr Duft verfliegt schnell. Sie werden niemals gewaschen, aber geschüttelt, um Insekten zu entfernen.

GEWÜRZE

SCHWARZER, WEISSER und GRÜNER PFEFFER

Bei allen drei Sorten handelt es sich um die Steinfrüchte der Kletterpflanze *Piper nigrum*. Und obwohl sie recht unterschiedlich schmecken, sind schwarze Pfefferkörner nichts anderes als getrocknete grüne Pfefferkörner, die noch unreif geerntet werden. Wenn die Früchte an der Pflanze reifen können, färben sie sich gelb bis leuchtendrot. Durch Wässern und Fermentieren weicht man die harte Fruchtschale auf, damit sie sich entfernen läßt; so erhält man den weißen Pfeffer.

Weißer Pfeffer wird für helle Saucen und andere Speisen verwendet, bei denen schwarzer Pfeffer das Aussehen beeinträchtigen würde. Aber außer Schärfe besitzt er kaum Aroma, denn die Geschmacksstoffe des Pfeffers sitzen vor allem in der Außenschale. Es lohnt sich daher nicht, größere Vorräte an weißem Pfeffer anzulegen, außer man hat etwas gegen schwarze Pünktchen in der Sauce.

Auch bereits gemahlenen schwarzen Pfeffer würde ich nicht kaufen, denn meiner Meinung nach ist das verschwendetes Geld. Wenn man nämlich ein Gefäß mit bereits gemahlenem Pfeffer ein paarmal geöffnet hat, ist das Aroma fast vollkommen verflogen. Eine viel sinnvollere Investition ist eine gute Pfeffermühle, die regelmäßig mit ganzen Pfefferkörnern aufgefüllt werden kann.

Meist enthalten die Etiketten bei schwarzem Pfeffer wenig Informationen über seine Herkunft. Eine Ausnahme bildet der Tellicherry-Pfeffer aus Kerala in Südindien.

Oben: grüner Pfeffer, weißer Pfeffer; unten: schwarzer Pfeffer, Sichuanpfeffer

Wenn die Gelegenheit besteht, sollte man ihn unbedingt kaufen, denn er hat von allen Pfeffersorten das beste Aroma.

Grüner Pfeffer wird entweder in Salzlake eingelegt oder durch Gefriertrocknung haltbar gemacht. Ich bevorzuge ihn gefriergetrocknet, da man ihn wie andere Gewürze zerstoßen kann. Falls notwendig, kann man ihn auch einige Minuten in heißem Wasser quellen lassen.

ROSA PFEFFER

Dieser Pfeffer ist nicht mit dem schwarzen Pfeffer verwandt, hat aber zufällig etwa die gleiche Größe. Er schmeckt nicht einmal sehr pfeffrig, sondern hat eher ein kiefernähnliches Aroma. Es wurde viel über seine Verträglichkeit diskutiert, und wie es scheint, kann er, in großen Mengen gegessen, giftig sein. Dies dürfte aber nur dann zum Problem werden, wenn man eine wilde Passion für rosa Pfeffer entwickelt. Experten raten zwar vom Verzehr des rosa Pfeffers ab, aber ich habe nie irgendwelche Nebenwirkungen festgestellt und kenne auch niemanden, der durch rosa Pfeffer krank geworden ist.

Und daher verwende ich ihn auch weiterhin für Fisch-, Fleisch- und Käsegerichte oder, mit schwarzem und grünem Pfeffer gemischt, für manche Saucen.

SICHUANPFEFFER

Auch der Sichuanpfeffer ist kein Verwandter des gewöhnlichen schwarzen Pfeffers. Im Geschmack ist er zwar pfeffrig, doch eher beißend als scharf. Außerdem duftet er betörend, und ich bin manchmal versucht, einfach einige Körner nur wegen ihres Geruchs zu rösten. Obwohl man den Sichuanpfeffer vorwiegend in der chinesischen Küche, und insbesondere in Sichuan, verwendet, paßt er auch zu vielen westlichen Speisen. Die rostroten Körner werden vor Gebrauch stets geröstet, damit sie ihr Aroma entfalten, und dann zerstoßen oder gemahlen.

Die Chinesen mischen gerösteten und vermahlenen Sichuanpfeffer mit Salz (im Verhältnis fünf zu eins). Diese Mischung streuen sie über gegarte Speisen, was mir einen Versuch wert zu sein scheint.

Meerrettich

MEERRETTICH

Wenn Sie das nächste Mal im Supermarkt zu einem Glas Sahnemeerrettich greifen, sollten Sie, bevor Sie es in Ihren Einkaufskorb stellen, erst einmal die Zutatenliste lesen. Sie ist endlos und beinhaltet reichlich viele Dinge, die ich zumindest nicht in meinem Sahnemeerrettich haben möchte. Es gibt zwar in Naturkostgeschäften einige Marken, die nur die wesentlichen Zutaten und keine künstlichen Süßstoffe, Emulgatoren etc. enthalten, doch sie sind nicht immer leicht zu finden.

Meerrettichpulver und -flocken, die nur mit Wasser angerührt werden müssen, sind in jedem Fall vorzuziehen. Am besten ist natürlich frischer Meerrettich. Diese zumeist schmutziggelbe Wurzel ist in Deutschland überall erhältlich. In England bekommt man sie aber oft nur in Stadtvierteln, in denen viele Juden wohnen, und dort insbesondere um die Zeit des Passahfestes Ende März oder Anfang April. Sie gehört zu den Zutaten für das rituelle Passahmahl am Sederabend.

Meerrettich läßt sich einfach ziehen. Vielleicht zu einfach, denn er breitet sich rasch aus, und man wird ihn dann nur schwer wieder los. In meinem Garten hat er allerdings immer nur dünne, fasrige Wurzeln ausgebildet, die sich nicht zum Reiben eigneten.

Beim Kauf von frischem Meerrettich sollte man feste, dicke Wurzeln aussuchen. Im Gemüsefach des Kühlschranks halten sie sich mehrere Wochen. Vor der Verwendung bürstet man sie kräftig. Dann schneidet man sie in drei oder vier Stücke und reibt den äußeren Teil. Das Innere ist zäh und schmeckt vergleichsweise fad. Deshalb wirft man es besser weg. Da geriebener Meerrettich seine Schärfe rasch verliert, friert man übrigbleibende Reste sofort ein. Wer eine sehr scharfe Würze braucht, mischt den Meerrettich nur mit etwas Zucker und Weißwein- oder Apfelessig. Für eine mildere Sauce verrührt man ihn mit Sahne, Crème fraîche oder dickem Joghurt (besonders gut schmeckt eine Mischung aus gleichen Teilen geschlagener Sahne und Joghurt), etwas Zucker, Salz und einem Spritzer Zitronensaft. Auch mit gehackten Walnüssen und/oder Schnittlauch harmoniert er gut. Diese Sauce kann man zu Roastbeef, Fisch – insbesondere Räucherfisch –, Eiern oder Huhn reichen. Darüber hinaus paßt Meerrettich wunderbar zu roten Beten und Apfelmus.

Durch Hitze werden die ätherischen Öle, die dem Meerrettich Geschmack und Schärfe verleihen, leicht zerstört. Deshalb dürfen Meerrettichsaucen nicht so stark erhitzt werden, daß sie in die Nähe des Siedepunktes kommen. Am besten gibt man den Meerrettich erst im letzten Moment an die Speisen.

Links: schwarzer und weißer Sesam; rechts: weißer und blauer Mohn

BLAUER und WEISSER MOHN

Wie Sesam gibt es auch Mohn in zwei sehr verschiedenen Farben, doch anders als beim Sesam ist im Westen vor allem die dunkle (oder blaue) Sorte gebräuchlich. Indischer Mohn ist hingegen fast immer cremeweiß.

Diese kleinen Samenkörner stammen vom Opium- oder Schlafmohn, doch sollten Sie nicht glauben, daß Ihnen ein ordentliches Stück Mohnstrudel am Abend zu bunten Träumen verhelfen kann. Opium wird aus dem weißen Saft gewonnen, der austritt, wenn man die unreifen Samenkapseln anritzt. Die reifen Samen enthalten keine Alkaloide.

Die mit Mohn zubereiteten Kuchen, Brötchen, Torten und Strudel, die in Deutschland und Osteuropa verbreitet sind, schmecken himmlisch, wenn sie von Könnern gebacken werden. Ich mag am liebsten die mit einer Füllung aus gemahlenem Mohn und etwas Schokolade, aber es gibt vielerlei Varianten. Für diese Köstlichkeiten wird der Mohn entweder etwa eine Stunde in Wasser eingeweicht oder geröstet und gemahlen, was seinen nussigen Geschmack voll hervorbringt. Ich bevorzuge letztere Methode. Wie Sesam eignet sich Mohn auch ausgezeichnet zum Bestreuen von Brot und Keksen. In Indien wird weißer Mohn verwendet, um Saucen anzudicken und ihren Geschmack zu ergänzen.

SCHWARZER und WEISSER SESAM

Während weißer Sesam allgemein bekannt ist, findet man schwarzen nicht so häufig. Der schwarze Sesam hat zwar ein weniger ausgeprägtes Aroma, aber für manches Gebäck ist er aus optischen Gründen besser geeignet: Über helle Brote, Kekse und Kuchen gestreut oder unter Teig gemischt, sieht er einfach hübscher aus als weißer Sesam. Oder man benutzt eine Mischung aus beiden Sorten, wenn es sinnvoll erscheint.

Kräftiges Rösten intensiviert den Geschmack sowohl von schwarzem als auch von weißem Sesam, dabei entfaltet sich sein köstliches nussiges Aroma erst richtig. Wenn man ihn über Salate streut oder als Garnierung für gegarte Speisen verwendet, sollte man ihn unbedingt rösten. Will man ihn in Brotteig geben, ist das nicht unbedingt notwendig. Gerösteter und in einer elektrischen Mühle oder einem Mixer zu einer dicken, trockenen Paste vermahlener Sesam ist eine gute Grundlage für Dressings, Dips oder Saucen. Auch hier sieht schwarzer Sesam erheblich eindrucksvoller aus, wenngleich gerösteter weißer Sesam den Speisen eine angenehm wirkende nussig-braune Färbung verleiht.

STERNANIS

Der Name dieses chinesischen Gewürzes verrät sowohl seine Form als auch seinen Geschmack. Es sieht aus wie eine kleine sternförmige Blüte mit fünf bis zehn »Blütenblättern«, tatsächlich handelt es sich aber um eine harte, holzige Frucht mit glänzenden, braunen Samen. Sein kräftiges Aroma erinnert an Anis, ist aber leicht bitter.

Zum Gebrauch kann man den Sternanis in Segmente teilen oder zu einem Pulver vermahlen. Für viele chinesische Gerichte ist er unverzichtbar. Besonders gut paßt er zu fetterem Fleisch wie etwa Ente oder Schweinefleisch. Ferner ist er einer der Bestandteile des chinesischen Fünfgewürzes (siehe S. 30). Man kann ihn für Fonds, Suppen, Eintöpfe und viele andere pikante Gerichte verwenden und in maßvollen Mengen an Eierspeisen, Fisch und alle Arten von Fleisch geben. Vor dem Mahlen sollte man ihn stets rösten. Ganze Sternanisfrüchte sind erstaunlich lange haltbar.

Sternanis

Tamarinde

Vanilleschoten

TAMARINDE

(Indische Dattel, Sauerdattel)

Die braunen Schoten des Tamarindenbaumes enthalten ein faseriges Fruchtmark, das vier bis sechs oder mehr schwarze, glänzende Samen umhüllt. Das Fruchtmark besitzt sehr viel Weinsäure und schmeckt entsprechend sauer. Wie Zitronensaft und Essig wird Tamarindenfruchtmark als Säuerungsmittel verwendet.

Hin und wieder findet man in asiatischen Lebensmittelgeschäften frische Tamarindenschoten, meist bekommt man aber Tamarindenpaste in Gläsern oder Dosen. Es gibt auch getrocknetes Tamarindenmark in Blöcken; hiervon bricht man ein Stück in Größe eines Wachteleis ab, drückt es flach und weicht es etwa 15 bis 30 Minuten in einigen Löffeln heißem Wasser ein. Dann gießt man die Flüssigkeit durch ein Sieb und streicht auch einen Teil des Fruchtfleisches durch. Die Rückstände werden weggeworfen. Aus 30 g Tamarindenpaste kann man 300 ml dünnes Tamarindenwasser (wie man es gewöhnlich für Rezepte braucht) oder 150 ml dickes Tamarindenwasser herstellen. Getrocknete Tamarindenschoten werden nach der gleichen Methode eingeweicht, sollten aber mindestens dreißig Minuten oder noch länger quellen.

Darüber hinaus wird Tamarindensirup in Flaschen angeboten. Man kann ihn verwenden, wie er ist, wobei man aber berücksichtigen sollte, daß er in der Regel einen intensiveren Geschmack hat als Tamarindenwasser.

Da Tamarinden sehr viel Pektin enthalten, sind sie zur Herstellung von Marmeladen und Gelees, insbesondere aus Früchten mit einem geringen Pektinanteil (wie Birnen und Pfirsiche) nützlich. Ferner werden sie häufig für Pickles und Chutneys verwendet. Mit Tamarinden lassen sich wunderbare Marinaden für Fisch oder Geflügel herstellen, und sie passen gut in Salatdressings. Da sie abführende Wirkung haben, sollte man sie maßvoll benutzen.

VANILLE

Vanilleschoten sind die Früchte der kletternden Orchidee *Vanilla planifolia,* die in den tropischen Regenwäldern Mittelamerikas wächst. Die Blüten dieser Pflanze sind – verglichen mit denen anderer Orchideenarten – nicht besonders schön, doch ihre Schoten werden seit Jahrhunderten geschätzt. Die Azteken kannten ihr Geheimnis schon lange bevor die Spanier den Weg in die Neue Welt entdeckten.

Die Vanille ist so weit verbreitet, daß sich vielleicht mancher fragen wird, was sie in diesem Buch zu suchen hat. Ich habe sie zum einen aufgenommen, weil sie eines der herrlichsten »süßen Gewürze« ist, zum anderen aber auch deshalb, weil heute so viel synthetisches Vanillin benutzt wird.

Obwohl auch Vanille-Extrakt nützlich ist, verwende ich in der Küche lieber Schoten oder Vanillezucker. Vanille-Extrakt ist stark konzentriert, und schon wenige Tropfen können zuviel sein. Allzu leicht fällt man beim Einkauf auf synthetisches Vanillin herein. Lesen Sie deshalb das Etikett stets sorgfältig durch – Hinweise wie »mit Vanille-Geschmack« oder »mit Vanille-Aroma« sind verräterisch.

Bei Vanilleschoten ist dagegen kein Schwindel möglich. Und wenn sie auch auf den ersten Blick teuer erscheinen, können sie doch mehrmals verwendet werden und halten sich sehr lange. Zur Aufbewahrung gibt man Vanilleschoten in ein fest verschlossenes Gefäß mit Zucker. Der Zucker nimmt in wenigen Tagen das Vanillearoma an, und schon ist man auch reichlich mit Vanillezucker versorgt. Und es kann immer wieder Zucker nachgefüllt werden. Wenn man eine Schote benutzt hat, spült man sie sorgfältig ab, tupft sie trocken und gibt sie wieder in den Zucker.

Von oben links im Uhrzeigersinn: Safran, gemahlene Orleansamen, Stinkasant, Mangopulver, Wasabi

SAFRAN

Safran, das teuerste Gewürz der Welt, besteht aus dünnen orangeroten Fäden, bei denen es sich um die getrockneten Blütennarben des Safrankrokus handelt. Ein großer Teil des weltbesten Safrans kommt aus der Hochebene von La Mancha in Spanien. Die hellvioletten Blüten werden von Hand gepflückt und die Narben aus jeder einzelnen Blüte herausgezupft. Um ein Kilogramm Safran zu erhalten, müssen etwa 80 000 Blüten gepflückt werden. Dies erklärt den hohen Preis.

Zum Glück haben diese Blütennarben große Würzkraft. Für die meisten Gerichte braucht man nur wenige Safranfäden, um ihnen den seltsamen, köstlichen und beinahe metallischen Geschmack des Safrans zu verleihen. Obwohl es auch gemahlenen Safran gibt, sollte man lieber Fäden kaufen, da Pulver oft verschnitten ist. Verwechseln Sie ihn nicht mit Saflor, einem aus der Färberdistel gewonnenen Lebensmittelfarbstoff; und nehmen Sie auch nie billigen Safran, denn er ist bestimmt nicht rein. Es kommt sogar vor, daß man mit getrockneten Blütenblättern von Ringelblumen betrogen wird, die zwar die Speisen gelb färben, aber nicht das exquisite Aroma des Safrans haben.

Echter Safran ist durch nichts zu ersetzen. Kurkuma färbt Speisen zwar ebenfalls gelb, verändert aber ihren Charakter. Erwarten Sie nicht, daß echter Safran ein Gericht knallgelb färbt. Wenn man nicht gerade riesige Mengen verwendet, werden die Speisen primelgelb. Vor Gebrauch weicht man die Safranfäden zehn bis fünfzehn Minuten in wenig Wasser ein oder zerreibt sie im Mörser zu einem Pulver (wenn man sie zuvor einige Sekunden röstet, geht dies einfacher).

Klassische Gerichte mit Safran sind *risotto alla milanese* oder *paella,* aber er paßt auch gut zu Tomatensaucen und Schaltieren. In Kuchen, Broten oder Süßspeisen schmeckt er ebenfalls herrlich.

MANGOPULVER
(Amchur, Amchoor, Amra)

Dieses blaßbraune Pulver wird aus getrockneter grüner Mango hergestellt und besitzt, wie Sumach und getrocknete Limette, eine großartige, fruchtige Schärfe, duftet aber im Gegensatz zu beiden nach Kiefernholz. *Amchur* stammt aus Südostasien und wird – ähnlich wie Tamarindensaft – zum Säuern von Currys, Pickles, Chutneys, Marinaden, Gemüsen und anderen Speisen verwendet. Am besten fügt man es erst gegen Ende der Garzeit hinzu und erhitzt es nur kurz. Eine gewisse Zeit braucht es aber dennoch, damit die Aromen verschmelzen können. Es eignet sich ausgezeichnet als Säuerungsmittel für Marinaden, insbesondere für Fisch und Geflügel, aber auch für zäheres Fleisch, da es die Eigenschaft besitzt, das Gewebe zarter zu machen.

STINKASANT
(*Asafoetida,* Teufelsdreck)

Bei Stinkasant habe ich sehr gemischte Gefühle. In kleinen Mengen verwendet, verleiht er Speisen einen zwiebelartigen Geschmack. Man findet ihn häufig in der vegetarischen Küche Indiens; dort wird er vor allem von den Anhängern bestimmter Sekten benutzt, denen der Verzehr von Zwiebeln verboten ist. Leider stinkt er einfach grauenhaft. Der Geruch verfliegt zwar beim Kochen, aber das Pulver muß unbedingt in einem festverschlossenen Gefäß aufbewahrt werden.

Bei diesem Gewürz handelt es sich um getrocknetes Gummiharz, das man aus den Wurzeln verschiedener Arten der Doldenblütlergattung *Ferula* gewinnt. Stinkasant läßt sich nur unter Zugabe von Bockshornkleesaat mahlen, und zur besseren Dosierung wird das intensive Aroma häufig mit Mehl oder Stärke gestreckt. Deshalb muß man möglicherweise etwas mehr verwenden, als im Rezept angegeben ist. Beginnen Sie mit wenig, und erhöhen Sie die Menge erst, wenn Sie sich an den Geschmack gewöhnt haben. Stinkasant bekommt man in indischen Lebensmittelgeschäften.

WASABI
(Grüner Meerrettich)

Während man außerhalb von Japan selbst in den bestsortierten Geschäften vermutlich keine frische Wasabi-Wurzel findet, ist Wasabi-Pulver in Dosen zumeist problemlos erhältlich, und möglicherweise auch Wasabi-Paste in Tuben. Das Pulver ist der Paste vorzuziehen, denn es ist beinahe endlos haltbar, und man braucht es, wie Senfpulver, nur mit Wasser anzurühren.

Wasabi ist im Geschmack sehr scharfem geriebenem Meerrettich ähnlich, hat aber eine ansprechende hellgrüne Farbe. Nach dem Anrühren sollte man ihn möglichst rasch verbrauchen. Man reicht ihn, nach japanischer Art, zu *sushi* und *sashimi* oder, mit reichlich Sojasauce vermischt, als Dip. Am Anfang sollte man etwas vorsichtig sein, denn er ist wirklich sehr scharf.

Man kann Wasabi als Alternative zu gewöhnlichem Meerrettich verwenden, und gegenüber fertig zubereitetem Sahnemeerrettich ist er oft die bessere Wahl. Vermischen Sie eine kleine Menge angerührtes Wasabi-Pulver mit geschlagener Sahne (oder einer Mischung aus Schlagsahne und dickem griechischem Joghurt) und geben Sie einen Spritzer Zitrone und eine Prise Zucker dazu. Diese Sauce paßt gut zu Rinderbraten und Fisch, insbesondere Räucherfisch.

ORLEANSAMEN
(Achiote, Annato)

Vielleicht sind Ihnen schon einmal Packungen mit leuchtendorangebraunen Räuchermakrelen aufgefallen, die ganz offensichtlich gefärbt sind, obwohl das Etikett behauptet, sie würden keine künstlichen Zusätze oder Farbstoffe enthalten. Und das stimmt sogar, denn die Farbe kommt durch Orleansamen zustande, der vollkommen natürlich ist. Andererseits aber finde ich die Färberei vollkommen überflüssig, denn was ist daran auszusetzen, wenn eine Räuchermakrele wie eine Räuchermakrele aussieht? Lange Zeit wurden Orleansamen auch zum Färben von englischem Käse (wie *red leicester* und *cheshire*) verwendet.

Weil Orleansamen eine enorme Färbekraft besitzen, wird oft vergessen, daß sie auch einen sehr angenehmen pfeffrigen Geschmack haben. In der Karibik, in Mittelamerika und auf den Philippinen verwendet man sie sowohl als Lebensmittelfarbe als auch wegen ihres Geschmacks. Wer Orleansamen entdeckt (man bekommt sie mitunter in Geschäften mit Lebensmitteln von den Westindischen Inseln oder den Philippinen oder als *achiote*-Paste in mexikanischen Lebensmittelgeschäften), kann sie Reis beim Garen zugeben oder vier bis fünf Minuten behutsam in reichlich Öl braten, eventuell mit einigen Chilies. Wenn die Samen zu hüpfen beginnen, muß man den Deckel auflegen. Dann läßt man sie abkühlen und gibt etwas Orangenöl dazu. Die Samen können auch gemahlen an Marinaden, Fisch, Gemüse und helles Fleisch gegeben werden.

SCHWARZKÜMMEL
(*Nigella*)

In dem kleinen Garten jenes Hauses in Frankreich, in dem meine Familie einst große Teile des Jahres verbrachte, gehörten die blauen Blüten der Jungfer im Grünen (ein Hahnenfußgewächs) zu den schönsten Freuden. Von einer weniger dekorativen Verwandten dieser Pflanze stammt der Schwarzkümmel. Es handelt sich dabei um schwarze kleine Samen, die Zwiebelsamen verblüffend ähnlich sehen. Mit echtem Kümmel haben sie aber, trotz ihres Namens, nichts zu tun.

Die Samen haben einen pfeffrigen, leicht bitteren Geschmack und werden für pfannengerührte Gerichte der asiatischen Küche, einige Currys und zur Zubereitung getrockneter Hülsenfrüchte verwendet. In Indien nimmt man sie außerdem für Pickles, würzt damit Gemüsegerichte und streut sie auf Brot. Schwarzkümmel kann man den Gewürzen zum Einlegen von Zwiebeln hinzufügen und an süße oder scharfe Chutneys geben. Ich habe die Samen auch schon mit Mohn, Sesam und/oder Sonnenblumenkernen gemischt und für Brote verwendet oder auf Käsegebäck gegeben.

GETROCKNETE LIMETTEN

Man kann in Geschäften mit Lebensmitteln aus dem Nahen Osten kleine getrocknete Limetten von etwa vier Zentimetern Durchmesser kaufen oder aber Limetten selbst trocknen. Bis eine gewöhnliche Limette ausgetrocknet, federleicht und innen hohl ist, vergehen mindestens zwei Monate, man kann den Prozeß jedoch etwas beschleunigen, indem man sie auf ein sonniges Fensterbrett oder einen Heizkörper legt.

Getrocknete Limetten sind eine herrliche Ergänzung im Gewürzregal. Sie haben ein scharfes, aromatisches Zitrusaroma, das gut in Eintöpfe und Saucen paßt. (Für einen Eintopf reicht eine Limette aus.) Gemahlen kann man sie zum Aromatisieren von Butter oder Marinaden nehmen. Limetten werden mit einem Hammer oder im Mörser zerkleinert; man kann die Stücke verwenden oder zu einem Pulver vermahlen.

SUMACH

(Gerbersumach, Sumak)

Obwohl man aus den Früchten einiger Gartenformen des Sumach selbst Gewürzpulver herstellen könnte, ist dies nicht ratsam, da manche Sorten giftig sind (sie gehören zur gleichen Pflanzenfamilie wie der Giftsumach). Man kauft also lieber das fertige Gewürz in Geschäften, die Lebensmittel aus der Türkei und dem Nahen Osten führen. Dort kann man sicher sein, daß es aus der getrockneten Frucht des Gerbersumach hergestellt wurde.

Das grobe, beinahe kristalline violettrote Pulver hat einen adstringierenden, fruchtigen Geschmack, und wer es einmal ausprobiert hat, wird zweifellos viele Verwendungsmöglichkeiten dafür finden. Im Nahen Osten, insbesondere im Libanon, wird es zum Säuern verwendet und ersetzt oft Zitrone oder Essig. Ich gebe es häufig an Salate oder kalte gegarte Speisen.

Man kann es auch an Marinaden für Fisch oder Fleisch geben oder zum Einreiben von Grillfleisch verwenden. Außerdem paßt es gut in Eintöpfe, Schmortöpfe und Salatdressings. Mit Sumach gewürzter Joghurt oder *labni*-Käse wird als Sauce zu gegrillten und gebratenen Gerichten gereicht.

MAHLEB

Diese winzigen blaßbraunen Körner sind die Kerne des Fruchtsteins einer wilden Kirsche, die in manchen Gegenden des Mittelmeerraumes und des Nahen Ostens wächst. Bis vor kurzem bekam ich Mahleb nur in winzigen Packungen in griechischen und zypriotischen Lebensmittelgeschäften, doch jetzt verkauft ein marokkanischer Laden gar nicht weit von mir recht große Tüten zu einem äußerst moderaten Preis.

Die Kerne haben den mandelartigen, leicht bitteren Geschmack, der für alle *Prunus*-Arten typisch ist. Um sich eine Vorstellung zu machen, denken Sie an den Geschmack von Amaretti, die mit Aprikosenkernen zubereitet werden. Im Gegensatz zu vielen anderen *Prunus*-Arten enthalten diese Steine aber keine Blausäure und können deshalb ohne weiteres roh oder gegart gegessen werden. (Das Gift in Aprikosenkernen wird durch Hitze zerstört, Sie können also auch Amaretti weiterhin unbesorgt essen.)

Mahleb kann, ähnlich wie Mandeln, gemahlen für Kuchen und Kekse verwendet werden, dabei muß man aber berücksichtigen, daß das Gewürz einen sehr intensiven Geschmack hat. Mit Milch zubereiteten Süßspeisen verleiht es ein angenehmes Bittermandelaroma. Mahleb sollte erst kurz vor Gebrauch vermahlen werden, da sich sein Aroma rasch verflüchtigt.

INGWERWURZEL

(Frischer Ingwer)

Frischer Ingwer, Chili und Knoblauch bilden in der asiatischen Küche ein allgegenwärtiges Trio, das man auch auf den Westindischen Inseln kennt.

Immer häufiger sieht man heute frischen Ingwer in den Geschäften, doch Vorsicht vor Händlern, die arglosen Kunden alte, trockene Wurzeln andrehen. Leider kommt das nicht selten vor – ich habe jedenfalls schon häufig schrumpelige, weiche Ingwerwurzeln gesehen.

Frische Ingwerwurzeln sind im Gemüsefach des Kühlschranks mehrere Wochen haltbar. Man kann sie auch in Sherry konservieren und sowohl den mit Ingwer aromatisierten Sherry als auch die eingelegten Wurzeln verwenden; allerdings haben sie einen anderen Geschmack als frischer Ingwer. Man kann die Ingwerwurzeln auch in Sand oder Blumenerde lagern und die Erde ein wenig feucht halten. Falls Ingwer treibt, verlieren die Wurzeln an Aroma, die Triebe können gehackt über Salate oder andere Speisen gestreut werden. Sie haben einen milden Ingwergeschmack.

Frischer Ingwer kann nicht durch getrockneten, pulverisierten Ingwer ersetzt werden, der als eigenständiges Gewürz betrachtet werden sollte. Es gibt aber keinen Grund, die Verwendung von frischem Ingwer auf exotische Speisen zu beschränken. Man kann ihn feingehackt oder gerieben (und behutsam mit Zwiebeln sautiert) in eine Sauce aus frischen Tomaten geben, außerdem paßt er ausgezeichnet zu Schaltieren, Gemüsesuppen, Eintöpfen und Marinaden. Für Dressings kann man den Ingwer reiben und dann den Saft herausdrücken. Diesen mischt man tropfenweise nach Geschmack unter.

Ingwerwurzel

Galgant

GALGANT

(Galangawurzel, Thai-Ingwer)

Im Fernen Osten und insbesondere in Indonesien und Thailand ist Galgant *(Alpinia galanga)* eine beliebte Würzzutat. In Thailand nennt man sie *laos,* in Malaysia *lengkuas*.

Galgant gehört zur gleichen botanischen Familie wie Ingwerwurzel, aber die elfenbeinfarbenen Galgantwurzeln sind größer und mit einer rötlichbraunen Haut überzogen; sehr junge, gute Rhizome können hübsche rosafarbene Seitensprossen haben. Im Geschmack ähneln sie dem Ingwer, doch duften sie stark nach Kiefer und Zitrus – eine verführerische Kombination.

Galgant wird ähnlich wie Ingwer, in dünne Scheiben geschnitten oder gehackt, verwendet. Ich mag sein Aroma in klaren Suppen, die warm und belebend sind. Eventuell kann man ihnen einige Nudeln hinzufügen. In asiatischen Lebensmittelgeschäften bekommt man frischen wie auch getrockneten Galgant – entweder in Stücken (sie sollten vor Gebrauch in kaltem Wasser eingeweicht werden) oder als Pulver. Die Verwendung von frischem Galgant ist jedoch weitaus empfehlenswerter.

MASTIX

Wenn Sie das nächste Mal an einem Geschäft vorbeikommen, das Lebensmittel aus Griechenland, der Türkei oder dem Nahen Osten führt, sollten Sie hineingehen und nach Mastix fragen. Diese kleinen, harten Harzklumpen stammen vom Mastixstrauch *(Pistacia lentiscus),* einer im Mittelmeergebiet heimischen Pistazie. Sie sehen wie an den Strand gespülte trübe Glasscherben aus und haben keinerlei Geruch. Wenn man ein Stück kaut, wird es bald gummiartig, aber ein großes Vergnügen ist das nicht. Erst wenn man Mastix vermahlt und erhitzt, gibt er sein exotisches, harziges Aroma frei.

Im Nahen Osten, in der Türkei und in Griechenland verwendet man ihn zum Binden und Aromatisieren von Süßspeisen, die mit Sahne oder Milch zubereitet werden, für Obstkompott, Eiscreme, einige Brote und Kekse sowie hin und wieder ein pikantes Gericht. Etwa 1/8 Teelöffel reicht aus, um einer Süßspeise für vier bis sechs Personen Aroma zu verleihen. Außerdem nimmt man ihn für die Herstellung von Türkischem Honig (*sade lokum*) und, in größeren Mengen, für duftende »Naschereien zum Löffeln«, wo man mit ihm den süßen Sirup bindet.

Sie können Mastix in traditionelle europäische Süßspeisen geben, wie etwa Bayerische Creme oder ein kaltes Soufflé. Zu diesem Zweck wird 1/4 Teelöffel Mastix mit einem Teelöffel Zucker im Mörser oder in einer kleinen elektrischen Kaffeemühle zu einem Pulver vermahlen. Dieses Pulver gibt man am Ende der Garzeit in die köchelnde Speise. Bei einer Englischen Creme beispielsweise kann man es der Milch kurz vor dem Siedepunkt hinzufügen.

CHILLIES

Als Kolumbus 1493 die ersten *Capsicum*-Arten, zu denen auch Paprika gehört, nach Europa brachte, konnte er die Folgen wohl kaum erahnen. Innerhalb von hundert Jahren hatten die Chilischoten ganz Asien erobert, und heute sind sie das am häufigsten angebaute und verwendete Gewürz der Welt.

Chilischoten sind nicht nur scharf, sondern sie haben auch einen typischen Geschmack. Aber die verschiedenen Sorten, deren Farbe je nach Reifegrad von Grün über Signalrot bis Mahagonibraun reicht, sind in Aroma und Schärfe sehr unterschiedlich.

Die meisten frischen und getrockneten Chilischoten, die im Handel sind, stammen aus Afrika oder Asien. Chillies aus Mexiko oder Südamerika findet man nur selten, obwohl der Import eigentlich kein Problem darstellt. Die Schärfe von Chilischoten wird in Scoville-Schärfe-Einheiten gemessen. Gemüsepaprika liegt auf dieser Skala bei Null, während etwa Tabasco-Chillies (sie werden für die extrem scharfe Tabascosauce verwendet) Werte von 30 000 und mehr erreichen. Generell gilt: Je kleiner die Chillies, desto schärfer sind sie. Rote Schoten sind nichts anderes als gereifte grüne Chilischoten. Im Gegensatz zu dem frischen Aroma der unreifen Schoten haben sie einen süßlichen, runden Geschmack und erscheinen oft milder, da Süße und Schärfe einander ergänzen. Wenn grüne Chillies eine Zeitlang in einem warmen Raum aufbewahrt werden, färben sie sich leuchtendrot. Leider beginnen sie aber auch auszutrocknen und schrumpelig zu werden.

Chillies

Die Verwendung von Chillies

Capsaicin, die Substanz, die Chilischoten ihre Schärfe verleiht, ist außerordentlich aggressiv. Daher sollten bei der Verwendung von Chillies stets einige Vorsichtsmaßnahmen eingehalten werden: Wer mit Chilischoten hantiert, muß sich anschließend immer die Hände gründlich waschen. Während der Arbeit darf man sich auf keinen Fall die Augen reiben oder etwa geistesabwesend den Hund streicheln. Menschen mit empfindlicher Haut sollten Gummihandschuhe tragen. Schneidebretter werden am besten mit einer Bürste gereinigt, Messer sofort sorgfältig gewaschen; in demselben Spülwasser sollte kein anderes Geschirr mehr gewaschen werden.

Am stärksten ist das *Capsaicin* in den Samen konzentriert, die gewöhnlich entfernt werden. Getrocknete Chillies sind oft noch schärfer als frische. Deshalb sollte man die Menge reduzieren, falls man sie als Ersatz verwendet. Sollte ein Gericht nicht scharf genug sein, kann man später immer noch mehr dazugeben.

Im Gemüsefach des Kühlschranks halten sich Chilischoten mehrere Wochen. Um sie zu konservieren, eignen sich verschiedene Methoden. Man kann sie einfrieren, muß sie dann aber vor ihrer Verwendung zunächst drei Minuten blanchieren; oder man fädelt sie auf eine Schnur und hängt sie zum Trocknen an einen kühlen, luftigen Platz.

Eine interessantere Möglichkeit ist, sie in einer Flüssigkeit einzulegen, die man später zum Kochen verwenden kann. Dabei werden getrocknete und frische Schoten auf die gleiche Weise eingelegt. Man gibt die Chillies in ein sterilisiertes Glas und fügt nach Belieben halbierte Knoblauchzehen und Kräuterzweige oder zerstoßene Gewürze hinzu. Dann werden die Schoten großzügig mit Flüssigkeit bedeckt. Man kann Wein- oder Apfelessig, geschmacksneutrales Öl bzw. leichtes Olivenöl oder Alkohol wie etwa trockenen und halbtrockenen Sherry, Wodka, Gin, Weinbrand oder Rum verwenden (bei Verwendung von Alkohol auf den Knoblauch verzichten). Die Chillies werden für mindestens drei Tage an einen dunklen, kühlen Platz gestellt, verdunstete Flüssigkeit füllt man gegebenenfalls wieder auf, da die Schoten vollkommen bedeckt sein müssen. Frische Chillies werden möglicherweise nach einigen Monaten schleimig. Dann gießt man die Flüssigkeit am besten durch ein feines Sieb, um sie noch verwenden zu können, und wirft die Schoten weg.

Chiliöl und Chiliessig eignen sich als Tischwürze, für Dressings oder zum Beträufeln gegarter Speisen. (Vermischen Sie einmal Nudeln mit Chiliöl, Knoblauch, Petersilie und Parmesan.) Alkohol mit eingelegten Chillies kann Saucen, Suppen und Schmorgerichten hinzugefügt werden. Eine Bloody Mary und ein trockener Martini bekommen durch einige Tropfen hiervon erst den richtigen Pfiff.

Chilisorten

Die Unterscheidung der verschiedenen Chilisorten ist komplizierter, als Sie vielleicht denken. Selbst modernste botanische Nachschlagewerke sind sich oft uneinig, und die Händler wissen selten etwas über das Herkunftsland einer Chilischote. Nachfolgende Übersicht ist so genau wie möglich.

Frische Chillies

Scotch-Bonnet-Chillies Extrem scharfe Sorte von den Westindischen Inseln, die eng mit den mexikanischen *habanero*-Chillies verwandt ist. Ihre Farbe ist gelb bis signalrot. Die Schoten sind meist rund und gebeult und haben etwa 2,5 bis 4 cm Durchmesser.

Vogelaugenpfeffer Sehr scharfe, winzige Chilischoten aus dem Fernen Osten, meist Thailand. Sie sind flaschengrün und werden beim Reifen orangerot.

Cayenne-Chillies Scharfe, zunächst flaschengrüne Schoten, nach dem Reifen färben sie sich rot.

Poblano-Chillies Milde Chillies, die in Mexiko häufig gefüllt auf den Tisch kommen. Sie können durch grüne Paprikaschoten ersetzt werden.

Fresno-Chillies Mittelscharfe Chilischoten, die häufig aus Afrika kommen. Sie sind 4 bis 8 cm lang und kegelförmig.

Scotch-Bonnet-Chillies

Vogelpfeffer

Jalapeño-Chillies

Mexikanische getrocknete Chillies, von links: Mulato, grüne Sandias, Piquín, Chipotle

Die glänzenden glatten, zunächst hellgrünen Schoten färben sich nach dem Reifen orange bis rot. Sie eignen sich zum Grillen oder Füllen – wenn man es scharf mag.

Jalapeño-Chillies Scharfe, grüne Chillies, die man in Spezialitätengeschäften in Dosen oder als Trockenfrüchte vakuumverpackt bekommt. Sie sind leicht mit *fresno*-Chillies zu verwechseln, aber etwas kleiner und dunkler. Dickwandige *jalapeño*-Chillies lassen sich nicht auf die übliche Weise trocknen, sondern müssen geräuchert werden. Dann nennt man sie *chipotle*-Chillies.

Westlandse-Langa-Chillies Mittelscharfe, glatte, glänzend rote Schoten, die sich zur Spitze hin anmutig verjüngen. Sie werden in Holland angebaut.

Anaheim-Chillies Mittelscharf bis mild. Hellolivgrüne, gebogene und spitz zulaufende Schoten, die bis zu 20 cm lang sein können.

Peperoncini Hierbei handelt es sich um milde bis mittelscharfe Schoten. Sie sind dünner als Anaheim-Chillies.

Getrocknete Chillies

Vogelpfeffer Extrem scharfe Chillies aus Mexiko. Vogelpfeffer wird gemahlen und kommt als Cayennepfeffer in den Handel.

Sannam-Chillies Lange, dünne, sattrote und sehr scharfe Chillies aus Indien. Bei den getrockneten Chillies, die man in Supermärkten findet, handelt es sich oft um *sannam*-Chillies.

Cascabel-Chillies Sehr scharfe, runde Schoten aus Mexiko, meist getrocknet. Sie sind dunkelrötlichbraun und glänzend und größer als Kirsch-Chillies.

Kirsch-Chillies Kleine, scharfe Schoten aus China. Sie sind rund, schwarzrot gefärbt und haben einen Durchmesser von etwa 1 cm.

Chipotle-Chillies Geräucherte *jalapeño*-Schoten mit einem wunderbar intensiven, rauchigen Geschmack. Sie werden überall in Mexiko benutzt. Oft sind sie konserviert, manchmal *en escabeche*, das heißt in einer sauren Marinade eingelegt, die ihren Geschmack annimmt.

Ancho-Chillies (Poblano) Dieser Name gilt für die grünen Chillies, die man in Mexiko häufig verwendet. *Ancho*-Chillies sind die getrockneten Schoten eines bestimmten *poblano*-Typs, die nach der Reife eingelegt und getrocknet werden. Sie haben eine runzlige rotbraune Haut. Die Schoten können recht mild, aber auch scharf sein.

Mulato-Chillies (Poblano) Wie *ancho*-Chillies eine getrocknete Sorte des grünen *poblano*. Sie sieht auch ähnlich aus, hat jedoch eine schwarzbraune Färbung, eine festere Haut und einen süßlicheren Geschmack.

Pasilla-Chillies Dies sind lange, schlanke Chilischoten einer relativ milden Sorte aus Mexiko mit einer typischen dunkelrostbraunen Farbe; nach dem Trocknen sind sie schwarz und haben eine sehr runzlige Haut. Frische *pasilla*-Chillies sind außerhalb Mexikos selten erhältlich.

Getrocknete Chillies

GEWÜRZMISCHUNGEN

Die meisten Länder haben ihre besonderen Gewürz- und Kräutermischungen, die ihre Küche entscheidend prägen. In Großbritannien beispielsweise heißt die am häufigsten verwendete Gewürzmischung *mixed spice*. Sie besteht aus gleichen Teilen Piment, Zimt, Ingwer, Muskatnuß und Nelken und wird für Kuchen und andere Backwaren verwendet.

Viele Gewürzmischungen kann man in ihrem Heimatland fertig zubereitet kaufen und sind bei uns oft in Spezialitätengeschäften erhältlich. Beim Anbrechen der Packung verströmen sie meist einen herrlichen Duft, doch bald sind sie nur noch ein Schatten ihrer selbst. Deshalb stellt man sie, wenn möglich, bei Bedarf aus ganzen Gewürzen und Kräutern in kleinen Mengen selbst her. Das dauert nicht lange, und wenn man frisch geröstete und gemahlene Gewürze verwendet, sind die Mischungen besser als das beste Fertigprodukt. Außerdem kann man die Anteile der verschiedenen Zutaten beliebig variieren und so eine ganz persönliche Mischung zusammenstellen. Es gibt nur wenige Gewürzmischungen, bei denen man sich streng an das Rezept halten sollte. Meist kann man, solange man die Grundzutaten verwendet, phantasievoll experimentieren.

Die nachfolgenden Gewürzmischungen mag ich persönlich besonders gern, doch stellt diese kleine Auswahl nicht mehr als die Spitze eines Eisbergs dar.

ZATHAR

Dies ist eine aus dem Nahen Osten stammende Gewürzmischung aus zwei Teilen Thymian und einem Teil Sumach, die man vor dem Backen auf Fladenbrot gibt; oder man tunkt heißes, frischgebackenes Brot einfach hinein. Außerdem paßt sie gut zu hartgekochten Eiern, insbesondere Wachteleiern, und einfachen *crudités* (Rohkost). Mitunter wird ihr gerösteter Sesam hinzugefügt. Ich verwende anstelle von Thymian gelegentlich Oregano.

DUKKAH

Diese großartige ägyptische Mischung besteht aus gerösteten Nüssen und Gewürzen. Die Anteile der verschiedenen Zutaten sind variabel und lassen viel Raum für Improvisation. Die Mischung eignet sich zum Eintunken von *crudités* (Rohkost), hartgekochten Wachtel- oder Hühnereiern und warmem Brot. Dazu stellt man eine Schale mit Olivenöl und eine mit *dukkah* auf den Tisch, in die die Speisen nacheinander eingetaucht werden. Ich streue die Mischung auch über gegrilltes Fleisch, Salate aus rohen und gegarten Gemüsen und vieles mehr.

4 EL Sesam
2 EL Koriandersamen
1 1/2 EL Kreuzkümmel
1/2 EL schwarze Pfefferkörner
2 TL gemahlener Zimt
25 g geröstete Haselnüsse, grobgehackt
1/2 EL Salz

Sesam, Koriander, Kreuzkümmel und Pfeffer rösten, abkühlen lassen und zu einem groben Pulver vermahlen. Die Haselnüsse gesondert zerstoßen oder kurz in einer elektrischen Mühle mahlen, es darf aber keine ölige Paste entstehen. Die Zutaten gut vermischen und in einem luftdicht verschlossenen Glas aufbewahren.

CHINESISCHES FÜNFGEWÜRZ

Diese Gewürzmischung verleiht Speisen sofort einen typisch chinesischen Geschmack. In der chinesischen Küche verwendet man sie für alle möglichen Speisen, am häufigsten für Schweinefleischgerichte. Sie wird aus gleichen Teilen Sternanis, Nelken, Sichuanpfeffer, Fenchelsamen und Ceylon-Zimt oder Kassia hergestellt, die zu einem feinen Pulver vermahlen werden. Der Sichuanpfeffer verleiht der Mischung eine ätherische Schärfe, Nelken und Zimt geben ihr ein warmes Aroma, Sternanis und Fenchel einen Hauch von Lakritz. Wenn Sie Lakritz nicht mögen, sollten Sie sich dennoch nicht abschrecken lassen. Ich kann den reinen Lakritzgeschmack nicht ausstehen, doch das harmonische Aroma von Fünfgewürz liebe ich. Man kann sich sein Pulver selbst herstellen, doch auch gekauftes Fünfgewürz hat ein gutes Aroma, sofern man es in kleinen Mengen kauft und häufig erneuert.

QUATRE ÉPICES

Auch wenn diese Mischung »vier Gewürze« heißt, enthält sie mitunter fünf oder sechs Sorten. Welche dies sind, hängt ganz vom Herkunftsland ab. Französisches *quatre épices* wird vorwiegend für Schweinefleischprodukte wie Wurst oder Pasteten und andere Schweinefleischgerichte verwendet. Meist besteht es aus (schwarzem oder weißem) Pfeffer und/oder Piment, Muskatnuß, Nelken, Zimt und Ingwer. Ich benutze gewöhnlich das Rezept meiner Mutter, das sie in einem Kochbuch von Michael Joseph gefunden hat. Man nimmt dafür auf sieben Teile Pfeffer je einen Teil Muskatnuß,

Getrocknete Chillies

Zimt und Nelken und vermahlt die Gewürze in einer elektrischen Kaffeemühle zu einem feinen Pulver – doch es ist reichlich Spielraum für Ihre eigenen Variationen.

Tunesisches *quatre épices* besteht aus getrockneten Rosenknospen, Pfeffer, Paprika und Zimt.

JAPANISCHES SIEBENGEWÜRZ

(Shichimi togarashi)

Diese scharfe Mischung aus grob gemahlenen Gewürzen dient vor allem als Tischwürze. Zum japanischen Siebengewürz gehören Chillies, Leinsamen (bzw. Senf- oder Rapssamen), Mohn, *nori* (Seetang), *sansho* (japanisches Pfefferblatt), schwarzer Sesam und getrocknete Tangerinenschale. Da man einige dieser Zutaten hier kaum bekommt, kann man die Mischung nicht selbst herstellen. Sie ist jedoch in kleinen Packungen in den meisten japanischen Lebensmittelgeschäften erhältlich.

Ich bereite meine eigene Mischung zu, die ausgesprochen gut und aromatisch schmeckt.

Schale von 2 Tangerinen, getrocknet
3 EL Sesam, geröstet und abgekühlt
½ EL Mohn
3 EL schwarze Pfefferkörner
1 EL Senfkörner
1 EL gefriergetrocknete grüne Pfefferkörner
4 EL zerkrümelte rote Chillies

Die Zutaten vermischen und in der elektrischen Kaffeemühle oder im Mörser zu einem groben Pulver vermahlen. In einem luftdicht verschlossenen Glas aufbewahren.

GARAM MASALA

Garam masala ist eine indische Gewürzmischung, die man gewöhnlich am Ende der Garzeit hinzufügt oder über Speisen streut. Es gibt Hunderte von Variationen – je nach Region, selbst beinahe jeder Koch hat sein eigenes Rezept. Diese Mischung stelle ich immer selbst her. Zuerst röste ich die Zutaten, und dann mahle ich sie in einer elektrischen Kaffeemühle. Da diese Gewürzmischung nur wenig oder gar nicht gegart wird, ist es wichtig, daß sie ihr volles Aroma bewahrt. Den oft schalen Geschmack fertiger Mischungen finde ich schrecklich. Die meisten indischen Kochbücher enthalten ein Rezept für *garam masala* und oft sogar mehrere. Das folgende ist mein Grundrezept, das ich aber nach Lust und Laune variiere.

8 grüne Kardamomkapseln
1 EL Koriandersamen
1 EL Kreuzkümmelsamen
1 Zimtstange, in Stücke gebrochen
1 TL ganze Nelken
½ EL schwarze Pfefferkörner
2 Lorbeerblätter, in kleine Stücke gebrochen
¼ TL frisch geriebene Muskatnuß

Die Kardamomkapseln aufschneiden und die schwarzen Samen herauslösen. Mit den restlichen Gewürzen – außer der Muskatnuß – vermischen. Die Gewürze rösten, abkühlen lassen und mit der Muskatnuß in einer elektrischen Kaffeemühle zu einem feinen Pulver vermahlen. In einem Glas mit Schraubverschluß an einem kühlen, trockenen Platz aufbewahren.

RAS EL HANOUT

Diese herrliche exotische Mischung stammt aus Nordafrika und wird besonders häufig in der marokkanischen Küche verwendet. Ein feststehendes Rezept gibt es nicht. Jeder Gewürz- und Gemüsehändler bereitet seine persönliche Mischung zu, die zwischen zehn und hundert Zutaten enthalten kann. Man verwendet sie für *tanjines* (in einem Keramiktopf gegarte Fleischgerichte) oder andere Fleischgerichte sowie Reis und Couscous. In ihrem großartigen Buch »Good Food from Morocco« hat Paula Woolfert eine *ras-el-hanout*-Mischung untersucht und 26 Bestandteile gefunden, darunter Veilchenwurzelpulver, Erdmandeln, Kubebenpfeffer und Malagettapfeffer, Galgant, Spanische Fliege *(Canthárides)* und Tollkirsche! Zu den Standardzutaten gehören Muskatnuß, Zimt, Rosenknospen, Ingwer, Nelken, Pfeffer, Kreuzkümmel und Cayennepfeffer, außerdem können Muskatblüte, Anis, Lavendel, Piment und weißer, grüner oder schwarzer Kardamom enthalten sein.

Theoretisch kann man zu Hause eine eigene Version herstellen, aber es ist einfacher, die Gewürzmischung fertig zu kaufen. Sie ist in Läden mit Lebensmitteln aus dem Nahen Osten erhältlich. Leider wird sie oft in großen Packungen verkauft, und wenn man sie nicht sechs Monate lang täglich verwendet, ist ihr Aroma beinahe verflogen, bevor man auch nur ein Viertel verbraucht hat. Offene Packungen sollte man in luftdicht verschlossenen Gläsern aufbewahren und wegwerfen, wenn der Duft merklich nachläßt.

Schwarzer Pfeffer

ACHIOTE-CHILI-ÖL

Dieses aromatisierte Öl aus der lateinamerikanischen Küche kann für Marinaden, Eintöpfe, Salate, Reis und Nudeln verwendet werden. Oder man benutzt es, um einer Mayonnaise Geschmack und Farbe zu verleihen (auf 150 ml Öl gibt man 1 Eßlöffel der Mischung).

2 EL Orleansamen *(achiote)*
1 bis 2 getrocknete, rote Chillies, entkernt und zerkrümelt
4 EL leichtes Oliven- oder Pflanzenöl

Orleansamen, Chillies und Öl in einem kleinen Topf bei mittlerer Temperatur unter gelegentlichem Rühren erhitzen. Wenn die Samen zu platzen beginnen, den Deckel auflegen. Nach etwa 1 Minute klingt das Knallen ab, und das Öl hat eine herrlich goldorange Farbe angenommen. Das Öl durch ein Sieb gießen und abkühlen lassen. Bis zum Gebrauch in einem sterilisierten Schraubglas aufbewahren.

MARINADE MIT ACHIOTE-CHILI-ÖL FÜR FISCH ODER HUHN

2 EL Achiote-Chili-Öl (siehe oben)
Saft von 2 Pomeranzen oder Saft von 1 Orange und 1 Zitrone
1/2 TL gemahlener Kreuzkümmel
1/2 TL getrockneter Oregano
1 kleine Zwiebel, gehackt
1 Knoblauchzehe, gehackt
Eine Prise Salz

Die Zutaten vermischen. Die Marinade zum Bestreichen von Huhn oder Fisch mit festem, weißem Fleisch verwenden.

HÜHNER- ODER ENTENBRÜHE MIT NUDELN

Das Rezept für diese belebende Suppe kann beliebig variiert werden, je nach der Auswahl an Kräutern und Gewürzen, die man gerade zur Hand hat. Die wichtigsten Grundzutaten sind ein guter Fond und Nudeln; an zweiter Stelle kommen Zitronengras, Ingwer, Chillies, Knoblauch und Koriander. Alle anderen Zutaten heben den Geschmack ebenfalls, sind aber kein Muß.

Für 4 Personen

1,75 l gehaltvoller Hühner- oder Entenfond
1 Zwiebel, grobgehackt
3 Stengel Zitronengras, in 2,5 cm große Stücke geschnitten und zerdrückt
3 Curryblätter
2 Kaffirlimettenblätter, zerzupft
3 Knoblauchzehen, gehackt
2 grüne oder rote Chilischoten, entkernt und gehackt
1 Stück Galgant (etwa 2,5 cm), gehackt
1 Stück frische Ingwerwurzel (etwa 2,5 cm), gehackt
1 EL heller Muscovado
Saft von 1/2 Zitrone
Salz
100 g chinesische Faden-Eiernudeln
3 EL grobgehackter Koriander oder eine Mischung aus Koriander und thailändischem Basilikum *(holy basil)*
Sojasauce

Mit Ausnahme von Nudeln, Koriander und Sojasauce alle Zutaten in einen Topf geben, zum Kochen bringen und 20 Minuten köcheln lassen. Die Suppe abschmecken, durch ein Sieb gießen und wieder in den Topf geben. Erneut zum Kochen bringen und die Nudeln hinzufügen. Die Nudeln einige Minuten garen, bis sie *al dente* sind, dann Koriander und einen Spritzer Sojasauce dazugeben. Sofort servieren.

KÄSE IN KRÄUTERMARINADE

Dieses Rezept ist einem norditalienischen Gericht nachempfunden, das durch eine Mischung von westlichen Kräutern und fernöstlichem Basilikum eine neue Note erhalten hat. Es ergibt eine herrliche Vorspeise oder kann anstelle einer Käseplatte serviert werden. Zum Auftunken der Marinade sollte reichlich Landbrot dazu gereicht werden.

Für 6 Personen

3 kleine, junge Weichkäse (jeweils 100 g schwer) oder 350 g Frischkäse oder je 175 g Ricotta und Frischkäse
20 g grobgehackte frische Petersilie
6 Stengel Pimpinelle, grobgehackt
5 große Blätter thailändisches Basilikum *(holy basil)*, gehackt
2 Stengel Süßdolde
1/2 TL grobgehackter Majoran
1 bis 2 Knoblauchzehen, gehackt
2 EL Zitronensaft
150 ml Olivenöl
Salz und frisch gemahlener Pfeffer

Kleine Weichkäse waagerecht in zwei Scheiben schneiden, Frischkäse oder Frischkäse und Ricotta in sechs Portionen teilen und zu 1 bis 2 cm dicken, runden Kuchen formen. In ein mit Öl ausgepinseltes, flaches Gefäß legen, in dem sie gerade Platz haben.

Die übrigen Zutaten in der Küchenmaschine fast glattpürieren. Oder die grobgehackten Kräuter mit dem Knoblauch vermischen und zusammen sehr fein hacken. Dann unter Zitronensaft, Öl, Salz und Pfeffer schlagen. Die Marinade abschmecken und, falls gewünscht, von der einen oder anderen Zutat noch etwas mehr dazugeben. Die Mischung sollte recht kräftig sein. Die Marinade über den Käse schöpfen. Den Käse abgedeckt bei Zimmertemperatur 30 Minuten durchziehen lassen, im Kühlschrank bis zu 24 Stunden. Zwischendurch gelegentlich beschöpfen. Zum Servieren sollte der Käse Zimmertemperatur haben.

Von links: Hühnerbrühe mit Nudeln, in Kräutermarinade eingelegter Käse, gefüllte Chillies

GEFÜLLTE CHILLIES

Ich liebe die Kombination von warmen Chillies, kühlem, sahnigem Käse und Krebsfleisch oder Garnelen. Aber Vorsicht: Dieses Rezept ist nur etwas für Chilifans. Am besten serviert man sie als Teil einer gemischten Vorspeisenplatte, doch sollten Sie jeden warnen, der sich anschickt, eine ganze Schote auf einmal in den Mund zu schieben.

Für 4–6 Personen

DRESSING

4 EL Olivenöl

1 EL Weißweinessig

Salz

FÜLLUNG

75 g weißes Krebsfleisch

100 g junger, milder Ziegenkäse

Salz

½ EL feingehackte frische Minze

12 *jalapeño*- oder *fresno*-Chillies (oder andere, größere und dickwandige Schoten)

1 EL feingehackte Petersilie

Zur Herstellung des Dressings das Öl eßlöffelweise unter den Essig schlagen. Dann etwas Salz hinzufügen. Für die Füllung das Krebsfleisch zerkleinern und mit Ziegenkäse, einer Prise Salz und Minze vermischen.

Die Chilischoten möglichst nahe unter dem vorgeheizten Grill rösten, bis die Haut Blasen wirft. In einen Folienbeutel legen und diesen verschließen. Sobald die Schoten genügend abgekühlt sind, die Haut abziehen. Die Chillies längs aufschneiden und behutsam die Samen entfernen. Die Schoten unter fließendem kaltem Wasser abspülen und mit Küchenkrepp trockentupfen. Großzügig Füllung hineingeben. Die Chillies in ein flaches Gefäß legen und das Dressing sowie die Hälfte der Petersilie darübergeben. Zugedeckt mindestens 2 Stunden durchziehen lassen, zwischendurch immer wieder mit dem Dressing beschöpfen. Vor dem Servieren mit der restlichen Petersilie bestreuen.

METHI ALOO

NEUE KARTOFFELN MIT FRISCHEM BOCKSHORNKLEE

Dieses Rezept stammt von Julie Sahni (»Das große vegetarische indische Kochbuch«). Eigentlich ist dieses Gericht für vier Personen gedacht, aber es schmeckt so gut, daß ich schon einmal die Hälfte davon ganz allein verspeist habe.

Für 4 Personen

100 bis 220 g frische Bockshornkleeblätter oder 2 EL getrockneter Bockshornklee
60 bis 90 g Butter
450 g sehr kleine neue Kartoffeln, gewaschen und ungeschält
1/2 TL frisch gemahlener Pfeffer
1/2 TL *garam masala*
1/2 TL Mangopulver *(amchur)*
Salz

Den Bockshornklee waschen, dabei mehrmals das Wasser wechseln. Abtropfen lassen und feinhacken. 30 g Butter in einer Pfanne erhitzen, in der die Kartoffeln nebeneinander Platz haben. Die Kartoffeln 5 bis 6 Minuten behutsam braten, bis sie leicht gebräunt sind. Den Bockshornklee hinzufügen und 3 Minuten garen. Ist er zusammengefallen, den Pfeffer, verbliebene Butter sowie 2 Eßlöffel Wasser hinzufügen und gut untermischen.

Die Hitze reduzieren und die Kartoffeln zugedeckt etwa 20 Minuten garen, bis sie weich sind – dabei häufig umrühren, damit sie nicht anbrennen. Falls notwendig, den Deckel abnehmen und die Temperatur heraufschalten, so daß noch vorhandenes Wasser verdampft. *Garam masala* und Mangopulver über die Kartoffeln streuen. Die Hitze erhöhen und die Kartoffeln noch einmal 3 bis 4 Minuten garen, dabei ständig rühren, bis sie gleichmäßig mit den Gewürzen überzogen sind. Sie können heiß, warm oder kalt serviert werden.

LACHS MIT LIMETTENBUTTER

Um gegrilltem Fleisch eine besondere Note zu geben, kann man einfach aromatisierte Butter hinzufügen. Wenn es sich jedoch um fettreichen Fisch wie Lachs handelt, ist es wichtig, daß sie auch Säure hat, damit das Gericht nicht zu schwer wird. Hier wurde getrocknete Limette verwendet.

Für 4 Personen

LIMETTENBUTTER
- 2 TL ganze Kreuzkümmelsamen
- 1 Sternaniskapsel, in Segmente geteilt
- 1 TL schwarze Pfefferkörner
- 100 g Butter (mit Zimmertemperatur)
- Schale von 1 getrockneten Limette, in Stücke gebrochen

- 4 Lachssteaks
- Öl
- Salz und frisch gemahlener Pfeffer

Für die Butter Kreuzkümmel, Sternanis und Pfefferkörner in einer kleinen, schweren Pfanne rösten, bis sie zu duften beginnen. Abkühlen lassen, dann mit der Limettenschale in einer elektrischen Kaffeemühle vermahlen. 2 Teelöffel Gewürzmischung in die Butter einarbeiten. Die Butter kalt stellen.

Die Lachssteaks mit Öl bestreichen, würzen und grillen. Sie sollten gegart, aber nicht übergart sein. Auf jedes Steak ein kleines Stückchen Butter setzen, die restliche Butter getrennt dazu reichen.

SAUCE VON ANANAS, AVOCADO UND LIEBSTÖCKEL

Bei der Entstehung dieses Rezepts hatte der Zufall seine Hand im Spiel. Ich bereitete gerade eine Ananassauce zu, als ich eine Avocado im Obstkorb entdeckte und dann ein kleines Sträußchen Liebstöckel, das ich an diesem Tag gepflückt hatte. Aus diesen Zutaten entstand eine großartige Sauce, die ausgezeichnet zu gegrillter oder gebratener Ente und auch anderem gegrilltem Fleisch paßt.

Für 6–8 Personen

- 1 Limette
- 1 mittelgroße Ananas
- 1 Avocado
- 5 Liebstöckelblätter, feingehackt
- 1 rote Zwiebel, feingehackt
- 1 rote Chilischote, entkernt und feingehackt
- Salz

Die Limettenschale in langen Streifen abschälen und 1 Minute in kochendem Wasser blanchieren. Abtropfen lassen, trockentupfen und hacken. Den Saft der Limette auspressen. Die Ananas schälen, die holzige Mitte entfernen und das Fruchtfleisch würfeln. Mit Limettensaft und gehackter Limettenschale mischen. Die Avocado schälen und fein würfeln. Zu der Ananas geben und rasch im Saft wenden. Die restlichen Zutaten hinzufügen und untermischen. Die Sauce vor dem Servieren zugedeckt für mindestens 1 Stunde in den Kühlschrank stellen. Dann abschmecken und eventuell noch etwas Liebstöckel hinzufügen.

LAMMSATTEL MIT BASILIKUM-PFEFFER-KRUSTE

Eine knusprige Kruste aus Basilikum und Sichuanpfeffer rundet junges, saftiges Lammfleisch auf perfekte Weise ab.

Für 4–6 Personen

- 1/2 EL Sichuanpfefferkörner
- 12 Blätter thailändisches Basilikum (*holy basil*)
- 75 g Brotkrumen
- Salz
- 2 EL Olivenöl
- 2 Lammsattel

Den Sichuanpfeffer in einer kleinen, schweren Pfanne bei starker Hitze rösten. Die Pfanne schütteln, bis der Pfeffer zu duften beginnt und zerplatzt. Abkühlen lassen und grob zerstoßen. Das Basilikum sehr fein hacken und mit den zerstoßenen Pfefferkörnern, Brotkrumen, Salz und Olivenöl mischen.

Haut und Sehnen vom Lammsattel entfernen, dabei nur eine dünne Schicht Fett belassen. Die Knochenenden mit Alufolie umwickeln, damit sie nicht verbrennen. Die Brotkrumenmischung fest auf die Außenseite der Lammsattel drücken. Diese mit der Kruste nach oben auf ein dünn geöltes Backblech legen.

Im vorgeheizten Backofen bei 220 °C (Gasherd Stufe 4–5) 30 bis 35 Minuten garen, je nachdem, wie stark das Fleisch durchgebraten sein soll. Nach etwa 20 Minuten die Kruste prüfen und, falls notwendig, mit Alufolie abdecken.

Den Backofen ausschalten und die Tür einen Spalt öffnen. Das Fleisch noch 5 Minuten ruhen lassen, dann die Alufolie entfernen und das Fleisch zum Servieren in dicke Scheiben schneiden.

Seite 34; oben: Lachs mit Limettenbutter; unten: Methi Aloo

MAHLEB-KEKSE

Diese Kekse mit ihrem feinen Bittermandelaroma sind auch ohne Puderzucker köstlich, aber mit Zuckerüberzug sind sie einfach unwiderstehlich.

Ergibt etwa 20 Kekse

75 g leicht gesalzene Butter
150 g Mehl, gesiebt
2 gestrichene TL frisch gemahlener *mahleb*
50 g Vanillezucker
Puderzucker (nach Belieben)

Die Butter zerlassen und abkühlen lassen, bis sie lauwarm ist. Das Mehl mit *mahleb* und Vanillezucker vermischen. Die Butter hinzufügen und einen weichen, krümeligen Teig herstellen. Mit einem Teelöffel Teigstücke abstechen und zu Kugeln rollen. Auf ein mit Backpapier abgedecktes Blech setzen und für 30 Minuten in den auf 150 °C (Gasherd Stufe 1) vorgeheizten Backofen schieben. Die Plätzchen einige Minuten auf dem Blech abkühlen lassen, dann zum vollständigen Auskühlen vorsichtig auf ein Kuchengitter heben.

Zuckerüberzug: Die Kekse aus dem Backofen nehmen und nur 30 Sekunden ruhen lassen. In Puderzucker rollen, sobald sie fest zu werden beginnen – aber Vorsicht, sie sind immer noch recht krümelig. Anschließend noch einmal für eine Minute in den Backofen schieben. Einige Minuten auf dem Blech abkühlen lassen, dann mit einer Palette oder einem Wender zum vollständigen Auskühlen auf ein Gitter heben.

MANDELKUCHEN MIT HOLUNDERBLÜTEN

Wenn man Holunderblüten auf den Boden einer Backform legt, bevor man den Teig hineingibt, nimmt der Kuchen beim Backen nach und nach ihren charakteristischen Duft auf. Dieses Verfahren ist nicht nur mit Holunderblüten möglich, sondern auch mit Lavendel und Rosenblüten, mit duftenden Blättern wie etwa von Pfirsich, schwarzer Johannisbeere oder Geranien und selbst mit Schraubenbaumblättern.

Ergibt einen Kuchen

3 große Holunderblütendolden oder 6 duftende Blätter (siehe oben)
100 g Mehl
1 gestrichenen TL (5 g) Backpulver
Salz
2 Eier
100 g feiner Zucker
50 g Butter, zerlassen und etwas abgekühlt
50 g gemahlene Mandeln
Puderzucker (zum Bestäuben)

Eine 18 cm große Kuchenform mit Backpapier auslegen oder ausbuttern und mit Mehl ausstreuen. Die Holunderblüten schütteln, um eventuell vorhandene Insekten zu entfernen, und den dicken Stiel abschneiden. Die Dolden mit den Blüten nach oben in die Form legen.

Mehl und eine Prise Salz sieben. In einer Schüssel Eier und feinen Zucker schaumig schlagen. Die zerlassene Butter hinzufügen, dann Mehl und gemahlene Mandeln untermischen. Einen glatten Teig herstellen und in die Backform geben.

Im vorgeheizten Backofen bei 180 °C (Gasherd Stufe 2–3) 30 Minuten backen oder bis der Kuchen sich fest anfühlt, wenn man daraufdrückt. 5 Minuten ruhen lassen, dann mit einem Messer am Rand entlangfahren. Zum Auskühlen auf ein Gitter stürzen. Vor dem Servieren mit Puderzucker bestreuen.

KAYA

Ein Glas mit malaysischem »kaya« hatte ich bereits gekauft, bevor ich Schraubenbaumblätter oder »kewra«-Wasser entdeckte. »Kaya« ist sehr süß und verströmt einen geheimnisvollen, exotischen Duft. Da ich in keinem meiner Bücher ein Rezept finden konnte, hielt ich mich einfach an die Zutatenliste auf dem Glas. Die Kopie wurde tatsächlich besser als das Original, da ich die überwältigende Süße mit Zitronensaft ausgeglichen habe.

Ergibt etwa 300 ml

175 ml Kokosmilch
100 g Butter
250 g heller Muscovado oder heller Palmzucker
4 bis 5 Stücke von Schraubenbaumblättern oder 1 bis 1 1/2 TL *kewra*-Wasser
Saft von 1/2 Zitrone
4 große Eier, leicht verquirlt

Mit Ausnahme der Eier alle Zutaten in eine Schüssel geben und diese auf einen Topf mit leise köchelndem Wasser setzen, dabei darauf achten, daß der Schüsselboden mit dem Wasser nicht in Berührung kommt. Die Mischung rühren, bis sich der Zucker vollkommen aufgelöst hat. Die Eier durch ein feines Sieb in die Schüssel streichen. Die Mischung unter ständigem Rühren garen, bis sie eindickt. Sie darf aber nicht kochen.

In kleine saubere Gläser füllen und fest verschließen. *Kaya* hält sich im Kühlschrank bis zu einem Monat, tiefgefroren bis zu drei Monaten.

Reiscreme mit Mastix

ROSENBLÜTEN-SIRUP

Dieser rosenrote Sirup kann mit Eiswasser nach Geschmack gemischt und als Getränk serviert werden. Um rasch ein Sorbet zuzubereiten, füllt man ein kleines Glas mit zerstoßenem Eis und gießt bis zum Rand Sirup hinein. Man kann den Sirup auch für Cremes und Obstsalate verwenden oder einfach über Vanillie-, Pfirsich- oder Erdbeereis geben. Im Kühlschrank hält er sich einige Monate.

Ergibt etwa 300 ml

- 3 große, duftende, rote Rosenblüten
- 200 g feiner Zucker
- 150 ml Wasser
- Saft von 1/2 Zitrone

Die Blütenblätter auszupfen und in eine Schüssel geben. In einem Topf Zucker, Wasser und Zitronensaft vermischen und bei mittlerer Hitze rühren, bis sich der Zucker vollkommen aufgelöst hat. Die Temperatur heraufschalten und die Mischung 5 Minuten köcheln lassen. Über die Rosenblätter geben und abkühlen lassen. Locker abgedeckt bei Zimmertemperatur 24 Stunden stehen lassen; dann durch ein Sieb gießen und in eine sterilisierte, trockene Flasche füllen. Den Sirup verschlossen an einem kühlen, dunklen Ort aufbewahren.

ABWANDLUNGEN

LAVENDELSIRUP

Den Sirup wie oben zubereiten, die Rosenblätter jedoch durch 8 frische Lavendelblütenstände oder 2 Eßlöffel getrocknete Lavendelblüten ersetzen.

SIRUP VON ANANASSALBEI

Den Sirup wie oben zubereiten, die Rosenblüten aber durch 40 Ananassalbeiblätter ersetzen.

REISCREME MIT MASTIX

Wer keinen Mastix bekommt, kann ihn durch 2 bis 3 Teelöffel »kewra«-Wasser, Rosenwasser oder Orangenblütenwasser ersetzen. Es wird in den fertigen, aber noch heißen Pudding gegeben.

Für 6 Personen

- 600 ml Milch
- 6 EL Milchreis
- 1 Vanilleschote
- 1 kleines Stück Mastix (etwa 1/4 TL
- 40 g feiner Zucker
- 150 ml Sahne
- 25 g geröstete Mandeln, gehackt

Die Milch zum Kochen bringen, dann Reis und Vanilleschote hinzufügen, umrühren und wieder zum Kochen bringen. Die Temperatur herunterschalten und den Deckel auflegen. Den Reis 40 Minuten quellen lassen, dabei gelegentlich umrühren.

Während der Reis gart, den Mastix mit 1/2 TL Zucker zu einem feinen Pulver vermahlen. Nach Ablauf der 40 Minuten Mastixpulver und restlichen Zucker in den Reis rühren. Den Reis noch weitere 2 Minuten garen, dann die Vanilleschote herausnehmen. Während der Reis abkühlt, die Sahne schlagen. Zuerst die gemahlenen Mandeln unter den Reis ziehen, dann die geschlagene Sahne. Die Reiscreme leicht gekühlt servieren; im Sommer mit frischem Obst, im Winter mit in Sirup pochierten Früchten, wie frischer Mango, Ananas, Papaya, reichen.

Will man die Creme heiß servieren, bereitet man sie wie oben zu, rührt die Sahne jedoch ungeschlagen unter die fertige Creme.

ÖLE

Die Umgebung der toskanischen Stadt Lucca wird auf eine merkwürdig schöne Art von Araukarien geschmückt. Bei meinem ersten Besuch fielen mir diese Bäume nicht auf, da ich mit der Bahn anreiste und nie einen Fuß in jene Bezirke setzte, die außerhalb der mittelalterlichen Stadtmauern liegen, denn ich war völlig verzaubert von dem dichten Labyrinth der Straßen, den in den Himmel ragenden, schlanken Türmen und den hohen Kuppeln der Kirchen.

Mein zweiter Besuch in Lucca war beruflicher Natur. Ich hatte den wunderbaren Auftrag, Olivenöl zu kosten in jener Stadt, die das Olivenölzentrum der Toskana, vielleicht ganz Italiens oder – wie ihre Bewohner wohl hartnäckig beteuern würden – der Welt ist.

Ich stelle mir gern vor, daß die eleganten, exotischen Araukarien anmutige Symbole des Erfolgs sind, die ihre Existenz dem Reichtum verdanken, den die Olivenhaine brachten. Reichtum, der weniger von den Bauern angehäuft wurde als von den Ölhändlern, Verarbeitern und Kaufleuten, den Ahnen der großen Namen im Olivenölgeschäft, den Bertollis, Sassos, Berios und anderen.

Sieht man einmal von den Araukarien ab, sind es immer noch die silbergrauen Blätter des Olivenbaums, die – wie anderswo im Mittelmeerraum – das Landschaftsbild um Lucca prägen. Die knorrigen Bäume wachsen auf steil angelegten Terrassen, und da und dort ragt eine dunkle, schlanke Zypresse oder eine flache Pinie heraus. Die Landschaft sieht aus wie ein Renaissancegemälde, das in den Tälern nur entlang der breiteren Straßen durch schäbige Betonbauten der Neuzeit angepaßt wurde; und wenn man dann durch die Olivenhaine fährt, sieht man große Haufen leuchtendroter und blauer »Wolle« – eindeutig Farben des zwanzigsten Jahrhunderts. Sie liegen bereit als Schutzmaterial zum Abdecken des Bodens, falls im nächsten Winter starke Fröste auftreten.

Durch die Verbindung traditioneller Methoden mit modernen technischen Entwicklungen kann heute mehr und besseres Olivenöl produziert werden als noch vor fünfzig Jahren. In der Hochebene von La Mancha in Spanien beobachtete ich einmal, wie Landarbeiter Oliven von Hand pflückten und behutsam in runde Weidenkörbe legten. Ich folgte den Oliven bis zu den Ölmühlen, wo sie noch immer mit schweren Mühlsteinen ausgepreßt werden, auch wenn diese heute mit Edelstahl ummantelt und von Computern gesteuert sind.

Olivenöl verbreitet einen faszinierenden Zauber. Wer es probiert, den betört es, und wen es einmal in seinen Bann gezogen hat, den läßt es nicht mehr los. Olivenöl aus Kalabrien schmeckt völlig anders als toskanisches Olivenöl, Erinnerungen an einen Urlaub in Griechenland kann man mit schwerem griechischem Olivenöl wachrufen, Olivenöl aus der Provence hat nichts mit spanischem oder portugiesischem Olivenöl gemein, und selbst Öl, das aus ein und demselben Hain stammt, ist jedes Jahr anders. Diese Erkenntnis eröffnete mir beim Kochen ganz neue Dimensionen, und wenn schon eine einzige Ölsorte meine Küche so abwechslungsreich gestalten konnte, was war dann erst mit all den anderen Ölen, wie etwa den Nußölen, möglich?

Es gibt fünf Speiseöle, auf die ich in meiner Küche nicht verzichten kann – mindestens zwei Arten Olivenöl (eine feine, teure und eine preiswertere für den allgemeinen Gebrauch), ein Sesamöl, mindestens ein Nußöl und ein geschmacksneutrales Öl wie etwa Erdnußöl. Das preiswertere Olivenöl und das geschmacksneutrale Öl sind Allzwecköle für den täglichen Bedarf. Die drei anderen, relativ teuren Öle verwende ich, beinahe wie Gewürze, in kleinen Mengen, um Speisen Geschmack und Duft zu verleihen. Mit ihrer Hilfe kann man Standardrezepte wunderbar variieren.

Ein gutes Beispiel hierfür ist Mayonnaise für Kartoffelsalat. Wenn es ein einfacher oder mit vielen Kräutern angereicherter Salat werden soll, stellt man die Mayonnaise mit einem leichten Salatöl und etwas Weißweinessig her. Mediterranen Charakter bekommt sie durch eine Mischung aus einfachem Öl, Olivenöl, Zitronensaft und reichlich Knoblauch. Wiederum völlig anders wird sie, wenn man ein wenig Haselnußöl und einige geröstete Haselnüsse hinzufügt. Verwendet man statt dessen Sesamöl und einige geröstete Gewürze, erhält der Salat eine fernöstliche Note.

Leider sind häufig die Leckereien, die uns besonders gut schmecken, nicht gesund, aber diese herrlichen Öle bilden eine Ausnahme. Wir wissen heute, daß eine übermäßige Zufuhr von gesättigten Fettsäuren zu Arterienverkalkung und letztlich sogar zu einem Herzinfarkt führen kann. Und gäbe es nicht das an ungesättigten Fettsäuren reiche Olivenöl, wäre es mir wahrscheinlich sehr viel schwerer gefallen, meinen Butterverbrauch zu reduzieren. Aber so empfand ich das überhaupt nicht als Verlust. Die meisten pflanzlichen Öle enthalten große Anteile an einfach und/oder mehrfach ungesättigten Fettsäuren, doch es gibt Ausnahmen. So sind beispielsweise Kokosöl und Palmöl reich an gesättigten Fettsäuren, doch keines von beiden hat einen so herausragenden Geschmack, daß man nicht darauf verzichten könnte.

Öl aufbewahren

Am besten bewahrt man Speiseöle gut verschlossen an einem trockenen, kühlen, dunklen Ort auf, wie etwa in einer altmodischen Speisekammer. Der zweitbeste Ort ist ein Schrank in einer kühlen Küche. Damit soll verhindert werden, daß das Öl oxidiert und an Geschmack verliert oder sogar ranzig wird. Drei Faktoren führen zur Oxidation: Kontakt mit Luft, Kontakt mit Licht (insbesondere hellem Sonnenlicht) und Wärme.

Da man Öle aber nicht vakuumverpackt aufbewahren kann und gelegentlich einmal öffnen muß, ist nach einer Weile selbst bei optimaler Lagerung ein gewisser Qualitätsverlust unausweichlich. Deshalb ist es ratsam, Öl nur in kleinen Mengen zu kaufen und es rasch zu verbrauchen. Die entsetzlich teuren Nußöle und die feinen Olivenöle werden ohnehin meist in kleinen Mengen verkauft. Viele befinden sich darüber hinaus in Behältern aus Metall oder dunklem Glas, die sie vor Lichteinwirkung schützen.

Wenn Sie der Versuchung nicht widerstehen können, aus dem Urlaub eine große Dose herrlichen Öls mitzunehmen, sollten Sie es zu Hause in kleinere Flaschen umfüllen, die bis auf eine, die Sie im Gebrauch haben, sorgfältig gelagert werden. Andernfalls werden Sie nach vier oder fünf Monaten vielleicht feststellen müssen, daß das Öl den sonnigen Erinnerungen nicht mehr gerecht wird.

Wer nicht über einen einigermaßen kühlen Ort in seiner Wohnung verfügt, muß sein Öl möglicherweise im Kühlschrank aufbewahren. Es ist aber umstritten, ob dies wirklich empfehlenswert ist. Als ich einmal in einer Dachwohnung lebte, die im Sommer heiß und im Winter kalt war, pflegte ich mein Öl im Kühlschrank aufzubewahren. Zweifellos wird es dadurch zähflüssig und trüb und muß wieder auf Zimmertemperatur gebracht werden, bevor man es verwenden kann, doch sein Geschmack leidet meines Erachtens kaum.

Nachdem ich nun all dies gesagt habe, muß ich beschämt eingestehen, daß ich meine Öle meistens zusammen mit dem Essig und einem Sammelsurium anderer

Würzen in einem Regal über der Arbeitsplatte in meiner Küche aufbewahre. »Womit«, so werden Sie vielleicht fragen, »können Sie das rechtfertigen?« Nun, ich benutze täglich mindestens eines oder sogar mehrere von ihnen, etwa für Salatdressings oder Gemüse, zum Braten von Fleisch, zum Bestreichen von Fisch, für Saucen oder zum Würzen einer kräftigen Suppe. Wenn ich nicht gerade ein bestimmtes Rezept nachkoche, entscheide ich oft erst in letzter Sekunde, welches Öl ich verwende. Es ist eine Frage der Laune, der Eignung und der Phantasie. Ich möchte die Möglichkeiten haben, mit einem Handgriff für jede Gelegenheit das richtige Öl nehmen zu können. Auf diese Weise entstehen in meiner Küche mitunter denkwürdige, häufig erfreuliche, gelegentlich aber auch katastrophale Kombinationen.

Mein Bedarf an Speiseöl ist so groß, daß ich die meisten Öle verbrauche, solange sie noch ihre Qualität bewahrt haben. Ab und zu muß ich zwar tatsächlich eines wegwerfen, aber gewöhnlich war es dann ohnehin nicht das beste. Und sehr teure, besonders feine Öle (wie etwa ein »Bahia a Coltibuono« – ein goldenes, samtiges Olivenöl – oder ein Pistazienöl) bewahre ich vor schädlichen Einflüssen sorgfältig geschützt auf.

Letztlich geht es darum, das Beste aus einem Öl zu machen und es in vollen Zügen zu genießen. Sorgen Sie für eine sachgerechte Lagerung, und passen Sie die verschiedenen Öle Ihrer Küche und Ihren Garmethoden an.

OLIVENÖL

Das Grundverfahren der Olivenölgewinnung hat sich im Lauf der Jahrtausende wenig verändert, obwohl natürlich die Methoden und Geräte weiterentwickelt wurden; heute gewinnt man bereits in einigen Fällen das Olivenöl computergesteuert. Geerntet werden Oliven gewöhnlich von Hand. Dann werden die Früchte gewaschen und zerdrückt. Dieser Brei wird dann gepreßt. Die entstandene Emulsion wird gefiltert und getrennt. Anschließend filtert man das Öl nochmals. Auf diese Weise entsteht »Natives Olivenöl«. Diese Bezeichnung besagt immer, daß das Öl kaltgepreßt ist, aus erster Pressung stammt und weder erhitzt noch chemisch behandelt wurde. Aber auch natives Olivenöl gibt es in sehr unterschiedlichen Qualitätsstufen, die sich nach dem Gehalt an freien Fettsäuren richten: Je geringer er ist, um so hochwertiger ist das Öl.

Nach einer neuen EG-Verordnung darf »Natives Olivenöl extra« höchstens ein Prozent freie Fettsäuren enthalten, »Natives Olivenöl« höchstens zwei Prozent.

Darüber hinaus müssen die Öle einen guten Geschmack und Geruch haben. Dennoch sind die Geschmacksunterschiede verblüffend. Manche Öle schmekken pfeffrig, während andere das Aroma von frisch gemähtem Heu besitzen. Olivenöle mit großen Firmennamen wie Bertolli, Berio, Sasso, Carbonell oder Cypressa sind sorgfältige Mischungen, die stets den gleichen einzigartigen Geschmack haben. Denn selbst Öl aus demselben Olivenhain schmeckt – ebenso wie Wein – jedes Jahr anders.

Öl, das nicht die obengenannten Bezeichnungen trägt, ist meistens raffiniertes Öl und durch chemische Verfahren seines Geschmacks beraubt. Nach der ersten Pressung wird der zurückbleibende Olivenbrei noch ein oder zwei weiteren Pressungen unterzogen, um auch den letzten Tropfen zu extrahieren. Dieses Öl wird raffiniert, und häufig setzt man ihm zur Verbesserung des Geschmacks etwas natives Olivenöl zu. Früher waren solche Öle als »Reines Olivenöl« im Handel, heute tragen sie die simple Bezeichnung

Helles Olivenöl

Natives Olivenöl

Natives Olivenöl extra

»Olivenöl«. Die Logik der Benennung ist nicht unbedingt nachvollziehbar, aber eigentlich braucht man nur zu wissen, daß diese Öle leichter und preiswerter sind und deshalb großzügiger verwendet werden können.

An diese Verfahrensweise habe ich mich zumindest früher streng gehalten. Dann aber begann ich vor einigen Jahren beim Kochen den Anteil an tierischen Fetten zu reduzieren und zur gleichen Zeit die Wonnen des Olivenöls zu entdecken. Nach einer Weile stellte ich fest, daß ich nicht länger »Reines Olivenöl« benutzte. Jetzt verwende ich auch in der täglichen Küche »Natives Olivenöl extra«, denn ich liebe seinen Geschmack und finde, daß es kaum Speisen gibt, zu denen es nicht paßt. Und falls mir doch einmal der Geschmack von Olivenöl oder einem anderen kräftigen Öl zu intensiv erscheint, nehme ich ein geschmacksneutrales Öl, wie etwa Distelöl.

Außerdem besitze ich eine Flasche schrecklich teures Olivenöl, das ich in kleinen Mengen zum Würzen benutze. Lediglich bei Mayonnaise mache ich es anders, für die mir Olivenöl, und besonders reines Olivenöl, zu intensiv ist. Deshalb mische ich es hier mit einem geschmacksneutralen Öl im Verhältnis eins zu drei oder eins zu vier. Natürlich kann man bei diesen Dingen keine festen Regeln aufstellen. Letztlich ist dies eine Frage des persönlichen Geschmacks.

Olivenöl und knuspriges Brot sind wie füreinander geschaffen. Ein mit Brot, Öl, reifen Tomaten sowie Salz und Pfeffer zubereitetes Tomatensandwich gehört zu den kleinen Freuden des Lebens, und dieses Grundthema kann mit dünnen Zwiebelscheiben, Oliven, Basilikum, Salami und anderen köstlichen Zutaten nach Herzenslust variiert werden. Man toastet eine Scheibe Brot, reibt sie mit einer Knoblauchzehe ein und beträufelt sie mit Olivenöl – schon hat man eine italienische *bruschetta.* Reibt man diese mit einer halbierten Tomate ein, wird sie noch besser. Am besten schmeckt jedoch Brot, das mit Olivenöl bestrichen im Backofen bei mittlerer Hitze goldbraun und knusprig gebacken wurde.

In einem Eisenwarenladen in der italienischen Stadt Amalfi habe ich mir einmal ein kleines Ölkännchen mit einer gebogenen Tülle gekauft, das einfach bildhübsch ist. Mit ihm läßt sich das Öl wunderbar auf Brotscheiben und Pizza oder in Suppe träufeln, etwa so, wie man in nördlicheren Ländern zum Abrunden des Geschmacks einen Schuß Sahne an die Suppe gibt. Kräftiger wird das Aroma, wenn man das Öl zunächst mit feingehacktem Knoblauch, zerkrümelten getrockneten roten Chillies oder Kräutern anwärmt.

Man kann aber auch Nudeln in dieser Mischung wenden und sie dann mit frisch geriebenem Käse essen oder, mit etwas Zitrone oder Weinessig gesäuert, abgekühlt als Salat zubereiten. Oder man schwenkt die Nudeln einfach in Olivenöl und grob zerstoßenem schwarzem Pfeffer.

ZITRONEN-OLIVEN-ÖL

Es gibt nur wenige Möglichkeiten, gutes Olivenöl noch zu verbessern, aber eine davon ist, den Oliven beim Pressen frische Zitronen zuzugeben. Das Öl aus der Schale und der Saft der Zitronen werden dann zusammen mit der Olivenölemulsion getrennt. Das Ergebnis ist eine absolut himmlische Mischung aus Zitronen- und Olivenöl, die man aber nur als Aromazutat oder zur Zubereitung von Salatdressings verwenden sollte.

Erdnußöl

Distelöl

Sonnenblumenöl

Traubenkernöl

ERDNUSSÖL

(Huile d'arachide, peanut oil)

Erdnußöl ist das ideale Öl zum Fritieren und Braten, da es einen relativ hohen Rauchpunkt aufweist. Auf der Suche nach diesem Öl fand ich einmal ein Fläschchen chinesisches Erdnußöl. Es schmeckte wunderbar, aber später wurde mir klar, daß es nicht das war, was ich brauchte. Das Erdnußöl, das man in asiatischen Lebensmittelgeschäften bekommt, ist etwas, manchmal aber auch völlig anders beschaffen als europäisches. Es hat mehr mit Walnuß- und Haselnußöl gemein und besitzt den typischen Geschmack von Erdnüssen. Asiatische Erdnußöle sind zumeist kaltgepreßte Öle aus gerösteten Erdnüssen. Ebenso wie Walnuß- und Haselnußöl sollte man es behutsam verwenden.

Europäisches Erdnußöl hat gewöhnlich kaum Eigenaroma und schmeckt angenehm leicht, daher ist es ein ideales Öl für den täglichen Gebrauch. Als Ersatz läßt sich jedes leichtere, geschmacksneutrale Öl wie etwa Sonnenblumenöl, Distelöl oder Traubenkernöl verwenden. In Frankreich ist es in den Gegenden, in denen keine Oliven gedeihen, *das* Speiseöl, und man verwendet es dort häufig zum Anmachen von Salat und zum Fritieren. Ich benutze es, wenn ich andere Aromen nicht verdecken will, etwa bei Vinaigrettes, bei denen der Geschmack einer anderen, besonders feinen Zutat wichtig ist (beispielsweise von Balsamessig oder einer Handvoll frischem Dill).

Man kann es aber auch mit kräftigem Nuß- oder Sesamöl mischen – für eine Vinaigrette im Verhältnis eins zu vier oder fünf, für Mayonnaise im Verhältnis eins zu acht. Dieses oder ein anderes geschmacksneutrales Öl verwendet man auch für Mayonnaise, die mit Kräutern oder Gewürzen aromatisiert, mit Frischkäse *(fromage frais)* oder mit geschlagener Sahne angereichert wird. Und noch ein Wort zu Mayonnaise: Ich finde, daß die klassische Olivenöl-Mayonnaise am besten wird, wenn man sie mit zwei Teilen Erdnuß- oder Sonnenblumenöl und einem Teil nativem oder reinem Olivenöl zubereitet.

DISTELÖL

(Safloröl)

Auch dies ist ein leichtes Öl für den täglichen Gebrauch und mit Erdnuß- und Sonnenblumenöl austauschbar. Es hat einen hohen Anteil an ungesättigten Fettsäuren und den höchsten Linolsäuregehalt. Vielfach wird es als Diätspeiseöl verwendet.

SONNENBLUMENÖL

Wahrscheinlich hat dieses Öl bereits seinen festen Platz in Ihrer Küche, und Sie wissen, wie vielseitig verwendbar es ist. Es wird durch Kaltpressung aus den Samen der Sonnenblume gewonnen und ist wegen seines hohen Gehalts an ungesättigten Fettsäuren ein biologisch besonders wertvolles Speiseöl. Mir gefällt die Vorstellung, daß es von herrlichen Feldern mit fröhlichen, leuchtendgelben Sonnenblumen stammt.

TRAUBENKERNÖL

Feines Traubenkernöl kann man für Salatdressings, aber auch zum Braten verwenden; häufig wird es mit anderen Ölen gemischt. Meine Vorliebe für Traubenkernöl rührt weniger von seinen kulinarischen Vorzügen her als vielmehr von der Tatsache, daß es aus den Traubenkernen gepreßt wird, die bei der Weinherstellung übrigbleiben.

Dies ist ein schönes Beispiel für die Verwertung von Abfallprodukten. Das goldgelbe, manchmal auch smaragdgrüne Öl mit seinem mild-fruchtigen Geschmack wird besonders wegen seines Linolsäuregehalts geschätzt.

Walnußöl Haselnußöl Pinienkernöl Pistazienöl Mandelöl

SESAMÖL

Nun kommen wir zur Sache. Dieses Öl ist eine Suche wert, doch da es sich wachsender Beliebtheit erfreut, findet man es heute immer häufiger in Naturkostgeschäften und selbst in Supermärkten. Es gibt zwei Arten von Sesamöl – eine helle Sorte aus ungeröstetem Sesam mit einem relativ milden, nussigen Geschmack, und jenes herrliche Öl der asiatischen Küche, das aus geröstetem Sesam hergestellt wird. Letzteres bekommt man in allen Schattierungen von Bernsteinfarben bis zu dunklem Mahagoni. Die Farbe hängt davon ab, wie scharf der Sesam geröstet wurde, und dies beeinflußt natürlich auch den Geschmack. Allerdings habe ich auch schon trübes, schwarzes Öl probiert, das regelrecht verbrannt geschmeckt hat.

Wie beim Olivenöl muß man hier so lange suchen, bis man für sich das richtige Öl gefunden hat. Denken Sie aber daran, daß Sie es nur in kleinen Mengen verwenden werden. Es ist eine wichtige Zutat in der asiatischen Küche, wo man gewöhnlich zum Schluß ein oder zwei Eßlöffel davon hinzufügt, etwa zu pfannengerührtem Gemüse. Oder man träufelt es angewärmt über gedämpften Fisch, Jakobsmuscheln oder Geflügel. Ich gebe es an Marinaden, mische es für die Herstellung von Mayonnaise mit Erdnußöl (im Verhältnis eins zu fünf) oder schlage es mit Zitronensaft, ganzen gerösteten Sesamsamen und frischem Koriander unter Frischkäse *(fromage frais),* den ich mit *crudités* (Rohkost) serviere. Es gibt auch gedämpften neuen Kartoffeln, Nudeln oder einfach gegartem Reis eine besondere Note und verhindert, daß Nudeln und Körner zusammenkleben.

KÜRBISKERNÖL

Dieses aus gerösteten Kürbiskernen gepreßte Öl ist zähflüssig und hat eine dunkelbraune, grünstichige Farbe. Es schmeckt wunderbar nussig. Das Öl, das ich bisher gekauft habe, wurde in Jugoslawien hergestellt und ist in seiner Heimat sehr berühmt. Ein ebenfalls berühmtes Kürbiskernöl stammt aus der Steiermark in Österreich. Verwenden Sie es, wie Sesamöl, nicht zum Kochen, sondern als Aromazutat für Salatdressings und Mayonnaisen (ich gebe einen Teil Kürbiskernöl auf vier Teile leichtes Olivenöl oder Erdnußöl), oder träufeln Sie es über gegarte Speisen, um ihnen eine besondere Note zu verleihen. Auch chinesische Rezepte kann man variieren, indem man es anstelle von Sesamöl benutzt.

NUSSÖLE (aus Walnüssen/Haselnüssen/ Pinienkernen/Pistazien)

Das Angebot an Nußölen wird jedes Jahr größer, und kürzlich hörte ich sogar von Cashewnußöl, das köstlich sein soll, bisher habe ich es aber noch nicht gefunden. Auch aus Paranüssen könnte man wahrscheinlich ein gutschmeckendes Öl pressen, aber vielleicht würde es zu rasch ranzig werden. Aber ich glaube, ein oder zwei Nußöle in der Küche sind luxuriös genug.

Wie beim Gewinnen von Sesamöl werden die Nüsse zunächst geröstet und anschließend gepreßt, um ihr großartiges Öl zu extrahieren. Dieses Öl ist eine Nußessenz allererster Güte, der selbst Lagerung oder Alter nichts anhaben können. Ich nehme manchmal meine Flasche Walnußöl aus dem Regal, nur um daran zu riechen. Auf diese Art benutzt, reichen natürlich selbst die kleinsten Flaschen lange Zeit, aber man braucht auch nur etwa einen Eßlöffel, um dem Geschmack eines Gerichts eine besondere Note zu geben.

Starke Hitze zerstört die flüchtigeren Aromen dieser Öle, und deshalb wäre es eine Verschwendung, wenn man sie zum Braten verwenden würde. Ich habe gele-

Chinesisches Chiliöl

Natives Olivenöl extra mit Thymian und Knoblauch

Helles Olivenöl mit Rosmarin und Fenchelsamen

Erdnußöl mit grünen Chillies

Traubenkernöl mit schwarzem Pfeffer, roten Chillies und Knoblauch

gentlich schon zur Herstellung von Croûtons Brotwürfel in eine Mischung aus Erdnußöl und Haselnußöl oder Walnußöl getaucht und dann bei mittlerer Hitze im Backofen goldbraun gebacken. Teilweise bleibt der nussige Geschmack des Öls dabei erhalten. Diese Croûtons eignen sich gut für Suppen und knackige, grüne Salate, die mit dem gleichen Öl angemacht wurden. Man könnte aber auch ganze Stücke der jeweiligen Nüsse rösten und hinzufügen.

Auch unter Nudelteig habe ich schon Nußöl gemischt, aber das schmeckt man kaum. Es kommt besser zur Geltung, wenn man es unter die gegarten Nudeln mischt. Pikante Backwaren gelingen dagegen mit Nußöl gut (siehe Ölteig, Seite 49). Auch in Rezepten für Kuchen und Kekse wird oft Nußöl angegeben, hier ist es jedoch empfehlenswerter, statt dessen gemahlene oder feingehackte Nüsse hinzuzufügen. Öl ist nur dort sinnvoll, wo ein glatter Teig entstehen soll. In diesem Fall verwendet man anstelle von je 15 Gramm Butter einen Eßlöffel Nußöl. Am besten schmecken Nußöle mit Zimmertemperatur oder leicht erwärmt. Wenn Sie nicht genau wissen, welches Nußöl Sie benutzen sollen, überlegen Sie, welche Nüsse am besten zu dem Gericht passen würden. Das ist natürlich weitgehend eine Frage des persönlichen Geschmacks, doch es gibt da einige klassische Kombinationen. Für eine Scheibe gegrillten Ziegenkäse auf einem Bett aus grünem Salat verwendet man beispielsweise Walnußöl. Birnen und Hühnerfleisch kann man mit einer Vinaigrette oder Mayonnaise reichen, die mit Haselnußöl zubereitet wurde. Und blanchierter Spinat und Pinienkernöl gehören zusammen wie Topf und Deckel (man verwendet sowohl das Öl als auch geröstete Pinienkerne).

MANDELÖL

Mandelöl verwendet man hauptsächlich für Süßspeisen und Gebäck, deshalb wurde es hier nicht zusammen mit den anderen Nußölen behandelt. Es schmeckt ein wenig süßlich und ist vergleichsweise mild, so daß es leicht von anderen Aromen überdeckt wird, wenn man es für Dressings und ähnliches benutzt. Bei der Zubereitung von Süßspeisen hingegen sind diese Eigenschaften nützlich – so gibt es kein besseres Öl, um Formen für Cremes, Charlotten oder Gelees auszufetten. Es ist vollkommen unaufdringlich, und nur wer einen ganz feinen Gaumen hat, wird einen flüchtigen Hauch von Mandelaroma wahrnehmen.

AROMATISIERTE ÖLE

Das bekannteste dieser Öle ist das chinesische Chiliöl, das wunderbar schmeckt. Es ist fertig zubereitet in chinesischen Lebensmittelgeschäften erhältlich, doch es dauert auch nur etwa zwei Minuten, wenn Sie es selbst herstellen. Sie geben dazu etwa ein Dutzend in Stücke gebrochene, getrocknete Chillies in eine Flasche mit Erdnuß- oder Sonnenblumenöl und lassen das Öl dann zwei Tage stehen. Dieses Öl wird tropfenweise zum Würzen von Salaten, pfannengerührten Gerichten, Eintöpfen, Suppen und anderen Speisen verwendet. Auf die gleiche Weise kann Öl auch mit Kräutern und Gewürzen aromatisiert werden. Ein Öl, das man wohl besser im Laden kauft, ist das extravagante Trüffelöl, das auf Kartoffelsalate geträufelt herrlich schmeckt.

SALSA SALMIROGLIO

SIZILIANISCHE OLIVENÖLSAUCE

Diese sizilianische Olivenölsauce wird für gegrillte Speisen verwendet. Man kann mit ihr Fisch und Fleisch vor und während des Grillens bestreichen oder reicht sie bei Tisch dazu.

Für 6 Personen

1 EL feingehackte Petersilie
1/2 TL getrockneter Oregano
Etwa 1 TL frische Rosmarinblätter
1 Knoblauchzehe
175 ml Olivenöl
3 EL heißes Wasser
Saft von 1 Zitrone
Salz und frisch gemahlener Pfeffer

Kräuter und Knoblauch im Mörser zerreiben. Das Olivenöl in eine vorgewärmte Schüssel geben. Unter Schlagen nach und nach das heiße Wasser, dann den Zitronensaft dazugeben, bis eine dicke Sauce entstanden ist. Kräuter und Knoblauch sowie Salz und Pfeffer nach Geschmack hinzufügen.

AILLADE MIT GERÖSTETEN WALNÜSSEN

Diese Sauce ist eine Variation der Walnuß-»aillade«, die man in Toulouse und im Perigord zubereitet. Sie ähnelt der besser bekannten »aïoli« oder Knoblauchmayonnaise, doch werden anstelle von Eigelb geröstete Walnüsse verwendet. Die Sauce wird durch die Nüsse gehaltvoll, und sie mildern die Schärfe des Knoblauchs.

Ich reiche die Sauce zu »crudités« (Rohkost), und vor kurzem löste sie Begeisterung aus, als ich sie zu Artischocken servierte. Auch zu gegrilltem Geflügel und zu Nudeln schmeckt sie herrlich. Übrigbleibende Sauce hält sich im Kühlschrank gut abgedeckt bis zu einer Woche.

Ergibt 300 ml

100 g Walnußkerne, grobgehackt
2 Knoblauchzehen, gehackt
2 EL kaltes Wasser
Salz und frisch gemahlener Pfeffer
100 ml Walnußöl
100 ml geschmacksneutrales Speiseöl oder helles Olivenöl
Zitronensaft
Petersilie oder Schnittlauch, gehackt

Die Walnußkerne auf einem Backblech verteilen und für 5 bis 10 Minuten in den auf 200 °C (Gasherd Stufe 3–4) vorgeheizten Backofen schieben, bis sie gut gebräunt sind. Etwas abkühlen lassen, dann mit Knoblauch, Wasser und einer Prise Salz im Mixer zu einer Paste vermahlen. Während das Gerät läuft, langsam Walnuß- und Olivenöl hinzufügen – zuerst tropfenweise, dann in einem dünnen Band, wie bei der Zubereitung von Mayonnaise. Zitronensaft und Pfeffer nach Geschmack dazugeben. Kurz vor dem Servieren etwas gehackte Petersilie oder Schnittlauch über die Sauce streuen.

Wenn man nur die halbe Menge zubereiten will oder keine Küchenmaschine besitzt, geht man nach der traditionellen Methode vor: Die gehackten Walnußkerne und den Knoblauch in einem Mörser zerreiben und nach und nach das Wasser hinzufügen, bis eine glatte Paste entstanden ist. Dann Öl und Gewürze wie oben beschrieben dazugeben.

WARME VINAIGRETTE MIT HASELNUSSÖL FÜR FISCHGERICHTE

Auch diese Sauce wird mit Öl zubereitet, hat aber ein ganz anderes Aroma. Sie entstand nicht unter der heißen Sonne Italiens, sondern an einem regnerischen Märzabend im kühlen Cornwall. Richard Stein, Küchenchef und Besitzer des »Seafood Restaurant« in Padstow, serviert eine ähnliche warme Vinaigrette zu frischem Seeteufel.

Für 4–6 Personen

2 EL Sherry-, Balsam- oder Rotweinessig
2 EL Wasser
Salz und frisch gemahlener Pfeffer
3 EL Haselnußöl
3 EL geschmacksneutrales Öl
1 rote Paprikaschote, entkernt und in feine Würfel geschnitten

Essig und Wasser in einen kleinen Topf geben. Salz und Pfeffer nach Geschmack hinzufügen. Löffelweise das gesamte Öl unterschlagen. Die gewürfelte Paprika dazugeben und die Sauce bei mittlerer Temperatur erhitzen, aber nicht kochen lassen. Dann abschmecken. Die Sauce paßt zu gegrilltem oder gedämpftem Fisch.

Links: Spieße mit Jakobsmuscheln in Sesamöl-Marinade; rechts: Junge Artischocken mit Aillade

MARINADE MIT SESAMÖL UND INGWER

Ich habe diese Marinade mit ihrer fernöstlichen Kombination von Aromen schon für Huhn, Fisch und sogar Gemüse verwendet, die auf dem Holzkohlengrill gegart wurden. Besonders gern nehme ich sie für Spieße aus gewürfelter Hühnerbrust und Jacobsmuscheln (im übrigen ist Hühnerbrust auch sonst eine hervorragende Ergänzung der teuren frischen Jakobsmuscheln). Sehr gut paßt diese Marinade auch zu Auberginen und Zucchini.

Für 4 Personen

- 1 Stück frische Ingwerwurzel (etwa 1 cm)
- 2 Frühlingszwiebeln, feingehackt
- 1 große Knoblauchzehe, feingehackt
- 1/2 TL chinesisches Fünfgewürz
- 1 EL Sesamöl
- 2 EL geschmacksneutrales Öl
- 1 EL Zitronensaft
- 2 EL *sake* (Reiswein) oder trockener Sherry

Die Zutaten verschlagen und über das zu marinierende Fleisch, Gemüse oder den Fisch geben. Die Schüssel abdecken und für mindestens 1 Stunde, höchstens aber 24 Stunden an einen kühlen Ort stellen; das Mariniergut gelegentlich wenden.

BOLLO DE ACEITE

SPANISCHER OLIVENÖLKUCHEN

Für 8–10 Personen

- 230 g Mehl
- 2 gestrichene TL (10 g) Backpulver
- 50 g Zucker
- 120 ml Milch
- 25 ml Anisette oder Pernod
- 160 ml Olivenöl
- Abgeriebene Schale von 1 ungespritzten Zitrone

Mehl und Zucker vermischen. In die Mitte eine Mulde drücken. Milch und Anisette oder Pernod hineingeben. Öl und abgeriebene Zitronenschale in einem Topf verrühren. Die Mischung erhitzen, bis das Öl das Zitrusaroma angenommen hat. Abkühlen lassen und unter die Mehl-Zucker-Mischung rühren, so daß ein glatter, klebriger Teig entsteht.

Den Teig in eine 18 cm große Form füllen und im 180 °C (Gasherd Stufe 2–3) heißen Backofen 45 bis 50 Minuten backen, bis der Kuchen goldbraun ist. Mit einem Holzstäbchen prüfen, ob der Kuchen gar ist.

KEKSE MIT OLIVENÖL UND SHERRY

Ergibt etwa 15 Stück

- 50 g ungekühlte Butter
- 2 EL feiner Zucker oder Vanillezucker sowie etwas Zucker zum Bestreuen
- 2 EL Oloroso-Sherry
- 120 ml Olivenöl
- 1 Ei, getrennt
- 175 bis 200 g Mehl

Butter und Zucker schaumig rühren. Den Sherry unterschlagen, anschließend Olivenöl und Eigelb. Nach und nach das Mehl einarbeiten, bis ein weicher Teig entstanden ist. Abdecken und eine halbe Stunde kalt stellen.

Den Teig auf einem dünnbemehlten Brett etwa 1/2 cm dick ausrollen. 5 cm große Kreise ausstechen und auf ein Backblech legen. Das Eiweiß mit einer Gabel kurz schlagen und auf die Kekse streichen. Dann gleichmäßig Zucker darüberstreuen.

Die Kekse im 180 °C (Gasherd Stufe 2–3) heißen Backofen 15 bis 20 Minuten backen, bis sie goldbraun sind. Auf einem Kuchengitter auskühlen lassen.

ÖLTEIG

Den Geschmack dieses wunderbaren Teigs können Sie durch die Verwendung verschiedener Speiseöle variieren. Geeignet sind alle Olivenöle oder geschmacksneutralen Öle, man kann es aber auch mit einer Mischung aus gleichen Teilen Nuß- oder Sesamöl und geschmacksneutralem Öl versuchen.

Ergibt einen Kuchen mit 20 bis 25 cm Durchmesser

- 230 g Mehl
- 1/2 TL Salz
- 50 g Butter
- 2 EL Öl
- 1 Ei, verquirlt

Mehl und Salz vermischen. Die Butter einarbeiten, bis ein feinkrümeliger Teig entstanden ist. In die Mitte eine Mulde drücken. Das Öl hineingeben und das Ei hinzufügen. Die Zutaten vermischen und so viel Wasser hinzufügen, daß ein fester Teig entsteht. Kalt stellen.

Der Teig eignet sich für pikante Kuchen, *pies* und *quiches* sowie für kleine Kekse, *canapés* und *croûtons*. In diesem Fall den Teig möglichst dünn ausrollen und 2,5 cm große Kreise ausstechen oder andere Formen, wie etwa kleine Rauten, ausschneiden. Auf ein Backblech legen und 20 Minuten kalt stellen. Mit dem verquirlten Ei bestreichen und, sofern gewünscht, mit Sesam, Kümmel, Fenchel, Mohn, feingehackten Nüssen oder geriebenem Greyerzer Käse bestreuen. Die Kekse etwa 10 Minuten bei 190 °C (Gasherd Stufe 3) backen, bis sie goldbraun sind.

Seite 48; oben: Spanischer Olivenölkuchen; unten: Kekse mit Olivenöl und Sherry

ESSIG, WÜRZSAUCEN UND ANDERE AROMAZUTATEN

In meiner Küche gibt es ein Sammelsurium an Flaschen, von denen manche in Regalen stehen, während sich andere in einem wilden Durcheinander auf Borden drängen. Organisation war noch nie meine Stärke. Wenn jedoch eine von diesen Flaschen herunterfallen würde, oder gar zehn, wäre mein Ärger groß. Sie enthalten nämlich eine große Vielfalt an Würzsaucen und anderen Aromazutaten – von Essig bis Fischsauce und von Granatapfelsaft bis Orangenblütenwasser. Allein das Beseitigen der Glasscherben wäre mühsam genug, doch darüber hinaus würde sich der Geruch in der Küche festsetzen. Bei einem Blütenwasser mag das angenehm sein, weniger erfreulich ist dies allerdings im Fall von Fischsauce. Das Ersetzen der Flaschen wäre noch das geringste Problem.

ESSIG

Weißweinessig Champagneressig Rotweinessig

Jedes Land hat seine ganz besondere Palette an Aromazutaten. Essig beispielsweise wird in Frankreich und Italien aus dem alkoholischen Getränk hergestellt, das dort am beliebtesten ist – Wein; im Fernen Osten gewinnt man ihn aus Reiswein. In Großbritannien ist der aus Bier hergestellte Malzessig beliebt, der verglichen mit seinen Vettern auf dem Kontinent ziemlich gewöhnlich wirkt. Sojasauce und Fischsauce sind Grundzutaten der asiatischen Küche, doch hat jedes Land einen speziellen Typ. Granatapfelsaft ist ein Produkt des Vorderen Orients und hat einen sauren, fruchtigen Geschmack.

Um sich mit den ungewöhnlicheren dieser Aromazutaten vertraut zu machen, sucht man sich am besten Rezepte aus ihrem Ursprungsland und verwendet sie zunächst in der vorgesehenen Weise. Es besteht jedoch keine Notwendigkeit, sich darauf zu beschränken. Wenn Sie etwas mehr Erfahrung haben, werden Sie entdecken, daß diese Zutaten auch für die tägliche Küche geeignet sind. Pedanten werden behaupten, man solle die typischen Zutaten verschiedener Landesküchen nicht miteinander vermischen. Das ist Humbug! Im Lauf der Geschichte ist das immer wieder geschehen (auf diese Weise kamen etwa aus Lateinamerika Chillies in den Fernen Osten und Tomaten nach Italien). Es gibt keinen Grund, heute aufzuhören, mit den verschiedensten Zutatenkombinationen zu experimentieren. Es ist lediglich die Frage, wie sie sich in Ihre Küche einbeziehen lassen.

Lagerung

Säuren und Salz sind natürliche Konservierungsmittel. Essig, Würzsaucen und andere Aromazutaten mit einem hohen Anteil an Säure oder Salz sind daher ohne weiteres haltbar, vielleicht nicht unbegrenzt, aber für eine recht lange Zeit – mindestens sechs Monate, gewöhnlich aber erheblich länger. Kaufen Sie am Anfang stets kleine Flaschen. Falls Sie dann feststellen, daß sie rascher zur Neige gehen als erwartet, gehen Sie zu größeren über.

Im Idealfall werden Aromazutaten an einem kühlen, dunklen Ort aufbewahrt, wo sie vor Licht und Wärme geschützt sind. Wenn Essig etwa ein Jahr ungeschützt aufbewahrt wurde (falls er so lange reicht), gehen seine feineren Aromen weitgehend verloren, und zurück bleibt eine scharfe Flüssigkeit. Mit Gemüse oder Kräutern zubereitete, dickere Pasten sollten, wenn sie einmal angebrochen sind, mit einer dünnen Ölschicht bedeckt im Kühlschrank aufbewahrt werden.

WEINESSIG

Echter Weinessig wird in sehr unterschiedlichen Qualitäten angeboten. Der feinste Weinessig wird nach dem alten Orleans-Verfahren hergestellt. Dazu füllt man den Wein in Fässer und gibt »Essigmutter« dazu, um den Umwandlungsprozeß in Gang zu setzen. Dann überläßt man den Faßinhalt sich selbst. Ganz langsam machen sich nun Bakterien ans Werk und beginnen, den Alkohol in Essigsäure umzuwandeln. Wenn die Aufgabe vollbracht ist, wird der Essig teilweise abgezapft und neuer Wein nachgefüllt. Bei schnelleren Verfahren arbeitet man mit Hitze, durch die aber die flüchtigen Aromen des Weins zerstört werden. Der so erzeugte Essig ist von minderer Qualität. Nach dem Orleans-Verfahren produzierter Essig hat immer einen höheren Preis.

Ein guter Weinessig besitzt gewisse Eigenschaften des Weines, aus dem er hergestellt wurde. Champagneressig ist blaßgelb und hat ein feines Aroma. Roter Riojaessig schmeckt kräftig und enthält die ganze Fruchtigkeit dieses Weins. Bordeauxessig wird aus Bordeauxweinen mit kontrollierter Herkunftsbezeichnung *(appellation contrôlée)* hergestellt.

Balsamessig

Sherryessig

Apfelessig

BALSAMESSIG
(Aceto balsamico)

Als der Balsamessig über seine Heimat hinaus bekannt wurde, war man am Anfang schon »in«, wenn man eine winzige Flasche davon besaß. Später hatten sich Snobs aber Balsamessig zugewandt, der zwölf Jahre und älter war – vier Jahre alter Balsamessig galt als gewöhnlich und »out«, oder man hielt ihn nicht einmal für echt.

Ich finde solchen Snobismus entsetzlich, denn mit kulinarischem Genuß hat das nichts zu tun. Beim Balsamessig haben selbst die preiswerteren Sorten (die auch nicht gerade billig sind) ein wunderbares Aroma, das süß, würzig und nussig zugleich ist. Natürlich gibt es Qualitätsunterschiede, und die niedrigste Stufe ist am unspektakulärsten, doch auch dieser Essig ist noch eine Wonne und verdient kein Naserümpfen.

Balsamessig wird aus dem Most von Trebbianotrauben hergestellt, den man langsam einkocht, bis er eingedickt ist. Dann kommt er in riesige Eichen- oder Kastanienholzfässer, deren Essigrückstände den Fermentierungsprozeß in Gang setzen. Im Lauf der Zeit verdunstet er und wird jedes Jahr in kleinere Fässer aus verschiedenen Harthölzern umgefüllt, die dem Essig ihr Aroma verleihen. Balsamessig sollte mindestens vier bis fünf Jahre im Faß lagern, er kann auch zehn, fünfzehn, zwanzig, vierzig und mehr Jahre reifen, bis aus ihm eine dicke, köstliche Flüssigkeit entstanden ist – so kostbar wie geschmolzenes Gold, wenn nicht kostbarer.

Beim Balsamessig sollten Sie die beste Sorte kaufen, die Ihre Geldbörse erlaubt. Nicht aus snobistischen Gründen, sondern zu Ihrem kulinarischen Vergnügen. Die älteren, stärker konzentrierten Sorten haben ein so intensives Aroma, daß für Dressings oder gegartes Gemüse nur wenige Tropfen notwendig sind. Bei jüngeren Sorten sollten Sie vielleicht etwas großzügiger sein, große Mengen benötigen Sie aber auch hier nicht.

Betrachten Sie Balsamessig als eine Aromazutat oder Würze. Träufeln Sie ihn über gegrillte Speisen, oder heben Sie mit ihm den Geschmack von Saucen, insbesondere Tomatensaucen, und Bratensaft. Er wird am Ende der Garzeit hinzugefügt, darf aber nicht kochen. Zu starkes Erhitzen zerstört sein Aroma, und zurück bleibt eine gewöhnliche, scharfe Flüssigkeit. Auch zu Erdbeeren schmeckt Balsamessig wunderbar – man träufelt ein wenig über die geputzten, halbierten Früchte und läßt sie 30 Minuten durchziehen, oder man gibt einige Tropfen an Obstsalate.

SHERRYESSIG

Dieser hinreißend aromatische, süßliche Essig aus Jerez de la Frontera in Spanien entsteht aus dem zur Sherryherstellung verwendeten Most. Auch er ist – wie der Balsamessig – mehr eine Würze als einfach nur ein Essig. Man schätzt ihn zum Anrichten spanischer Gerichte und frischer Salate, zum Ablöschen von Bratensatz oder um den Geschmack von Saucen zu heben. Wie Balsamessig ist er gut geeignet zum Beträufeln warmer Gemüse.

APFELESSIG

Apfelessig hat relativ wenig Säure, und eine gute Sorte besitzt ein leichtes, aber erkennbares Apfelaroma. Aufgrund seines milden Geschmacks kann man ihn gut mit Kräutern aromatisieren und für Pickles verwenden oder für Salate, bei denen das Dressing nicht vom Aroma der Hauptzutaten ablenken soll. Apfelessig ist in den USA sehr beliebt, hat aber auch anderswo eine wachsende Anhängerschaft. Wie Himbeeressig (S. 54) kann man ihn, etwas gesüßt und mit Mineralwasser verdünnt, als Getränk servieren.

Birnenessig

Weißer Reisessig

Schwarzer Reisessig

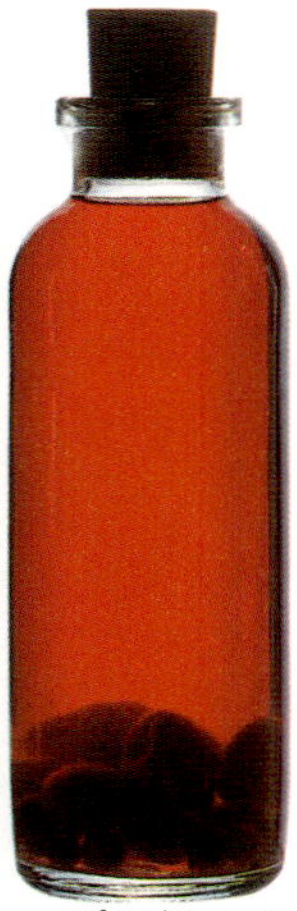

Sommerfrüchteessig

Mangoessig

BIRNENESSIG

Birnenessig wird aus Birnenmost hergestellt und ist, wie Apfelessig, sehr mild. Bei einer guten Qualität ist das Aroma frischer Birnen zu schmecken. Man verwendet ihn wie Apfelessig.

REISESSIG

Dieser asiatische Essig wird aus Reis hergestellt. Er kommt mit zwei verschiedenen Säureanteilen auf den Markt: Reisessig mit drei Prozent Säure schmeckt leicht süßlich und erheblich milder als Reisessig mit fünf Prozent Säure. Er kann in vielfältiger Weise verwendet werden, am besten eignet er sich aber vielleicht, um den Reis für *sushi* zu aromatisieren.

Ich verwende Reisessig immer dann, wenn ich ein mildes, feines Aroma brauche – etwa für Dressings, zum Einlegen von Gemüse und um den Geschmack einer Mayonnaise oder Sauce zu heben. Man kann ihn auch hervorragend mit Früchten aromatisieren. Der dunklere braune Reisessig wird aus Naturreis hergestellt und hat einen stärker ausgeprägten Geschmack. Weißer Reisessig aus China ist zumeist schärfer als die japanischen Sorten.

SCHWARZER REISESSIG

Dieser Reisessig kommt aus China, hat eine pechschwarze Farbe und ist dickflüssiger als die meisten Essigsorten. Er hat einen intensiven, würzigen Duft und erinnert an Balsamessig, hat aber einen anderen Geschmack. Man verwendet ihn zum Schmoren, um den Geschmack von Saucen zu heben oder als Dip. Der beste schwarze Essig soll der Chinkiang-Essig sein. Er stammt aus der gleichnamigen chinesischen Provinz.

MIT FRÜCHTEN AROMATISIERTER ESSIG

Als man kürzlich den Himbeeressig wiederentdeckte, wurde er hemmungslos für alle möglichen modischen kulinarischen Kreationen verwendet. Dabei ist er wahrhaftig nicht neu. Im neunzehnten Jahrhundert benutzte man ihn mit Vorliebe und zweifellos auch schon früher. Unsere Urgroßmütter nippten an Gläsern mit leicht gesüßtem Himbeeressig, der mit Eiswasser aufgefüllt war – ein herrlich erfrischendes Getränk an heißen Sommertagen.

Preiswertere Früchteessigsorten sind aber oft sehr enttäuschend, da sie allzu häufig mit einem zu scharfen Essig und – dem Geschmack nach zu urteilen – mit herzlich wenig Früchten zubereitet werden. Guter, mit Früchten aromatisierter Essig hat einen herrlichen, frisch-fruchtigen und unverwechselbaren Geschmack. Die Herstellung von Himbeeressig oder anderen Sorten ist vollkommen unkompliziert. Man läßt einfach Früchte einige Tage in Essig ziehen und gießt den Essig dann durch ein Sieb. Versuchen Sie dies einmal, wenn Beerenobst Saison hat (siehe Rezept S. 62). Neben Himbeeren kann man auch aus Johannisbeeren, Brombeeren und Blaubeeren mit wenig Mühe ausgezeichneten Früchteessig herstellen.

Außer für sommerliche Erfrischungsgetränke eignet sich dieser Essig natürlich auch für eine feine Vinaigrette. Am besten harmoniert er mit einem milden Olivenöl oder mit Haselnußöl; und ein leichtes Dressing aus Sahne und Früchteessig schmeckt köstlich. Darüber hinaus kann man ihn zum Ablöschen von kurzgebratenem Fleisch verwenden. Einfachen Saucen verleiht er eine fruchtige Note.

SAUCEN UND WÜRZEN

Chiliessig

Thymianessig

Ume-su

Fischsauce

MIT KRÄUTERN AROMATISIERTER ESSIG

Zum Aromatisieren von Essig eignen sich fast alle Kräuter. Der einzige Kräuteressig, den ich fertig kaufe, ist Estragonessig, weil die Flasche immer dann leer ist, wenn ich weder in meinem Garten noch in Geschäften frischen Estragon finde.

Will man Essig mit Kräutern aromatisieren, gibt man einfach einige große Stengel in eine Flasche mit Essig. Verwenden Sie stets einen hochwertigen Wein-, Reis- oder Apfelessig; Essig mit einem hohen Säureanteil ist ungeeignet. Dann stellen Sie die Flasche für mindestens eine Woche auf ein sonniges Fensterbrett. Wenn die Kräuter welk und müde aussehen, gießen Sie den Essig durch ein Sieb und füllen ihn in eine saubere Flasche.

Bei Chiliessig kann man die Schärfe beliebig variieren. Mit ein oder zwei Chillies erhält man ein leicht brennendes Aroma, mit einer ordentlichen Handvoll eine explosive Mischung. Auch mit zerdrückten Gewürzen, Knoblauch, Schalotten und Zitrusschalen kann man guten Essig herstellen. Für einen noch feineren, duftenden Essig füllt man locker Holunderblüten oder Rosenblätter in ein Glas und bedeckt sie mit einem guten Weinessig oder, besser noch, mit Reisessig.

UME-SU

Dies ist die Einlegeflüssigkeit von *umeboshi* (eingesalzene japanische Pflaumen, die zu einem traditionellen japanischen Frühstück gehören [siehe auch S. 73]). *Ume-su* ist rot, klar und dünnflüssig und hat einen salzigen, fruchtigen Geschmack. Man sollte diese Würzzutat wie guten Weinessig verwenden; sie ist ausgezeichnet für Salatdressings und Marinaden wie auch zum Ablöschen von Bratensatz geeignet. Ein Spritzer, an eine Tomatensauce gegeben, bringt das Aroma der Tomaten zur Entfaltung, was insbesondere bei fad schmeckenden Gewächshaustomaten sehr nützlich ist.

FISCHSAUCE
(Nam pla, nuoc mam)

Asiatische Fischsauce wird aus gesalzenen, fermentierten Fischen und Garnelen hergestellt. Mag sein, daß dies nicht besonders verlockend klingt, doch lassen Sie sich davon nicht abschrecken. Das Endprodukt ist eine salzige, dünnflüssige Sauce, die intensiv nach Sardellen schmeckt und regelrecht süchtig machen kann. Sie spielt in der thailändischen und vietnamesischen Küche eine ähnliche Rolle wie Sojasauce in der japanischen und chinesischen Kochkunst. Damit aber der Fischgeschmack nicht zu dominant wird, verwendet man sie sparsam. Sie eignet sich für alle pikanten Speisen – von Salatdressings über Fleisch und Fisch bis hin zu warmen Gemüsegerichten. Ich liebe Fischsauce und gebe sie an Speisen aus aller Herren Länder.

GRANATAPFELSAFT

Ich kaufte einmal aus Neugier eine Flasche Granatapfelsaft, die aber leider erst einige Monate in einem Regal stand, bevor ich sie tatsächlich benutzte. Heute bedaure ich meine Zögerlichkeit. Granatapfelsaft ist großartig. Für seine Herstellung wird der Saft saurer Granatäpfel eingekocht, bis er dick ist und eine dunkle, braunrote Farbe hat. Das Aroma der Granatäpfel wird auf diese Weise konzentriert und bleibt wunderbar kräftig.

Granatapfelsaft – der nicht mit Grenadine, einem gesüßten Granatapfelsirup, zu verwechseln ist – wird vor allem in der iranischen Küche verwendet, aber gelegentlich auch in der Türkei. Dort gibt man ihn an Salatdressings oder auch an Eintöpfe; im Iran aromatisiert man damit das berühmte Gericht *fesenjan* (geschmorte Ente mit Walnuß-Sauce). Hitze schadet dem frischen, fruchtigen Aroma des Safts nicht. Er schmeckt sowohl zu Lamm als auch zu Rindfleisch wunderbar, ebenso zu Wild und Ente. Ungesüßter Granatapfelsaft ist in Spezialgeschäften erhältlich, die mit Lebensmitteln aus dem Nahen Osten handeln.

SOJASAUCE

Für uns Europäer scheint Sojasauce zunächst einfach ein Produkt der asiatischen Küche zu sein, das es nicht näher zu erforschen gilt. Ich habe einmal Sojasaucen getestet und fand die Unterschiede ganz erstaunlich. Am besten schmeckte mir an diesem Tag eine japanische Sojasauce, die sehr aromatisch war und nicht einfach nur nach Salz schmeckte.

Sojasauce wird stets nach dem gleichen Prinzip zubereitet, doch durch kleine Abweichungen in den Herstellungsmethoden entstehen Unterschiede zwischen den Saucen verschiedener Länder und selbst zwischen den Produkten desselben Landes. Man stellt sie her, indem man Sojabohnen zusammen mit Salz und Weizen zerdrückt und mit einem Schimmelpilz *(Aspergillus)* impft. Diesen Brei läßt man sechs Monate bis zwei Jahre reifen, dann wird die Flüssigkeit gefiltert.

Sojasaucen sind in zwei verschiedenen Grundtypen auf dem Markt: Helle Sojasaucen sind dünnflüssig und recht salzig; dunkle Sojasaucen sind dickflüssiger, leicht süßlich und im Geschmack abgerundeter als die helle Variante. Allerdings verleiht die dunkle Sojasauce den Speisen eine dunkle Färbung. Indonesische Sojasaucen heißen *ketjap;* sie unterscheiden sich nicht nur im Namen von den chinesischen Sojasaucen, sondern auch im Geschmack. *Ketjap manis* ist süßer und dunkler als andere Sorten, und *ketjap asin* ist die Bezeichnung für die scharfen Sorten.

PILZKETCHUP und WALNUSSKETCHUP

In Indonesien hießen ursprünglich dünne, salzige Saucen *ketjap,* und von diesem Begriff leitet sich das Wort »Ketchup« ab. Heute versteht man in Indonesien unter *ketjap* Sojasaucen, die keinerlei Ähnlichkeit

Von oben links im Uhrzeigersinn: Pilzketchup, Granatapfelsaft, Sojasauce, Walnußketchup

mit dem dicken, süß-sauren Tomatenketchup haben. Walnuß- und Pilzketchups kommen da ihren asiatischen Namensvettern schon erheblich näher.

Zur Herstellung von Pilzketchup schichtet man Champignons mit Salz in einen Behälter und läßt sie mehrere Tage gären; dies ist ein ähnlicher Herstellungsprozeß wie bei der Fermentation von Sardellen für Fischsauce. Anschließend wird die vorhandene Flüssigkeit gefiltert und mit Gewürzen und anderen Zugaben nach Wahl, wie Essig und/oder Weinbrand, geköchelt, bis sie etwa die Konsistenz einer dunklen Sojasauce hat.

Walnußketchup wird auf ähnliche Weise zubereitet. Man verwendet dazu grüne, noch weiche Walnüsse. Beide Saucen dienen als Würzen, die man in kleinen Mengen an Saucen und Eintöpfe gibt. Man kann die Pilze oder Walnüsse herausschmecken, doch ich vermute, daß diese Ketchups bei einem Blindtest für eine interessante Version der Sojasauce gehalten würden.

ANGOSTURA

Wer einen *pink gin* bestellt, bekommt einen Gin mit einem Spritzer Angostura. Dieser Bitterextrakt wurde erstmals 1824 von einem gewissen Dr. J. G. B. Siegert in der venezolanischen Stadt Angostura gemischt. Heute heißt diese Stadt Ciudad Bolívar, und Angostura kommt aus Trinidad. Dennoch wird er auch heute noch nach dem Originalrezept zubereitet. Damals wollte

Dr. Siegert eine Arznei herstellen, doch die Leute fanden Gefallen an dem Geschmack, und bald spielte ihr möglicher medizinischer Wert keine Rolle mehr.

Falls Sie eine Flasche Angostura im Haus haben, befindet sie sich vermutlich in der Hausbar, und das ist ein guter Ort. Aber es gibt viele Gründe für einen gelegentlichen Wechsel des Aufenthaltsorts. Mit wenigen Tropfen Angostura kann man sowohl pikanten als auch süßen Speisen einen angenehm bitteren Geschmack verleihen. Verwenden Sie ihn für Obstsalate, Gelees, Speiseeis, Sorbets, Trockenobstkompott und Apfelkuchen. Außerdem eignet sich Angostura gut zum Würzen von Bratensaucen, Fleisch- und Fischmarinaden, Eintöpfen und sogar Dressings für grünen Salat. Er wird tropfenweise nach Geschmack hinzugefügt.

TABASCO und SCHARFE CHILISAUCEN

Ich nahm einmal an einer Chilisaucenprobe teil, bei der wir dreizehn Saucen testeten, deren Geschmack von scharf bis feurig reichte. Dennoch war die Aussicht auf die Probe furchtbarer gewesen als die Probe selbst. Nachdem ich mich einmal durch alle Saucen hindurch und wieder zurück gearbeitet hatte, brannte mein Mund zwar, aber meine Geschmacksknospen waren keineswegs außer Gefecht gesetzt. Im Gegenteil, Chilisaucen machen, ebenso wie Chilischoten, die Geschmacksknospen erst richtig munter.

Die Saucen stammten aus aller Welt. Es gab Saucen von den Westindischen Inseln, aus Thailand und China, aus Nord- und Südamerika und sogar eine aus dem Süden Londons. Ihre Farben reichten von Grün über Signalrot bis zu Schmutzigbraun. Manche waren dick-, andere dünnflüssig, einige enthielten eine Vielzahl von Zutaten, andere nur wenige.

Nachdem die Probe beendet war, wurden Namen, Herkunft und Typ bekanntgemacht. Dabei stellte sich heraus, daß der Sieger (er gehörte zu den schärfsten Saucen) der Klassiker unter den Chilisaucen war – Tabasco aus Louisiana.

Tabascosauce wurde von einem gewissen Edmund McIlhenny auf Avery Island im Mississippidelta erfunden, und im Jahr 1868 schickte er die ersten Flaschen mit Tabasco an Großhändler. Die Familie McIlhenny stellt noch heute auf der Insel nach genau der gleichen Methode Tabascosauce her. Der einzig wesentliche Unterschied ist, daß die meisten Tabasco-Chillies (sie wurden 1888 – zwanzig Jahre nach der Erfindung der Chilisauce – klassifiziert und benannt) heute in Lateinamerika angebaut werden.

Zur Herstellung der Sauce werden die reifen roten Tabasco-Chillies zu einem Brei zermahlen und mit Salz aus der Mine von Avery Island, das selbst ein einziger großer Salzberg ist, gemischt. Der Brei gärt nun drei Jahre in Fässern. Am Ende dieser Zeit prüft ein Mitglied der Familie McIlhenny den Inhalt jedes Fasses auf Farbe und Geruch. Wenn er der Prüfung standhält, wird er in einen riesigen Bottich umgefüllt. Dort wird der Chilibrei mit Essig vermischt und während der nächsten dreißig Tage immer wieder durchgerührt. Dann wird er noch einmal gefiltert und schließlich in Flaschen abgefüllt.

Chilisaucen erfüllen – unabhängig von Herkunft und Herstellungsverfahren – zwei Funktionen: Zum einen verleihen sie Saucen und Gerichten das scharfe Aroma von Chillies, zum anderen heben sie ihren Geschmack. Es lohnt sich, ein wenig mit Chilisaucen zu experimentieren, bis man eine gute Sorte gefunden hat. Fans von Chilisaucen benötigen möglicherweise mehrere Sorten, um stets die richtige zur Hand zu haben.

Scharfe Chilisaucen – oben: Tabascosauce, Jamaikasauce; Mitte: Süße Chilisauce, westindische Chilisauce; unten: Selin-Sauce, Pili-Pili-Sauce

Von links: Harissa, Crema piccante, Chilipaste

HARISSA

Harissa ist eine höllisch scharfe Chilipaste, die aus Nordafrika stammt. Die einfachsten Varianten werden aus roten Chillies, Knoblauch und Salz zubereitet, aromatischere Versionen enthalten darüber hinaus Kümmel, Kreuzkümmel, Minze sowie Koriandergrün und/oder Korianderfrüchte. In manchen Fällen werden auch Tomaten hinzugefügt, die die Schärfe ein wenig mildern. Bei uns dürfte die Paste schwer erhältlich sein, man kann sie aber leicht selbst herstellen. Sie wird an Suppen und Eintöpfe gegeben, verleiht Tomatensauce ein besonderes Flair und kann zu *couscous* gereicht werden. Ganz Mutige verwenden sie als Brotaufstrich. Ich habe sie auch schon in Mayonnaise gerührt und zu Schaltieren gereicht. Doch benutzen Sie *harissa* stets vorsichtig, und falls Sie es als Tischwürze servieren, sollten Sie Ihre Gäste warnen.

Harissa kann aus getrockneten oder frischen roten Chilischoten hergestellt werden, und wer will, verwendet auch die Samen, die die Schärfe jedoch erheblich verstärken. Getrocknete Chillies sollten zuvor eine Stunde in warmem Wasser eingeweicht werden. Zur Zubereitung der Paste verwendet man einen Mörser oder einen Mixer. Auf je 25 Gramm Chillies gibt man zwei geschälte Knoblauchzehen, eine große Prise Salz und eine beliebige Zahl der folgenden Zutaten: je 1/2 Teelöffel Korianderfrüchte, Kümmel, Kreuzkümmelsamen, getrocknete Minze und/oder 2 Eßlöffel gehackten frischen Koriander. Dann fügt man so viel Olivenöl hinzu, daß eine dicke Paste entsteht. Sie wird in einem Glas mit Schraubverschluß im Kühlschrank aufbewahrt, wobei die Oberfläche vollständig mit einer dünnen Schicht Olivenöl bedeckt sein sollte. Wenn das Öl nach Gebrauch immer wieder erneuert wird, hält sich die Paste mehrere Monate.

ITALIENISCHE CHILIPASTEN

Sie sind die süditalienische Antwort auf *harissa,* und mehrere dieser Chilipasten werden heute auch im Ausland angeboten. Sie sind scharf, aber bei weitem nicht so aggressiv wie *harissa.* Außer roten Chillies können sie rote Paprikaschoten, Tomaten (frisch oder getrocknet), Knoblauch und Kräuter enthalten, die zusammen eine aromatische Mischung ergeben. Einfach mit Olivenöl oder Sahne vermischt und behutsam erhitzt, ergeben sie eine wunderbare Sauce zu Nudeln. Oder man gibt einen Löffel – nach Geschmack vielleicht auch ein wenig mehr – an Tomatensaucen, Suppen und Eintöpfe.

OLIVENPASTE
(Pasta di olive, pâte d'olives)

Diese Paste kommt aus Italien und wird aus schwarzen Oliven hergestellt, die püriert, mit Olivenöl gemischt und mit einigen Gewürzen aromatisiert werden. Man kann die Olivenpaste aber auch leicht selbst zubereiten. Nachdem alle Oliven entsteint sind, ist es eine Sache von Sekunden, sie im Mixer zu einer Paste zu verarbeiten, der gerade so viel Olivenöl hinzugefügt wird, daß sie eine relativ glatte Konsistenz erhält. Die Paste wird dann in Gläser abgefüllt und mit einer dünnen Schicht Olivenöl bedeckt. Diese Paste gelingt am besten, wenn man sie aus hochwertigen schwarzen Oliven herstellt.

Diese herrliche Olivenpaste ist eine Bereicherung für jede Küche, denn sie ist äußerst vielseitig verwendbar. Man kann daraus rasch Nudelsaucen zubereiten oder sie direkt in den Nudelteig geben, wenn man sich die Mühe macht, frische Nudeln selbst herzustellen.

Eine köstliche Vorspeise läßt sich schnell zubereiten, indem man Brotscheiben mit Olivenpaste bestreicht, etwas Olivenöl darüberträufelt und das Ganze im Backofen knusprig bäckt. Dieser kleine Imbiß wird noch schmackhafter, wenn man die Brote mit einer Tomatenscheibe oder einem Stückchen gegrillter Paprikaschote garniert. Zur Herstellung von Olivenbutter, die zu gegrilltem Gemüse, Fisch oder Fleisch gereicht werden kann, vermischt man Butter mit etwas Paste und einem kräftigen Spritzer Zitronensaft und stellt sie dann kalt.

ARTISCHOCKENPASTE
(Crema di carciofi)

Auch diese grünlich-braune Paste stammt aus Italien und besteht aus pürierten Artischocken und Olivenöl. Sie schmeckt wunderbar zu Nudeln und kann als Würze für beinahe jedes Gericht Ihrer Wahl verwendet

Von oben links im Uhrzeigersinn: Grüne Olivenpaste, Artischockenpaste, schwarze Olivenpaste

Tahin

werden. Da das Aroma dieser Paste aber sehr viel feiner als das von Oliven- oder Chilipaste ist, hat es keinen Sinn, einen Löffel voll an eine kräftige Sauce zu geben. Dort würde ihr Aroma völlig untergehen. Man kann sie kalt als Dip auf den Tisch stellen oder als eine Art *bagna caôda* verwenden – jene heiße, scharfe Sauce aus Knoblauch und Sardellen, die aus dem Piemont stammt und zu rohem Gemüse oder gegrillten roten Paprikaschoten serviert wird.

TAHIN

(Tahina, tahine)

Tahin ist eine ölige Paste aus geröstetem und gemahlenem Sesam, von der es zwei Varianten gibt: eine cremefarbene, die aus geschälten Sesamsamen hergestellt wird, und eine bräunliche aus ungeschältem Sesam. Mir schmeckt letztere nicht, denn sie hat einen bitteren Beigeschmack, obwohl sie wegen der ballaststoffreichen Samenschalen zweifellos gesünder ist. Bei beiden Sorten setzt sich das Öl leicht ab, und es bedarf einiger Anstrengung, es wieder unterzurühren, bevor man die Paste verwenden kann.

Überall im Nahen Osten wird *tahin* auf vielfältige Weise verwendet. So dient es als Grundzutat für die vielen kleinen Speisen, die – in üppiger Anzahl zusammengestellt – eine *meze* (arabische Vorspeise) bilden. *Hummus* beispielsweise ist ein Püree aus Kichererbsen und *tahin,* und *baba ganoush* eine wunderbare Creme aus gerösteten Auberginen und *tahin.* Ganz einfach ist *taratoor* herzustellen: Hierzu wird Knoblauch in einem Mörser zerrieben, dann gibt man *tahin* dazu und vermischt das Ganze gut. Anschließend wird die Masse mit Zitronensaft und Wasser verschlagen, bis sie die Konsistenz einer dicken Mayonnaise hat. Merkwürdigerweise verwandelt sich *taratoor,* während man nach und nach den Zitronensaft und dann das Wasser hinzufügt, zunächst in eine krümelige, schwere Masse, die später aber vollkommen glatt wird. Wer das nicht weiß, kann da leicht erschrecken. Alle drei Speisen werden mit warmem *pitta*-Brot gegessen.

Tahin eignet sich auch zum Andicken von Saucen oder als eigenständige Sauce (wie bei *taratoor* mit Zitrone, Fond oder Wasser verschlagen) für warme Gerichte, insbesondere Fisch, und für Suppen. Eine köstliche, sättigende *hummus*-Suppe entsteht, indem man gegarte Kichererbsen, gebratene Zwiebeln und Knoblauchzehen, *tahin* und Gewürze mit einem guten Fond püriert.

MISO

Ich habe *miso* erst kürzlich für mich entdeckt, denn lange Zeit machte ich einen Bogen darum, weil sich seiner jene Vegetarier mit einem Hang zu bleischwerem Linsenauflauf und Gesundheitssandalen so begeistert angenommen hatten. Erst als ich den Empfehlungen japanischer Kochbuchautoren mehr Bedeutung zumaß als meinen eigenen Vorurteilen, wurde mir klar, daß *miso* doch seine Vorzüge hat.

Bei *miso* handelt es sich nicht um ein einziges Produkt, sondern es gibt ein ganzes Spektrum an Sorten, die von dem hellen *shiro miso* bis zu dem dunkelbraunen *hatcho miso* reichen. Dazwischen liegt eine außerordentliche Vielfalt von Sorten. Alle werden aber nach dem gleichen Prinzip hergestellt: Grundzutaten sind immer Sojabohnen, Salz und Koji-Ferment (Aspergillus oryzea); je nach Sorte können dann Reis, Gerste und Weizen hinzugefügt werden. Die Zutaten werden gegart und vermischt, und die Masse läßt man mindestens ein Jahr reifen.

Shiro miso oder weißes *miso* und die meisten gelben *miso*-Varianten schmecken angenehm mild. *Aka miso* (rotes *miso*) wird mit Gerste hergestellt. Sein würziges Aroma erinnert an Hefeextrakt und Oliven. Der dunkelste Typ, das *hatcho miso,* besteht nur aus Sojabohnen; es ist sehr trocken, gehaltvoll und aromatisch.

Häufig ist die Unterscheidung der Sorten aber nicht einfach. Das Personal in Naturkostläden und japanischen Lebensmittelgeschäften kann selten etwas über die Eigenschaften der verschiedenen *miso*-Sorten sagen. Allgemein gilt: Je heller die Farbe, desto leichter der Geschmack – aber es gibt Ausnahmen. Letzten Endes kann man sie nur ausprobieren. Trösten Sie sich mit dem Gedanken, daß sich *miso* im Kühlschrank monatelang hält. Nach dem Anbrechen eines Paketes sollte man den Inhalt in ein Glas umfüllen und Namen und Eigenschaften auf dem Etikett notieren.

Sowohl mildes als auch salziges *miso* ist vielseitig verwendbar. Die dunkleren Sorten eignen sich großartig zum Würzen von Suppen und Eintöpfen. Sie haben Ähnlichkeit mit konzentrierter Brühe, sind aber weitaus schmackhafter als Brühwürfel. Man gibt sie am Ende der Garzeit an die Speisen. Verdünnt kann praktisch jedes *miso,* für sich oder gemischt, als Dressing oder als Sauce für Gemüse und Meeresfrüchte serviert werden. Weißes *miso,* mit einem Löffel dunklem *miso* verrührt, kann man zum Binden von Saucen benutzen. In Japan nimmt man *miso* zum Einlegen von Gemüsen und streicht es als Würze auf gegrillte Speisen.

Wer *miso* einmal benutzt hat, findet bald viele Verwendungsmöglichkeiten. Ich weiß jetzt, daß man weder Vegetarier noch Japaner sein muß, um es zu schätzen.

Verschiedene Miso-Sorten

Bittermandelöl Rosenwasser Orangenblütenwasser Kewra-Wasser

BITTERMANDELÖL

Bittermandeln enthalten sogenanntes Amygdalin, eine bittere Substanz, die auch in den Steinen von Pflaumen und Pfirsichen vorkommt. Wenn Amygdalin mit Wasser vermischt wird, reagiert es mit einem in der Mandel vorhandenen Enzym, und es entstehen Benzaldehyd und Blausäure. Blausäure ist natürlich hochgiftig, doch glücklicherweise wird sie durch Hitzeeinwirkung zerstört. Deshalb kann man auch einen ganzen Teller Makronen essen, die mit gemahlenen Bittermandeln aromatisiert wurden, ohne dabei mehr als leichte Verdauungsstörungen als Preis für die Gier zu riskieren.

Benzaldehyd ist das wichtigste Öl der Bittermandel und verleiht ihr ihren charakteristischen Geschmack. In kleinen Mengen ist es unschädlich. Bittermandeln sind nicht überall erhältlich (man findet sie manchmal in asiatischen Lebensmittelgeschäften), doch Bittermandelöl, das vorwiegend aus Benzaldehyd besteht und den gleichen Geschmack hat, ist überall erhältlich. Da es hochkonzentriert ist, verwendet man es nur tropfenweise. Der Geschmack von Bittermandeln paßt ausgezeichnet zu allen Arten von Kuchen und Keksen, die mit gemahlenen Mandeln zubereitet werden. Sind in einem Rezept Bittermandeln angegeben, kann man als Ersatz süße Mandeln und ein oder zwei Tropfen Bittermandelöl verwenden. Doch aufgepaßt: Verwechseln Sie das Bittermandelöl nicht mit Mandelessenz oder gar Bittermandelaroma, das synthetisch hergestellt wird.

ROSENWASSER

Rosenwasser entsteht bei der Destillation von Rosenöl. Diese klare, duftende Flüssigkeit bekommt man heute in vielen Delikatessengeschäften und Supermärkten, doch wer sie dort nicht findet, sollte in der Apotheke danach fragen.

Im Nahen Osten schätzt man Rosenwasser besonders und aromatisiert damit viele der herrlichsten Süßspeisen. Erstaunlich finde ich immer wieder, daß sich der Duft von Rosenwasser bei Hitzeeinwirkung nicht verflüchtigt. Man kann es für Kuchen und Kekse, aber auch für im Backofen zubereitete Cremes und zum Parfümieren von dikkem Zuckersirup verwenden. Auch einem Obstsalat oder frischen Erdbeeren gibt Rosenwasser ein besonderes Aroma, und man kann damit Löffelbiskuits befeuchten, mit denen man eine Charlottenform auslegt. Geben Sie es in Sorbet und Eiscreme, Schlagsahne, Konditorcreme, Gelees und Marmeladen, in mit Gelatine zubereitete Mousses oder Bayerische Creme. Um in zwei Minuten eine verführerische Süßspeise herzustellen, schlägt man Frischkäse mit Sahne auf, bis er locker und leicht ist, süßt ihn nach Geschmack und parfümiert ihn dann mit Rosenwasser. Dazu kann man knusprige Mandelkekse und frische Himbeeren reichen.

Rosenwasser sollte behutsam verwendet werden. Mir gefällt kräftiger Rosenduft, aber jedermanns Sache ist das nicht.

ORANGENBLÜTENWASSER

In meiner Vorstellung vom Paradies weht dort zwar nicht ständig, aber doch hin und wieder eine Brise, die den Duft von Orangenblüten in einer mediterranen Sommernacht mit sich trägt. Zwischen den Brisen muß gerade so viel Zeit verstreichen, daß man sich von dem unvorhergesehenen wunderbaren Genuß erholen kann, den sie mitbringen.

Im Moment muß ich mich aber damit zufriedengeben, gelegentlich an einer Flasche Orangenblütenwasser zu riechen. Diese klare Flüssigkeit mit ihrem herrlichen Duft wird durch die Destillation frischer Orangenblüten gewonnen. Man verwendet Orangenblütenwasser ähnlich wie Rosenwasser, und oft sind beide gegeneinander austauschbar, Orangenblütenwasser ist jedoch intensiver und wird daher in geringeren Mengen benutzt. Es paßt zu beinahe allen Arten von süßen Köstlichkeiten, besonders gut aber zu Orangen. So erhalten Orangengelees und -sorbets mit einem Spritzer Orangenblütenwasser eine viel exotischere Note. In Marokko richtet man Salate, die nur aus Orangenscheiben oder auch mit Kopfsalat, Möhren und Rettich zubereitet werden, mit Orangenblütenwasser, Zitronensaft, Zucker, Zimt und Salz an. Sie sind kühl und erfrischend und verströmen einen betörenden Duft.

KEWRA-WASSER

Dieses Wasser wird aus den männlichen Blütenständen des Schraubenbaums hergestellt, der in sumpfigen, feuchten Gebieten Südostasiens wächst. Die Blüten haben einen so betörenden Duft, daß man sie in manchen Gegenden in die Dorfbrunnen wirft und das Trinkwasser damit aromatisiert (siehe auch S. 16).

VINAIGRETTE

Die hier aufgeführten Mengenangaben für Essig, Öl und Senf entsprechen dem Standardrezept für dieses weltweit bekannte französische Dressing, das aus Weinessig und leichtem Oliven-, Erdnuß- oder Sonnenblumenöl zubereitet werden sollte. Die Variationsmöglichkeiten mit verschiedenen Ölen und Essigsorten oder anderen sauren Zutaten sind endlos, aber vielleicht sind geringfügige Änderungen der Mengenverhältnisse erforderlich. Für ein Zitronen-Öl-Dressing nimmt man nur 1/2 Eßlöffel Zitronensaft und Olivenöl und läßt den Senf weg. In dieser Menge würde ich auch »ume-su« (S. 55) verwenden, das Olivenöl sollte hier aber durch 2 1/2 Eßlöffel Sonnenblumen- oder Erdnußöl und 1/2 Eßlöffel Sesamöl ersetzt werden. Wer Balsam- oder Sherryessig benutzt, benötigt vielleicht etwas weniger Öl, und auch hier kann auf Senf verzichtet werden.

- 1 EL Weinessig
- 3 EL Öl
- Salz und frisch gemahlener Pfeffer
- 1/2 TL Dijon-Senf (nach Belieben)

Die Zutaten entweder in ein Glas mit Schraubverschluß geben und kräftig schütteln oder zunächst den Essig mit Salz, Pfeffer und Senf verrühren und dann eßlöffelweise das Öl unterschlagen. Die Vinaigrette abschmecken und, falls notwendig, noch etwas Öl und Gewürze hinzufügen.

STUBENKÜKEN MIT ESSIG UND KNOBLAUCH

Während der Schmortopf im Backofen vor sich hin köchelt, verliert der Essig seine Schärfe, vermischt sich mit dem Bratensaft zu einer köstlichen Sauce und verleiht den zarten Stubenküken ein wunderbares Aroma.

Für 4 Personen

- 4 Stubenküken
- 3 EL Olivenöl
- 1 Zwiebel, feingehackt
- 2 Thymianzweige
- 1 Lorbeerblatt
- 16 Knoblauchzehen (ungeschält)
- Salz und frisch gemahlener Pfeffer
- 5 EL Sherryessig oder schwarzer Reisessig
- 5 EL Hühnerfond

Die Stubenküken in 2 Eßlöffeln Olivenöl anbraten. Dann in eine schwere Kasserolle legen, in der sie gerade Platz haben, und Zwiebeln, Thymian, Lorbeerblatt und Knoblauch um sie herum verteilen. Salzen und pfeffern, dann Essig, Fond und das restliche Olivenöl darübergeben. Den Deckel fest auflegen und die Küken im 150 °C heißen Backofen (Gasherd Stufe 1) 1 1/2 bis 2 Stunden schmoren, bis sie so zart sind, daß sie auf der Zunge zergehen.

FESENJAN

GESCHMORTER FASAN MIT WALNUSS-SAUCE

Um ehrlich zu sein – dieses Gericht sieht nicht übermäßig verlockend aus, denn die dickflüssige Sauce ist reichlich dunkel, doch allein der Duft macht das schon wett, und der Geschmack ist einfach himmlisch ... wen stört da das Aussehen? »Fesenjan« ist ein klassisches Gericht der iranischen Küche, und bei dieser Version handelt es sich um eine leichte Abwandlung eines Rezepts von Claudia Roden. Sie empfiehlt, anstelle eines Fasans eine Wildente zu verwenden, doch man kann das Gericht auch mit einem guten Huhn aus Bodenhaltung zubereiten.

Für 4–6 Personen

- 2 junge Fasane, in Portionsstücke zerteilt
- 2 EL Öl
- 1 Zwiebel, gehackt
- 230 g geschälte Walnüsse, grobgerieben oder sehr fein gehackt
- 1 Zimtstange
- 3 EL Granatapfelsaft
- 450 ml Wasser
- Salz und frisch gemahlener Pfeffer
- Zucker
- 1 EL gehackte Petersilie

Die Fasanenteile in dem Öl anbraten, dann beiseite stellen. Im gleichen Öl die Zwiebeln dünsten, dabei rühren, damit sie nicht anbrennen. Die Temperatur herunterschalten. Walnüsse und Zimtstange hinzufügen und einige Minuten unter Rühren behutsam garen. Granatapfelsaft, Wasser sowie etwas Salz und Pfeffer untermischen. Die Zutaten unter gelegentlichem Rühren zum Kochen bringen, dann die Fasanenteile hineinlegen. Den Topfinhalt zugedeckt 30 Minuten leise köcheln lassen. Der Deckel abnehmen und alles noch einmal 15 bis 30 Minuten köcheln lassen, bis das Fleisch sehr zart und die Sauce reduziert ist. Mit Salz und Pfeffer abschmekken sowie etwas Zucker hinzufügen, so daß eine süß-saure Sauce entsteht. Die Petersilie vor dem Servieren darüberstreuen.

HIMBEERESSIG

Der nach diesem Rezept hergestellte Himbeeressig ist hocharomatisch und schmeckt sicherlich fruchtiger als billigere Himbeeressigsorten aus dem Laden. Besonders kräftig wird er, wenn man ihn ein drittes Mal mit weiteren 225 Gramm Himbeeren ziehen läßt. Denken Sie aber daran, daß zwischen den Aufgüssen drei Tage verstreichen sollen; kaufen Sie deshalb nicht alle Himbeeren auf einmal.

Ergibt etwa 600 ml

450 g Himbeeren (siehe oben)
450 ml Weißweinessig

Die Hälfte der Himbeeren (225 g) in ein Einmachglas füllen und vorsichtig zerdrücken. Den Essig darübergießen und abgedeckt für drei Tage auf ein warmes sonniges Fensterbrett stellen. Anschließend den Essig durch ein mit Mulltuch ausgelegtes Sieb gießen. Die Früchte etwa zwei Stunden im Sieb abtropfen lassen, aber nicht ausdrücken.

Die restlichen Himbeeren in das ausgewaschene Einmachglas geben, wieder behutsam zerdrücken und den Essig darübergießen. Das Glas noch einmal verschlossen drei bis sieben Tage auf ein sonniges Fensterbrett stellen, dann den Essig wie oben beschrieben abseihen und in eine Flasche füllen. Die Flasche gut verschließen und an einem kühlen, dunklen Ort aufbewahren.

VERAS ORANGEADE

Einmal schickte mir ein Leser Fotokopien von Rezepten aus einer Frauenzeitschrift des Jahrgangs 1902. Bei den Sommergetränken fand ich das Rezept für diese Orangenlimonade.

2 große unbehandelte Orangen
50 g feiner Zucker
100 ml Himbeeressig

Die Orangen auspressen. Die ausgepreßten Orangenschalen grob hacken und in eine Schüssel mit dem Zucker geben. Mit kochendem Wasser bedecken und rühren, bis sich der Zucker aufgelöst hat, dann die Schüssel fest mit Klarsichtfolie abdecken.

Wenn die Mischung abgekühlt ist, Orangensaft und Himbeeressig hineinrühren. Die Flüssigkeit durch ein mit Mulltuch ausgelegtes Sieb gießen. Die Orangenschale abtropfen lassen, aber nicht ausdrücken. Die Orangeade in einer verkorkten Flasche oder einem Schraubglas im Kühlschrank aufbewahren.

Zum Servieren verdünnt man sie nach Geschmack mit Mineral- oder Eiswasser.

DRESSING MIT UME-SU UND SESAM

Dieses dickflüssige, nussig-fruchtige Dressing eignet sich nicht für grüne Salate, schmeckt aber zu kräftigeren Salaten wunderbar. Am besten reicht man es als Dip getrennt zum Salat. Es kann auch zu »crudités« (Rohkost) serviert werden.

Für 6 Personen

4 EL gerösteter Sesam
1 TL getrockneter grüner Pfeffer
1 TL Sojasauce
1 EL *ume-su*
2 TL Sesamöl
4 EL Sonnenblumenöl

Sesam und grünen Pfeffer in einer elektrischen Kaffeemühle oder im Mörser zu einer weichen Paste zerreiben. Dann nach und nach Sojasauce, Pflaumen-Essig und Öl untermischen.

Weißweinessig

Ume-Su

Oben rechts: Dressing mit Ume-Su und Sesam, mit Paprikasalat serviert; unten rechts: Veras Orangeade

GEGRILLTES GEMÜSE MIT MISO

Wahrscheinlich muß das Gemüse in mehreren Portionen gegrillt werden, es sei denn, man besitzt einen außergewöhnlich großen Grill. Die Auswahl an Gemüse kann durch einige gut abgetropfte Tofuwürfel ergänzt werden.

Als Hauptgericht für 4 Personen,
als Vorspeise für 8 Personen

- 1 Aubergine
- 4 Zucchini
- Salz
- 2 rote Zwiebeln
- 8 Champignons mit geöffneten Köpfen
- Öl

WEISSER *MISO*-ÜBERZUG

- 4 EL weißes *miso*
- 1 1/2 EL Zucker
- 2 EL *sake* oder trockener Sherry
- Abgeriebene Schale von 1/2 Limette

ROTER *MISO*-ÜBERZUG

- 1 Stück frische Ingwerwurzel (etwa 2,5 cm)
- 3 EL rotes *miso*
- 1 EL weißes *miso*
- 1 1/2 EL Zucker
- 2 EL *sake* oder trockener Sherry

Die Aubergine in 1 cm dicke Scheiben schneiden. Auf einen Teller legen, dünn mit Salz bestreuen und für 30 Minuten beiseite stellen. Die Zucchini längs halbieren, mit der Schnittseite nach oben auf einen Teller legen, dünn mit Salz bestreuen und 30 Minuten stehen lassen. Dann Zucchini und Auberginen abspülen und mit Küchenpapier trockentupfen.

Die Zwiebeln schälen und in 1 cm dicke Scheiben schneiden. Quer durch jede Scheibe einen Zahnstocher stecken, damit sie nicht auseinanderfallen.

Den Ingwer reiben und den Saft ausdrükken. Beiseite stellen.

Nun die *miso*-Saucen zubereiten. Für die weiße Sauce alle Zutaten mit Ausnahme der abgeriebenen Limettenschale in einem kleinen Topf vermischen. Bei niedriger Temperatur unter Rühren erhitzen, bis eine glatte Sauce entstanden ist – sie darf aber nicht kochen. Von der Kochstelle nehmen und die abgeriebene Limettenschale untermischen.

Die rote Sauce auf die gleiche Weise zubereiten und zum Schluß Ingwersaft nach Geschmack hinzufügen (etwa 1 Eßlöffel).

Aubergine, Zucchini, Zwiebelringe und Pilze mit Öl bestreichen und auf beiden Seiten grillen, bis sie weich und gebräunt sind. Die Hälfte der Auberginen- und Zwiebelscheiben auf einer Seite mit weißer Sauce bestreichen, den Rest mit roter Sauce. Die Schnittflächen von vier Zucchinihälften mit weißer Sauce, den Rest mit roter Sauce überziehen. Die Pilzköpfe ebenfalls je zur Hälfte mit roter und weißer Sauce bestreichen. Dann die Gemüse noch einmal etwa 1 Minute unter den Grill setzen, bis sie wieder heiß sind. Sofort servieren.

NUDELN MIT INGWER-TAMARINDEN-SAUCE

Bei diesem Rezept kann man sowohl die Nudeln als auch die Würzpaste im voraus zubereiten. Die Würzpaste wird erst unmittelbar vor dem Servieren zu den Nudeln gegeben, und die Mischung wird dann gebraten. Man kann die Nudeln so essen oder eine komplette Hauptmahlzeit daraus machen, indem man Hühnerfleischstücke, Schweinefilet, Garnelen, Bohnenkeime, Champignons, Erbsen oder Tofu in einer zweiten Pfanne brät und anschließend unter die Nudeln mischt.

Für 6–8 Personen

1 walnußgroße Portion Tamarindenmus oder 2 EL Zitronen- oder Limettensaft
450 g chinesische Faden-Eiernudeln
1 Zwiebel, gehackt
3 Knoblauchzehen, gehackt
2 rote Chilischoten, entkernt und gehackt
1 Stück frische Ingwerwurzel (etwa 2,5 cm), geschält und gehackt
Unterer Teil eines Stengels Zitronengras (10 cm lang), zerdrückt und gehackt
4 EL Öl
2 EL Fischsauce
1 EL pürierte Tomaten
1 1/2 EL Palmzucker oder dunkler Muscovado

Das Tamarindenmus in eine kleine Schüssel geben und mit 3 Eßlöffeln heißem Wasser sorgfältig verrühren. Dann die Flüssigkeit durch ein Sieb gießen und beiseite stellen.

Die Nudeln für etwa 4 Minuten in leicht gesalzenes, kochendes Wasser geben, bis sie *al dente* sind, oder nach Gebrauchsanweisung auf der Packung verfahren. In ein Sieb geben und mit kaltem Wasser abschrecken. Die Nudeln gut abtropfen und abkühlen lassen. Bis zum Gebrauch abdecken.

In der Küchenmaschine oder im Mörser Zwiebeln, Knoblauch, Chillies, Ingwer und Zitronengras zu einer feinen Paste vermahlen. Die Paste in einen Wok oder großen Topf geben, in dem die Nudeln gut Platz haben, und im Öl unter ständigem Rühren etwa 3 Minuten braten. Dann Tamarindenwasser oder Zitronensaft, Fischsauce, pürierte Tomaten, Zucker und 2 Eßlöffel Wasser hinzufügen. Gut umrühren und die Zutaten 2 Minuten köcheln lassen. Die Nudeln hinzufügen und die Temperatur heraufschalten. Die Nudeln gut in der Sauce wenden, bis sie heiß sind. Sofort servieren.

Oben: Gewürz-Nudeln; unten: Po'boy mit Austern

PO'BOY MIT AUSTERN (ODER HÜHNERFLEISCH)

Auf Avery Island aßen wir einmal an einem frostigen Dezembertag warme Austern-»po'boys« mit reichlich Mayonnaise und Tabascosauce, bevor wir zu einer Bootsfahrt durch die Bayous aufbrachen. Dort beobachteten wir dann Reiher und Otter, während wir uns mit einer großen Flasche Weinbrand wärmten. Schöne Erinnerungen. »Po'boys« sind die klassischen Sandwiches von New Orleans. Sie werden mit Weißbrot und einem kräftigen Spritzer Tabascosauce zubereitet.

Für 1 Person

- 1/2 Baguette
- 6 Austern, aus der Schale genommen oder 1 Hühnerbrusthälfte, in mundgerechte Stücke geschnitten
- Feines Mais- oder Weizenmehl
- Öl zum Braten
- Mayonnaise
- 2 bis 3 Blätter knackiger Salat, in Streifen geschnitten
- 1 kleine Tomate, in Scheiben geschnitten
- Salz
- Tabascosauce

Das Brot längs halbieren. Die Hälften wieder zusammensetzen, in Alufolie wickeln und im Backofen bei 200 °C (Gasherd Stufe 3–4) backen, bis es heiß ist. Austern oder Hühnerfleischstücke im Mais- oder Weizenmehl wenden, um sie gleichmäßig damit zu überziehen. Austern im heißen Öl rasch braten, bis sie leicht gebräunt sind. Hühnerfleisch etwas langsamer garen. Es sollte gleichmäßig gebräunt sein. Warm stellen, falls das Brot noch nicht heiß ist.

Beide Hälften des heißen Brotes großzügig mit Mayonnaise bestreichen. Auf der unteren Hälfte den Salat verteilen, dann gebratene Austern oder Hühnerfleisch und schließlich die Tomatenscheiben. Mit Salz und einem großzügigen Spritzer Tabasco würzen und rasch die obere Hälfte daraufsetzen. Noch warm servieren.

NUDELTEIG MIT OLIVENPASTE

Aromatisierte Teigwaren schmecken stets besser, wenn man sie frisch zubereitet. Diese Nudeln serviert man am besten einfach mit Olivenöl und Knoblauch und vielleicht einem Hauch Chillies.

Für 3 Personen

- 2 Eier
- 1 1/2 EL Olivenpaste
- 200 g Mehl

Eier und Olivenpaste zu einer glatten Masse verschlagen. Das Mehl auf eine Arbeitsplatte sieben, in die Mitte eine Mulde drücken und die Ei-Oliven-Mischung hineingeben. Mit den Händen einen Teig daraus herstellen und ihn lange und gründlich kneten. Er sollte elastisch und nicht feucht sein. Zu einer Kugel zusammennehmen und 30 Minuten ruhen lassen. Vor dem Ausrollen muß der Teig nochmals gründlich durchgeknetet werden. Die Arbeitsfläche, falls notwendig, dünn mit Mehl bestreuen. Den Teig in 2 oder 3 Portionen teilen und diese sehr dünn ausrollen. Auf einem mit Mehl bestäubten Küchentuch ein paar Minuten trocknen lassen, dann locker aufrollen und mit einem scharfen Messer in 1 cm breite Streifen schneiden. Die Nudeln auseinanderrollen und auf saubere Küchenhandtücher legen.

Die frischen Nudeln in einem Topf mit kochendem Wasser einige Minuten garen, bis sie *al dente* sind.

Falls die Nudeln nicht innerhalb der nächsten Stunden zubereitet werden, kann man sie einfrieren. Gefrorene Nudeln direkt aus dem Gefriergerät in das kochende Wasser geben, die Garzeit hier um 3 bis 4 Minuten verlängern.

BABA GANOUSH

Wenn möglich, sollte man die für dieses Rezept verwendete Aubergine auf einem Holzkohlengrill garen, damit diese Sesam-Auberginen-Creme einen wirklich rauchigen Geschmack bekommt. »Baba ganoush« wird als erster Gang serviert, gewöhnlich als Teil einer gemischten »meze«, (arabische Vorspeisen). Dazu reicht man warmes »pitta«-Brot, das man in die Creme tunkt.

Für 4–6 Personen

- 1 große Aubergine
- 1 Knoblauchzehe, gehackt
- 4 EL *tahin*
- 25 g Walnußkerne, gehackt
- Saft von 1/2 Zitrone
- Gut 1/2 TL gemahlener Kreuzkümmel
- Salz
- 8 Minzeblätter, in Streifen geschnitten
- Kerne von 1/2 Granatapfel
- 2 EL Olivenöl

Die Aubergine möglichst nahe über dem Feuer grillen und häufig wenden, bis die Schale verkohlt und das Fleisch weich ist, oder im Backofen bei höchster Stufe garen. Die Aubergine schälen. Das Fleisch grob hacken und in einem Durchschlag abtropfen lassen, bis es genügend abgekühlt ist.

Das Auberginenfleisch ausdrücken, um noch vorhandenen bitteren Saft zu entfernen, und mit Knoblauch, *tahin,* Walnüssen, Zitronensaft, Kreuzkümmel und etwas Salz zu einer glatten Creme pürieren. Abschmekken und, falls notwendig, noch etwas Salz oder Zitronensaft hinzufügen. Zwei Drittel der Minze hineinrühren. In eine Schüssel füllen, abdecken und bis zum Verzehr kalt stellen.

Vor dem Servieren die Creme wieder auf Zimmertemperatur bringen. In die Mitte eine Mulde drücken und die Granatapfelkerne hineingeben. Das Olivenöl und die restliche Minze darübergeben. Mit warmem *pitta*-Brot servieren.

EINGELEGTES, EINGEMACHTES UND SÜSSES

Ich hebe immer alles auf und hasse es, etwas wegzuwerfen. Man weiß ja schließlich nie, ob etwa diese antiquierten Vorhänge, die man nie leiden konnte, nicht eines Tages doch noch für etwas gut sein werden oder jene alten Hosen in ein paar Jahren wieder in Mode kommen. Auch meine Küchenschränke stehen voll mit Gläsern von diesem und jenem, das ich für ein bestimmtes Rezept oder aus bloßer Neugier gekauft habe; und vieles habe ich von Reisen mitgebracht. Unter all den herrlichen Schätzen befindet sich auch eine Menge Eingelegtes, Eingemachtes und Süßes. Wenn all diese Dinge vielleicht auch irgendwann verderben, so sind sie doch eine ganze Weile haltbar, und irgendwann kommt sicher eine Gelegenheit, bei der man sich glücklich schätzt, auf seine Vorräte zurückgreifen zu können.

Zeitweise entwickle ich eine regelrechte Abhängigkeit von gewissen Nahrungsmitteln. So gibt es Wochen, in denen mir nichts anderes als die würzigen, aromatischen Köstlichkeiten der südostasiatischen Küche schmeckt. Dann verspeise ich auch eine ordentliche Menge Garnelenpaste, obwohl ich nie ein ganzes Glas essen kann. Ein immer wiederkehrendes Verlangen nach dem salzigen Geschmack fermentierter schwarzer Bohnen läßt die Menge im Glas langsam dahinschwinden, dennoch ist es auch nach einem Jahr noch nicht leer. Aber das macht nichts, denn diese Dinge sind lange haltbar.

Andere Lebensmittel haben dagegen nie eine Chance, ihre Haltbarkeit unter Beweis zu stellen. So werden sonnengetrocknete Tomaten oder Artischocken in Olivenöl bei mir bestenfalls eine Woche alt. Wenn ich an diesen Gläsern vorbeikomme, kann ich einfach nicht vermeiden zuzugreifen, um anschließend zufrieden kauend in der Küche das zu erledigen, was ich eigentlich vorhatte. Und wüßte mein Zahnarzt, wie hilflos ich der Versuchung eines Palmzuckerkuchens erliege, würde ihm dies sicherlich Schauer über den Rücken jagen.

Ich nehme an, daß die meisten Leute weitaus disziplinierter sind als ich. All die eingelegten, eingemachten und süßen Köstlichkeiten, die in diesem Kapitel vorgestellt werden, haben eine lange Lebensdauer. Einige sind exotischer als andere, und wenn man sie zufällig irgendwo entdeckt, sollte man sie unbedingt kaufen, auch wenn man sie im Moment nicht benötigt. Sie werden geduldig warten, bis Sie ihnen Ihre Aufmerksamkeit schenken, und Sie vermutlich durch ihre Gegenwart zum Ausprobieren verführen. Viele dieser ausgefalleneren Zutaten passen nicht nur in die Küche ihres Herkunftslandes, sondern eignen sich auch zum Abrunden des Geschmacks vertrauterer Gerichte. Am besten verwendet man sie erst einmal in der für sie vorgesehenen Weise, um ihre Eigenschaften kennenzulernen, dann kann man mit mehr Selbstvertrauen experimentieren.

EINGELEGTES UND EINGEMACHTES

MOSTARDA DI CREMONA

(Mostarda di frutta, In Senf eingelegte Früchte)

Diese italienischen Senffrüchte haben einen mittelalterlichen Charakter. Für ihre Herstellung legt man Melone, Birne, Kirschen und andere Früchte in Sirup ein und fügt Senf und Gewürze hinzu. Auch wenn dies seltsam klingen mag – die Früchte schmecken köstlich. Traditionell serviert man sie zu gekochtem Fleisch, aber sie passen auch ausgezeichnet zu gebratenem Wild oder in mit dunklem Fleisch zubereitete Eintöpfe.

Auf dem Markt von Turin entdeckte ich einmal eine andere Sorte der *mostarda.* Sie bestand nur aus Birnen, die in Senfsirup zu einem dicken, goldbraunen Mus eingekocht worden waren. Auch diese *mostarda* wird zu gekochtem Fleisch serviert.

SONNENGETROCKNETE TOMATEN

(Pomodori secchi)

In Süditalien sind halbierte Tomaten, die in den Feldern zum Trocknen auf schwarzen Folien ausgebreitet werden, während des Sommers ein vertrauter Anblick. Das in ihnen enthaltene Wasser verdunstet in der Sonne, und zurück bleiben verschrumpelte, ledrige Ovale, die karamelartig schmecken. Man bekommt sie lose oder in Olivenöl eingelegt im Glas, eventuell auch mit Kräutern, Knoblauch und Chillies.

Lose verkaufte getrocknete Tomaten müssen vor Gebrauch eingeweicht werden, weil sie sehr zäh sind. Man bedeckt sie mit heißem Wasser und läßt sie 1 bis 1½ Stunden stehen. Dann probiert man ein Stück – die Tomaten sollten noch Biß haben, aber sich gut kauen lassen und hocharomatisch sein. Dann läßt man sie gut abtropfen und tupft sie mit Küchenkrepp trocken. Falls man sie nicht sofort verwendet, schichtet man sie mit etwas Salz bestreut in ein Glas, fügt nach Belieben Kräuter und Knoblauch hinzu und füllt das Ganze mit Olivenöl auf. Achten Sie darauf, daß keine Lufteinschlüsse entstehen und die Tomaten vollkommen bedeckt sind. Dann wird das Glas verschlossen und bis zum Gebrauch aufbewahrt.

In Öl eingelegte sonnengetrocknete Tomaten bekommt man jedoch fertig in den meisten italienischen Lebensmittelgeschäften und vielen Delikatessenläden. Man kann sie direkt aus dem Glas verwenden und beispielsweise in Streifen geschnitten mit etwas von ihrem Öl, frischem Basilikum und zerdrücktem Knoblauch mischen, um eine Nudelsauce herzustellen. Man kann sie aber auch auf Sandwiches legen und gewürfelt an Salate, insbesondere an Salat von gegrillten Paprikaschoten, geben. Ich füge häufig Tomatensaucen zwei oder drei sonnengetrocknete Tomaten feingehackt hinzu, weil die Saucen dadurch ein wunderbar volles Aroma bekommen. Ferner verwende ich die getrockneten Tomaten für Füllungen und gebe sie an langsam garende Gemüse und Fleischgerichte; oder ich nasche sie einfach pur.

IN ÖL EINGELEGTE ARTISCHOCKEN

(Carciofini sott'olio)

Bei *carciofini* handelt es sich – im Gegensatz zu den *carciofi,* den normalen großen Artischocken – um kleine, runde Artischokken, die so weich sind, daß man sie ganz essen kann. Sie werden in Essigwasser gegart und in Olivenöl eingelegt. In manchen Geschäften bekommt man sie lose, meist werden sie jedoch in Gläsern verkauft. Man sollte sie nicht mit konservierten Artischokkenböden verwechseln, die nicht annähernd so gut schmecken und als Ersatz völlig ungeeignet sind. Wer Glück hat, findet die herrlichen gerösteten *carciofini,* die auf einem Holzkohlengrill gebräunt wurden.

Carciofini sott'olio werden gewöhnlich zusammen mit Salami, Schinken und Käse als *antipasto misto* serviert und passen gut in Salate – beispielsweise in einen mit Knoblauch gewürzten Kartoffelsalat oder einen Thunfisch-Bohnen-Salat. Tatsächlich lassen sie sich auch gut mit Thunfisch aus der Dose kombinieren. Als Studentin in Perugia aß ich mittags immer *panini al tonno* – Brötchen mit einem Belag aus Thunfisch,

Von oben rechts im Uhrzeigersinn: Mostarda di Cremona, Wildzwiebeln in Öl, in Öl eingelegte Artischocken, sonnengetrocknete Tomaten, sonnengetrocknete Tomaten in Öl

gehackten Artischocken, Kapern und Mayonnaise. Und nahezu unübertroffen ist Pizza mit Thunfisch und Artischocken.

WILDZWIEBELN IN ÖL

(Lampasciuni sott'olio)

Wildzwiebeln sind keine Verwandten der Speisezwiebel, sondern die Zwiebeln der schopfblütigen Traubenhyazinthe, die in Süditalien wild wächst. Sie sehen aus wie kleine violette Speisezwiebeln und werden mitunter auch *cipollini* (kleine Zwiebeln) genannt. Im rohen Zustand macht sie ihre Bitterkeit praktisch ungenießbar, durch Garen kann man jedoch den bitteren Geschmack fast vollständig entfernen. Diese Zwiebeln haben einen einzigartigen Geschmack. Sie werden weich gekocht und anschließend in Öl eingelegt. Man bekommt sie nur gelegentlich in gutsortierten italienischen Delikatessengeschäften, nicht einmal in Italien sind sie überall erhältlich. Man serviert sie mit Salami, Schinken und Käse als *antipasto misto.*

OLIVEN

Als ein Freund und eine Freundin von mir, die beide gern essen, einen gemeinsamen Haushalt gründeten, gab es ein Problem – Oliven. Sie liebte sie leidenschaftlich, er fand sie scheußlich. Doch in einem Akt beispielloser Aufopferung löste er das Problem. Jeden Tag aß er eine Olive, und während der nächsten zwei Jahre steigerte er die Zahl, bis er schließlich ebenso begeistert Oliven aß wie sie. Das ist wahre Liebe.

Wenn man Oliven nicht ohnehin schon gern mag, lohnt es sich wirklich, auf den Geschmack zu kommen, aber unglücklicherweise wird dieses Vorhaben dadurch erschwert, daß viele der angebotenen Oliven eine miserable Qualität haben. Einige eingelegte und vakuumverpackte Oliven sind ausgezeichnet, doch zu viele sind es nicht. Allgemein ist man besser beraten, wenn man Oliven in Geschäften kauft, die sie lose anbieten. Hier kann man sie zumindest vorher probieren.

Ich frage mich, auf welche Weise man einst herausfand, daß sich die entsetzlich bittere Frucht des Olivenbaums in eine solche Delikatesse verwandeln läßt. Bevor Oliven überhaupt eingelegt werden können, muß man sie einer komplizierten Behandlung unterziehen, während der sie immer wieder gewaschen und eingeweicht werden.

Der Unterschied zwischen grünen und schwarzen Oliven besteht lediglich im Reifegrad. Die unreifen grünen Oliven sind fester und haben eine straffe, glatte Haut. Wenn grüne Oliven runzelig und weich sind, ist mit ihnen bestimmt etwas nicht in Ordnung. Nachdem die Früchte gereift sind und eine schwarze oder violettbraune Farbe bekommen haben, wird ihr Fleisch weich, und die Haut kann schrumpeln. Das Ausmaß des Schrumpelns hängt vom Reifestadium und von der Sorte ab. Die winzigen tiefschwarzen *niçoise*-Oliven sind immer völlig verschrumpelt, während die hübschen violettbraunen *kalamata*-Oliven eine feste, glatte Haut haben. Alle schwarzen Oliven sollten glänzen.

Doch auch enttäuschende Oliven sind

Oben: Gesalzene schwarze Bohnen, Oliven; unten: fermentierte schwarze Bohnen, eingelegte Kapernknospen und Kapernfrüchte, gesalzene Kapern

kein absolut hoffnungsloser Fall. Man läßt sie abtropfen, füllt sie in ein sauberes Glas, gibt einige Aromazutaten – halbierte Knoblauchzehen, Kräuterzweige, Chillies, zerstoßene Korianderfrüchte oder Zitronen- oder Orangenzesten – hinzu und bedeckt sie mit Olivenöl oder einer Mischung aus gleichen Teilen Oliven- und Sonnenblumenöl. Dann verschließt man das Glas und stellt es an einen kühlen, dunklen Platz. Nach einer Woche hat sich der Geschmack der Oliven erheblich verbessert. Und hochwertigere Oliven werden durch diese Behandlung einfach großartig.

GESALZENE KAPERN

Der Kapernstrauch wächst in den Ländern des Mittelmeerraums an felsigen Stellen wild. Es ist ein niedriger Busch mit Dornen und ovalen ledrigen Blättern. Seine wunderhübschen Blüten haben vier weiße oder rosa Blütenblätter, in denen eine Quaste aus purpurfarbenen Staubgefäßen sitzt. Blüten, die sich am Morgen öffnen, sind bis zum Spätnachmittag aber bereits wieder welk, der heißen Mittagssonne zum Opfer gefallen. Sie duften wie eine vollkommene Mischung von Geißblatt, Jasmin und Kapern.

Kapern sind die Knospen des Kapernstrauchs und müssen geerntet werden, wenn sie bereits prall sind, sich aber noch nicht geöffnet haben. Schon bei kultivierten Kapern bedeutet dies tägliche Schwerstarbeit, von wilden Sträuchern ganz zu schweigen. Ein großer Teil der Ernte und fast alle Kapern, die für den Export bestimmt sind, werden in Essig eingelegt, der oft sehr scharf ist. Die übrigen konserviert man in Salz und verkauft sie vor Ort und auf Märkten im gesamten Mittelmeerraum. Man unterscheidet sie nach Größe und Qualität, wobei die größten und feinsten natürlich die teuersten sind. Ich bringe von Reisen in Mittelmeerländer stets gesalzene Kapern mit nach Hause. Sie haben einen viel frischeren Geschmack, und das Salz läßt sich leicht abspülen.

KAPERNFRÜCHTE

Nicht nur die Knospen des Kapernstrauchs können eingelegt werden. Auf Zypern konserviert man die Stengel und jungen, dornigen Blätter in Essig. An ihren Geschmack muß man sich erst gewöhnen, und die kleinen Dornen machen den Verzehr unangenehm. Ich werde wohl nie rechten Gefallen an ihnen finden, obwohl ich mich sehr bemüht habe. Anders ist dies bei den tropfenförmigen Früchten, in denen leicht knackige Samen sitzen. Die Früchte werden in Essig eingelegt, und da sie widerstandsfähiger sind als die Knospen, vertragen sie diese Behandlung gut. Sie passen ausgezeichnet zu reifem Cheddar und kaltem Fleisch.

FERMENTIERTE SCHWARZE BOHNEN

Dies ist eines der klassischsten Sojabohnenprodukte. Für seine Herstellung werden schwarze Sojabohnen gegart, kräftig gesalzen und anschließend fermentiert. Man bekommt sie in Gläsern oder Dosen in asiatischen Lebensmittelgeschäften, achten Sie aber darauf, daß Sie ganze Bohnen kaufen, nicht Schwarze-Bohnen-Sauce. Die Sauce mag auch gut sein, aber sie ist nicht halb so nützlich und läßt sich außerdem rasch aus den ganzen Bohnen zubereiten.

Man verwendet die fermentierten Bohnen ganz, gehackt oder zu einer Paste zerdrückt für zahlreiche chinesische und auch einige andere südostasiatische Gerichte. Es gibt jedoch keinen Grund, ihre Verwendung auf diese Küchen zu beschränken, denn die salzigen kleinen Köstlichkeiten eignen sich auch für die unterschiedlichsten weniger exotischen Speisen. Ich verwende sie für Dressings, Gemüse, Tomatensaucen und Füllungen oder streue sie mit gebratenen Knoblauchstücken über Suppen. Außerdem passen sie gut zu Geflügel, Fleisch, Fisch und Schaltieren.

Fermentierte Bohnen müssen gegart werden. Gewöhnlich sautiert man sie zusammen mit Knoblauch, Zwiebel, Ingwer oder anderen Grundzutaten eines Rezepts leicht in Öl. Zur Herstellung von Schwarze-Bohnen-Sauce zerreibt man zwei Eßlöffel Bohnen mit vier zerdrückten Knoblauchzehen zu einer Paste. Diese brät man behutsam mit zwei Teelöffeln geriebenem Ingwer in Öl und fügt dann etwa 100 ml Fond hinzu; man kann den Fond auch mit Sojasauce und Reiswein oder Sherry mischen. Dann läßt man die Sauce unter Rühren köcheln, bis sie eingedickt ist. Da sie einen sehr intensiven Geschmack hat, verwendet man sie am besten als Würzzutat.

Fermentierte gelbe Bohnen sind auf ähnliche Weise verarbeitete gelbe Sojabohnen; sie haben jedoch einen milderen Geschmack und sind eventuell gesüßt.

GESALZENE SARDELLEN und SARDINEN

Auf jedem Markt im Mittelmeerraum gibt es eingesalzene Fische. Gesalzene Sardellen oder kleine Sardinen werden wie die bekannteren in Öl konservierten Sardellenfilets verwendet, aber sie haben einen besseren Geschmack. Vor Gebrauch wäscht man das Salz ab, schuppt die Fische (falls notwendig) und filetiert sie; das ist zwar ein wenig umständlich, aber es dauert nicht lange. Falls sie sehr salzig sind, legt man die Filets für etwa 30 Minuten in Milch.

In allen griechisch-zypriotischen Geschäften in meinem Viertel gibt es hübsche, runde, blaue Dosen mit eingesalzenen Sardinen, die ungeöffnet eine Ewigkeit halten. Nach dem Öffnen kann man sie noch mehrere Wochen im Kühlschrank aufbewahren. Wer aus dem Urlaub lose Salzsardellen oder -sardinen mitbringt oder eine Dose geöffnet hat und die Fische nicht in absehbarer Zeit verwenden kann, sollte sich ein wenig Zeit nehmen und sie filetieren, in ein Glas legen, nach Belieben einige halbierte Knoblauchzehen und ein oder zwei Thymianzweige dazugeben und sie mit Olivenöl oder einer Mischung aus Oliven- und Pflanzenöl bedecken. In festverschlossenen Gläsern halten die Fische sich dann lange Zeit und schmecken großartig.

BOTTARGA

(Poutargue)

Bottarga ist Rogen von Meeräsche, Seebarbe oder Thunfisch, der getrocknet, gepreßt und gesalzen wurde. Er wird rund ums Mittelmeer hoch geschätzt, und auch *taramo,* aus dem die griechische Vorspeise *taramosalata* hergestellt wird, besteht aus Meeräschen- oder Thunfischrogen, der hierfür jedoch nicht gepreßt wird. *Bottarga* wird meist mit einem grauen Wachsüberzug vor Luft geschützt.

Ich habe *bottarga* zum erstenmal in Sardinien probiert, wo man den Preßkaviar gerieben und großzügig über Spaghetti gestreut hatte, die zuvor in erstklassigem Olivenöl geschwenkt worden waren. Zu großzügig sollte man ihn aber nicht benutzen, denn er hat einen sehr intensiven Geschmack. Dies ist die beste Verwendungsweise für *bottarga.* Der Preßkaviar schmeckt aber ebenfalls ausgezeichnet, wenn man ihn in dünne Scheiben schneidet und mit Olivenöl, Zitrone und Pfeffer anmacht oder mit Kartoffeln zu einem Salat verarbeitet.

Manchmal findet man *bottarga* in Geschäften, die Lebensmittel aus Italien oder dem Nahen Osten führen, aber das kommt eher selten vor. Am besten bringt man sich einen Vorrat aus Frankreich oder Italien mit. *Bottarga* ist teuer, reicht aber lang und ist gut haltbar.

Gesalzene Sardellen und Sardinen

KETAKAVIAR
(Kettkaviar, Lachskaviar, roter Kaviar)

Vielleicht bin ich ein Banause, aber ich mag Ketakaviar lieber als echten Kaviar. Dieser durchscheinende, lachsfarbene Rogen ist grobkörniger als echter Kaviar und schimmert wie ein Berg kostbarer Juwelen. Ich liebe es, wie er zerplatzt, wenn ich ihn mit meiner Zunge gegen den Gaumen drücke, und die salzige Flüssigkeit im Innern freigibt.

Ketakaviar wird aus dem Rogen des Kett, einer mandschurischen Lachsart, hergestellt, Lachskaviar kann aber von jeder Lachsart stammen. Wie jeder Kaviar wird er einfach gesalzen. Man bekommt ihn in guten Fischgeschäften und vielen Delikatessenläden. Nach dem Öffnen der Dose sollte Ketakaviar innerhalb von ein bis zwei Tagen verzehrt werden.

Ketakaviar paßt ausgezeichnet zu russischen *blinis* (Buchweizenpfannkuchen) mit Sauerrahm oder zu *smetana*-Pfannkuchen (S. 178). Man verwendet ihn auch als Dekoration, insbesondere für Lachsgerichte, Canapés, feine, kleine Gemüsetörtchen und andere Speisen. Oder man gibt ihn kurz vor dem Servieren an Saucen für Fisch (er darf aber nicht stark erhitzt werden). Nicht weniger gut schmeckt Ketakaviar auf Folienkartoffeln mit einer Haube aus Crème fraîche, Sauerrahm oder *smetana* sowie Schnittlauchröllchen oder feingehackter roter Zwiebel.

UMEBOSHI
(Eingelegte japanische Pflaumen)

Eigentlich handelt es sich bei *ume* nicht um Pflaumen, sondern um eine Apriko-

Von oben links im Uhrzeigersinn: Eingelegter japanischer Ingwer, Terasi, Ketakaviar, Umeboshi auf Shiso-Blatt

senart, die stets unreif verwendet wird. *Umeboshi* sind *ume,* die in Salzlake eingelegt werden und durch Zugabe roter *shiso*-Blätter *(Perilla)* eine braunrote Farbe bekommen (siehe auch S. 55). Sie sind gut walnußgroß, weich und runzelig und haben einen fruchtigen, säuerlichen Geschmack. In Japan ißt man sie zum Frühstück, im Westen dürfte diese Sitte aber wenig Freunde finden. Hier verwendet man sie besser – gehackt oder püriert – für kalte Dips und warme scharfe Saucen, Dressings oder Füllungen. Zu Fisch und Geflügel kann man sie im ganzen reichen. Um die Pflaumen zu pürieren, werden sie halbiert, entsteint und durch ein Sieb gestrichen. Mitunter bekommt man bereits pürierte *umeboshi,* die unter dem Namen *bainiku* in Gläsern angeboten werden. In ihrem Glas aufbewahrt, halten *umeboshi* im Kühlschrank praktisch unbegrenzt. Ich habe einmal zwei Jahre ein angebrochenes Glas hinten in meinem Kühlschrank vergessen, und trotzdem schmeckten die Pflaumen noch!

TERASI
(Trasi, Trassi)

Terasi ist ein indonesisches Produkt. Es besteht aus gesalzenen und fermentierten Garnelen, die getrocknet und vermahlen wurden. Man bekommt es als Paste in Gläsern oder in harten Blöcken. *Terasi* spielt in der südostasiatischen Küche eine wichtige Rolle, bereits kleine Mengen verleihen Gerichten ein intensives typisches Aroma. Die beste *satay*-Sauce (S. 82), die ich je gegessen habe, war mit *terasi* gewürzt. *Terasi* riecht sehr streng (etwa wie konzentrierte Sardellenpaste) und sollte daher in einem festverschlossenen Glas aufbewahrt werden.

Vor ihrer Verwendung wird die Paste stets gegart; man kann sie mit anderen Aromazutaten verrieben oder im Stück grillen oder braten. In letzterem Fall ist es ratsam, sie in Folie zu wickeln und ohne Fett in der Pfanne oder im Backofen zu garen, weil sich andernfalls ein unangenehmer Geruch in der Küche festsetzt. Salzen Sie mit *terasi* zubereitete Speisen behutsam, da die Paste selbst sehr salzig ist. Wenn man sie einige Male an asiatische Gerichte gegeben hat, kann man sie auch in westlichen Speisen ausprobieren, etwa in Eintöpfen.

Terasi ist nicht das gleiche wie *balichow* aus Südindien oder *balachong* aus Birma (Union Myanmar). Diese Produkte enthalten neben gesalzenen Garnelen noch weitere Zutaten, darunter eine große Menge Chillies; es sind Relishes, die man zu Speisen reicht.

EINGELEGTER JAPANISCHER INGWER
(Amazu-shoga)

Amazu-shoga besteht aus in hauchdünne Scheiben geschnittenem Ingwer, der in Essig, Salz und Zucker eingelegt ist. Er hat eine zarte lachsrosa Farbe und sieht hübscher aus als *beni-shoga,* der leuchtendrosa oder rot gefärbt ist. Dieser eingelegte Ingwer wird als Beilage zu *sushi* (gesäuerter Reis) und *sashimi* (in Scheiben geschnittener roher Fisch) gereicht, schmeckt aber auch zu gegartem Fisch, insbesondere zu gegrilltem Lachs herrlich. Ich serviere ihn auch mit Geflügel oder gebe ihn feingewürfelt an Salate. Man bekommt eingelegten japanischen Ingwer in Folienbeuteln verpackt oder in Gläsern bei japanischen Lebensmittelhändlern.

INGWER IN ZUCKERSIRUP
*(Stem-*Ingwer, Stengelingwer)

Die ersten, die Ingwer in Sirup einlegten, waren die Chinesen. Im dreizehnten Jahrhundert exportierten sie ihn bereits in alle Welt, und auch heute wird er in China noch viel produziert, mittlerweile kommt er aber auch aus anderen Ländern. Obwohl er auch als Stengelingwer bezeichnet wird, handelt es sich um die jungen Wurzelknollen des China-Ingwers *(Zingiber mioga),* die geputzt, geschält, in die gewünschte Form geschnitten und anschließend in Sirup geköchelt werden.

Jedesmal, wenn ich diese sogenannten »Ingwernüsse« verwende, kehre ich in Gedanken in meine Kindheit und zu den fröhlichen Runden am Eßtisch meiner Eltern zurück. Meine Mutter stellte stets zahllose süße Köstlichkeiten auf den

Ingwernüsse in Sirup

Tisch, darunter auch eine Schüssel »Ingwernüsse«.

»Ingwernüsse« mit Sahne oder einer Kugel hausgemachtem Vanilleeis sind für mich heute noch der Inbegriff eines luxuriösen Desserts, doch wie meine Mutter verwende ich Ingwer auch in anderer Weise. So gebe ich ihn feingewürfelt in Kuchen, Cremes, Soufflés und Saucen, und eine meiner Lieblingsfüllungen bereite ich aus Frischkäse zu, den ich mit etwas Puderzucker und ein wenig von dem Ingwersirup süße und mit Ingwerstückchen belege. Allein der Sirup ist eine hervorragende Zutat, der dem Käse Süße, Feuchtigkeit und Ingwergeschmack verleiht. Doch man kann den Ingwer auch für pikante Speisen verwenden. So ist eine Kreation von George Perry-Smith aus Lachs, »Ingwernüssen« und Rosinen im Teigmantel ein Klassiker geworden. Darüber hinaus paßt der Ingwer ausgezeichnet zu Lamm, Huhn oder Ente. Außerdem kann man mit ihm Fleisch spicken, ihn an Füllungen und Saucen geben, oder man rührt ein oder zwei Eßlöffel Sirup in eine Marinade.

Falls der Sirup vor dem Ingwer zur Neige geht, bedeckt man den Ingwer einfach wieder mit frischem dickem Zuckersirup, der bald ebenso intensiv nach Ingwer schmecken wird wie der ursprüngliche Sirup.

SIRUP, ZUCKER UND SCHOKOLADE

GOLDEN SYRUP
(Heller Zuckerrohrsirup)

Golden syrup ist nicht einmal ein Stiefkind der großen Küche, er hat gar keinen Platz in der großen Küche, und falls sie sich überhaupt mit ihm abgeben würde, hielte sie ihn wohl für ziemlich ordinär. Ich teile dieses Urteil nicht und finde *golden syrup,* dick auf gebutterten, heißen Toast gestrichen oder über einen Yorkshirepudding geträufelt, einfach köstlich.

Golden syrup ist ein Nebenprodukt der Rohrzuckerproduktion und wird aus dem Rückstand hergestellt, aus dem sich keine Zuckerkristalle mehr gewinnen lassen. Es ist ein sogenannter Invertzucker, das heißt, ein großer Teil seiner Saccharosemoleküle ist in Fructose und Glucose aufgespalten, was die Bildung von Kristallen verhindert. Diese Eigenschaft ist äußerst nützlich, denn dadurch bleibt der Sirup flüssig, und wenn man eine kleine Menge in Toffees gibt, kann man damit eine unerwünschte Kristallisation verhindern.

Golden syrup wird manchmal als *treacle* bezeichnet, was verwirrend ist, da dieser Name auch für dunklen Zuckerrohrsirup verwendet wird sowie für raffinierte Melasse, die einen schlechteren Geschmack hat. Abgesehen davon erinnert er mich aber immer an J. P. Martins Buch »Uncle and the Treacle Trouble«, in dem ein geheimnisvoller Turm Uncle the Elephant (der immer einen violetten Bademantel trägt) und seinen Gefolgsleuten endlose Probleme bereitet, die in einer herrlich klebrigen Flut von *golden syrup* kulminieren.

MELASSE

Wie *golden syrup* ist Melasse ein Nebenprodukt der Zuckergewinnung, insbesondere der Rohrzuckerfabrikation. Es gibt auch Melasse aus Zuckerrüben, doch sie schmeckt recht unangenehm und dient normalerweise als Tierfutter. Melasse gibt es in verschiedenen Qualitätsstufen – die hellste Sorte enthält noch eine größere Menge kristallisationsfähigen Zuckers, in dunkler Melasse findet sich dagegen nur noch wenig. Melasse schmeckt intensiv nach Anis und verlockt nicht dazu, sie direkt aus dem Topf zu naschen. Aber sie verleiht Obstkuchen, Toffees, Lebkuchen, Keksen und gedämpften Süßspeisen ein einzigartiges, wunderbares Aroma, sofern man sie nicht zu verschwenderisch verwendet. In Maßen kann man sie auch an pikante Gerichte geben, wie etwa kräftige Fleischtöpfe, die klassischen *Boston baked beans* oder *Boston brown bread.*

AHORNSIRUP

Im ersten Band ihrer Autobiographie, die den Titel »Unsere kleine Farm« trägt, beschreibt Laura Ingalls Wilder, wie ihr Großvater in den Wäldern von Wisconsin den wäßrigen Saft aus den Ahornbäumen zapfte und in einem großen Eisenkessel, der an einer Kette zwischen den Bäumen über einem Feuer hing, zu Sirup einkochte. In jenem Jahr (es war um 1875) gab es »Zuckerschnee«. Der Saft beginnt in den Bäumen emporzusteigen, wenn sich im Februar oder März der Winter seinem Ende zuneigt. Später Schnee, sogenannter »Zuckerschnee«, verhindert das Ausschlagen der Bäume, und dann fließt der Saft länger.

Um die üppige Ausbeute zu feiern, veranstalteten ihre Großeltern ein Fest. Familie und Freunde tanzten bis in die Nacht hinein und ließen sich Ahornnaschwerk munden. Dafür wurde der Sirup eingekocht, bis er Fäden zog. »Großmutter stand am Kupferkessel und goß mit einem großen Holzlöffel heißen Sirup auf jeden Teller mit Schnee. Beim Abkühlen verwandelte er sich in weiche Zuckermasse, und sobald er abgekühlt war, aßen sie ihn . . . Im Kessel gab es reichlich Sirup und vor der Tür reichlich Schnee.«

Von oben: Golden Syrup, Ahornsirup, Melasse

Es waren Indianer, die den ersten weißen Siedlern beibrachten, wie man den Saft aus Ahornbäumen zapft und einkocht, und bis heute hat sich wenig an der Methode geändert. Kanadischer Ahornsirup wird sorgfältig in Qualitätsstufen eingeteilt. Die Sorten der Qualität »A« sind bernsteinfarben und haben ein sehr feines Aroma. Man verwendet sie zum Beträufeln von Pfannkuchen, Waffeln und Eiscreme. Qualität »C« ist dunkelbraun und hat einen kräftigeren Geschmack. Diese Sorte eignet sich am besten zum Kochen. Übrigens sollte man beim Einkauf stets sorgfältig das Etikett lesen. Wenn irgendwo das Wort »Aroma« oder »aromatisiert« auftaucht (meist ist es ziemlich klein gedruckt), handelt es sich um synthetischen Sirup, dessen Kauf nicht lohnenswert ist. Er schmeckt nicht und verdirbt das Aroma aller Speisen, für die man ihn verwendet.

Echter Ahornsirup ist eine ganz andere Sache. Er ist ein herrliches Mittel zum Süßen aller möglichen Dinge – von Kuchen, Süßigkeiten, Keksen, fruchtigen Desserts und Kürbis-*pie* über Schinken und Sparerips bis hin zu Gemüsen wie Möhren und Zwiebeln. Wenn man gewöhnlichen Zucker durch Ahornsirup ersetzen möchte, verwendet man anstelle von 1 Tasse normalem Zucker 1½ Tassen Ahornsirup, das heißt, man benötigt vom Sirup die anderthalbfache Menge. Falls man ihn zum Backen benutzt, sollte man pro 250 ml Sirup ¼ Teelöffel Natriumbicarbonat hinzufügen. Wer keinerlei Zukker und ausschließlich Ahornsirup verwendet, reduziert bei allen anderen flüssigen Zutaten die Menge jeweils um die Hälfte. Bei der Verwendung von gleichen Teilen Zucker und Sirup wird die Menge der anderen Flüssigkeiten um ein Viertel verringert. Ein letzter Rat: Übertreiben Sie es nicht – zuviel Ahornsirup hat leicht eine klebrige Wirkung und verdirbt den Geschmack der Speisen.

AHORNZUCKER

Hierbei handelt es sich um Ahornsirup, der eingekocht wird, bis er kristallisiert und harte Blöcke bildet. Gewöhnlich wird er pulverisiert – die Zuckerkristalle haben eine braune Farbe und natürlich ein intensives Ahornaroma. Ahornzucker sollte wie Vanillezucker verwendet werden, das heißt nicht als Ersatz für normalen Zucker, sondern als Aromazutat. Um eigenen Ahornzucker herzustellen, erhitzt man Sirup auf 116 °C (weiche Kugel), nimmt ihn dann von der Kochstelle und rührt kräftig, bis eine dicke, cremige Masse entstanden ist. Diese gießt man in eine ausgebutterte Form und stellt sie zum Hartwerden beiseite.

BRAUNER ZUCKER

Brauner Zucker wird manchmal auch »unraffinierter Zucker« genannt, doch diese Bezeichnung ist unkorrekt, denn jeder Zucker muß bis zu einem gewissen Grad raffiniert werden, um Pflanzenteile und Unreinheiten zu entfernen. »Unraffinierter« Zucker ist also lediglich weniger raffiniert, das heißt, er wurde nicht vollständig auf reinweiße Kristalle reduziert, die nur noch süß und ohne jeden Eigengeschmack sind.

Echter brauner Zucker wird aus Zuckerrohr hergestellt, obwohl so mancher »braune Zucker« tatsächlich vollständig raffinierter weißer Zucker (aus Zuckerrüben oder Zuckerrohr) ist, der mit Melasse oder Karamel gefärbt wurde. Im Vergleich zu echtem braunem Zucker hat er einen flachen Geschmack.

Für die Herstellung von Zucker wird frisch geerntetes Zuckerrohr zwischen schweren Walzen zermalmt, um den Saft zu extrahieren, der anschließend gereinigt wird. Dann wird der Dünnsaft zu Dicksaft eingedampft, bis sich der Rohzucker auskristallisiert. Durch Zentrifugieren werden die Zuckerkristalle von der sirupartigen Masse (Melasse) getrennt. Die Zuckerkristalle (Rohzucker) werden anschließend auf zweierlei Weise weiterverarbeitet. Entweder wird der Rohzucker mit Wasser oder Dampf gewaschen – das Ergebnis ist brauner Zucker, der noch Melassereste enthält. Oder man raffiniert ihn, das heißt, er wird in Wasser aufgelöst, bis nochmals Zucker auskristallisiert. Weißzucker wird gewonnen, indem man diesen Vorgang dreimal wiederholt. Raffinade (hochgradig gereinigter Zucker) entsteht durch ver-

Verschiedene braune Zuckersorten

schiedene weitere Reinigungs- und Umkristallisationsverfahren.

Demerara-Zucker ist ein mittelbrauner, grobkörniger und leicht klebriger Zucker. Er stammt aus der Karibik. Farinzucker ist ein sehr feinkörniger Zucker mit einem geringen Restgehalt an Melasse. Er hat einen malzig-karamelartigen Geschmack, und es gibt ihn in gelblicher und brauner Farbe. Muscovado-Zucker, ein dunkelbrauner, klebriger Zucker mit einem hohen Melassegehalt, kommt aus der Karibik zu uns.

Ursprünglich wurden die ungereinigten Zuckerkristalle in Behälter mit siebartigen Böden geschöpft, so daß der verbliebene dunkle Sirup mit seinem intensiven Aroma langsam abtropfen konnte. Der trockenste, hellste Zucker mit dem geringsten Melasseanteil oben in dem Behälter wurde als heller Muscovado bezeichnet, der klebrige, dunklere Zucker in der Mitte als dunkler Muscovado. Am Boden befand sich dann eine wirklich klebrige Masse aus Zuckerkristallen und einem hohen Melasseanteil, der Melassezucker.

Melassezucker hat einen lakritzartigen Geschmack und muß daher wohlüberlegt benutzt werden, damit er nicht die Aromen anderer Zutaten überlagert; richtig verwendet, verleiht er Speisen jedoch eine wunderbare Geschmacksintensität. Wie Melasse eignet er sich ausgezeichnet für Weihnachtskuchen und Süßspeisen, Toffees, pikante Eintöpfe, dunkles Brot und süß-saure Chilisaucen. Probieren Sie ihn auch in Chutneys, Pickles und Marmeladen aus, vor allem in Orangenmarmelade (verwenden Sie gleiche Teile Melassezukker und Einmachzucker).

Links: Palmzucker; rechts: Kokoszucker

JAGREZUCKER und PALMZUCKER

Jagrezucker (engl. *jaggery*) ist ein klebriger brauner Rohzucker, der in den indischen Regionen Madras und Bengalen aus dem Saft von Palmen hergestellt wird. In der indischen Küche wird er vor allem für die berühmten Desserts und Süßspeisen verwendet. Jagrezucker, den man hier erhält, ist jedoch zumeist in Indien hergestellter Rohrzucker. Der einzigartige Geschmack von Palmzucker-*jaggery* ist unvergleichlich, und dieser Palmzucker ist nicht durch Jagrezucker aus Zuckerrohr ersetzbar. Leider wird der echte Jagrezukker kaum exportiert.

Palmzucker ist nach meiner Meinung der köstlichste Zucker, den es gibt. Sein Geschmack ist von Palmenart zu Palmenart verschieden, aber alle Sorten sind hocharomatisch. Die Konsistenz reicht von feucht und karamelartig bis zu trocken und hart. Blöcke können gerieben oder zerstoßen zum Kochen verwendet werden, aber ich esse sie lieber am Ende einer Mahlzeit als Nascherei zum Kaffee.

Kokoszucker wird aus den Blüten von Kokospalmen hergestellt. Er ist sehr süß, hat aber einen charakteristischen weinartigen Beigeschmack. Wie anderen Palmzucker bekommt man ihn in Blöcken oder feucht und teigig in großen Folienbeuteln. Von den Palmzuckersorten, die ich probiert habe, mag ich diesen am liebsten.

KANDIS

Kandiszucker besteht aus großen, durchscheinenden Zuckerkristallen, die wie ungeschliffene Halbedelsteine aussehen. Ich meine hier nicht die verhältnismäßig kleinen braunen oder regenbogenfarbenen, vergleichsweise unscheinbaren Zuckerkristalle zum Süßen von Kaffee, sondern den Kandis aus indischen oder chinesischen Geschäften mit einem Durchmesser von 2 cm und mehr, der durchscheinend ist, manchmal mit einem gelblichen Stich. Meines Erachtens hat er in der Küche aber nur dekorativen Wert. Er sieht einfach wunderschön aus, und ich stelle ihn auf den Kaffeetisch, damit man ihn bewundern und naschen kann, nicht aber, um ihn in der heißen Flüssigkeit aufzulösen.

Oben: Brauner Kandis, Stücke vom Zuckerhut; unten: gelber Kandis, gepreßter unraffinierter Zucker

SCHOKOLADE

Schokolade, oder zumindest der Grundstoff jeder Schokolade, wird aus Kakaobohnen hergestellt. Unterschiedliche Sorten des Kakaobaums *(Theobroma cacao)*, die in verschiedenen Gegenden wachsen, tragen Bohnen mit charakteristischem Aroma. Einige der besten Kakaosorten kommen aus Honduras, der Karibik, Sri Lanka, Sumatra, Madagaskar und den Neuen Hebriden. An zweiter Stelle rangiert Kakao aus Lateinamerika. Der von ertragreichen Bäumen stammende Forastero-Kakao für den Massenmarkt kommt aus Afrika.

Unbehandelt sind Kakaobohnen bitter, adstringierend und wenig verlockend. Wie Kaffeebohnen müssen sie zunächst fermentiert und geröstet werden, damit sich das Kakaoaroma entwickelt. Dann werden sie geschält und gemahlen. Durch die beim Mahlen entstehende Hitze wird das vorhandene Fett – die Kakaobutter – flüssig, das gut die Hälfte des Gewichts der Bohne ausmacht. Es entsteht eine dicke Flüssigkeit, die man als Kakaomasse bezeichnet. Die Kakaobutter wird ganz oder teilweise abgepreßt, und zurück bleibt der Kakaokuchen, der zu Kakao vermahlen werden kann.

Je nach Produkt fügt man der Kakaomasse weitere Kakaobutter (oder anderes pflanzliches Fett) sowie Zucker, Aromazutaten und Milch- oder Sahnepulver hinzu. Diese Zutaten werden nun gemischt, gewalzt und *conchiert* (benannt nach den Rührbottichen, die früher muschelförmig waren), um unerwünschte Aromastoffe auszuscheiden und eine glatte, homogene Schokoladenmasse herzustellen. Hochwertige Schokolade *conchiert* man mehrere Tage, um sie zu veredeln, mindere Qualitäten werden über einen kürzeren Zeitraum gerührt. Dann wird die Masse temperiert, das heißt stufenweise abgekühlt, und wieder erwärmt und schließlich in vorgewärmte Formen abgefüllt – so entstehen Schokoladentafeln.

Kakaobutter ist ein wertvolles Produkt, das vielfältig Verwendung findet (vor allem in der Kosmetikindustrie), und bei minderwertigerer Schokolade wird sie oft durch preiswertere Pflanzenfette ersetzt, was natürlich Auswirkung auf Geschmack und Konsistenz hat. Daher sollte man beim Kauf von Schokolade sorgfältig die Verpackung studieren, auf der sich irgendwo ein Hinweis auf den Kakaoanteil befindet: Je höher der Prozentsatz, desto intensiver das Aroma. Allerdings ist die Angabe »Kakao 30 %« irreführend; damit ist nicht der Anteil an Kakaopulver gemeint, wie man annehmen könnte, sondern sie bezeichnet den Anteil an Kakaotrockenmasse, das heißt alle aus den Kakaobohnen stammenden Substanzen, insbesondere Kakaobutter.

Zum Kochen sollte nur hochwertige Schokolade mit einem relativ geringen Zuckeranteil verwendet werden – falls notwendig, können Sie immer noch Zukker hinzufügen. Der Anteil an Kakaotrokkenmasse sollte mindestens 50 Prozent betragen, aber heute bekommt man auch bessere Qualitäten, 60 bis 70 Prozent wären empfehlenswert.

Bittere Schokolade Diese Sorte hat die meisten Kakaobestandteile, mindestens 60 %. Sie ist so bitter, daß sie vielleicht nicht jeder pur essen mag, doch zum Kochen eignet sie sich ideal. Wenn im Rezept nicht speziell Bitterschokolade angegeben ist, muß bei ihrer Verwendung die Zuckermenge erhöht werden. Einige bittere Schokoladen werden nur aus Kakaomasse hergestellt. Sie sind weniger gehaltvoll, haben aber ein konzentriertes Aroma.

Blockschokolade Die beste Blockschokolade enthält nur Kakaomasse, Kakaobutter, Zucker und eventuell Vanille oder Zimt. Je geringer ihr Zuckeranteil ist, desto besser eignet sie sich zum Kochen und, wie ich finde, auch zum Essen. Sie hat einen kräftigen, leicht scharfen und beinahe fruchtigen Geschmack und sollte beim Brechen laut knacken.

Halbbitterschokolade Diese Sorte enthält mindestens 50 % Kakaotrockenmasse. Kinder mögen sie wegen ihres herben Geschmacks nicht, manches erwachsene Leckermaul geht für sie aber meilenweit. Dies ist die perfekte Schokolade für die Küche.

Vollmilchschokolade Diese Schokolade enthält mindestens 30 % Kakaotrokkenmasse und Milchpulver, das sie relativ zart und mild macht. In der Küche ist sie lediglich als Überzug von Wert.

Weiße Schokolade Eigentlich ist dies gar keine richtige Schokolade, denn sie enthält keine braunen Kakaobestandteile. Gewöhnlich besteht sie aus Kakaobutter, Milchpulver und Zucker. Weiße Schokolade kann einen klebrigen Geschmack haben, wenn nicht andere Elemente einen Ausgleich schaffen, wie etwa Orange und Zitrone, Ingwer oder sehr dunkle Schokolade. Billigere Sorten enthalten wahrscheinlich wenig oder keine Kakaobutter, sondern werden mit Pflanzenfett hergestellt. Sie sind zum Kochen unbrauchbar, da sie unweigerlich zu Fettpfützen schmelzen, auf denen weiße Brocken schwimmen.

Weiße und dunkle Schokolade

Xocolata a la pedra (Schokolade »auf dem Stein« – sie wurde früher in Steintrögen *conchiert*) ist meist mit Zimt aromatisiert und wird mit Mais- oder Reisstärke hergestellt. Preiswertere Sorten sind recht süß und enthalten mehr Zucker als Kakaobestandteile, bei besseren Qualitäten ist das Verhältnis umgekehrt, doch sind auch sie noch recht süß. Falls Sie nach Spanien kommen, sollten sie einige Tafeln mit nach Hause nehmen.

Die Verwendung von Schokolade für pikante Speisen ist gar nicht so ungewöhnlich, wie es auf den ersten Blick erscheinen mag. In Spanien, Italien und Südamerika ißt man gelegentlich Wild, Geflügel und Meeresfrüchte mit einer Schokoladensauce, im nordostspanischen Katalonien findet man solche Saucen vielleicht häufiger als anderswo. Es sind keine Schokoladensaucen, wie man sie vielleicht über Eiscreme gibt. Vielmehr reichert man die Sauce nur mit einer kleinen Menge Schokolade an, die ihr einen sehr subtilen Geschmack verleiht.

In Barcelona aß ich einmal ein Gericht aus Reis und Meeresfrüchten – Scampi, Seeteufel, Seehecht, Clams und Miesmuscheln – mit einer dünnen Sauce, die mit kräftigem Fischfond, Safran und etwas zubereitet war, das ich zunächst nicht identifizieren konnte. Nachdem ich die Hälfte gegessen hatte, kam mir plötzlich die Erleuchtung – es war Schokolade. Es schmeckte so gut, daß ich alles aufaß und mich für den Rest des Tages unangenehm satt fühlte.

Außer an traditionelle katalanische Gerichte kann man auch ein oder zwei Stücke an hiesige Eintöpfe oder Saucen geben, denen die Schokolade eine samtige Glätte und einen feinen, vollen Geschmack verleiht.

SCHOKOLADEN-INGWER-BERG

Dieser Berg aus geschlagener Sahne, rumgetränkten Rosinen, eingelegtem Ingwer, weißer Schokolade, Nüssen und einem Überzug aus dunkelster Schokolade ist der reine Genuß.

Für 6–8 Personen

- 40 g Rosinen
- 2 EL Rum oder Weinbrand
- 300 ml Crème double
- 1 EL Sirup von eingelegtem Ingwer
- 40 g geröstete Mandeln, gehackt
- 4 Ingwernüsse, gehackt
- 75 g weiße Schokolade, gehackt

ÜBERZUG

- 75 g Blockschokolade, in Stücke gebrochen
- 40 g Butter, gewürfelt
- 1 EL Sirup von eingelegtem Ingwer

Die Rosinen 30 Minuten in Rum oder Weinbrand quellen lassen. Die Sahne schlagen; kurz bevor sie steif ist, den Ingwersirup zugeben. Weiterschlagen, bis sie steif ist, dann Rosinen und Rum sowie Mandeln, Ingwer und weiße Schokolade unterheben. In Kegelform auf einem Servierteller anrichten und eine Stunde kalt stellen.

Für den Überzug die Bitterschokolade in einer Schüssel über einem Topf mit köchelndem Wasser unter gelegentlichem Rühren schmelzen lassen (der Schüsselboden darf das Wasser nicht berühren). Dann sofort von der Kochstelle nehmen und durchrühren, damit die Masse wirklich glatt wird, und abkühlen lassen. Die lauwarme, dicke Schokolade über die gekühlte Sahnemischung ziehen und erstarren lassen, am besten bei Zimmertemperatur, notfalls im Kühlschrank, wenn die Küche zu warm sein sollte. Dadurch verliert die Schokolade zwar ihren Glanz, aber die Süßspeise fällt nicht zusammen.

KANINCHEN MIT SCHOKOLADE UND TOMATEN

In diesem Rezept wird das Kaninchen nach katalanischer Art in einer Tomatensauce gegart, die man mit einer »picada« (würzige Paste, mit der man Saucen bindet) aus Petersilie, Nüssen, Safran und Schokolade andickt.

Für 4 Personen

- 40 g Rosinen
- 1 Kaninchen, in 8 Portionen geteilt
- Mehl, mit etwas Salz und Pfeffer gewürzt
- 2–3 EL Olivenöl
- 1 Zwiebel, gehackt
- 1 kleine Dose Tomaten (400 g) oder 450 g frische Tomaten, abgezogen, püriert und durch ein Sieb gestrichen
- 300 ml Hühner-, Kaninchen- oder Wildfond
- 2 Rosmarinzweige
- 1 Lorbeerblatt
- 2 EL feingehackte Petersilie
- Salz und frisch gemahlener Pfeffer
- 2 Knoblauchzehen, gehackt
- 12 Mandeln, blanchiert und enthäutet
- 12 Haselnüsse
- Eine Prise Safran
- 15 g *xocolata a la pedra* oder Blockschokolade, gehackt

Die Rosinen mit Wasser bedecken und 20 Minuten quellen lassen. Die Kaninchenteile in dem gewürzten Mehl wenden und in einer großen Bratpfanne in 2 Eßlöffeln Öl anbraten, dann beiseite stellen. Im gleichen Öl die Zwiebeln sautieren, bis sie weich und goldbraun sind. Tomaten, Fond, Rosmarin, Lorbeerblatt, 1 Eßlöffel Petersilie, Salz und Pfeffer hinzufügen und alles 5 Minuten leise köcheln lassen. Die Kaninchenteile wieder in die Pfanne legen und zugedeckt noch einmal 20 Minuten köcheln lassen, dabei gelegentlich drehen und, falls notwendig, noch etwas Fond oder Wasser hinzufügen.

In der Zwischenzeit restliche Petersilie, Knoblauch, Mandeln, Haselnüsse, Safran und Schokolade vermischen und in der Küchenmaschine glattpürieren. (Oder die Zutaten feinhacken und anschließend im Mörser zermahlen.) Nach und nach 6 Eßlöffel Bratensauce dazugeben. Diese Mischung über das Kaninchen schöpfen. Die abgetropften Rosinen hinzufügen und möglichst gut untermischen. Den Deckel wieder auflegen und alles noch einmal 10 Minuten garen, dann abschmecken. Mit Reis als Beilage servieren.

SALAT VON BOTTARGA, KARTOFFELN UND TOMATEN

Für 8 Personen

- 1 kg neue Kartoffeln
- 6 EL Olivenöl
- 1 1/2 EL Rotweinessig
- Salz und frisch gemahlener Pfeffer
- 450 g Kirschtomaten, halbiert
- 10 große Basilikumblätter, zerzupft
- 1 kleiner Bund Rucola, zerzupft
- 1 rote Zwiebel, gehackt
- 2 Knoblauchzehen, zerdrückt
- 50 g *bottarga*, in hauchdünne Scheiben geschnitten

Die Kartoffeln bürsten und große Exemplare halbieren oder vierteln. In leicht gesalzenem Wasser garen und abtropfen lassen.

Während die Kartoffeln garen, das Dressing zubereiten: Das Olivenöl eßlöffelweise unter den Essig schlagen, dann Salz und Pfeffer hinzufügen. Die heißen Kartoffeln schälen, in der Hälfte des Dressings wenden und abkühlen lassen.

Wenn die Kartoffeln abgekühlt sind, die restlichen Zutaten mit Ausnahme der *bottarga* untermischen und von dem verbliebenen Dressing eine ausreichende Menge hinzufügen. Den Salat abgedeckt für 4 Stunden in den Kühlschrank stellen, dann noch einmal durchmischen. Abschmecken, dabei großzügig salzen. Vor dem Servieren die *bottarga* darübergeben.

BROCCOLI MIT SONNEN-GETROCKNETEN TOMATEN

Wenn man Broccoli langsam und vorsichtig gart, bekommt er eine himmlisch butterweiche Konsistenz und einen nussigen, mürben Geschmack. Er schmeckt zu gut, um nur als Beilage serviert zu werden, sieht man einmal von einfach gegartem Fleisch, gebratenem Huhn oder gegrilltem Lammkotelett ab. Besser schmeckt er aber als eigenständiges Gericht.

Als Vorspeise oder Beilage für 4–6 Personen

750 g Broccoli
2 getrocknete rote Chillies
6 ganze Knoblauchzehen, geschält
4 Stücke sonnengetrocknete Tomate, in dünne Streifen geschnitten, oder 8 schwarze Oliven, halbiert und entsteint
5 EL Olivenöl
250 ml trockener Weißwein
15 g frischer Parmesan, hauchdünn gehobelt
Salz und frisch gemahlener Pfeffer

Die harten, holzigen Enden der Broccolistengel abschneiden. Dünnere Stengel (bis 1½ cm Dicke) ganz belassen, dickere jedoch der Länge nach halbieren oder vierteln. Die Chilischoten in Stücke brechen und die Samen entfernen. Den Boden einer großen, tiefen Bratpfanne dünn mit Olivenöl bedekken. Die Hälfte des Broccolis hineinlegen und die Hälfte von Knoblauch, sonnengetrockneten Tomaten oder Oliven, Chillies, Salz und Pfeffer darauf verteilen. Dann die Hälfte des verbliebenen Olivenöls darübergeben. Mit den restlichen Zutaten ebenso verfahren. Nun den Wein darübergeben und alles zugedeckt bei sehr schwacher Hitze 20 bis 30 Minuten garen, bis fast die gesamte Flüssigkeit verdampft ist – falls notwendig, gegen Ende der Garzeit den Deckel abnehmen.

Den Broccoli in einer Servierschüssel anrichten und mit dem Parmesan bestreuen. Sofort servieren.

Von oben links im Uhrzeigersinn: Broccoli mit sonnengetrockneten Tomaten, fritierte Brötchen mit Sardellenfüllung, Zimt-Ahornzucker-Toast, Orangen in Palmzucker-Sirup

FRITIERTE BRÖTCHEN MIT SARDELLEN-FÜLLUNG

CRISPEDDI DI ACCIUGHE

Dieses kleine Fettgebäck kommt aus Süditalien und ist mit salzigen Sardellen, süßen Tomaten und Fenchelsamen gefüllt.

Ergibt 16 Stück

- 450 g Mehl
- Eine Prise Salz
- 1 Päckchen Trockenhefe (7 g)
- Warmes Wasser
- 2 EL Olivenöl
- 50 g gesalzene Sardellen, abgespült, geschuppt und filetiert
- 1/2 EL Fenchelsamen
- 100 g Tomaten, enthäutet, entkernt und in Streifen geschnitten
- Cayennepfeffer
- Öl zum Ausbacken

Mehl und Salz sieben, dann die Hefe untermischen. So viel warmes Wasser hinzufügen, daß ein fester Teig entsteht. Gut 10 Minuten kneten, bis er glatt und elastisch ist. Den Teig in eine geölte Schüssel legen und darin wenden, um ihn gleichmäßig mit Öl zu überziehen. Locker abdecken und für 1 Stunde an einen warmen Platz stellen, bis er sein Volumen verdoppelt hat. Anschließend noch einmal etwa 5 Minuten kräftig durchkneten.

Die Sardellen in Streifen schneiden. Den Teig in golfballgroße Stücke teilen und jedes zu einem etwa 8 cm langen Oval rollen. Einen Sardellenstreifen und ein oder zwei Stücke Tomate längs darauflegen. Einige Fenchelsamen und ein wenig Cayennepfeffer darüberstreuen. Die Ränder des Ovals mit Wasser bestreichen, dann das Teigoval an beiden Seiten aufnehmen und die Ränder fest zusammendrücken. Nun den Teig vorsichtig zu Brötchen formen. Die Brötchen auf ein geöltes Backblech legen. Abdecken und für 30 Minuten an einen warmen Platz stellen, bis sie ihr Volumen verdoppelt haben.

Die Brötchen im 170 °C heißen Öl ausbacken. Wenn sie goldbraun sind, herausnehmen und das Fett kurz auf Küchenpapier abtropfen lassen.

Man kann die Brötchen auch im Ofen garen. Dazu bestreicht man sie mit Olivenöl und gibt sie für 15 Minuten in den auf 200 °C (Gasherd Stufe 3–4) vorgeheizten Backofen.

ZIMT-AHORN-ZUCKER-TOAST

Zimttoast schmeckt herrlich zum Tee, und mit Ahornzucker wird er noch besser.

Für 1 Person

- 1 Scheibe Weißbrot oder Brioche
- Butter
- 1/2 EL Ahornzucker
- 1/2 TL gemahlener Zimt

Das Brot auf einer Seite großzügig mit Butter bestreichen. Zucker und Zimt vermischen. Das Brot auf der gebutterten Seite unter dem Grill goldbraun rösten. Einige Sekunden ruhen lassen, bis es die Butter vollkommen aufgesogen hat. Die Zucker-Zimt-Mischung darüberstreuen. Das Brot behutsam und nicht zu dicht bei der Hitzequelle rösten, bis der Zucker geschmolzen ist und schäumt. Den Toast ein bis zwei Minuten abkühlen lassen (andernfalls wird man sich schrecklich den Mund verbrennen) und in Streifen schneiden.

ORANGEN IN PALM-ZUCKERSIRUP

Diese Köstlichkeit wird mit dunklem Kokoszucker zubereitet, und die Orangen mit ihrer durchscheinenden Schale sehen auf dem fast schwarzen Zucker großartig aus. Ebenso großartig wie das Aussehen ist auch der Geschmack. Statt Palmzucker kann auch Rohrzucker oder dunkler Muscovado verwendet werden.

Für 6 Personen

- 6 ungespritzte Orangen
- 230 g feuchter Kokoszucker oder anderer Palmzucker
- 1 Zimtstange
- 3 Nelken
- 150 ml Wasser

Drei Orangen dünn schälen und die Schale in feine Streifen schneiden, 1 Minute in kochendem Wasser blanchieren, dann abtropfen und abkühlen lassen. Beiseite stellen.

Alle Orangen mit einem scharfen Messer schälen, dabei die weiße Haut vollständig entfernen. Die Orangen nacheinander in Scheiben schneiden, wieder zusammensetzen und einen Zahnstocher durchstecken, damit sie nicht auseinanderfallen. Dann in eine Form setzen, in der sie gerade Platz haben. Den ausgetretenen Saft hinzufügen.

Palmzucker, Zimt, Nelken und Wasser in einen Topf geben und bei mittlerer Temperatur erhitzen. Rühren, bis sich der Zucker aufgelöst hat, er darf aber nicht kochen. Die Orangenzesten hinzufügen. Die Mischung zum Kochen bringen und 5 Minuten köcheln. Die Zesten mit einem Schaumlöffel herausheben und abkühlen lassen. Den Sirup noch einmal 5 Minuten köcheln, dann von der Kochstelle nehmen. Wenn er nicht mehr schäumt, über die Orangen gießen. Abkühlen lassen, zwischendurch die Orangen immer wieder mit dem Sirup beschöpfen. Die Zesten darüberstreuen. Die Orangen können abgedeckt bis zu 24 Stunden im Kühlschrank aufbewahrt werden.

SATAY-SAUCE

»Satay«-Sauce sollte nicht nur aus Erdnußbutter bestehen, die mit etwas Chili verfeinert wurde, obwohl sie häufig genug auf diese Weise zubereitet wird. Diese »satay«-Sauce ist zweifellos die beste, die ich je gegessen habe, und sie basiert auf einem Rezept, das mir eine Freundin vor vielen Jahren gab. Durch »terasi« erhält sie ein besonders intensives Aroma; Zitronengras und Kokosmilch verleihen ihr ein thailändisches Flair. Man reicht »satay«-Sauce zu dünnen Scheiben Grillfleisch, Huhn (das man vor dem Garen in einer Mischung aus Öl, Limette, Chili, Knoblauch und eventuell Zitronengras mariniert), gegrillten Garnelen oder Gemüse.

Für 6–8 Personen

- 75 g geschälte rohe Erdnüsse
- 4 EL Sonnenblumen- oder Erdnußöl
- 2 Stengel Zitronengras
- 2 rote Chillies, entkernt und gehackt, oder 1/2 EL Chilipulver
- 3 Schalotten, gehackt
- 2 Knoblauchzehen, gehackt
- 1 Würfel *terasi* (2,5 cm groß)
- 300 ml Kokosmilch
- 2 TL dunkler Muscovado
- Saft von 1/2 Limette
- Salz

Die Erdnüsse in 1 Eßlöffel Öl bei starker Hitze unter ständigem Rühren 2 Minuten braten. Auf Küchenpapier legen und abkühlen lassen, dann zu einer trockenen Paste vermahlen. Die unteren 10 bis 12 cm der Zitronengrasstengel abschneiden und die papierartigen äußeren Schichten entfernen. In Scheibchen schneiden und mit Chillies, Schalotten, Knoblauch und *terasi* vermischen. In der Küchenmaschine oder im Mörser zu einer glatten Paste verarbeiten.

Das restliche Öl bei mittlerer Temperatur erhitzen und die Gewürzpaste hinzufügen. 2 Minuten unter ständigem Rühren braten. Die Hälfte der Kokosmilch sowie gemahlene Erdnüsse und Zucker dazugeben und unter Rühren zum Kochen bringen. Die übrige Kokosmilch, den Limettensaft und eine Prise Salz hinzufügen. 5 bis 10 Minuten köcheln lassen und weiterrühren, bis die Sauce eindickt. Warm oder kalt servieren.

Lachs mit Umeboshi-Sauce und eingelegter Ingwer

LACHS MIT UMEBOSHI-SAUCE

Dies ist eine Variante des skandinavischen »graved lax«, der hier nicht mit einer Dillsauce, sondern mit einer scharfen, fruchtigen Pflaumensauce und eingelegtem Ingwer serviert wird. Die Lachsfilets sollten mit ihrer Haut gebeizt werden, denn nur so kann der Lachs in hauchdünne Scheiben geschnitten werden, ohne zu zerfasern.

Als Vorspeise für 6–8 Personen

- 1 EL Zucker
- 1 EL grobes Salz
- 2 TL grobzerstoßene schwarze Pfefferkörner
- 450 g Lachsfilet, die Haut daran belassen

UMEBOSHI-SAUCE

- 4 *umeboshi*-Pflaumen
- 2 TL Reisessig
- 1 TL dunkle Sojasauce
- 1 EL feiner Zucker
- 5 EL helles Olivenöl
- Pfeffer, im Mörser zerstoßen

ZUM GARNIEREN

- 16 Stücke eingelegter Ingwer
- Grobgehackter Schnittlauch

Zucker, grobes Salz und zerstoßenen Pfeffer vermischen. Die Hälfte der Mischung auf dem Boden eines Gefäßes verteilen, in dem der Lachs gerade Platz hat. Die Lachsfilets hineinlegen und die restliche Gewürzmischung darauf verteilen. Mit Frischhaltefolie abdecken und mit einem Gewicht (etwa Dosen) beschweren. Für mindestens 8 Stunden, besser aber 24 Stunden in den Kühlschrank stellen, den Fisch gelegentlich wenden. Kurz vor dem Servieren herausnehmen und die Gewürze abstreifen. Den Fisch trockentupfen und mit einem Lachsmesser schräg zur Faser in dünne Scheiben schneiden.

Die Pflaumen für die Sauce hacken und durch ein Sieb streichen. Mit Reisessig, Sojasauce, Zucker und Pfeffer vermischen. Dann eßlöffelweise das Öl unterschlagen. Die Sauce abschmecken.

Den Lachs auf Portionstellern anrichten. Daneben etwas Sauce geben und ein kleines Häufchen Ingwer auf den Tellerrand setzen. Den Schnittlauch über den Lachs streuen. Die restliche Sauce getrennt dazu reichen.

SCHWEINE-KOTELETTS MIT SCHWARZE-BOHNEN-TAPENADE

Diese »tapenade« aus schwarzen Bohnen schmeckt besonders zu Schweinefleisch herrlich, aber man kann sie auch für Nudeln verwenden und dünn auf Toast streichen oder auf Brot, das mit etwas Olivenöl beträufelt und im Backofen knusprig gebacken wurde.

Für 4 Personen

TAPENADE

- 1 mittelgroße Tomate
- 3 große ungeschälte Knoblauchzehen
- 1 kleine Zwiebel, gehackt
- 4 EL Olivenöl
- 1 TL geriebene frische Ingwerwurzel
- 1 EL fermentierte schwarze Bohnen
- 50 g entsteinte schwarze Oliven
- 1 EL Kapern, vorzugsweise gesalzen, abgetropft
- 1 EL gehackte Petersilie
- Pfeffer

- Olivenöl
- 4 Schweinekoteletts

Zur Herstellung der *tapenade* die Tomate grillen, dabei drehen, bis sie weich ist und braune Flecken bekommt. Kurz abkühlen lassen, dann halbieren und das Fruchtfleisch mit einem Löffel herauslösen. Die Knoblauchzehen auf einen Spieß stecken und grillen, bis sie weich sind und schwarz werden. Zu der Tomate geben. Zwiebeln und Ingwer in 1 Eßlöffel Olivenöl weich garen.

In der Zwischenzeit die schwarzen Bohnen waschen und auf Küchenkrepp trocknen lassen. Zu den anderen Zutaten in den Topf geben und 1 Minute unter Rühren garen. Die Bohnen mit Tomate, Knoblauch und den übrigen Zutaten für die *tapenade* zu einer Paste verreiben und nach und nach die restlichen 3 Eßlöffel Olivenöl hinzufügen.

Eine flache, ofenfeste Form einölen, in der die Koteletts nebeneinander Platz haben. Die Koteletts großzügig mit *tapenade* bestreichen und mit der bestrichenen Seite nach oben in die Form legen. 1 weiteren Eßlöffel Olivenöl darüberträufeln. Bei 150 °C (Gasherd Stufe 1) 25 Minuten im Backofen garen.

MELASSEPUDDING

Dies ist eine passende Süßspeise für einen Wintertag, denn sie kann die Schwermut kurzer Tage vertreiben. Äpfel und Walnüsse mildern den Lakritzgeschmack der Melasse. Besonders gut schmeckt dieser Pudding mit Sahne oder Vanillesauce serviert.

Für 6–8 Personen

- 350 g Kochäpfel, geschält, die Kerngehäuse entfernt und in kleine Würfel geschnitten
- 175 g Mehl
- 4 g (1 knapper gestrichener TL) Backpulver
- 1 TL gemahlener Ingwer
- 1/4 TL gemahlenes Piment
- 1/4 TL gemahlene Nelken
- 1/4 TL frisch geriebene Muskatnuß
- 100 g Butter
- 100 g heller Muscovado
- 2 Eier
- 120 ml Melasse
- 75 g Walnüsse, grobgehackt
- 7 EL Milch
- Butter zum Einfetten der Form

Die gewürfelten Äpfel mit 1 1/2 Eßlöffeln Mehl vermischen. Restliches Mehl und Gewürze sieben. Butter und Zucker schaumig rühren, dann Eier und Melasse unterschlagen. Das Mehl abwechselnd mit der Milch in drei Portionen untermischen, so daß ein dickflüssiger Teig entsteht. Walnüsse und Äpfel unterziehen.

Eine 2 l fassende Wasserbadform einfetten und den Teig hineinfüllen. In die Mitte eines großen Stücks Alufolie eine breite Falte machen. Die Folie so auf die Form legen, daß die Falte diagonal liegt, die Ränder fest an die Form andrücken. Am besten die Folie mit Schnur festbinden. Die Form auf einem Untersetzer in einen tiefen Topf stellen. So viel Wasser einfüllen, daß die Form halb im Wasser steht. Das Wasser zum Kochen bringen und den Deckel auflegen oder den Topf mit einer gewölbten Alufolie abdecken. Den Pudding 1 1/2 bis 2 Stunden köcheln lassen, falls notwendig kochendes Wasser nachfüllen. Die Form aus dem Wasser heben und die Abdeckung entfernen. Den Pudding 3 Minuten stehen lassen, dann stürzen.

Wer ein Mikrowellengerät besitzt, kann eine schnellere Garmethode anwenden, doch wird hier der Pudding nicht so saftig. Den Teig in eine ausgefettete, 2 l fassende Puddingform geben und fest mit Klarsichtfolie abdecken. Bei hoher Stufe 10 Minuten im Mikrowellengerät garen, anschließend 5 Minuten stehen lassen.

HEISSER APFELSAFT MIT AHORNSIRUP UND RUM

Dieses dampfende Getränk ist für kalte Wintertage genau richtig und eine gute Alternative zu Glühwein.

Für 6 Personen

- 1,2 l mittelsüßer Apfelsaft
- 120 ml Ahornsirup
- 2 EL Butter
- 1 Zimtstange
- 4 Nelken
- 1 TL frisch geriebene Muskatnuß
- 150 ml Rum

Mit Ausnahme des Rums alle Zutaten in einen großen Topf geben und langsam bis kurz unter den Siedepunkt erhitzen. Von der Kochstelle nehmen, den Rum hineinrühren und servieren.

PILZE

Wenn meine Familie im Herbst Ferien in Frankreich machte, unternahmen wir immer Ausflüge zum Pilzesammeln. Ein warmer, regnerischer Tag oder Abend ließ uns am nächsten Morgen unweigerlich aufbrechen, bewaffnet mit ein paar Plastiktüten, die wir in unsere Taschen gestopft hatten. Denn über Nacht waren durch die Wärme und Feuchtigkeit in den nahegelegenen Wäldern Pilze aus dem Boden geschossen – für meine Familie Beuteobjekte erster Güte. Wie viele Kinder hatte ich einen Blick für sie und freute mich riesig, wenn ich die ersten Pilze unter den schattigen Bäumen entdeckte.

Später trugen wir dann die Trophäen unseres Beutezuges heim, und wenn wir Glück gehabt hatten, befanden sich ein paar herrliche Steinpilze und einige Pfifferlinge darunter. Das Abendritual stand somit fest. Mein Vater verbrachte etwa eine Stunde mit dem Studium des Pilzbestimmungsbuches und prüfte jedes Detail doppelt und dreifach, um ganz sicherzugehen, daß unsere Pilze wirklich genießbar waren. Dann putzte meine Mutter sie und bereitete sie zu, gewöhnlich in Butter, vielleicht mit einer Spur Knoblauch, einem Schuß Weißwein und frischer Petersilie gegart. Zum Abendessen ließen wir uns dann zu einem Festschmaus aus frischen Waldpilzen auf Toast nieder.

Meine Neigung zur Pilzsuche ist stark geblieben. Wann immer ich im Wald spazierengehe, suchen meine Augen unweigerlich den Boden ab. Aber heute lebe ich in London, und obwohl in den Wäldchen von Hampstead Heath und Highgate der eine oder andere eßbare Pilz wächst, ist einem das Jagdglück nur selten hold. Daher durchstöbere ich heute lieber die einschlägigen Lebensmittelgeschäfte und Marktstände, wo die Suche weitaus erfolgreicher sein kann.

Es gibt Dutzende von wohlschmeckenden Waldpilzen, im Handel sind jedoch nur wenige. Bei gekauften Waldpilzen hat man natürlich den Vorteil, daß sie sorgfältig überprüft wurden und ihre Genießbarkeit zweifelsfrei feststeht. Der Nachteil ist ihr Preis, der einem die Tränen in die Augen treiben kann, vor allem wenn man bedenkt, daß es sie im Wald vielleicht gratis gegeben hätte. Solche Gedanken sollten Sie jedoch rasch vertreiben und sich statt dessen auf die herrliche Mahlzeit konzentrieren, die Sie bald genießen werden.

Gewöhnlich ist das Angebot an Waldpilzen klein, und man muß nehmen, was man bekommt. Manchmal gibt es bereits im August Pilze, die Hauptsaison liegt jedoch im September und Oktober. Am leichtesten findet man vermutlich Steinpilze und Pfifferlinge. Morcheln werden mitunter im Frühjahr und Frühsommer angeboten.

Lange Zeit waren Champignons in verschiedenen Reifestadien die einzigen Zuchtpilze im Handel. (Das beste Aroma haben Exemplare mit flachen Hüten und sichtbaren braunen Lamellen. Sie eignen sich ausgezeichnet für Suppen und Saucen.) Aber zum Glück tut sich einiges in der Pilzzucht, und heute haben Austernpilze und die hocharomatischen *shiitake* das einstige Monopol der Champignons gebrochen.

Für die Zubereitung von Pilzen gibt es zwei Grundregeln. Erstens: Man darf sie nicht liegenlassen, und sollte man zu viele Pilze haben, die man nicht sofort verzehren kann, bereitet man eine *duxelles* zu (S. 93) oder trocknet den Rest. Zum Trocknen zieht man die Pilze entweder auf eine Schnur und hängt sie an einen trockenen, luftigen Ort oder verteilt sie auf Rosten und schiebt sie bei niedriger Temperatur in den Backofen, wobei man größere Exemplare zuvor in Scheiben schneidet.

Zweitens: Pilze werden nur gewaschen oder geputzt, wenn dies wirklich notwendig ist. Entfernen Sie erdige Stielenden oder beschädigte Stellen, und säubern Sie dann die Pilze entweder mit einem feuchten Tuch oder einer weichen Bürste. Sollten Pilze gewaschen werden müssen, dann rasch. Man bewegt sie kurz im Wasser hin und her, um hartnäckigen Schmutz zu lösen, sie dürfen sich aber nicht vollsaugen. Eine Ausnahme bilden die Morcheln mit ihren wabenartigen Hüten, in denen sich immer Erde festsetzt.

Die meisten Pilze ziehen beim Garen Wasser, oft sogar reichliche Mengen. Bei vielen Rezepten ist dies ein Vorteil, da diese Flüssigkeit von anderen Zutaten aufgesogen wird, die so das Aroma der Pilze annehmen. Es kann allerdings ein Problem werden, wenn man die Pilze einfach brät. Am besten sautiert man sie zunächst allein in etwas Butter oder Öl. Dann gießt man, falls notwendig, die Flüssigkeit ab (sie kann zum Aromatisieren von Fonds und Saucen verwendet werden) und fügt anschließend mehr Butter oder Öl sowie Gewürze hinzu.

FRISCHE PILZE

MORCHELN

An jenem Morgen, als mein Vater direkt beim Tor unseres kleinen Hauses in Frankreich im Gras ein halbes Dutzend Morcheln entdeckte, war die Aufregung groß. Einige Wochen lang liefen wir jeden Morgen zu der Stelle, um nach neuen Pilzen Ausschau zu halten und unseren wachsamen französischen Nachbarn zuvorzukommen. Doch Morcheln sind unberechenbar – nur in diesem einen Jahr fanden wir sie direkt vor unserer Haustüre.

Heute muß ich mich leider, wie jeder andere, in enorme Unkosten stürzen, wenn ich sie ausnahmsweise einmal in irgendeinem Geschäft finde und beschließe, mir diese Extravaganz zu erlauben. Man benötigt keine Unmengen von diesen köstlichen Pilzen, denn glücklicherweise haben sie ein intensives Aroma, das rasch von anderen Zutaten aufgenommen wird.

In Restaurants werden Morcheln oft mit feiner Farce oder Nelkenschwindlingen gefüllt, für den Hausgebrauch ist diese Prozedur aber viel zu mühselig. Sehr wichtig ist bei Morcheln sorgfältiges Putzen, da sich in ihren seltsam wabenartigen Hüten leicht Schmutz und Erde festsetzen. Man legt sie deshalb für drei oder vier Minuten in Salzwasser, wodurch man auch eventuelle

Morcheln

»Untermieter« vertreibt. Dann wäscht man sie unter fließendem kaltem Wasser und legt sie anschließend kurz zum Abtropfen auf Küchenpapier oder ein sauberes Küchenhandtuch.

Da man sich in den meisten Fällen nur eine kleine Menge davon leisten kann, muß man eine Entscheidung treffen. Entweder ißt man die Morcheln allein oder zu zweit einfach in Butter oder Sahne gegart (sie haben eine natürliche Affinität zu Sahne), oder man ist großmütig und läßt noch andere an dem Genuß teilhaben. In diesem Fall ist es am besten, wenn man sie einfach in Scheiben schneidet, in Butter dünstet und dann unter Rührei mischt, um sie als Vorspeise zu servieren. Morcheln passen auch ausgezeichnet zu Huhn. Bereiten Sie damit einmal ein einfaches Sahneragout vom Huhn zu, oder geben Sie sie an eine Sahnesauce, die Sie zu einem Brathähnchen reichen.

TRÜFFELN

Jahrelang fragte ich mich, was das ganze Aufhebens um diese Pilze sollte. Artig versuchte ich mich zu überzeugen, daß mit schwarzen Trüffeln gesprenkelte Pasteten einfach sensationell schmeckten, aber vergeblich. Vielleicht war mein Gaumen nicht empfindsam genug, um den feinen Geschmack dieser Pilze zu würdigen? Oder vielleicht lag das Geheimnis der Trüffeln ausschließlich in ihrem seltenen Vorkommen und dem hohen Preis, und alle machten sich etwas vor, was ihr tatsächliches Aroma anging. Wie sich herausstellte, ist mein Gaumen völlig in Ordnung, aber in meiner zweiten Vermutung steckt schon ein Körnchen Wahrheit, was konservierte Trüffeln angeht. Im großen und ganzen tut man der Trüffel mit Konservierung nichts Gutes. Konservierte Trüffeln taugen bestenfalls für Snobs. Eine ganz andere Sache sind dagegen frische Trüffeln.

Schwarze Trüffeln aus dem Périgord sind das Lieblingskind der *grande cuisine*. Gewöhnlich werden sie gegart, am besten mit anderen Zutaten, die einen zarten Geschmack haben, wie Fisch, Huhn, Kalbfleisch oder Eier, damit ihr volles Aroma zur Geltung kommt. Wer eine frische schwarze Trüffel zur Verfügung hat, sollte sie in dünne Scheiben schneiden, diese unter die Haut eines Huhns schieben und das Huhn dann braten.

Aber es war die italienische weiße Trüffel, die letztlich meine Zweifel zerstreute. Weiße Trüffeln haben einen einzigartigen, schweren Duft, und allein der Gedanke an sie läßt meine Knie weich werden. Ihr Preis ist leider astronomisch, ich habe jedoch schon zwei- oder dreimal ein solches Juwel geschenkt bekommen.

Falls Sie sich in der gleichen glücklichen Lage befinden, möchten Sie sicher das Beste daraus machen. Zunächst einmal sollten Sie Trüffeln in einem luftdicht verschlossenen Behälter im Kühlschrank lagern, locker in Küchenpapier gewickelt, das morgens und abends erneuert werden sollte. Es lohnt sich, die Kostbarkeit zwei oder drei Tage aufzubewahren (nicht länger, sonst verdirbt sie). Legen Sie ein paar Eier in diesen Behälter – sie nehmen das Trüffelaroma innerhalb von 24 Stunden an und eignen sich wunderbar für Rührei oder Omelett, das als Auftakt zum eigentlichen Ereignis serviert werden kann. Weiße Trüffel wird niemals gegart, da Hitze ihren Duft zerstört. Man bürstet oder reibt die Erde außen auf der Trüffel ab und raspelt oder hobelt sie dann über heiße Butternudeln, einen einfachen Risotto oder eine Eierspeise.

STEINPILZE

Eines Nachts hatte es uns in ein kleines Dorf irgendwo in den waldigen Bergen Kalabriens verschlagen. Der einzige Ort, an dem es etwas zu essen gab, war das schäbige Hotel, das einem riesigen, finster blickenden Italiener gehörte – keine verlockende Aussicht. Doch wie man sich irren kann! Er liebte das Essen, und von dem Moment an, als er einen Teller mit seinen selbstgeräucherten Salamis und Schinken vor uns gestellt hatte, war er wie ausgewechselt. Mit den *antipasti* kam auch eine Schale voller *porcini sott'olio* (in Öl eingelegte Steinpilze), und danach folgte ein Teller Nudeln mit Steinpilzen, die an diesem Morgen im Wald gesammelt worden waren. Ein wahrhaftiges italienisches Festessen.

Steinpilze, Morcheln und Trüffeln sind unstreitig die Stars der Pilzwelt. Das Wunderbare an Steinpilzen ist ihr relativ häufiges Vorkommen. So gibt es auf dem Turiner Markt im Oktober ein Dutzend Stände oder mehr, an denen Berge dieser runden, festen Pilze aufgetürmt sind. Und jedes Restaurant, das etwas auf sich hält, hat dann mindestens drei oder vier Steinpilzgerichte auf seiner Speisekarte.

Billig sind Steinpilze allerdings nicht – so reichlich kommen sie auch wieder nicht vor. Aber es besteht die Möglichkeit, daß man bei einem Spaziergang durch den Wald den einen oder anderen Steinpilz entdeckt, und daher lohnt es sich, wenn man sie zweifelsfrei identifizieren kann. (Lassen Sie Ihre Trophäe auf jeden Fall trotzdem von den Fachleuten einer Pilzberatungsstelle begutachten.)

Beim Einkauf sollten Sie darauf achten, daß die Pilze fest und nicht oder nur wenig beschädigt sind. Auch Löcher sind verdächtig – in ihnen könnten sich Würmer verbergen. Die Röhren werden nur entfernt, falls sie beschädigt oder schleimig sind. Man wäscht die Pilze nicht, sondern reibt sie sauber und schneidet lediglich die erdigen Stielenden ab.

Ich mag Steinpilze am liebsten gegrillt, in dicke Scheiben geschnitten, mit reichlich Olivenöl bestrichen und leicht gewürzt. Man kann sie aber auch in Butter mit Petersilie und einem Hauch Knoblauch braten oder ganz belassen im Backofen garen. Gebratene Steinpilze schmecken unter Nudeln oder Rührei gemischt einfach köstlich. Außerdem passen sie zu jeder Art von Fleisch.

PFIFFERLINGE

Eine Sprosse tiefer auf der kulinarischen Leiter stehen die Pfifferlinge, obwohl vielleicht mancher anderer Meinung sein wird. Sie wachsen in der ungestörten Natur noch in großen Mengen. In der Nähe von Städten sind sie jedoch kaum noch zu finden. Pfifferlinge haben ein feineres Aroma als Steinpilze und sehen sehr hübsch aus. Sie sind trichterförmig, und ihre Farbe variiert von Hell- oder Eidottergelb bis Orangebraun. Man könnte sie eventuell mit kleineren Exemplaren des gelben Austernpilzes verwechseln – aber selbst wenn junge Austernpilze auf den ersten Blick trichterförmig aussehen mögen, ähneln sie bei näherer Betrachtung den Pfifferlingen wenig. Sie sehen auch hübsch aus, sind aber eben keine Pfifferlinge.

Da Pfifferlinge empfindlich sind, sollten sie nicht gewaschen werden. Man entfernt statt dessen mit einer Bürste möglichst viel Erde und reibt sie dann mit einem feuchten Tuch ab. Wie viele andere Pilze ziehen auch Pfifferlinge beim Garen reichlich Wasser. Und leider werden sie leicht zäh, wenn man versucht, die Flüssigkeit bei zu hoher Temperatur einzukochen. Wenn man Pfifferlinge in Butter dünstet, gießt man entweder die Flüssigkeit ab, um sie zum Aromatisieren einer Sauce zu benutzen, und gibt die Pilze mit einem Stück Butter wieder in den Topf, oder man nimmt die Pfifferlinge heraus und stellt sie warm, während man die Flüssigkeit einkochen läßt und diese Sauce zum Schluß mit reichlich Crème double und Gewürzen abrundet.

Pfifferlinge können auch im Backofen gegart oder – im ganzen oder in Scheiben geschnitten – in Sauce geköchelt werden. Ich habe eine Schwäche für Huhn (und besonders Perlhuhn) mit Pfifferlingen.

TOTENTROMPETEN

Diese Pilze sind bei uns auch unter dem hübschen Namen »Füllhörner« bekannt, mir gefällt jedoch die dramatische Bezeichnung »Totentrompeten« besser. Seit meiner Kindheit stelle ich mir vor, daß beim Jüngsten Gericht Engel auf schlanken, mattschwarzen Trompeten blasen, um die Toten in ihren Gräbern zu erwekken. Und genau so sehen Totentrompeten aus.

Tödlich sind sie aber bei Gott nicht. Vielmehr handelt es sich um köstliche Pilze mit einem herrlich erdigen Aroma. Ich erinnere mich, daß wir sie früher in einem bestimmten Wald in Frankreich körbeweise sammelten. Dann aßen wir soviel wie möglich davon und trockneten anschließend den Rest.

In Frankreich findet man im Herbst Totentrompeten recht häufig auf Märkten, bei uns werden sie gelegentlich in gutsortierten Geschäften angeboten. Man kann sie einfach mit etwas Petersilie in Butter dünsten, und eventuell fügt man einige Minuten vor Ende der Garzeit noch einen Schuß Weißwein oder Weinbrand und/oder einen kräftigen Schuß Sahne hinzu. Die schwarzen Pilze bilden einen hinreißenden Kontrast zu weißer Sahnesauce oder einer blaßbraunen Suppe aus Champignons. Vor der Zugabe gart man sie behutsam in Butter. Sie verbessern sowohl Aroma als auch Aussehen eines Gerichts erheblich.

AUSTERNPILZE

Die meisten im Handel befindlichen gezüchteten Austernpilze haben eine typische blaßgraue Farbe, doch hin und wieder findet man auch eine hübsche blaßgelbe Sorte. Der Geschmack ist bei beiden Sorten gleich. Verglichen mit *shiitake* schmecken sie mild, und ihr Fleisch ist zarter. Austernpilze ziehen beim Garen sehr viel Wasser und werden dadurch fast um die Hälfte kleiner.

SHIITAKE

Diese asiatischen Pilze werden in Europa und Amerika inzwischen in großem Maßstab gezüchtet. Das ist ein wahrer Segen, denn von den gängigeren Zuchtpilzen haben sie bei weitem das beste Aroma. Ihr Fleisch ist so fest, daß sie sich auf die unterschiedlichste Weise zubereiten lassen, und für Vegetarier sind sie ein echter Gewinn. Obwohl man die Pilze auch roh essen kann, schmecken sie gegart sehr viel besser. Probieren Sie sie einmal einfach mit ein wenig Petersilie und Knoblauch in Butter oder Olivenöl gedünstet. Man kann sie auch grillen oder im Backofen braten. Aufgrund ihres kräftigen Aromas passen sie ausgezeichnet zu Wild und in Fleischtöpfe (man fügt sie erst 30 Minuten vor Ende der Garzeit hinzu, da sie durch längeres Garen hart werden).

Shiitake

Austernpilze

ENOKITAKE

Diese hübschen kleinen japanischen Pilze wachsen in Gruppen. Sie haben lange dünne Stiele, kleine Hüte, einen leicht zitronenartigen Geschmack und knackiges Fleisch. Leider scheint man sie außerhalb Japans nur selten zu bekommen. Gelegentlich bietet ein japanisches Lebensmittelgeschäft in meinem Viertel ordentlich verpackte Importware an. Falls sich die Gelegenheit ergibt, sollten Sie ein Paket kaufen, aber brechen Sie nicht mit dieser Absicht zum Einkaufen auf. Ungeöffnet halten sich die Pilze im Kühlschrank bis zu einer Woche, vorausgesetzt, sie waren nicht zu lange unterwegs.

Man verwendet sie roh für Salate, in denen sie äußerst dekorativ aussehen, kann sie aber auch kurz dämpfen oder pfannenrühren.

Möglicherweise finden Sie in chinesischen Geschäften konservierte *enokitake* unter der Bezeichnung *golden mushrooms,* doch lohnt sich ihr Kauf kaum – sie sind weich, übergart und von schlechtem Geschmack.

STROHPILZE

Im Gegensatz zu *enokitake* sind Strohpilze leicht zu bekommen. Jedes asiatische Lebensmittelgeschäft und inzwischen auch die meisten Supermärkte bieten sie in Dosen an, frische Ware findet man allerdings kaum. Und erwarten Sie kein sensationelles Geschmackserlebnis – es geht vor allem um die Beschaffenheit der Textur. Die Pilze sind glatt und fest, aber trotzdem zart.

Man verwendet sie – abgetropft und abgespült – direkt aus der Dose für Salate mit pikantem Dressing oder gibt sie, am Ende der Garzeit, an kräftig gewürzte Schmortöpfe. Sie eignen sich auch gut für pfannengerührte Gerichte, wo man sie ebenfalls am Ende der Garzeit hinzufügt, so daß sie gerade heiß werden und die Aromen verschmelzen können.

FUNGHETTO

Dieser herrliche Eintopf aus Auberginen, Zucchini und Pilzen kann als Beilage, als Vorspeise oder unter Nudeln gemischt serviert werden. (In letzterem Fall reicht die angegebene Menge für 8 Personen aus.) Man kann ihn im voraus zubereiten und wieder erhitzen, doch sollte man dann etwas Wasser hinzufügen, damit er nicht anbrennt.

Für 4–6 Personen

- 1 Aubergine
- 200 g Zucchini
- 200 g *shiitake,* Austernpilze oder Steinpilze
- 85 ml Olivenöl
- 2 Knoblauchzehen, feingehackt
- 3 EL feingehackte Petersilie
- 3 Zweige frischer Oregano
- Salz und frisch gemahlener Pfeffer

Die Aubergine in etwa 1 cm große Würfel schneiden. In einen Durchschlag geben und mit Salz bestreuen. Zucchini in dünne Scheiben schneiden und in einem zweiten Durchschlag ebenfalls mit Salz bestreuen. Das Gemüse 30 Minuten stehen lassen, dann abspülen und mit Küchenpapier oder einem sauberen Küchentuch trockentupfen. Die Pilze in 1/2 cm dicke Scheiben schneiden.

Das Öl in einer tiefen, schweren Pfanne erhitzen, in der alle Zutaten Platz haben. Knoblauch und Petersilie hinzufügen und 1 Minute sautieren. Aubergine, Zucchini, Pilze und Oregano dazugeben und gut vermischen. Die Temperatur herunterschalten und den Pfanneninhalt zugedeckt 25 bis 30 Minuten unter gelegentlichem Rühren garen, bis die Gemüse sehr weich sind und die gesamte Flüssigkeit verdampft ist. Falls notwendig, während des Garens 1 oder 2 Eßlöffel Wasser dazugeben, damit das Gemüse nicht anbrennt. Mit Salz und Pfeffer würzen.

FERNÖSTLICHER PILZSALAT

Für 4 Personen

- 75–100 g *enokitake*
- 200 g Kirschtomaten, halbiert
- 200 g dünner Spargel, in 2,5 cm lange Stücke geschnitten, oder 200 g zarte grüne Bohnen, geputzt und in 2,5 cm lange Stücke geschnitten
- 1 Dose Strohpilze (425 g), abgetropft

DRESSING

- 1 EL fermentierte schwarze Bohnen
- 2 TL feingeriebene frische Ingwerwurzel
- 4 EL Olivenöl
- 1 EL Reisessig
- 1/2 TL Zucker
- Salz und frisch gemahlener Pfeffer

Für das Dressing die schwarzen Bohnen gründlich waschen. Auf Küchenpapier abtropfen lassen und grobhacken. 2 Eßlöffel Öl in einem kleinen Topf erhitzen. Schwarze Bohnen und Ingwer hinzufügen und etwa 1 Minute behutsam braten. Von der Kochstelle nehmen und abkühlen lassen, bis die Mischung lauwarm ist. In ein Glas mit Schraubverschluß geben und mit Ausnahme des Salzes die restlichen Zutaten hinzufügen. Das Glas gut schütteln und das Dressing abschmecken.

Die Spargelstücke ohne die Spitzen in einen Topf mit leicht gesalzenem, kochendem Wasser geben und 1 Minute köcheln lassen, dann die Spitzen hinzufügen. Den Spargel weitere 1 bis 2 Minuten köcheln lassen – er sollte noch Biß haben. (Grüne Bohnen gegebenenfalls 1 Minute in leicht gesalzenem kochendem Wasser blanchieren.) Das Gemüse gut abtropfen lassen und unter fließendem kaltem Wasser abschrecken. Wieder abtropfen lassen und zum Abkühlen beiseite stellen.

Die Stielenden der Pilze abschneiden und die Pilze gründlich reinigen. Kurz vor dem Servieren Pilze, Tomaten und Spargel (oder grüne Bohnen) in einer flachen Servierschüssel vermischen. Das Dressing noch einmal kurz schütteln. Die Hälfte über den Salat geben, den Rest in ein Schraubglas füllen. Im Kühlschrank hält sich das Dressing im Glas mindestens eine Woche.

PILZE MIT MASCARPONE

Dies ist eine wunderbar einfache, aber feine Vorspeise aus warmen, zarten Pilzen, gekühltem Mascarpone oder Sauerrahm und knusprigem Brot zum Auftunken der Sauce.

Für 4 Personen

- 4 EL Mascarpone oder Crème fraîche oder Sauerrahm
- 1 EL gehackter Schnittlauch
- 4 dicke Scheiben Brot, die Kruste entfernt
- 50 bis 75 g Butter, zerlassen
- 4 kleine Steinpilze oder große Champignons oder 8 *shiitake*
- Salz und Cayennepfeffer

Mascarpone, Crème fraîche oder Sauerrahm mit Schnittlauch sowie Salz und Cayennepfeffer nach Geschmack vermischen. Locker abdecken und kalt stellen.

Aus den Brotscheiben je einen Kreis ausschneiden, der etwas größer ist als die Pilzhüte. In der Mitte etwas Krume entfernen, damit die Pilze fest auf dem Brot sitzen. Das Brot auf beiden Seiten großzügig mit zerlassener Butter bestreichen und auf ein Backblech setzen.

Die Stengel der Pilze abschneiden (für einen Fond oder eine Suppe aufbewahren). Die Hüte auf die Brotkreise setzen, mit Butter bestreichen und mit Salz und Cayennepfeffer würzen.

Die Pilze im Backofen bei 190 °C (Gasherd Stufe 3) 20 bis 30 Minuten garen, bis sie weich sind. Die genaue Garzeit hängt von der Art der verwendeten Pilze ab. Die Brote rasch auf vorgewärmte Teller heben und je 1 Eßlöffel gekühlten Mascarpone daraufsetzen. Sofort servieren.

Gegenüber, oben: Fernöstlicher Pilzsalat; unten links: Funghetto, Pilze mit Mascarpone

FUNGHI SOTT'OLIO

»Sott'olio« bedeutet »in Öl eingelegt«, und in Italien ist dies eine verbreitete Methode, nicht nur um Pilze zu konservieren, sondern auch Paprikaschoten, Auberginen und andere Gemüse. Die Auswahl der Gewürze ist eine Frage des persönlichen Geschmacks, die folgende Mischung eignet sich jedoch ausgezeichnet für Pilze.

Ergibt 600 ml

450 g Pilze (Steinpilze, *shiitake* oder kleine Champignons)
450 ml Weißweinessig
250 ml Wasser
Abgeriebene Schale von 1 unbehandelten Zitrone
2 Lorbeerblätter
1 TL Koriandersamen
1 TL schwarze Pfefferkörner
1 TL Kreuzkümmelsamen
5 Nelken
4 Knoblauchzehen, halbiert
Etwa 300 ml Olivenöl

Die Pilze säubern, die erdigen Stielenden abschneiden. Große Steinpilze gegebenenfalls vierteln oder in Scheiben schneiden. Essig, Wasser, abgeriebene Zitronenschale, Lorbeerblätter und Gewürze in einen großen Topf geben und zum Kochen bringen. Die Pilze hinzufügen und 7 bis 10 Minuten köcheln lassen, bis sie gerade weich sind.

Abtropfen lassen und zum Trocknen auf eine dreifache Lage Küchenpapier legen. Gewürze und Lorbeerblätter aufbewahren.

Ein Einmachglas sterilisieren. In das Glas etwa 1/2 cm hoch Öl gießen. Eine Schicht Pilze, 1/2 Knoblauchzehe und einen Teil der Gewürze hineinfüllen und mit Öl bedecken. Auf diese Weise alle Pilze hineinschichten. Darauf achten, daß sie vollständig mit Öl bedeckt sind. Das Glas, locker abgedeckt, 30 Minuten stehen lassen, dann, falls notwendig, nochmals mit Öl auffüllen. Das Glas fest verschließen und vor dem Verzehr für mindestens 1 Woche an einen kühlen, dunklen Ort stellen. Die Pilze halten sich mehrere Monate.

Rechts: Funghi sott'olio

GEGRILLTE STEINPILZE MIT CHILLIES UND KORIANDER

Wie groß ist ein großer Steinpilz? Die Antwort hängt allein davon ab, was im Angebot ist, daher werden Sie sich hier auf Ihr Gefühl verlassen müssen. Kaufen Sie schöne, feste Exemplare, die groß genug sind, sie in dicke Scheiben zu schneiden. Falls die Pilze Ihrer Meinung nach so klein sind, daß die Portionen selbst als Vorspeise nicht ausreichen, sollten Sie einen dritten Pilz dazukaufen.

Für 4–6 Personen, je nach Größe der Pilze

- 2 große Steinpilze

MARINADE

- Schale und Saft von 1/2 unbehandelten Zitrone
- 6 EL Olivenöl
- 2 frische rote oder grüne Chilischoten, entkernt und in dünne Scheiben geschnitten
- 2 EL grobgehacktes Koriandergrün
- 1/2 TL Salz

Die Stielenden der Pilze abschneiden. Die Pilze sauberreiben und in 2 cm dicke Scheiben schneiden. Die Zutaten für die Marinade vermischen und über die Steinpilze geben. Die Pilze in der Marinade wenden, bis sie gleichmäßig damit überzogen sind, dann locker abdecken und 30 Minuten ziehen lassen, dabei gelegentlich drehen. Die Steinpilze aus der Marinade nehmen und Gewürze abstreifen. Die Marinade durch ein Sieb gießen. Die Pilze nahe unter den vorgeheizten Grill setzen, bis sie zart und gebräunt sind, zwischendurch immer wieder mit Marinade bestreichen.

FEINE DUXELLES VON ZUCHTPILZEN

Die Zubereitung von »duxelles« ist in Frankreich die klassische Methode, um das Aroma von – wilden und gezüchteten – Pilzen zu konservieren und zu konzentrieren, wenn man einmal mehr Pilze hat, als man sofort essen kann. Die Zugabe von getrockneten Pilzen zu »duxelles« aus Zuchtpilzen verleiht dieser zusätzlichen Geschmack. Im Kühlschrank hält sie sich abgedeckt mehrere Tage, sie kann aber auch tiefgefroren werden. Wenn man einen Löffel davon an Saucen, Suppen, Füllungen oder Pasteten rührt oder unter Eier in Förmchen gibt (siehe Rezept rechts), erwacht das ursprüngliche Aroma der Pilze zu neuem Leben.

- 25 g getrocknete Pilze
- 85 ml Oloroso-Sherry oder Marsala (nach Belieben)
- 2 EL feingehackte Zwiebeln
- 25 g Butter
- 450 g Zuchtpilze (Austernpilze oder Champignons), feingehackt
- Salz und frisch gemahlener Pfeffer

Die getrockneten Pilze in Sherry oder Marsala beziehungsweise 6 Eßlöffeln Wasser 30 bis 40 Minuten quellen lassen. Dann herausnehmen und feinhacken. Das Einweichwasser durch ein Sieb gießen, das mit Küchenpapier oder einer doppelten Lage Musselin ausgelegt ist. Zur Seite stellen.

Die Zwiebeln behutsam in der Butter weich garen, aber nicht bräunen. Getrocknete und frische Pilze sowie etwas Salz und Pfeffer hinzufügen. Bei starker Hitze garen, dabei gelegentlich umrühren, damit sie nicht anbrennen. Wenn der von den Pilzen abgegebene Saft fast vollkommen verdampft ist, das Einweichwasser hinzufügen. Weitergaren, bis die Flüssigkeit ganz eingekocht ist. Zum Aufbewahren die *duxelles* in kleine Gefrierbehälter füllen und einfrieren.

IN FÖRMCHEN GEBACKENE EIER MIT DUXELLES

Es ist gar nicht leicht, Eier in Förmchen perfekt zu garen, denn das Eiweiß sollte fest, das Eigelb aber noch weich sein. Wenn man die Förmchen vorwärmt, stockt das Eiweiß, bevor Hitze das Eigelb erreicht. Am besten gart man die Eier nicht vollkommen, da sie nach dem Herausnehmen aus dem Backofen durch die eigene Hitze noch etwas weitergaren.

Pro Person

- 1 Ei
- 1 EL *duxelles* (siehe links)
- 1 EL Sahne
- Salz und Cayennepfeffer
- Butter zum Einfetten der Förmchen

Den Backofen auf 200 °C (Gasherd Stufe 3–4) vorheizen. Alle Zutaten griffbereit an den Herd stellen. Die leeren Förmchen für 5 bis 10 Minuten in den Backofen setzen, bis sie sehr heiß sind. In der Zwischenzeit in einem Kessel Wasser zum Kochen bringen und die Fettpfanne etwa 2 cm hoch mit heißem Wasser füllen.

Die Förmchen aus dem Backofen nehmen und möglichst schnell ausbuttern. Die Böden mit einer Schicht *duxelles* bestreichen, darauf behutsam die aufgeschlagenen Eier setzen. Die Sahne darübergeben und mit Cayennepfeffer bestreuen. Die Förmchen locker mit Alufolie abdecken, dann in die Fettpfanne stellen und sofort in den Backofen schieben. 5 bis 10 Minuten backen, bis das Eiweiß gerade gestockt ist. Etwas salzen und servieren.

GETROCKNETE PILZE

Getrocknete Pilze haben gegenüber frischen einen großen Vorteil: Sie halten sich lange, und man kann einen Vorrat anlegen, so daß man sie stets zur Hand hat. Unlängst überkam mich das ungewohnte Bedürfnis, meine Küchenschränke sauberzumachen, und dabei entdeckte ich hinter all dem Durcheinander zu meiner Freude getrocknete Pilze, die noch in allerbestem Zustand waren. In der Hauptsache handelte es sich um *porcini* – italienische Steinpilze –, daneben fand sich aber auch eine ganze Reihe ungewöhnlicher Sorten, die ich von Einkaufsbummeln oder Auslandsaufenthalten mitgebracht hatte. Während der nächsten Wochen schlemmte ich nun.

Die einzigen getrockneten Waldpilze, die man bei uns regelmäßig in Delikatessengeschäften findet, sind Steinpilze. Andere europäische Waldpilze sind schwer erhältlich, aber falls ich welche sehe, komme ich nicht an ihnen vorbei. Wenn ich auf Reisen bin, nehme ich sie häufig als Souvenirs mit, denn sie wiegen fast nichts und nehmen wenig Platz in Anspruch. Ein guter Ersatz für ihre frischen Gegenstücke sind getrocknete Morcheln, Totentrompeten und Nelkenschwindlinge. Gewiß, sie haben eine etwas gummiartige Konsistenz, aber ihr konzentriertes Aroma ist intensiv und natürlich.

Asiatische Lebensmittelgeschäfte sind eine wahre Fundgrube für getrocknete Pilze. *Shiitake* findet man überall, doch es gibt noch viele andere, exotischere Arten, die einen Versuch wert sind. Sehr gut schmecken Holzohren und Wolkenohren, Verwandte des europäischen Judasohrs, der merkwürdigste aber ist der Eispilz (S. 96).

Getrocknete Pilze müssen vor Gebrauch eine gute halbe Stunde eingeweicht werden, und auch eine längere Zeit schadet ihnen nicht. Heißes Wasser beschleunigt den Quellvorgang, es ist aber kein Muß. Ferner können andere Flüssigkeiten verwendet werden, wie etwa Fond oder Wein, die man später dem Gericht hinzufügen kann, um ihm zusätzlich Geschmack zu verleihen. Doch was Sie auch verwenden – gießen Sie es nicht fort. Wenn Sie die Pilze aus der Flüssigkeit genommen haben, geben Sie diese durch ein mit Küchenpapier und einer doppelten Lage Musselin ausgelegtes Sieb. Sollten Sie nicht gleich Verwendung dafür haben, bereiten Sie daraus einen Pilzfond zu. Er kann wie andere Fonds tiefgefroren werden.

Nachdem man Pilze aus dem Einweichwasser genommen hat, putzt man sie zuerst und entfernt gegebenenfalls erdige Stiele. Sollen die Pilze gebraten werden, legt man sie auf Küchenpapier, das einen Teil der überschüssigen Feuchtigkeit aufsaugt. In der Regel können getrocknete Pilze wie frische gegart werden, jedoch bei schwacher Hitze. Außerdem brauchen sie vielleicht einige Minuten länger.

Da getrocknete Pilze (mit Ausnahme einiger asiatischer Sorten) ein sehr intensives Aroma haben, benötigt man meist nur sehr wenige. Schon 15 g reichen aus, um beispielsweise einem Gericht aus Zuchtpilzen ein unvergleichliches Aroma zu verleihen, eine Sahnesauce zu parfümieren oder eine Suppe anzureichern. Sie passen auch an Eintöpfe, Füllungen, Rührei oder Omelett – eigentlich in jedes pikante Gericht, das mit dem reichen Aroma von Waldpilzen harmoniert.

Abgesehen von dem Pilzragout auf Seite 99, das aus einer Mischung verschiedener Pilze zubereitet wird, kann für die weiter hinten folgenden Rezepte jede beliebige Sorte aromatischer Trockenpilze verwendet werden. Die vermutlich beste Wahl sind Steinpilze oder *shiitake* – auch einfach deshalb, weil sie am leichtesten zu bekommen sind.

STEINPILZE

Eigentlich sollte sich in Ihrem Küchenschrank stets eine Tüte getrocknete Steinpilze befinden, denn es sind die nützlichsten, besten und vielseitigsten unter den Trockenpilzen; und man bekommt sie in jedem guten Delikatessengeschäft.

Natürlich sind eingeweichte Steinpilze nicht mit frischen zu vergleichen – sie haben einfach eine andere Konsistenz – und sollten deshalb nicht als Ersatz betrachtet werden. Sie eignen sich am besten als Aromazutat und heben mit ihrem fleischartigen, erdigen Aroma den Geschmack beinahe jedes Gerichts. Man kann sie zum Beispiel sautiert zusammen mit frischen, kleinen Champignons an Suppen, Saucen und Füllungen geben, denen sie sofort einen volleren Geschmack verleihen. Gießen Sie nie das Einweichwasser weg – man kann daraus den allerbesten Pilzfond zubereiten. Wenn man ihn nicht sofort benötigt, kann man ihn tiefgefrieren.

Ein wenig Süße unterstreicht den Geschmack getrockneter Steinpilze. Es darf aber nicht zuviel sein, denn schließlich werden ja keine Süßspeisen zubereitet. Ich weiche die Pilze oft in süßem Sherry und Marsala ein, für Pilzrisotto auch in Muskateller, und gebe die Einweichflüssigkeit ebenfalls an das Gericht.

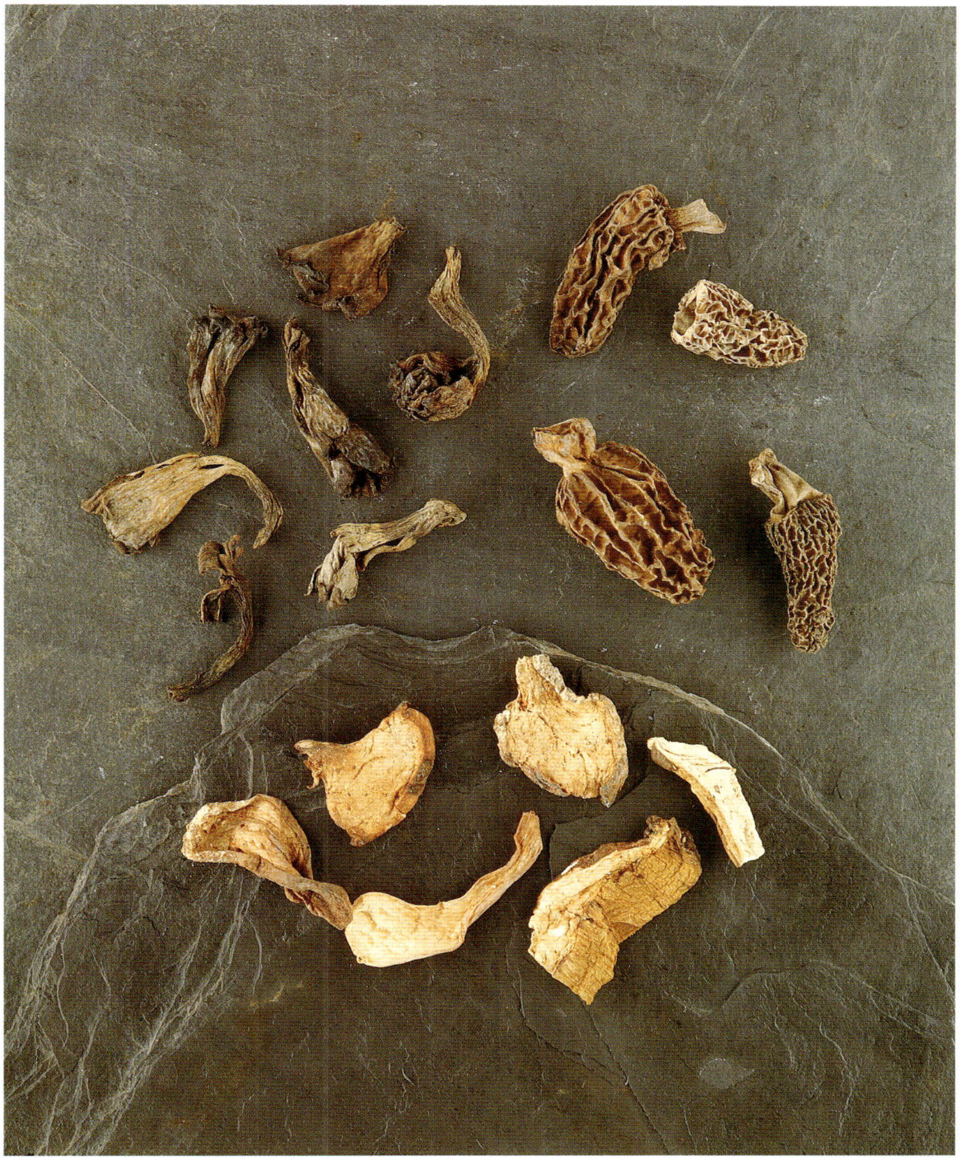

Von oben links, im Uhrzeigersinn: Getrocknete Totentrompeten, getrocknete Morcheln, getrocknete Steinpilze

MORCHELN

Getrocknete Morcheln lassen sich erstaunlich gut als Ersatz für frische Morcheln verwenden. Auch wenn sie etwas fester sind, haben sie ihr ursprüngliches Aroma weitgehend bewahrt. Davon abgesehen, bekommt man frische Morcheln ohnehin nur selten. Möglicherweise wird Ihr Enthusiasmus für getrocknete Morcheln durch ihren astronomisch hohen Preis gedämpft, doch trösten Sie sich damit, daß häufig schon 15 g reichen.

Man verwendet Morcheln am besten in kleinen Mengen zusammen mit anderen Zutaten, dennoch sollten sie gut zur Geltung kommen. Ich halte nichts davon, sie zu hacken oder in einer Pastete zu verstecken. Und gießen Sie auf keinen Fall das kostbare Einweichwasser weg! Nach dem Einweichen sollten die Morcheln gründlich unter fließendem kaltem Wasser gewaschen werden, um Erde und Schmutz zu entfernen.

PFIFFERLINGE

Ich würde keine besonderen Mühen auf mich nehmen, um getrocknete Pfifferlinge zu finden, doch wenn ich beim Durchstöbern eines Lebensmittelgeschäfts eine Tüte entdecke, nehme ich sie mit. Man kann die eingeweichten Pfifferlinge an Saucen, Suppen oder Schmorgerichte geben, aber das leichte, waldige Aroma frischer Pfifferlinge haben sie nicht.

TOTENTROMPETEN

Diese Pilze nehmen beim Einweichen in vorbildlicher Weise ihre ursprüngliche Form an, und man kann sie praktisch wie frische Totentrompeten verwenden. Man sollte lediglich berücksichtigen, daß Pilze durch Trocknen generell eine festere Konsistenz bekommen. Oft werden Totentrompeten als Ersatz für Trüffeln verwendet. Und da vermutlich in neun von zehn Fällen die für Pasteten und ähnliches verwendete Trüffel konserviert ist und somit wenig Geschmack hat, ist es wahrscheinlich gleichgültig, was man benutzt. Ich finde, Trüffeln wären hier eine Verschwendung, und man sollte sie lieber anderweitig verwenden.

NELKENSCHWINDLING

Obwohl Nelkenschwindlinge klein und unscheinbar sind, haben sie ein erstaunlich volles Aroma. Gewiß können sie es nicht mit Steinpilzen oder Morcheln aufnehmen, aber sie besitzen einen eigenen, klaren Charakter. Für eine komplette Mahlzeit haben sie vielleicht zuwenig Substanz, doch als Garnitur eignen sie sich gut – wie I-Tüpfelchen, die hübsch aussehen, vor allem aber auch den Geschmack des Gerichts heben. Sie werden eingeweicht, abgetropft und rasch in Butter gebraten, bis sie an den Rändern braun und knusprig sind, oder langsamer mit etwas Weißwein gedünstet, damit sie weich bleiben. Dann kann man sie zum Schluß über Rührei, Suppen, Kartoffelbrei, Selleriepüree und zahllose andere Gerichte geben.

Oben: Getrocknete Ritterlinge; unten: getrocknete Nelkenschwindlinge

EISPILZ

(Zitterzahn, Gallertstacheling)

Dies ist ein wirklich außergewöhnlicher Trockenpilz, doch bevor Sie sich zu sehr begeistern, lassen Sie sich sagen, daß er nicht besonders aufregend schmeckt. Interessant an diesem Pilz sind sein Aussehen und seine Konsistenz. Der Eispilz *(Tremolodon gelatinosum)* gehört – wie der Rote Gallertpilz und das Judasohr – zu den Zitter- oder Gallertpilzen. Er wächst auf morschen Hölzern in schattigen Wäldern. Frische Pilze haben eine bläulichweiße Farbe, die ins Bräunliche oder auch Rosafarbene übergehen kann. In getrocknetem Zustand sieht der Eispilz wie ein honigfarbener Naturschwamm aus, wenn man ihn einweicht, wird er schneeweiß und schwillt auf das Drei- bis Vierfache seiner Größe an.

Machen Sie sich sein dekoratives Aussehen zunutze. Ich dünste ihn gewöhnlich zusammen mit anderen getrockneten Pilzen behutsam 15 bis 30 Minuten oder pochiere ihn in Fond. Dabei nimmt er etwas von dem Aroma anderer Zutaten an. Wenn man ihn lange genug gart (eine Stunde und länger), verliert er seinen Biß und wird weich und gallertartig. Ich finde aber, daß er dann nicht mehr besonders schön aussieht.

In China verwendet man ihn oft für Süßspeisen. In Yong Yap Cotterells Buch »The Chinese Kitchen« finden sich dafür mehrere Rezepte, aber mir sagt diese Idee nicht zu, und augenblicklich reicht meine Neugier nicht aus, um sie dennoch auszuprobieren.

WOLKENOHR und HOLZOHR

Sowohl Wolkenohren als auch Holzohren sehen getrocknet wie zerknittertes schwarzbraunes Wildleder aus. Äußerlich unterscheiden sie sich hauptsächlich durch ihre Größe voneinander. Wolkenohren sind kleiner und haben außerdem eine eher staubgraue Farbe, während Holzohren bräunlicher sind. Sollten Sie dennoch nicht sicher sein, um welchen von beiden Pilzen es sich handelt, schauen Sie auf das Preisschild – Wolkenohren kosten zwei- oder dreimal soviel wie Holzohren.

Beide schmecken angenehm und sind weder zu mild noch zu kräftig. Wolkenohren haben einen etwas flacheren Geschmack, doch dies wird durch ihre Textur mehr als wettgemacht. Sie behalten beim Dünsten noch etwas Biß, sind aber gleichzeitig gelatinös. Holzohren haben eine festere, fast gummiartige Beschaffenheit, die aber keineswegs unangenehm ist.

Beide Pilzarten eignen sich für pfannengerührte Gerichte wie auch für Suppen und Eintöpfe. Außerdem sollte man sie nicht nur in der asiatischen Küche verwenden – sie passen ausgezeichnet zu Geflügel, Fleisch oder Fisch mit einer Sahnesauce.

Wolken- und Holzohren bekommt man in gutsortierten Supermärkten und in Geschäften, die asiatische Lebensmittel anbieten.

Shiitake
(Chinapilz, *tongu,* Pasaniapilz)

Schauplatz ist ein chinesisches Lebensmittelgeschäft.

Grigson hält ein unetikettiertes Paket mit getrockneten Pilzen in der Hand: »Was sind das für Pilze?«

Verkäufer: »Chinesische Trockenpilze.«

Grigson: »Ja, aber wie heißen sie?«

Verkäufer, müde lächelnd: »Chinesische Trockenpilze.«

Grigson, mit einer neuen Taktik: »Sind das *tongu*-Pilze? Oder heißen sie vielleicht Blumenpilze?«

Der verwirrte Verkäufer bleibt hartnäkkig: »Das sind einfach chinesische Trockenpilze.«

Es war zwecklos. Das Problem lag darin, daß fast jedes meiner chinesischen Kochbücher einen anderen Namen für etwas benutzte, was nach meiner Vermutung ein und dieselbe Pilzart war. Um die ganze Sache noch komplizierter zu machen, behaupteten einige Autoren, daß die chinesischen Trockenpilze, die man gewöhnlich abgepackt kaufen kann, und die etwas helleren »Blumenpilze« zwei völlig verschiedene Dinge seien.

Weitere Nachforschungen in wissenschaftlichen Büchern bestätigten meinen Verdacht – bei allen Pilzen handelte es sich um *shiitake*. Ebenso wie beim Austernpilz gibt es nämlich beim *shiitake* keine echten Sorten. Zur Zeit sind etwa fünfzehn bis zwanzig verschiedene Kulturstämme auf dem Markt.

Oben: Getrocknete Wolkenohren; unten: getrocknete Shiitake

Getrocknete *shiitake* können beinahe getrockneten Steinpilzen das Wasser reichen. Wie Steinpilze haben sie ein so kräftiges Aroma, daß man sie fast als Würze verwenden kann. Wenn man einige eingeweichte *shiitake* zusammen mit Champignons gart, wird deren Geschmack dadurch enorm verbessert. Sie schmecken auch für sich verwendet ausgezeichnet. Ihre Stiele sind jedoch hart. Wer die Stiele nicht wegwerfen will, kann sie zum Aromatisieren von Suppen benutzen.

RAGOUT VON GETROCKNETEN PILZEN

Für dieses herrliche Rezept werden verschiedene Arten getrockneter Pilze aus Asien und Europa verwendet. Man kann das Ragout als Vorspeise servieren, mit in Streifen geschnittener Brioche, oder als Hauptgericht mit Reis oder Nudeln.

Als Hauptgericht für 4 Personen,
als Vorspeise für 8 Personen

- 450 g Perlzwiebeln
- 50 g verschiedene getrocknete Pilze (mindestens drei Sorten), wie etwa Morcheln, Totentrompeten, *shiitake* oder Wolkenohren
- 50 g Butter
- 1 EL Öl
- 150 ml Crème fraîche
- Salz und frisch gemahlener Pfeffer

Die Perlzwiebeln putzen, mit kochendem Wasser bedecken und 1 Minute beiseite stellen. Abtropfen lassen und abziehen. 5 Minuten in kochendem Salzwasser garen, wieder abtropfen lassen und zum Trocknen auf Küchenpapier oder ein sauberes Küchentuch legen.

Die Pilze großzügig mit heißem Wasser bedecken und 30 Minuten quellen lassen, dann herausnehmen. Das Einweichwasser durch ein mit Küchenpapier oder einer doppelten Lage Musselin ausgelegtes Sieb gießen und mit Leitungswasser auf 600 ml ergänzen.

Die Pilze 2 Minuten behutsam in Butter braten. Zwiebeln, Salz und Pfeffer sowie das Einweichwasser hinzufügen. Die Zutaten köcheln lassen, bis praktisch die gesamte Flüssigkeit verdampft ist. Crème fraîche hineinrühren und etwa 2 Minuten köcheln lassen, damit sie etwas einkocht. Das Ragout abschmecken und servieren.

Gegenüber, oben: Ragout von getrockneten Pilzen; unten: Salsa ai funghi

SALSA AI FUNGHI

TOMATENSAUCE MIT GETROCKNETEN PILZEN UND PINIENKERNEN

Dies ist eine Variante des italienischen »pesto« und kann wie dieser verwendet werden. Man mischt die »salsa« unter Nudeln (das Rezept reicht für acht Portionen), Reis oder Kartoffeln. Oder man streicht sie auf »crostini« – dicke Scheiben Brot, die mit Olivenöl bestrichen und im Backofen knusprig und goldbraun gebacken wurden. Nach den ersten Versuchen werden Sie sicher bald noch viele andere Verwendungsmöglichkeiten finden.

Im Kühlschrank hält sich die Sauce bis zu einer Woche. Reste füllt man sofort in ein Glas mit Schraubverschluß und klopft dieses einige Male auf einer Unterlage auf, um Lufteinschlüsse zu entfernen. Dann bedeckt man die Sauce mit einer dünnen Schicht Olivenöl, verschließt das Glas und stellt es in den Kühlschrank.

Mit warmen Nudeln serviert für 8 Personen

- 15 g getrocknete Pilze
- 135 ml Olivenöl
- 100 g feste Tomaten
- 50 g Pinienkerne
- 3 Knoblauchzehen
- 1 kleines Bund Petersilie, grobgehackt
- 2 Sardellenfilets, grobgehackt
- Salz und frisch gemahlener Pfeffer

Die Pilze mit Wasser bedecken und 30 Minuten quellen lassen. Dann herausnehmen und grobhacken. Das Einweichwasser durch ein mit Küchenpapier oder Musselin ausgekleidetes Sieb gießen und beiseite stellen. Die Pilze in 1 Eßlöffel Olivenöl in einem kleinen Topf etwa 2 Minuten braten. Das Einweichwasser dazugeben und köcheln lassen, bis es fast verdampft ist.

Die Tomaten grillen. Wenn sie weich sind, enthäuten und entkernen. Tomaten mit Pilzen, Pinienkernen, Knoblauch, Petersilie und Sardellenfilets in die Küchenmaschine oder den Mixer geben. Das Gerät einschalten und nach und nach das restliche Olivenöl hinzufügen, bis eine dicke Paste entstanden ist. Mit Pfeffer nach Geschmack und, falls notwendig, etwas Salz würzen. Die *salsa* abkühlen lassen.

HUHN MIT PILZ-DILL-BUTTER

Ich muß gestehen, daß die dunkle Pilzbutter unter der Haut eines gebratenen Huhns nicht besonders reizvoll aussieht, aber allein der Duft macht das wieder wett, und hat man erst einmal das saftige, nach Pilzen duftende Fleisch gekostet, sind alle Zweifel beseitigt.

Für 4 Personen

- 1 große küchenfertige Poularde
- Salz und frisch gemahlener Pfeffer

PILZ-DILL-BUTTER

- 15 g getrocknete Pilze
- 50 g ungekühlte Butter
- Abgeriebene Schale und Saft von 1/2 unbehandelten Zitrone
- 1 EL gehackter Dill
- Schwarzer Pfeffer

Zur Herstellung der Butter die Pilze mit warmem Wasser bedecken und 30 Minuten quellen lassen. Dann herausnehmen und grobhacken. Das Einweichwasser durch ein mit einem Musselintuch ausgelegtes Sieb gießen und für eine Brühe, Suppe oder Sauce aufbewahren.

Die Butter mit Pilzen, abgeriebener Zitronenschale, Dill, Pfeffer und einem großzügigen Spritzer Zitronensaft im Mixer vermischen und gut würzen. Wer keine Küchenmaschine besitzt, hackt Pilze und Dill sehr fein und arbeitet sie dann mit den anderen Zutaten in die Butter ein.

Am Hals des Huhns beginnend die Finger zwischen Haut und Fleisch schieben und die Haut lockern, aber nicht einreißen. Dann die Butter unter die Haut drücken und mit den Fingern verteilen. Vor allem die Brust sollte gut eingefettet sein. Das Huhn außen salzen und pfeffern.

Das Huhn in den 220 °C heißen Backofen (Gasherd Stufe 4–5) schieben. Die Garzeit beträgt 15 Minuten pro 500 g plus 10 bis 15 Minuten. Mit dem Bratensaft servieren.

GEMÜSE

Ich gehöre nicht zu denen, die jenen vergangenen Zeiten nachtrauern, als man nur Gemüse aß, die gerade Saison hatten. Ich nehme auch keinen Anstoß daran, wenn ich im Februar Erdbeeren oder Zucchini sehe. Meiner Meinung nach wäre das unsinnige Nostalgie. Wer in nördlichen Ländern im Winter auf alle Gemüse und Obstsorten verzichtet, die nicht draußen wachsen können, dem steht während drei oder vier Monaten nur eine eintönige Auswahl zur Verfügung. Ich mag Möhren, Kohl, Kartoffeln und die Handvoll anderer echter Wintergemüse wirklich sehr, doch kann ich wenig Geschmack an der Vorstellung finden, für eine so lange Zeit nichts anderes zu essen.

Außerdem gibt es immer noch den Rhythmus der Jahreszeiten. Der Sommer beispielsweise ist die Zeit der Tomaten und Zucchini, die dann sehr viel aromatischer und preiswerter sind als im Winter angebotene Ware. Im Herbst kommen Maronen und neue Äpfel auf den Markt, zu Winterbeginn Topinambur und Rosenkohl. Aber es ist doch herrlich, daß heute aus der ganzen Welt verlockendes Obst und Gemüse importiert wird, um das heimische Angebot zu ergänzen.

Meine Freude an exotischen Gemüsen aus fremden Ländern entdeckte ich während meiner Studienzeit in Manchester. Zunächst lebte ich dort in einem Viertel, in dem viele Inder wohnten. Später zog ich dann in einen Bezirk, in dem zahlreiche Bewohner aus der Karibik kamen. Ein drittes Feld für Entdeckungen wurde Manchesters Chinatown im Herzen der Stadt. Damals trieben mich sowohl mein schmaler Geldbeutel als auch die Neugier. Viele Gemüse, die ich dort zum erstenmal sah, sind heute aus meiner Küche nicht mehr wegzudenken und mittlerweile in vielen Supermärkten erhältlich. Allerdings gibt es auch Sorten, für die ich mich einfach nicht begeistern kann.

Noch heute gehe ich regelmäßig in kleine ausländische Lebensmittelgeschäfte, wo ich immer wieder neue Schätze entdecke. Im Moment stehen *kantola* (S. 111) und *tindola* (S. 110) in meiner Hitliste ganz oben. In den vergangenen Jahren haben auch Naturkostläden mit einigen Überraschungen aufgewartet, insbesondere mit einer wunderbaren Palette an Kürbissen. Auf Reisen, die teilweise nicht einmal weit waren, habe ich unter anderem Cardy (S. 107) und Farnsprosse (S. 104) kennengelernt.

Bei uns gibt es einige Gemüse, die zu Unrecht stiefmütterlich behandelt werden. So waren Queller (S. 105), Haferwurzel (S. 114) und Meerkohl (S. 104) früher einmal sehr beliebt, gerieten aber irgendwann in Vergessenheit. Heute finden alle drei langsam wieder ihren Weg zurück in vornehme Gemüsegeschäfte und den einen oder anderen Supermarkt. Mit etwas Glück wird es vielleicht gar nicht lange dauern, und sie sind ein ebenso vertrauter Anblick wie Auberginen und Fenchel.

Es lohnt sich immer, Neues auszuprobieren. Ich denke oft daran, was meine Mutter einmal zu mir sagte: »Wenn du ein Gemüse siehst, das du noch nie gegessen hast, dann kaufe ein wenig davon und probiere es.«

Erkundigen Sie sich beim Verkäufer nach der Zubereitungsweise. Sie werden nicht immer Auskunft bekommen, aber versuchen Sie es zumindest. Ein genaues Rezept wird der Verkäufer wahrscheinlich nicht haben, doch vielleicht kann er etwas über die generelle Garmethode sagen. Falls Sie Ihr Gemüse weder unter der folgenden Auswahl noch in einem anderen Buch finden, nehmen Sie Ihren gesunden Menschenverstand zu Hilfe. Garen Sie es einfach wie ein anderes Gemüse mit ähnlichem Aussehen. Während Sie das Gemüse dann kochen, dämpfen, sautieren oder im Backofen garen, sehen Sie immer wieder nach und drücken die Daumen. Diese Verfahrensweise führt gelegentlich zu Enttäuschungen, häufiger aber zu angenehmen Überraschungen.

RUCOLA

(Senfkohl, Rauke, *roquette*)

Rucola steht heute bei uns in der Beliebtheitsskala ganz oben, in der Preisliste allerdings auch. Ihre Blätter haben einen herrlich pfeffrigen Geschmack, der sofort aufmerken läßt, wenn man sie zufällig in einem gemischten grünen Salat findet. Wenn man allerdings seine Rucola nicht selbst zieht (was ganz leicht ist), sondern kauft, muß man für junge, zarte Ware, die in kleinen Sträußen oder Schalen angeboten wird, einen Preis zahlen, die einen nur aus Rucola zubereiteten Salat zu einem echten Luxus macht.

Wer dem Geschmack jedoch einmal verfallen und bereit ist, auch eine kräftigere Variante zu probieren, sollte in Geschäften, die griechische und türkische Lebensmittel führen, nach zypriotischer Rucola, sogenannter *rokka* fragen. Sie wird in großen Sträußen preiswert angeboten und kann vielfältig verwendet werden. Ich mag sie schlicht zubereitet am liebsten. Dazu gebe ich die Rucola in einen Topf mit kochendem Wasser, das ich noch einmal zum Kochen bringe. Dann lasse ich sie sofort abtropfen, drücke das Wasser heraus und serviere sie, wie Spinat, mit Butter und/oder Zitronensaft. Reste schmecken auch kalt ausgezeichnet. In Italien wird viel Rucola gegessen, und von dort stammt ein herrliches Pastarezept: Man gart Nudeln, und einige Sekunden vor Ende der Garzeit gibt man grobgehackte Rucolablätter dazu. Kartoffel-Rucola-Suppe und Ravioli mit Rucola-Ricotta-Füllung sind ebenfalls italienische Spezialitäten. Rucola sollte nicht nur für Salate verwendet werden. Ich liebe Sandwiches aus italienischem Weißbrot oder Schrotbrot, das man mit Olivenöl beträufelt und mit Rucola, Parmaschinken und dünnen Scheiben Parmesan belegt. Gewürzt wird alles mit einer großzügigen Prise schwarzem Pfeffer.

Rucola

RADICCHIO

(Rote Endivie, roter Chicorée)

»Radicchio« ist der italienische Name für eine Zichorienart. Die Bezeichnung »Radicchio« ist meist den herrlichen weinroten Sorten aus Venetien vorbehalten, wobei damit nicht nur die kleinen, kompakten Köpfe gemeint sind, die man bei uns gewöhnlich im Handel findet. Dabei handelt es sich um die Sorten *radicchio di Chioggia* und *radicchio di Verona*.

Auch der *radicchio di Treviso* besitzt violette Blätter mit weißen Streifen und einer weißen Mittelrippe, sieht aber eher wie eine Tulpe kurz vor dem Öffnen aus. Er kann getrieben, das heißt im Dunkeln gezogen werden und ist dann eine rot-weiße Kopie des bekannteren weißen

Chicorées. Der *radicchio di Castelfranco* bildet keine festen Köpfe. Er hat rosaviolette Blätter mit elfenbeinfarbenen Adern und ist mild im Geschmack.

Alle Sorten können roh für Salate verwendet werden, denen sie ihren typischen, leicht bitteren und nussigen Geschmack verleihen. Auch gegart schmekken sie herrlich, obwohl sich ihr wunderschönes Rot beim Garen zu einem weniger reizvollen Braun verfärbt. Getriebener Radicchio sollte wie weißer Chicorée benutzt werden. Die zarteren, dünnen Blätter der drei anderen Sorten verlieren beim Erhitzen die Form.

Eine meiner Leibspeisen ist Salat von gegrilltem Radicchio. Dazu schneidet man die Blätter in Streifen und macht sie mit einer Vinaigrette an, an die gewürfelter Ziegenkäse gegeben wurde. Dann stellt man den Salat kurz unter den Grill, bis der Radicchio zusammenfällt und der Käse schmilzt. Eine wunderbare Beilage oder warme Nudelsauce läßt sich aus Radicchio zubereiten, den man kurz in Butter oder Öl dünstet und mit einem Spritzer Zitronensaft oder Balsamessig abschmeckt. Wer will, kann auch etwas Knoblauch oder gewürfelten Speck hinzufügen. Außerdem eignet sich Radicchio für Raviolifüllungen und Risottos und als Hülle für verschiedene Rouladen.

Portulak

Grüner und weißer Pak-Choi

PORTULAK

(Postelein, Bürzelkraut, Sauburtzel)

Als wir in Italien einmal durch ein Basilikumfeld schlenderten, fiel unser Auge auf wilden Portulak, der in der trockenen Erde prächtig gedieh. Wir probierten die kleinen fleischigen Blätter und roten Stengel, aber leider hatten wir keine Zeit, genug für einen Salat zu pflücken.

Wilder Portulak kommt in meiner Heimat England nur selten vor (in Marschen an der Süd- und Ostküste wächst aber die verwandte, ebenfalls eßbare Salzmiere), und auch der sehr ähnliche, kultivierte Portulak ist, zumindest im Handel, nur selten zu finden. Der Anbau im eigenen Garten ist einfach, doch muß man ihn reichlich säen, denn selbst für gemischte Salate braucht man eine erhebliche Menge.

Das bisher Gesagte gilt für rotstieligen Portulak. Es gibt aber noch eine zweite, weitaus robustere Sorte, die man mitunter in arabischen Geschäften findet. Sie hat etwa drei Zentimeter große Blätter, grüne Stiele und einen ausgeprägteren Geschmack. Da die Stiele hart und fasrig sein können, verwende ich nur den oberen Teil. Beide Sorten enthalten Oxalsäure, bei der grünstieligen ist sie jedoch deutlicher zu schmecken. Daher sollte man sie für Salate nur in kleinen Mengen und gehackt verwenden. Andererseits läßt sie sich leichter garen, da sie größer und robuster ist. Man blanchiert sie dazu kurz, das heißt, man gibt den Portulak ins kochende Wasser und bringt es noch einmal zum Kochen. Dann läßt man den Portulak rasch abtropfen, schwenkt ihn in zerlassener Butter oder Olivenöl oder macht ihn mit einer Vinaigrette an und läßt ihn abkühlen.

Portulak wird in Frankreich und Italien, im Nahen Osten, in vielen Teilen Asiens und manchen Gegenden Afrikas gegessen. In Nizza gehört er zu den vier Wildkräutern, die dort als *refréscat* bekannt sind und in Suppen geköchelt werden, denen sie ein wundervolles Aroma verleihen. Die fleischigen Blätter können darüber hinaus wunderbar in einem gewürzten und leicht gesüßten Essig eingelegt werden.

PAK-CHOI

(*Paksoi, bok choy,* Chinesischer Senfkohl)

Pak-choi ist eine der feinsten chinesischen Kohlsorten. Er hat dicke, fleischige, weiße Stiele, grüne Blätter und schmeckt etwas nach Senf. Jung und zart kann man beides roh für Salate verwenden. Wie bei Mangold werden Blätter und Stiele am besten getrennt gegart. *Pak-choi* ist auch ein geeigneter Ersatz für Mangold, die zarteren grünen Blätter haben jedoch eine kürzere Garzeit. Chinesische »Algen« – diese köstlichen Berge aus knackigen grünen Streifen – bestehen häufig aus kurz fritierten *pak-choi*-Blättern.

Pak-choi harmoniert mit westlichen und fernöstlichen Aromazutaten gleichermaßen. Er eignet sich gut zum Pfannenrühren, die Stiele gibt man am Anfang in die Pfanne, die in Streifen geschnittenen Blätter erst in letzter Minute dazu. Man kann die Blätter auch kochen. Sowohl Stiele als auch Blätter können gekocht, gedämpft und im Mikrowellengerät gegart werden. Aus den Blättern läßt sich ein köstliches Gratin bereiten, indem man sie mit Béchamelsauce, gehackten Oliven und Sardellen vermischt und mit geriebenem Parmesan bestreut. Anschließend wird das Ganze im Backofen gebräunt.

ROMANESCO
(Minarettkohl)

Diese Blumenkohlsorte gehört zu den schönsten Gemüsen, die es gibt. Ihre geometrisch angeordneten, limettengrünen Röschen scheinen sorgfältig und liebevoll geformt zu sein und erinnern an Minaretttürmchen. Romanesco unterscheidet sich im Geschmack kaum von normalem Blumenkohl. Man sollte den Kopf nicht auseinanderbrechen, um seinen optischen Reiz zu erhalten. Im Mikrowellengerät bewahrt er seine Farbe am besten, man kann ihn aber auch auf dem Strunk in wenig kochendes Wasser setzten, so daß der obere Teil herausragt (er wird durch den Dampf gegart). Romanesco darf nicht übergart werden. Am besten sind Aroma und Aussehen, solange er noch Biß hat. Man kann ihn servieren wie er ist oder aromatisiertes Olivenöl darübergeben. Dazu erhitzt man Olivenöl und fügt Knoblauch sowie zerstoßene getrocknete rote Chillies hinzu oder gehackte Sardellen, die man gart, bis sie zerfallen.

MIZUNO

Heute baut in Großbritannien mindestens ein Erzeuger von Biogemüse diese japanische Blattsalatsorte an, vielleicht sind es aber auch mehr. Die festen, grünen Blätter haben einen milden Geschmack, aber eigentlich sind es die knackigen, saftigen Stengel, die mir am besten schmecken. Obwohl ich ihn einmal im Juli gekauft habe, handelt es sich eigentlich um einen Wintersalat. Einen Umweg würde ich für ihn nicht machen, doch ab und zu ist er eine hübsche Abwechslung, vor allem im Winter.

FARNSPROSSEN

Die fest zusammengerollten jungen Blätter des hübschen Straußfarns erinnern an einen Bischofsstab und haben einen ungemein frischen Geschmack, der grünem Spargel und grünen Bohnen ähnelt. Lassen Sie sich aber nicht von jedem Farn verführen, der im Wald seinen hübschen Kopf emporreckt. Einige Leute behaupten zwar, daß man auch die Sprossen von gewöhnlichem Adlerfarn essen kann, viele Botaniker warnen davor jedoch vehement. Nur bei den Sprossen des in Amerika heimischen Straußfarns scheinen sich alle Autoren über die Genießbarkeit einig zu sein. Sobald sich die Blätter aber aufrollen, bilden sich Giftstoffe, und man sollte sie in Frieden wachsen lassen.

Wer sich während des Frühjahrs in den USA oder in Kanada aufhält, erlebt vielleicht gerade die kurze Saison der Sprossen. Ich habe sie in einem Londoner Restaurant gegessen, das sie gelegentlich importiert, und hörte, daß man sie in seltenen Fällen auch gefroren in besonders vornehmen Delikatessengeschäften bekommt. Ich habe sie noch nicht gefunden, aber einmal entdeckte ich ein Glas mit eingelegten Sprossen, die köstlich schmeckten und sehr dekorativ aussahen. Man kann sie zu Käse, kaltem Fleisch und Aufschnitt oder über Salat gestreut servieren.

Sollten Sie zufällig irgendwo frische Farnsprossen bekommen, bereiten Sie sie folgendermaßen zu: Sie kürzen die Stengel auf etwa drei Zentimeter und reiben, sofern vorhanden, die flaumigen, braunen Schuppen ab. Dann waschen Sie die Sprossen gründlich und dämpfen oder kochen sie – 4 bis 6 Minuten sollten ausreichen. Sie können, wie Spargel, mit zerlassener Butter oder Holländischer Sauce serviert werden.

ZIESTKNOLLEN
(Knollenziest, Chinesische Artischocke, Japanische Kartoffel)

Ziestknollen sind in Europa immer noch eine Rarität; wenngleich sie inzwischen in Frankreich, Belgien und Großbritannien angebaut werden. Es ist unverständlich, warum sie nicht in größerem Maßstab kultiviert und günstiger angeboten werden, denn sie haben einen vorzüglichen Geschmack und lassen sich problemlos anbauen. Ich bin eigentlich sicher, daß ihre Zeit bald kommen wird. Es bedarf nur eines mutigen Vermarkters, um ihnen Starthilfe zu geben.

Wer Ziestknollen entdeckt, wird feststellen, daß ihre Zubereitung wenig Mühe macht. Wenn man die Wahl hat, nimmt man feste, perlweiße Exemplare, die frisch geerntet wurden. Gelbliche Exemplare sind einige Tage älter, aber auch noch gut geeignet. Zum Garen werden sie geputzt und gründlich gewaschen und anschließend, knapp mit Salzwasser bedeckt, geköchelt oder gedämpft. Ein Spritzer Zitronensaft betont ihren Geschmack, der eine Mischung zwischen Topinambur und Haferwurzel ist. Ziestknollen werden recht weich gegart, dürfen aber nicht musig sein und zusammenfallen. Man kann sie einfach mit einem großen Stück Butter und etwas gehackter Petersilie, Kerbel, Schnittlauch oder Estragon servieren oder mit einer reichhaltigen Butter- oder Sahnesauce. In letzterem Fall ißt man sie am besten als Vorspeise mit in Dreiecke geschnittenen gebratenen oder getoasteten Brotscheiben. Auch für Salate eignen sie sich gut. Hierzu wendet man die gegarten, heißen Knollen in Vinaigrette, läßt sie abkühlen und fügt frische Kräuter hinzu.

MEERKOHL
(Strandkohl, Seekohl)

In den Küstengebieten Nord- und Westeuropas kommt Meerkohl wildwachsend vor, aber er läßt sich auch im Binnenland kultivieren und wird in kleinem Maßstab kommerziell angebaut, so daß man ihn manchmal in gutsortierten Gemüsegeschäften bekommt. Im Handel sind lange, dünne Sprossen, die durch Lichtentzug weiß und durchscheinend wurden. Um die jungen Triebe zu bleichen, werden sie mit Erde oder Sand angehäufelt oder mit lichtundurchlässigem Material abgedeckt.

Für die Zubereitung entfernt man Wurzeln und Stengelbasis. Dann wäscht man den Meerkohl gründlich. Die zarten jungen Blätter kann man an den Stengeln lassen oder abschneiden und für Salat verwenden. Dann köchelt man den Meerkohl in leicht gesalzenem Wasser oder dämpft ihn. Wenn er weich zu werden beginnt, läßt man ihn gut abtropfen. Sie können ihn als Vorspeise mit zerlassener Butter servieren, die mit Zitronensaft oder sogar mit einer Spur Meerrettich aromatisiert wurde. Oder Sie wenden ihn noch heiß in Vinaigrette, lassen ihn abkühlen und streuen dann gehackte frische Petersilie und/oder einige Kapern darüber.

Queller

QUELLER
(Glasschmalz, Salzkraut, Krückfuß)

Queller sieht aus wie grüne Korallen, die vom Meer glattgeschliffen wurden, tatsächlich aber ist er eine Wildpflanze, die auf Schlickflächen an den nordwesteuropäischen Nordseeküsten direkt am Meer gedeiht. In England ist sie vor allem in East Anglia bekannt. Ein Freund von mir erinnert sich, wie in seiner Kindheit der Quellerverkäufer mit dem Pferdekarren durch die Straßen fuhr und seine Ware anpries. Und das ist nur etwa dreißig Jahre her.

Vom Frühjahr bis zum Frühsommer bekommt man den Queller ab und zu in Fischgeschäften. Hochsaison ist im Mai, wenn die Pflanzen schon eine gewisse Größe haben, in der Mitte aber noch nicht hart geworden sind. Junge Pflanzen kann man roh für Salate verwenden.

Üblicher ist es jedoch, ihn (ohne weitere Zugabe von Salz) zu dämpfen oder zu kochen. Er braucht nur ein paar Minuten, wenn man ihn länger gart, wird das frische, salzige Meeresaroma zerstört. Vor der Zubereitung wäscht man den Queller und entfernt alle beschädigten Stellen sowie das holzige Ende. Er wird wie Spargel mit zerlassener Butter gegessen.

Da er eine natürliche Affinität zu Fisch hat, kann man beides zusammen dämpfen. Dazu richtet man den Queller auf einem feuerfesten Teller an und legt Fischfilets oder -steaks darauf. Dann werden die Zutaten gewürzt und gedämpft. Um Queller einzulegen, blanchiert man ihn und bedeckt ihn anschließend mit gewürztem und leicht gesüßtem Weinessig.

MEERFENCHEL
(Strandfenchel)

Meerfenchel kann auf die gleiche Weise gegart oder eingelegt werden wie Queller. Wie sein Name verrät, wächst auch er am Meer. Er hat fleischige, flache Blätter von graugrüner Farbe und einen charakteristischen Jodgeschmack, den manche Leute nicht mögen, andere aber sehr reizvoll finden. Zum Einlegen eignet er sich meiner Ansicht nach besser als Queller. Ich habe ihn noch nie im Handel gesehen, aber oft schon selbst gepflückt. Diese Mühe scheinen sich nur wenige zu machen, was diejenigen erfreut, die das Gemüse zu schätzen wissen.

NOPALES
(Kaktusblätter)

Man kann die Früchte von Kakteen essen, warum also nicht auch die flachen Sproßabschnitte oder »Blätter«? Sieht man einmal von den Dornen ab, gibt es keinen Grund, der dagegen spricht. Seltsamerweise aber schätzt man die saftigen Glieder des Feigenkaktus nur in Mittelamerika (insbesondere in Mexiko), während man in anderen Ländern ausschließlich die Früchte ißt.

Für den Verzehr werden nur jüngere, noch zarte Glieder verwendet. Sie sind säuerlich und knackig und enthalten einen schleimigen Saft, der an Okras erinnert.

Bei der Zubereitung frischer *nopales* ist es wichtig, daß man sie nicht mit bloßen Händen berührt, sofern man nicht vollkommen sicher ist, daß es sich um eine dornenlose Sorte handelt oder eine freundliche Seele die Dornen bereits entfernt hat. Man zieht Handschuhe an oder faßt sie mit einem Stück Zeitungspapier an und entfernt mit einem scharfen Messer oder Spargelschäler die Höcker mitsamt den Dornen. Dann schneidet man rundum die Ränder ab. Die Abfälle werden weggeworfen, Messer und andere verwendete Küchengeräte abgespült. Anschließend wäscht man die Kaktusglieder. Sie können ganz, in Scheiben geschnitten und gewürfelt gedämpft oder gekocht werden. Kurz gegart bleiben sie knackig, bei längerer Garzeit werden sie weich und verlieren etwas von ihrer Glätte. Nach dem Garen wäscht man sie gründlich mit kaltem Wasser, um die ausgetretene klebrige Substanz zu entfernen.

Feingewürfelt oder in dünne Scheiben geschnitten, können Kaktusblätter pfannengerührt werden. Gegarte *nopales* passen gut zu Eierspeisen, Salaten und an *salsas*. Auch mit Tomaten, Käse und Semmelbröseln gratiniert schmecken sie köstlich.

Mit Gewürzen und Kräutern konservierte *nopales* können als Ersatz für gegarte frische *nopales* verwendet werden. Man sollte aber nicht vergessen, daß sie gewürzt sind, zumeist sogar sehr scharf.

Wasserkastanien

Palmherzen

CHINESISCHE WASSERKASTANIEN

Chinesische Wasserkastanien sind knakkige, süßliche Kugeln, die man in Dosen inzwischen auch in vielen Supermärkten bekommt. Sie lassen sich gut konservieren, schmecken frisch aber noch besser. In der Form ähneln sie Gladiolenzwiebeln, und ihre dunkle Haut ist mit Ringen aus papierartigen braunen Schuppen besetzt. Wer zufällig frische Wasserkastanien entdeckt, sollte rasch zugreifen. Sofern sie fest und unbeschädigt sind, halten sie sich ungeschält im Gemüsefach des Kühlschranks bis zu einer Woche. Sie können roh gegessen werden und sind ein echter Genuß. Man muß sie lediglich schälen (verfärbte Exemplare wegwerfen). Geschält kann man sie im Kühlschrank in einer Schale mit leicht gesalzenem Wasser noch zwei bis drei Tage aufbewahren.

Zu den Vorteilen von Wasserkastanien gehört, daß beim Garen weder Konsistenz noch Geschmack leidet. Sie sind deshalb in der chinesischen Küche, wo man sie für pfannengerührte Gerichte, Schmortöpfe, Füllungen, Suppen und vieles mehr verwendet, eine beliebte Zutat. Aber sie passen auch gut an viele westliche Speisen, etwa Salate, Kasserollen, gemischte Gemüse und Füllungen für Geflügel. Zum Grillen wickelt man sie einfach in dünne Speckstreifen, und nachdem man freigebliebene Flächen mit Öl bestrichen hat, legt man sie im Backofen unter den Grill, bis der Speck gar ist.

PFEILKRAUTKNOLLEN

Diese stärkehaltigen chinesischen Knollen haben eine glatte, elfenbeinfarbene Außenfläche, die oft ganz oder teilweise mit trockenen Ringen aus papierartiger, brauner Haut bedeckt ist. Sie erinnern an Blumenzwiebeln – ihr Name bezieht sich auf die Form ihrer Blätter. Nach einigen Autoren haben die Knollen einen eher faden Geschmack, ich mag ihr mildes, maronenartiges Aroma jedoch sehr gern.

Pfeilkrautknollen werden für Rezepte aus Kanton, Sichuan und Yunnan verwendet. Oft dünstet man sie zusammen mit anderen Zutaten, aber sie schmecken auch gut, wenn man sie einfach gegart als Ersatz für Kartoffeln serviert. Zur Zubereitung entfernt man die Enden und schält die Knollen. Sie müssen sofort in Essigwasser gelegt werden, damit sie sich nicht verfärben. Dann gart man sie etwa 10 Minuten in gesäuertem und gesalzenem Wasser, bis sie weich sind. Man kann sie ganz oder in Scheiben geschnitten mit einem großen Stück Butter oder etwas Olivenöl servieren. Sie schmecken auch gewürfelt und mit Knoblauch und Chillies sautiert oder im Backofen gegart köstlich.

PALMITO

(Palmherz, Palmenkohl, Palmgemüse)

Nach zwei oder drei Versuchen mit frischen Palmherzen, die aus Südspanien stammten, bin ich recht dankbar zu konservierten Palmitos zurückgekehrt. Nichts gegen frische Palmherzen, doch wenn man die scheinbar zahllosen fasrigen Hüllen entfernt hat, die das zarte Herz umgeben, ist – im Verhältnis zu Abfall und Preis – die Ausbeute recht dürftig. In Brasilien, wo häufig Palmherzen gegessen werden, bekommt man sie – wahrscheinlich bereits geschält und vorbereitet – vermutlich zu einem günstigeren Preis, und dann mag es sinnvoll sein, sie frisch zu kaufen. Wer trotzdem unbedingt sein Glück mit frischen Palmherzen versuchen will, gart einfach das innere Mark in leicht gesäuertem und gesalzenem Wasser, bis es weich ist.

Ich ziehe aber konservierte Palmherzen vor, und der Unterschied ist wirklich nicht gravierend. Sie haben einen milden und durch die Marinade leicht säuerlichen Geschmack, ihre beste Eigenschaft ist jedoch ihre feste, glatte Textur. Sie schmekken ausgezeichnet in Salaten, die mit Vinaigrette oder Mayonnaise angemacht sind, und besonders gut passen sie zu Schaltieren, dem säuerlichen Aroma von Limetten und süßlichen Kräutern. Eine gute Ergänzung sind knusprig gebratene Speckstückchen.

Okras

OKRA
(Eßbarer Eibisch, Gumbo, *Ladyfinger*)

Die schleimige Konsistenz von Okras muß man mögen, und wenn nicht, dann sollte man auch keine Rezepte ausprobieren, in denen als Kompromiß die Schleimigkeit reduziert wird. Okras sind nun einmal schleimig, und wem das nicht schmeckt, der sollte weder Geld noch Zeit für sie verschwenden. Deshalb kauft man beim ersten Mal auch nur eine kleine Menge und gart sie einfach, um sich dann ein Urteil zu bilden.

Okras spielen in vielen Küchen der Welt eine wichtige Rolle – von Indien über den Nahen Osten und Afrika bis in die Karibik und nach Louisiana. Eintöpfen und Suppen verleihen sie durch ihren Saft eine samtige Glätte, doch sie können auch als Gemüse zubereitet werden.

Kaufen Sie stets möglichst kleine, frische Exemplare, die keine oder nur wenige braune Stellen aufweisen. Größere Schoten können fasrig sein. Zum Garen schneidet man den Stielansatz kegelförmig zu, ohne dabei die Frucht zu verletzen, obwohl dadurch die Welt natürlich auch nicht untergehen würde. Okras können gedämpft, gekocht, behutsam in Butter oder Olivenöl gedünstet oder im Mikrowellengerät gegart werden. Sie sollten weich sein, ihre Form und Konsistenz aber bewahren.

Mir schmecken sie am besten in Kombination mit Tomaten – etwa in einer Tomatensauce geköchelt, einer Tomatensuppe oder einem Eintopf mit Tomaten. Man kann Okraschoten jedoch auch in dicke Scheiben schneiden, in gewürzter Maisstärke wenden und in Olivenöl braten. Sie werden mit Zitronenspalten serviert. Die Kombination von Okras mit Sahne ist zu vermeiden.

MELOUKHIA
(Naltajute)

Die *meloukhia* gehört zur Gattung der Malvengewächse und ist daher botanisch mit Stockmalve, Hibiskus und Okra verwandt. In der Küche werden die grünen Blätter verwendet, deren Geschmack dem von Spinat und Sauerampfer ähnelt. Wie Okras kann man sie zum Binden von Suppen und Eintöpfen verwenden. In Ägypten wird *meloukhia* am meisten geschätzt, doch findet man sie im gesamten Vorderen Orient. *Meloukhia*-Suppe ist ein ägyptisches Nationalgericht. Da die *meloukhia* einen milden Geschmack hat, kann man sie (mit einer ausreichenden Menge Flüssigkeit) für die verschiedensten pikanten Gerichte verwenden, und es lohnt sich, mit ihr zu experimentieren.

Frische *meloukhia* wird kaum angeboten, und daher muß man sich wahrscheinlich mit getrockneter zufriedengeben. Die getrockneten Blätter werden zerbröselt und etwa eine halbe Stunde in heißem Wasser eingeweicht. Dann gibt man sie zu den anderen Zutaten in den Topf und läßt sie eine halbe Stunde köcheln. Frische Blätter werden gewaschen, feingehackt und 5 bis 10 Minuten geköchelt.

CARDY
(Kardy, Kardonenartischocke)

Während eine andere Distel aus dem Mittelmeerraum – die Artischocke – bereitwillig Aufnahme fand, scheint sich für den majestätischen Cardy niemand zu interessieren. Wer jedoch im Herbst oder Frühwinter nach Südfrankreich, Spanien oder Italien (insbesondere ins Piemont) reist, sollte auf den Märkten auf Cardy achten oder in den Restaurants danach fragen. Junge Cardyblüten können ebenfalls gegessen werden, die eigentliche Delikatesse sind jedoch die dicken Blattstiele.

Auf dem Markt sind die riesigen, silbrigweißen Stengel, die wie übergroßer, stacheliger Bleichsellerie anmuten, kaum zu übersehen. Sie haben einen etwas milderen Geschmack als Bleichsellerie und können ein wenig bitter sein, was sich jedoch durch Blanchieren verliert. Man kann die Stiele roh essen, beispielsweise mit einer *bagna caôda* (heiße Sauce aus Butter, Olivenöl, Sardellen und Knoblauch) aus dem Piemont. Dazu entfernt man die zähen Fäden auf der Außenseite und schält dann die härtere, weiße Haut ab. Die geputzten Stengel werden in fingerlange Stücke geschnitten und sofort in Essigwasser gelegt, damit sie sich nicht verfärben. Will man beim Garen Zeit sparen, hackt man die Stiele und kocht sie in Essigwasser, bis sie weich sind. Man kann ihn einfach mit Butter, Zitrone, Salz und Pfeffer servieren oder in einer Käsesauce, einer Sahnesauce oder einer pikanten Olivenöl-Sardellen-Sauce.

KÜRBISSE

Zur botanischen Familie der Kürbisse *(Cucurbitaceae)* gehören zahlreiche bekannte Gemüse wie Zucchini, Gurken, Riesenkürbisse und Hunderte mehr. Da ich aber kein zweibändiges Kochbuch schreiben wollte, habe ich vier dieser Kürbisgewächse ausgewählt, die mir besonders reizvoll erschienen, was aber nicht heißt, daß die übrigen uninteressant sind – das trifft nur auf ganz wenige zu. Der Familie der Kürbisgewächse gehören mehr als 800 Arten an, unter anderem auch Bittergurke (S. 110), *tindola* (S. 110) und Chayote (S. 111).

Bei der unübersichtlichen Menge verschiedener Kürbisarten unterscheidet man nur grob zwischen Sommer- und Winterkürbissen. Sorten mit weicher Schale werden Sommerkürbisse genannt. Man erntet sie zumeist in noch unreifem Zustand, wenn sie zart sind und Schale und Samen noch eßbar sind. In diesem frühen Stadium hat das Fruchtfleisch noch eine helle Farbe und einen milden Geschmack. Zucchini, deren Fruchtfleisch und Schale so zart sind, daß man sie auch roh essen kann, gehören zu den Sommerkürbissen.

Zu den Winterkürbissen zählt der bekannte Gartenkürbis, auch »Riesen-« oder »Zentnerkürbis« genannt, mit seiner harten, ungenießbaren Schale und seinen großen Kernen, aus denen das Kürbiskernöl mit seinem unvergleichlichen Geschmack gewonnen wird. Die meisten Winterkürbisse eignen sich püriert vorzüglich als Basis einer gehaltvollen Suppe.

Patisson (Squash, Kaisermütze, Bischofsmütze) Dieser Kürbis sieht wie eine »fliegende Untertasse« mit gewellten Rändern aus. Es gibt weiße, hellgrüne und gelbe Sorten, die sich aber geschmacklich kaum voneinander unterscheiden.

Am feinsten schmeckt der Mini-Patisson, ein sehr kleiner Kürbis mit einem besonders intensiven Aroma. Er wird, wie junge Zucchini, im ganzen gedämpft oder gekocht. Größere Exemplare, mit 10 cm Durchmesser und mehr, blanchiert man am besten kurz, füllt sie und gart sie dann im Backofen.

Butternußkürbis Dieser Kürbis hat eine keulenartige Form, und sein festes Fruchtfleisch schmeckt herrlich nussig. Im Sommer geernteter Butternußkürbis schmeckt als Gemüse angerichtet ausgezeichnet; Winterfrüchte eignen sich vor allem zur Zubereitung von Kompott und Pickles.

Sofern man nicht eine Suppe zubereitet (was keine schlechte Idee ist), sollte man ihn nur mit wenig Wasser garen, damit er sein volles Aroma bewahrt. Am besten gart man ihn ganz, halbiert oder in Stücke geschnitten im Backofen (hier wird sein Aroma wirklich konzentriert) oder im Mikrowellengerät (bei ganzen Früchten die Haut einstechen). Man kann ihn aber auch dünsten. Gewürfelt, blanchiert und in Butter oder Öl sautiert, vielleicht mit einigen Scheiben *chorizo* (spanische Paprikawurst), schmeckt der Butternußkürbis ebenfalls wunderbar. In Scheiben geschnitten mit einem würzigen Käse wie Parmesan oder Cheddar kombiniert, eignet er sich gut für Gratins, man kann die Scheiben aber auch in Ei und Semmelbröseln wenden und ausbacken.

Der größere *red kuri* besitzt eine ähnliche Konsistenz wie der Butternußkürbis, ist aber ein wenig wachsartiger und weicher. Er hat den typischen Geschmack von Maronen und ist nach meiner Ansicht der beste Winterkürbis. Man kann ihn auf die gleiche Weise garen wie den Butternußkürbis oder aus ihm ein herrliches Püree zubereiten, das zu Wildbraten eine Köstlichkeit ist.

Spaghetti-Kürbis Wie dieser seltsame, aber faszinierende Kürbis zu seinem Namen kam, liegt auf der Hand: Nach dem Garen läßt sich sein Fruchtfleisch leicht in lange, spaghettiähnliche Fäden teilen. Der Spaghetti-Kürbis eignet sich ideal für jede Diät, denn er sättigt, obwohl er kaum Kalorien hat. Aber auch alle, die nicht abspecken müssen, sollten ihn probieren. Tatsächlich kann man ihn auf ähnliche Weise zubereiten wie Nudeln. Die glasigen Fäden passen gut zu einer Spaghettisauce, die einfach aus Olivenöl und Parmesan bestehen kann. Auch mit einer Tomaten-Meeresfrüchte-Sauce oder *alla bolognese* schmeckt er gut. Zum Garen halbiert man den Kürbis längs – am einfachsten geht das zu zweit, indem einer ihn festhält, während der andere schneidet. Die Hälften können gekocht werden, meiner Ansicht nach wird dadurch das Fleisch jedoch wäßrig, selbst wenn man es noch so gut abtropfen läßt. Ich ziehe es deshalb vor, die Hälften mit den Schnittseiten nach unten in wenig Wasser zu setzen und bei mittlerer Hitze im Backofen zu garen, auch wenn das länger dauert. (Wer den Kürbis kocht und nicht in seiner Schale servieren will, kann ihn auch in große Stücke teilen.) Wenn ich wenig Zeit habe, gare ich Spaghetti-Kürbisse im Mikrowellengerät, wiederum mit wenig Wasser und fest mit Mikrowellenfolie abgedeckt. Spaghetti-Kürbisse sind gar, wenn man die Schale leicht einstechen kann. Anschließend läßt man sie gut abtropfen. Sofern die Kerne weich sind, kann man sie mitessen, andernfalls werden sie entfernt. Dann muß man nur noch das Fruchtfleisch mit einer Gabel herausziehen und die gewählte Sauce hinzufügen.

KÜRBISBLÜTEN

Während des Sommers bieten die Märkte in Südfrankreich, Italien und Spanien unter der heißen Sonne des Südens ein großartiges Farbschauspiel. Mit gelben Tupfern versehen wird dieses Szenario durch Sträuße von Zucchiniblüten. Da sie

Zucchiniblüte

Kürbisse – oben, von links: Spaghettikürbis, Markkürbis, gelbe Zucchini, Flaschenkürbis; unten, von links: Chayote, Butternußkürbis, Koboche, Mini-Patisson

am selben Morgen gepflückt wurden, sind sie noch frisch und üppig, und erst wenn die Händler um die Mittagszeit zusammenräumen, beginnen die übriggebliebenen ihre Köpfe hängenzulassen. Kürbisblüten haben nach dem Pflücken nur eine begrenzte Lebensdauer, und obwohl man sie auch noch welk essen kann, sind sie frisch am besten. Alle Kürbisse haben eßbare Blüten, und wer selber Kürbisse im Garten zieht, sollte die Gelegenheit nicht ungenutzt lassen, sie in der Küche zu verwenden.

Mit etwas Glück findet man Blüten, an denen bereits kleine Früchte sitzen, etwa fingerlange Zucchini oder winzige Patissons. Sie können zusammen mit den Blüten gegart werden. In diesem Fall mache ich mir manchmal sogar die Mühe, die Blüten zu füllen. Sonst finde ich, daß gefüllte Kürbisblüten wenig Substanz haben und selbst bei kleinen Portionen einige Blüten pro Person notwendig sind. Wenn aber eine kleine Frucht daran sitzt, können zwei oder drei Blüten pro Person ausreichen.

Zum Füllen vorgesehene Kürbisblüten sollten wirklich frisch sein. Ich habe schon versucht, welke Exemplare zu füllen – sie reißen unbarmherzig. Entfernt man den dicken Stempel, ist mehr Platz für die Füllung vorhanden. Gefüllte Blüten können – einfach mit Olivenöl bestrichen oder in einer Sauce – gegart oder im Ofen gebacken werden. Man kann sie auch braten, doch schon wenn sie ein klein wenig zu prall gefüllt sind, hat die Füllung die ärgerliche Angewohnheit, herauszulaufen, wenn sie anschwillt.

Einfacher ist das Ausbacken von Kürbisblüten. Zuerst schüttelt man unerwünschte »Untermieter« heraus, dann überzieht man die Blüten dünn mit Mehl und taucht sie in den Ausbackteig. Anschließend werden sie fritiert. Man kann sie auch ohne Teigmantel einige Sekunden in heißem Öl backen. Sie werden hübsch glasig, eignen sich aber am besten als Dekoration. Ich fand kürzlich ein modernes italienisches Rezept, das empfiehlt, fritierte Zucchiniblüten mit heißen Tagliatelle, Tomatenstücken und Basilikum zu mischen – ein herrliches Gericht für Sommertage.

Tindola

BITTERGURKE
(Balsambirne, Karella)

Bittergurken enthalten einen hohen Anteil an Bitterstoffen, und falls Sie schon Endivien oder Chicorée als sehr bitter empfinden, lassen Sie besser die Finger von Bittergurken. Wenn Sie Endivien und Chicorée jedoch mögen, sollten Sie Bittergurken auf jeden Fall probieren – in kleinen Mengen.

Mit ihrer warzigen Schale sehen Bittergurken faszinierend aus. Wie ich herausgefunden habe, sind mittelgroße Exemplare mit 10 bis 13 cm Länge nicht ganz so bitter wie kleine, aber auch sie sind noch bitter genug. In China werden Bittergurken oft gefüllt und gebraten. Nach meinem Geschmack verwendet man sie aber besser zusammen mit anderen Zutaten für pfannengerührte Gerichte, wo ihre Bitterkeit etwas in den Hintergrund rückt.

Man sollte die Früchte stets salzen oder blanchieren, um den bitteren Geschmack zu mildern. Man halbiert die Früchte längs und entfernt mit einem Löffel die Samen. Zum Salzen werden sie in dünne Scheiben geschnitten oder gehackt und in einen Durchschlag gegeben. Dann streut man Salz darüber und läßt sie eine halbe Stunde, besser aber eine Stunde stehen. Schließlich werden sie gewaschen und

TINDOLA
(Tindori)

Diese kleinen, grünen Früchte sind etwa 5 bis 10 cm lang, gestreift und blaßgrün und haben eine harte, glänzende Schale. Man findet sie in indischen Geschäften, Asienläden und gelegentlich auch in Geschäften, die Lebensmittel von den Westindischen Inseln führen. Zu einem Berg aufgetürmt, sehen sie sehr hübsch und verlockend aus, einen Umweg würde ich für sie allerdings nicht machen. Falls ich sie aber zufällig sehe, kaufe ich eine Tüte davon. In den Früchten sitzen dicht an dicht winzige, knackige Samen, die man mitißt (sonst würde von der Frucht herzlich wenig übrigbleiben). *Tindola* schmeckt ähnlich wie Salatgurke, bewahrt beim Erhitzen ihre Struktur aber weitaus besser.

Als ich sie zum erstenmal zubereitete, dämpfte ich sie einfach im ganzen und aß sie heiß mit Salz, Pfeffer, einem Spritzer Zitronensaft (Balsam- oder Sherryessig ist noch besser) und einem Stück Butter, und sie schmeckten sehr gut. Die Frau des Besitzers eines indischen Ladens in meinem Viertel halbiert die Früchte, dünstet sie 10 Minuten in Butter oder Öl – niemals in Wasser, wie sie beteuert – und streut einige Minuten vor Ende der Garzeit *garam masala* darüber. Wenn ich heute *tindola* gare, salze ich die halbierten Früchte meistens zuerst, um ihnen etwas Wasser zu entziehen und das milde Aroma zu intensivieren.

Besonders gut schmecken sie, wenn man sie in Mehl wendet, mit Salz und Pfeffer sowie mit einigen Gewürzen oder einem Hauch Curry würzt und anschließend fritiert. Sie lassen sich gut in die westliche Küche integrieren, indem man sie beispielsweise einfach in einer Tomatensauce köchelt. Oder man schichtet sie mit Tomatenscheiben in eine Form, streut Käse und Semmelbrösel darüber und gart sie im Backofen. In ihrer unglaublichen Anpassungsfähigkeit können sie auch für Currys, pfannengerührte Speisen und zahllose Gemüsegerichte verwendet werden.

Bittergurken

trockengetupft. Zum Blanchieren gibt man halbierte Früchte in einen Topf mit kochendem Salzwasser, bringt dieses wieder zum Kochen und köchelt die Bittergurke 3 Minuten. Dann spült man sie unter fließendem kaltem Wasser ab und läßt sie abtropfen.

KANTOLA
(Stachelige Bittergurke)

Wie ich festgestellt habe, ist die *kantola* bei weitem nicht so bitter wie ihre größeren, glattschaligeren Verwandten. Sie ist spindelförmig, etwa 3 cm lang und mit weichen grünen »Stacheln« bedeckt. Sie kommt im Juni und Juli für etwa sechs Wochen in den Handel, und es lohnt sich, sie zu kosten. Ich wurde durch einen Verkäufer in dem indischen Laden in meinem Viertel auf sie aufmerksam, der eine Passion für sie hat, und das kann ich verstehen. *Kantola* sind auf eine feine, köstliche Art bitter.

Kantola schmeckt noch grün am besten, doch nach Möglichkeit sollte man auch einige gelbe Exemplare kaufen. Wenn man sie nämlich halbiert, werden wunderschöne korallenrote Samen im Innern sichtbar. Diese streut man später über das fertige Gericht, um es durch einige leuchtende Farbtupfer zu beleben.

Kantola kann wie *tindola* gegart werden, man braucht sie aber nicht zu halbieren (außer man möchte sie pfannenrühren). Zum Entbittern kann man sie zunächst einige Stunden in Salzlake legen oder 3 Minuten blanchieren. Dann werden sie gedünstet, fritiert oder gedämpft, an Currys gegeben oder nach europäischer Art in einer Tomatensauce gegart. Kochen ist weniger empfehlenswert, da sie auf diese Weise sehr wäßrig werden.

CHAYOTE

Der Geschmack von Chayoten ist nicht sensationell, doch ihr Fruchtfleisch ist wunderbar glatt, fest und saftig. Bei der Zubereitung von Chayoten wäre Zurückhaltung fehl am Platze. Sie rufen förmlich nach kräftigen Zutaten wie Chillies, Gewürzen, Knoblauch, Tomaten und Käse

Oben: Spargelbohnen; unten: Drumsticks (Pferderettichbaum-Früchte)

und eignen sich ausgezeichnet zum Füllen. Zunächst kocht man sie im ganzen in leicht gesalzenem Wasser, bis sie weich werden. Dann halbiert man sie und entfernt den Samen (er ist weich und eßbar) sowie einen Teil des Fruchtfleisches. Anschließend gibt man eine beliebige Füllung hinein, streut eine Mischung aus Semmelbröseln und geriebenem Käse darüber und beträufelt alles mit etwas Olivenöl. Die Früchte werden dann im heißen Backofen gegart, bis sie gebräunt sind. Für Gratin werden sie gegart, in Scheiben geschnitten und mit einer würzigen Tomatensauce in eine Form gegeben. Dann streut man wiederum Käse und Semmelbrösel darüber und schiebt die Form in den Backofen. Oder man dünstet in Stücke geschnittene Chayoten in einer würzigen Sauce, deren Aroma sie während des Garens aufnehmen.

Da die Früchte einen sehr milden, süßlichen Geschmack haben, werden sie häufig für Süßspeisen benutzt. Sie können wie Birnen in parfümiertem Sirup geköchelt und kalt serviert oder in Scheiben geschnitten mit Zimt, Muskatnuß, Zitrone, Butter und Zucker oder Honig im Backofen gegart werden. Weitere Rezepte findet man vor allem in der karibischen, süd- und mittelamerikanischen Küche.

Chayoten sollten möglichst rasch verbraucht werden.

SPARGELBOHNE
(Strumpfbandbohne, Langbohne, Schlangenbohne)

Diese seltsamen Bohnen können bis zu einem Meter lang werden. Sie haben die merkwürdig rauhe Haut der Stangenbohne, in Geschmack und Struktur liegen sie irgendwo zwischen grüner Bohne und Stangenbohne. Sie können wie andere frische Bohnen gegart werden, aber man sollte sie nicht kleinschneiden – denn dann kann man gleich grüne Bohnen verwenden (obwohl Spargelbohnen in asiatischen Geschäften manchmal preiswerter sein können).

Ich gare sie immer im ganzen in einem großen Topf mit kochendem Wasser. Mitunter rolle ich anschließend jeweils drei oder vier Bohnen auf und knote sie zusammen, so daß flache Nester entstehen. Diese kann man in einer cremigen Sauce wieder erhitzen oder, noch heiß, mit einer Vinaigrette servieren. Man kann sie auch nach dem Abkühlen als Salat anmachen, dem nach Belieben noch weitere Gemüse zugefügt werden können. Am besten schmecken die Nester aber, wenn man sie mit Olivenöl bestreicht oder mariniert und dann auf dem Holzkohlengrill bräunt. Bei der Zubereitung dieser Bohnen sollte man seiner Phantasie einfach freien Lauf lassen.

ZUCKERERBSEN

(Kefen, *mangetout*)

Zuckererbsen werden im ganzen gegessen, zur Zubereitung muß man lediglich die Enden entfernen. Wie bei normalen Erbsen sitzen in der Schote bereits kleine, voll ausgebildete Erbsensamen. Zuckererbsen sind süß, saftig und zart und schmecken roh ebenso herrlich wie gegart. Roh gibt man sie an Salate oder verwendet sie für *crudités* (Rohkost). Durch Dämpfen läßt sich ihr Aroma am besten bewahren, man kann sie aber auch kochen. In beiden Fällen darf man sie nur kurz garen – gewöhnlich reichen zwei oder drei Minuten aus. Ich meine, man braucht zum Würzen nur Salz und Pfeffer. Etwas Butter oder Olivenöl rundet ihren Geschmack ab, und auch ein wenig Balsamessig ist nicht verkehrt.

AKI

(Akipflaume, *akee*)

Wenn die lachsrote (bisweilen auch orangegelbe oder rotgefleckte) Frucht der *Blighia sapida* reif ist, springt sie auf und enthüllt drei glänzende schwarze Samen, die von einem hellgelben Samenmantel umgeben sind. Dies ist der eigentlich eßbare Teil, der aber erst gegessen werden kann, wenn die reife Frucht von selbst aufplatzt. Samen und unreifer Samenmantel sind giftig. Da man aber bei uns ohnehin keine frischen Akipflaumen bekommen wird, braucht man sich deshalb keine Gedanken zu machen, denn bei konservierten Früchten besteht keine Gefahr. Über den Unterschied zwischen frischen und konservierten Akipflaumen vermag ich nichts zu sagen, da ich nie die Gelegenheit hatte, frisch gegarte Früchte zu probieren. Eines Tages vielleicht . . .

Konservierte Früchte sind cremig-weich und haben einen zartes Aroma, das mit nichts zu vergleichen ist. Allein gegessen, könnte es als flach bezeichnet werden, und daher gart man Akipflaumen mit kräftigen Aromazutaten wie Chillies, Gewürzen, Kräutern, Tomaten, Zwiebeln, Knoblauch, salzigem Speck oder Oliven.

In Jamaika gibt es eine Art Nationalgericht aus Akipflaumen, Klippfisch, eingesalzenem Schweinefleisch, Tomaten und Chillies. Richtig zubereitet, ist diese Speise vorzüglich. In Anlehnung an dieses Gericht sautiere ich oft Zwiebeln, Knoblauch, Chillies und gewürfelten Speck, füge dann einige entkernte und gehackte Tomaten sowie Kräuter hinzu und lasse die Zutaten köcheln, bis keine Flüssigkeit mehr vorhanden ist. Zum Schluß gebe ich abgetropfte und gewaschene Akipflaumen hinein und wende sie vorsichtig, bis sie heiß sind. Dieses Gericht kann man als Beilage oder, mit Toast, als leichte Hauptspeise servieren. Oder man püriert die Akipflaumen und erhitzt das Püree mit Aromazutaten und einem großen Stück Butter. Es eignet sich gut als Füllung für Pasteten und schmeckt besonders köstlich, wenn man feingewürfelte Zwiebeln und andere Gemüse hinzufügt, die zuvor in Butter weich gedünstet wurden.

WEISSE, GELBE und VIOLETTE »EIER«-AUBERGINEN

Nicht alle Auberginen sind groß, violett und dick. Sc gibt es auch lange, dünne Formen und weißgestreifte sowie eiförmige Sorten. Ich mag eiförmige Auberginen am liebsten.

Verschiedene Auberginen

Die wunderschöne elfenbeinfarbene Eieraubergine mit ihrer typisch cremigen Konsistenz wird heute unter Glas oder Folie in Holland angebaut und ist mittlerweile auch in manchen Supermärkten erhältlich. Wie alle Auberginen kann sie einen bitteren Geschmack haben, der aber selten sehr ausgeprägt ist, und deshalb eignet sie sich gut, um im ganzen gegart zu werden.

»Golden Eggs« sind im Reifezustand leuchtendgelbe Miniauberginen, die sehr dekorativ aussehen. Violette Eierauberginen finden in den Küchen des Vorderen Orients und Indiens häufig Verwendung. Beide Sorten können recht bitter sein, man sollte sie jedoch nicht in Scheiben schneiden und salzen, weil man dadurch ihre hübsche Form zerstört. Es gibt aber mehrere Alternativen. Erstens: Man sticht die ganzen Früchte mehrmals ein und legt sie für 30 bis 60 Minuten in Salzwasser. Dann drückt man möglichst viel Flüssigkeit heraus und spült die Früchte ab. Größer ist der Erfolg aber, wenn man die Auberginen einsticht und in Salzwasser weich gart. Anschließend läßt man sie abtropfen, und sobald sie etwas abgekühlt sind, drückt man die Früchte behutsam aus und wäscht sie.

Zum Füllen werden Auberginen halbiert oder längs viermal bis 2 cm vom Stielansatz entfernt eingeschnitten. Nachdem man die Schnittflächen mit Salz eingerieben hat, läßt man die Früchte 30 bis 60 Minuten stehen. Anschließend werden sie gewaschen und trockengetupft. Es lohnt sich, einige Auberginen mehr zu kaufen, als man benötigt, und eine rasch im voraus zu garen, um festzustellen, ob das Salz seine Aufgabe erfüllt hat oder ob man die eingesalzenen Auberginen länger stehen lassen muß, um die Bitterstoffe zu extrahieren.

Eierauberginen können im ganzen gedämpft, gekocht, im Mikrowellengerät gegart oder gefüllt werden. Wenn man sie in Scheiben schneidet und dann fächerförmig auseinanderzieht, lassen sie sich gut fritieren. Zum Einlegen haben sie genau die richtige Größe. In Londons bestem libanesischem Restaurant, dem »Al Hamra« in Shepherds Market, gibt es ein herrliches Gericht aus eingelegten Auberginen, die aufgeschlitzt und mit einer Masse aus gehackten Walnüssen gefüllt werden. Viele Rezepte aus dem Mittelmeerraum für eingelegte Auberginen können entsprechend abgewandelt werden, indem man einfach die Einschnitte mit feingehackten Kräutern und Knoblauch und eventuell Walnüssen oder Pinienkernen füllt.

LOTOSWURZEL

In einer Tüte mit exotischen Knabbereien fand ich einmal etwas, das wie gelochte Kartoffelchips aussah. Aber es waren keineswegs die neuesten Designerchips, sondern fritierte dünne Scheiben Lotoswurzel. Die ganze Wurzel sieht aus wie eine Kette aus dicken, gelbbraunen Würsten, die eine ungeschickte Hausfrau beim Einkaufen im Straßenschmutz verloren hat. Längs ist sie von Röhren durchzogen, so daß beim Aufschneiden Scheiben mit einem Lochmuster entstehen.

Lotoswurzeln sind stärkehaltig, schmekken leicht süßlich und haben auch gegart noch eine knackige Konsistenz. Zur Zubereitung werden sie gewaschen, an den Knotenstücken zerteilt, geschält und anschließend, je nach Rezept, in dicke oder dünne Scheiben geschnitten. Die Scheiben legt man sofort in Essigwasser, damit sie sich nicht verfärben. Auch dem Kochwasser setzt man Essig zu. Man kann sie kochen oder dämpfen. (Die Länge der Garzeit hängt vom Alter der Wurzeln und der Dicke der Scheiben ab – nach 10 Minuten sollte man ein Stück probieren.) Dann serviert man sie mit einem Stück Butter, Salz und Pfeffer.

Im Fernen Osten werden Lotoswurzeln zu besonderen Anlässen gefüllt, aber das ist mühselig und nur ratsam, wenn man Geduld und Zeit hat. Man kann die Wurzeln auch im Backofen garen oder an Eintöpfe geben, wo sie rasch die Aromen anderer Zutaten aufnehmen. Köstlich schmecken etwa 1/2 cm dicke Scheiben, die behutsam in Butter sautiert und mit frischem Thymian, Rosmarin und einem Hauch Knoblauch gewürzt werden.

ROTE BETE

Rote Beten werden so oft verkannt und mißhandelt, daß sie eigentlich zu pflanzlichen Märtyrern erklärt werden müßten. Wie ist es möglich, daß diese Königin der Gemüse mit solch abscheulicher Regelmäßigkeit und Bewußtheit entwürdigt wird? Wenn man die Essigflasche verbannt und die rote Bete ganz schlicht gart, hat sie einen einzigartigen, süßlichen, nussigen Geschmack. Es ist nicht lange her, da servierte ich zwei Freunden einen Salat aus roten Beten, Crème fraîche und Schnittlauch. Ich konnte förmlich sehen, wie sich jeder, heimlich die Nase rümpfend, aus reiner Höflichkeit eine Scheibe nahm. Dann mußte ich für fünf Minuten in die Küche, und bei meiner Rückkehr fand ich eine leere Schüssel und zwei Bekehrte vor.

Es gibt drei Möglichkeiten, rote Beten zu garen. Zuerst aber werden sie geputzt, wobei man Stengel und Wurzel nicht direkt an der Rübe abschneidet, weil diese sonst zu »bluten« beginnt. Dann kann man die Rüben – je nach Größe – ein bis zwei Stunden in leicht gesalzenem Wasser kochen lassen, noch besser schmecken sie jedoch, wenn man sie fest in Alufolie wikkelt und bei schwacher Hitze drei bis vier Stunden im Backofen gart. Am schnellsten lassen sie sich im Mikrowellengerät garen. Hier sticht man die Schale an drei oder vier Stellen ein und wickelt die Knollen einzeln in Mikrowellenfolie. Dann werden sie auf höchster Stufe gegart – pro 200 g etwa 8 Minuten. Wenn sich die Schale leicht abziehen läßt, sind die Rüben gar. In jedem Fall gilt: Je kleiner die Rüben, um so besser der Geschmack. Im Mikrowellengerät garen kleinere Exemplare darüber hinaus gleichmäßiger.

Gegarte rote Beten passen gut zu der Fruchtigkeit säuerlicher Äpfel und Orangen, dem sauren Geschmack von Zitronen und Sauerrahm, frischen Kräutern wie Petersilie, Schnittlauch oder Dill, salzigen Sardellen, Käse, knusprig gerösteten Brotkrumen oder Brot, Kartoffeln und hartgekochten Eiern. Man kann sie auch warm mit Butter, Zitronensaft und Dill essen. Oder man schichtet sie mit Apfelscheiben in eine Form, setzt Butterflöckchen darauf und schiebt sie abgedeckt in den Backofen, bis sie heiß sind. Für Salat schneidet man sie noch heiß in Scheiben und macht sie mit einer Vinaigrette an. Wenn sie abgekühlt sind, kann man weitere Gemüse wie Kartoffeln, Bleichsellerie und Zwiebeln wie auch Äpfel und Orangen hinzufügen. Am besten richtet man die Gemüse in einer flachen Schüssel so an, daß die roten Beten die anderen Zutaten nicht verfärben. Auch wenn man sie mit Sauerrahm serviert, setzt man den Rahm besser darauf, statt ihn unterzumischen.

Wer rote Bete für Suppen oder zum Aromatisieren und Färben eines Fonds verwendet, sollte einen kräftigen Spritzer Zitronensaft dazugeben, damit sich das Rot nicht zu einem trüben Braun verfärbt.

Es gibt auch Sorten, die leuchtendes ockergelbes Fleisch haben. Ich finde, sie schmecken ein wenig anders – süßlicher und reiner –, aber möglicherweise liegt dies daran, daß ich bisher nur ganz winzige Exemplare mit nicht mehr als 4 cm Durchmesser gegessen habe.

BATATE
(Süßkartoffel)

Was kulinarische Dinge anging, bestand zwischen mir und meiner Mutter meistens Übereinstimmung. Bataten gehörten zu den wenigen Ausnahmen. Sie beharrte darauf, daß die weißfleischigen Sorten besser waren, während ich die Sorten mit lachsfarbenem Fleisch liebte.

Bataten mit lachsfarbenem Fleisch und roter Schale haben eine butterartige Konsistenz und einen süßlichen, maronenartigen Geschmack. Weißfleischige Sorten sind mehliger und milder. Man kann beide nach den gleichen Methoden garen wie Kartoffeln, nur kochen sollte man sie nicht, da dabei ein großer Teil ihrer Süße verlorengeht und sie einen faden, wäßrigen Geschmack bekommen. Empfehlenswerter ist es, sie in der Schale im Backofen zu garen und mit gesalzener Butter zu servieren. Oder man gibt Butter, Milch oder Sahne dazu und bereitet ein Püree. Eine angenehme Abwechslung ist eine Mischung aus gleichen Teilen Batatenpüree und ungesüßtem Apfelmus. Außerdem kann man aus Bataten herrliche Chips herstellen. Sie werden fritiert oder, noch besser, in Öl gewendet, gewürzt und im Backofen gebacken, wobei man sie gelegentlich wendet, damit sie gleichmäßig bräunen.

Weitere interessante Rezepte finden sich in den Küchen der Karibik, Süd- und Nordamerikas und hier insbesondere in der Küche Louisianas. Sie sollten auch amerikanische Rezepte ausprobieren, für die die Bataten mit Zucker und Gewürzen gebacken oder in Zuckersirup kandiert und zum Hauptgericht serviert werden. Sie sind zweifellos sehr süß, schmecken meistens aber herrlich, und gewöhnlich kann man die Zuckermenge um ein Drittel oder die Hälfte reduzieren.

Es gibt auch viele Möglichkeiten, aus Bataten Süßspeisen zuzubereiten. In Amerika serviert man zum Erntedankfest Bataten-*pie* und Kürbis-*pie*. Süßspeisen aus Bataten sind häufig sehr schwer und sättigend, doch an kalten Winterabenden wärmen sie Leib und Seele.

HAFERWURZEL und SCHWARZWURZEL

Die bis zu 50 cm langen Schwarzwurzeln und die bis zu 30 cm langen Haferwurzeln haben einen so ähnlichen Geschmack, daß selbst Fachleute sie manchmal nicht auseinanderhalten können.

Wurzelgemüse – von oben rechts, im Uhrzeigersinn: Yamsbohne, Schwarzwurzeln, Bataten, Knollensellerie, gelbfleischige rote Beten

Obwohl sie nicht direkt miteinander verwandt sind, ist der einzige erkennbare Unterschied die Farbe ihrer Schale. Bei Haferwurzeln ist sie gelblich-weiß, bei Schwarzwurzeln bräunlich-schwarz.

Ich vermute, daß sich viele Leute durch das unattraktive Aussehen der Wurzeln abschrecken oder einfach täuschen lassen. Das ist schade, denn Haferwurzeln und Schwarzwurzeln sind einfach zuzubereiten und noch einfacher zu essen. Sie haben eine glatte, weiche Konsistenz und ein zartes Aroma, das ein wenig an Artischocken erinnert. Schält man sie roh, hat man viel Mühe und einen Haufen Abfall. Deshalb ist es besser, wenn man sie einfach bürstet und die Enden entfernt. Und während in einem Topf gesalzenes Essigwasser zum Kochen kommt, schneidet man sie in etwa 5 cm lange Stücke. Wer sie in kleinere Stücke schneidet, legt diese sofort in Essigwasser, damit sie sich nicht verfärben. Dann kocht man die Wurzeln weich – das kann fünf, aber auch dreißig Minuten dauern. Nach dem Abtropfen schreckt man sie unter fließendem kaltem Wasser ab und zieht die Schale ab.

Kalorienbewußte können sie anschließend noch einmal etwa eine Minute in Wasser erhitzen, allen anderen möchte ich aber eine andere Zubereitungsmethode empfehlen. Dazu erhitzt man die Wurzeln in Butter, bis sie leicht gebräunt sind, und bestreut sie mit *fines herbes* (Petersilie, Kerbel, Estragon, Schnittlauch, Thymian usw.) oder Muskatnuß. Sie schmecken himmlisch, wenn man zum Schluß einen Löffel Sahne darübergibt oder eine Holländische Sauce. Ausgebackene Wurzeln haben eine herrliche, zugleich knusprige und wachsartige Konsistenz. Wunderbar sind auch Hafer- oder Schwarzwurzeln in Vinaigrette (siehe Meerkohl, Seite 104).

YAMSBOHNE

(Knollenbohne, *jicama*)

Die Yamsbohne ist nicht verwandt mit der Yamswurzel. Sie hat knackiges, saftiges Fleisch, das geschmacklich an frisch gepflückte junge Erbsen erinnert. Die fasrige Schale läßt sich leicht entfernen, und dann muß man das Fleisch nur noch in dünne Scheiben schneiden und mit etwas Limetten- oder Zitronensaft und vielleicht einer Prise Chili und Kreuzkümmel anmachen. Man kann die Yamsbohne auch garen, ich halte davon aber wenig. Ich würde sie nur an pfannengerührte chinesische Gerichte aus verschiedenen Zutaten geben, wo man sie lediglich kurz erhitzt und ihre Frische nicht zerstört. Übrigens ist sie Wasserkastanien so ähnlich, daß man sie in chinesischen Rezepten als Ersatz verwenden kann.

Die Yamsbohne wird vor allem in Amerika viel gegessen, bei uns bekommt man sie vielleicht in chinesischen Lebensmittelgeschäften und bei Gemüsehändlern, die auch exotische Früchte anbieten. Wählen Sie stets ganz kleine Exemplare, denn größere sind mehlig und schmecken nicht. Ganze Yamsbohnen halten sich im Kühlschrank 2 bis 3 Wochen, in Stücke geschnittene sollten rasch verbraucht werden.

LOTOSWURZELCHIPS

Designerchips? Schon möglich, aber deswegen sind sie nicht schlecht. Lotoswurzelchips sind jedenfalls mehr als ein hübscher Einfall, denn sie haben einen wunderbar nussigen Geschmack. Wie andere Chips sollte man sie frisch fritiert essen und nicht lange liegenlassen.

Lotoswurzel
Öl zum Fritieren
Salz oder eine Salz-Gewürz-Mischung (wie etwa die für den Salat von Yamsbohne, Papaya und Grapefruit, S. 121, verwendete Mischung)

Die Lotoswurzel schälen und in Scheiben von etwa 2 mm Dicke schneiden. Die Scheiben sofort in Essigwasser legen. Sie können entweder in einer – vorzugsweise elektrischen – Friteuse ausgebacken werden, was sich bei großen Mengen empfiehlt, oder in einer Bratpfanne, die 2 cm hoch mit Öl gefüllt ist. Das Öl sollte auf 190 °C erhitzt werden – ein Brotwürfel wird darin in 40 Sekunden braun.

Während das Öl heiß wird, die Lotoswurzel gründlich abtropfen und auf Küchenpapier oder einem sauberen Küchenhandtuch abtrocknen lassen. Dann in kleinen Portionen fritieren und immer wieder wenden, bis die Scheiben beidseitig goldbraun sind. Kurz auf Küchenpapier abtropfen lassen und mit Salz oder einer Salz-Gewürz-Mischung bestreuen. Da die Chips beim Auskühlen noch knuspriger werden, ißt man sie nicht heiß, sondern am besten warm oder kalt.

PFANNENGERÜHRTE BITTERGURKE MIT HUHN

In dünne Scheiben geschnittene Bittergurke und luftgetrocknete chinesische Würste bilden einen hübschen Kontrast, und dieses Rezept ist gut geeignet, sich mit dem seltsamen Charme der Bittergurke vertraut zu machen.

Für 4 Personen

MARINADE
1 EL dunkle Sojasauce
1 EL Reiswein oder trockener Sherry
2 TL Reisessig oder Apfelessig
Frisch gemahlener Pfeffer

6 Hühnerschenkel, entbeint, enthäutet und in dünne Scheiben geschnitten
200 g Zucchini, in 1/2 cm dicke Scheiben geschnitten
1–2 Bittergurken (50–70 g schwer), halbiert, die Samen entfernt und blanchiert
2 EL Erdnußöl
2 luftgetrocknete chinesische Würste (aus Schweinefleisch oder Leber und Schweinefleisch), in 1/2 cm dicke Scheiben geschnitten
2 Knoblauchzehen, in dünne Scheiben geschnitten
1 Stück frische Ingwerwurzel (2,5 cm), geschält und in streichholzgroße Stifte geschnitten
1 grüne Chilischote, entkernt und in dünne Scheiben geschnitten
2 TL Sesamöl

SAUCE
2 TL Maisstärke
4 EL Fond oder Wasser
1 EL heller Muscovado
1/4 TL chinesisches Fünfgewürz

Die Zutaten für die Marinade verrühren und die Marinade über das Hühnerfleisch geben. Das Fleisch darin wenden, dann 30 Minuten ziehen lassen.

Die Zucchinischeiben in einen Durchschlag geben und dünn mit Salz bestreuen. Für 30 Minuten beiseite stellen, dann abspülen und trockentupfen. Die blanchierte Bittergurke in hauchdünne Scheiben schneiden.

Das Öl in einem großen Wok erhitzen, bis es raucht. In der Zwischenzeit das Hühnerfleisch aus seiner Marinade nehmen und trockentupfen. Die Marinade aufbewahren. Knoblauch, Ingwer und Chilischote im Öl 30 Sekunden unter Rühren sautieren. Hühnerfleisch und Zucchini dazugeben und 1 Minute unter Rühren braten. Nun Bittergurke und Wurst hinzufügen. Die Zutaten braten, bis sie leicht gebräunt sind – dabei weiterrühren.

Die Zutaten für die Sauce vermischen und die Marinade dazugeben. Die Mischung zu den anderen Zutaten in den Wok geben. Weiterrühren, während die Sauce kräftig kocht und eindickt. Wenn alle Zutaten gut mit Sauce überzogen sind, den Topf von der Kochstelle nehmen. Mit dem Sesamöl beträufeln und mit Reis oder Nudeln servieren.

Gegenüber, oben: Lotoswurzelchips; unten: pfannengerührte Bittergurke mit Huhn

Von links, im Uhrzeigersinn: Tindola mit Tomatensauce, Tempura-Kürbisblüten, Salat von Portulak und gegrillter Paprikaschote

TINDOLA IN TOMATENSAUCE

Am liebsten bereite ich dieses Gericht mit einer Mischung aus »tindola« und »kantola« zu, doch wenn Sie nur eine der beiden Früchte bekommen, werden Sie auch nicht enttäuscht sein. Ingwer und sonnengetrocknete Tomaten verleihen der Tomatensauce zusätzliches Aroma.

Für 4 Personen

- 450 g *tindola* oder *kantola*, oder eine Mischung aus beidem
- 1 Zwiebel, gehackt
- 2 Knoblauchzehen, gehackt
- 2 EL Olivenöl
- 1 Stück frische Ingwerwurzel (2,5 cm), geschält und sehr fein gehackt
- 6 Stücke sonnengetrocknete Tomate, gehackt
- 450 ml fertiges Tomatenpüree oder frische Tomaten, enthäutet, entkernt und püriert
- Salz und frisch gemahlener Pfeffer

Die *tindola* halbieren, in einen Durchschlag geben und dünn mit Salz bestreuen. 30 Minuten stehen lassen. Abspülen und auf Küchenpapier abtropfen lassen. Falls Sie *kantola* verwenden, die Frucht halbieren und zunächst ein kleines Stück probieren. Falls sie sehr bitter ist, in Salzwasser legen oder 3 Minuten blanchieren.

Zwiebel, Knoblauch und Ingwer behutsam in einem weiten, schweren Topf im Öl weich garen, aber nicht bräunen. *Tindola* und/oder *kantola* hinzufügen, die Temperatur leicht erhöhen und den Topfinhalt 3 Minuten unter ständigem Rühren braten. Die restlichen Zutaten dazugeben und etwa 10 Minuten köcheln lassen, bis die Sauce reduziert ist. Dabei gelegentlich umrühren, damit sie nicht ansetzt.

TEMPURA-KÜRBIS-BLÜTEN

Der leichte, knusprige »tempura«-Teig eignet sich ideal zum Ausbacken von Kürbis- und Zucchiniblüten – ein schwererer Teig kann ihr zartes Aroma überlagern. In Teig ausgebak-kene Gemüse sollten mit salzigen oder sauren Aromazutaten gegessen werden, in diesem Fall paßt Balsamessig gut.

Für 4 Personen

24 Kürbis- oder Zucchiniblüten
4 EL Balsamessig
Öl zum Fritieren
Gesiebtes Mehl
Salz und frisch gemahlener Pfeffer

TEIG

1 Ei
250 ml Eiswasser
100 g gesiebtes Mehl

Die Stiele der Kürbisblüten abschneiden. Die Blüten in kaltem Wasser waschen und zum Abtropfen auf Küchenpapier legen. Den Balsamessig als Dip in eine kleine Schale geben.

Zuerst in einer tiefen Pfanne oder in einer Friteuse (165–170 °C) das Öl erhitzen, dann den Teig herstellen. Dazu die Eier verquirlen und das Wasser untermischen. Das gesiebte Mehl hinzufügen und kurz rühren, um die Zutaten leicht zu vermischen – der Teig braucht nicht glatt zu sein und sollte die Konsistenz einer dünnen Creme haben. Die Kürbisblüten im Mehl wenden, überschüssiges Mehl abschütteln.

Wenn das Öl die richtige Temperatur hat (etwas Backteig hineintropfen; er sollte sofort aufsteigen. Die Temperatur ist zu hoch, wenn er gar nicht sinkt, sondern an der Oberfläche des Öls aufplatzt.), die Blüten in den Teig tauchen und vorsichtig in das Öl gleiten lassen. Nicht zu viele auf einmal ausbacken. Die Blüten etwa 3 bis 4 Minuten fritieren, dabei gelegentlich wenden, bis sie gleichmäßig goldbraun sind. Kurz auf Küchenpapier abtropfen lassen, etwas salzen und sofort servieren.

Zum Verzehr die Blüten entweder in den Essig tunken oder damit beträufeln.

SALAT VON PORTULAK UND GEGRILLTER PAPRIKA

Dieser Salat vereinigt aromatische Zutaten des Mittelmeerraums: gegrillte süßliche Paprikaschoten, würzigen Portulak und salzigen Feta. Man serviert ihn als Vorspeise oder als Beilage zu einem einfachen Hauptgericht wie etwa gegrilltem Fisch oder Lamm.

Für 4 Personen

2 rote Paprikaschoten
1 grüne Paprikaschote
1 kleines Bund Portulak (etwa 100 g)
3 EL Olivenöl
1 EL Zitronensaft
Salz und frisch gemahlener Pfeffer
1 Knoblauchzehe, zerdrückt
2 EL feingehackte Petersilie
50 g Feta, zerkrümelt
1 TL Sumak (nach Belieben)

Die Paprikaschoten dicht unter den vorgeheizten Grill legen. Wenn die Haut schwarze Blasen wirft, die Schoten drehen, bis die Haut gleichmäßig verkohlt ist, dann in einen Folienbeutel geben und den Beutel verschließen. Sobald die Paprika genügend abgekühlt sind, die Haut abziehen. Die Schoten vierteln und die Samen entfernen. Das Fleisch in dünne Streifen schneiden und mit dem Saft in eine flache Schüssel geben.

Rotstieligen Portulak verlesen und beschädigte Blätter entfernen. Bei grünstieligem Portulak die Blätter abzupfen, Stiele und beschädigte Blätter wegwerfen. Den Portulak gründlich waschen und abtropfen lassen, dann zum Paprika hinzufügen. Olivenöl, Zitronensaft, Pfeffer, eine Prise Salz, Knoblauch und Petersilie in ein Glas mit Schraubverschluß geben. Das Glas kräftig schütteln. Das Dressing über Portulak und Paprika geben und untermischen. Den Salat mindestens 30 Minuten ziehen lassen. Kurz vor dem Servieren den zerkrümelten Feta darüberstreuen und, sofern verwendet, den Sumak.

AKIPFLAUMEN MIT RÄUCHERAAL UND TOMATE

Die weiche, nahrhafte Akipflaume braucht einen Partner mit kräftigem Aroma, damit sie nicht klebrig schmeckt. Auf Jamaika verwendet man Klippfisch; Räucheraal und roher Schinken (etwa Parmaschinken) sind aber genauso gut geeignet.

Als Hauptgericht für 4 Personen,
als Vorspeise für 8 Personen

1 kleine Zwiebel, in Scheiben geschnitten
2 Knoblauchzehen, feingehackt
2 EL Olivenöl
1 Dose Akipflaumen (350 g), abgetropft
250 g reife, aber feste Tomaten, entkernt und grobgehackt
Zitronensaft
100 g Räucheraal oder Räuchermakrele, grob zerblättert
Salz und frisch gemahlener Pfeffer
2 EL grobgehackte Petersilie

Zwiebeln und Knoblauch im Olivenöl garen, aber nicht bräunen. Die Temperatur etwas erhöhen und Akipflaumen, Tomaten, Zitronensaft, Aal und Pfeffer hinzufügen. Einige Minuten garen, um die Zutaten gründlich zu erhitzen, dabei vorsichtig umrühren. Petersilie und, falls notwendig, Salz hineinrühren. Mit Zitronenspalten servieren.

ABWANDLUNG

AKIPFLAUMEN MIT ROHEM SCHINKEN UND TOMATE

Den Räucheraal durch 50 g in Streifen geschnittenen rohen Schinken ersetzen.

RINDFLEISCH MIT NOPALES NACH ART VON MICHOACÁN

Ich probierte »Kaktusblätter« zum erstenmal bei der kalifornischen Kochbuchautorin Marlene Spieler, und wenig später bekam ich ein Glas mit eingelegten »nopales« und dieses Rezept für einen wunderbar wärmenden, würzigen Rindfleischtopf.

Für 4–5 Personen

- 750 g Rindfleisch (Hesse oder Querrippe), in 4 cm große Würfel geschnitten
- Mehl, mit etwas Salz und Pfeffer gewürzt
- 2 EL Pflanzenöl
- 2 große Zwiebeln, gehackt
- 4 Knoblauchzehen, gehackt
- 450 g Tomaten, enthäutet, entkernt und grobgehackt
- 2 Zweige Thymian
- 2 Zweige frischer Oregano
- 750 ml Fond
- Salz

ENTWEDER

- 1 großes Kaktusblatt (300–350 g schwer), Dornen entfernt und gehackt
- 2–3 getrocknete *chipotle*-Chillies, entkernt und zerbröselt, oder
  2–3 konservierte *chipotle*-Chillies, grobgehackt, oder
  2–3 frische grüne Chillies, entkernt und gehackt

ODER

- 1 Glas oder Dose küchenfertige, mit Chillies gewürzte Kaktusblätter (425 g), abgetropft und gewaschen
- 1–2 getrocknete *chipotle*-Chillies, entkernt und zerbröselt, oder
  1–2 konservierte *chipotle*-Chillies, grobgehackt, oder
  1–2 frische grüne Chillies, entkernt und gehackt

Das gewürfelte Fleisch im gewürzten Mehl wenden. Das Öl in einer Bratpfanne erhitzen und das Fleisch darin bräunen. Dann in einen Schmortopf umfüllen. Zwiebeln und Knoblauch in die Pfanne geben und im gleichen Öl dünsten, aber nicht bräunen. Falls notwendig, noch etwas Öl hinzufügen. Tomaten, Salz, Kräuter, falls verwendet, frische *nopales* sowie *chipotle*-Chillies an das Fleisch geben. Das Fett abgießen. Den Fond hinzufügen und zum Kochen bringen, dabei rühren und den Bratensatz lösen. Den Fond über das Fleisch geben. Dann den Topfinhalt zugedeckt 2 1/2 Stunden bei 170 °C (Gasherd Stufe 2) im Backofen garen. Falls Sie keine frischen, sondern konservierte *nopales* verwenden, diese erst nach 2 Stunden hinzufügen.

ÄGYPTISCHER GUMBO

In Louisiana bereitet man Gumbo oft mit Okras zu, was ihm eine seidige Glätte verleiht. Dieser Gumbo wird nach der gleichen Methode gegart, doch verwendet man statt Okras ägyptische »meloukhia«.

Für 4–6 Personen

- 450 g frische oder 50 g getrocknete *meloukhia*
- 1 großes Perlhuhn, in 8 Portionsstücke geteilt
- 100 g Mehl
- 100 ml Pflanzenöl
- 1 grüne Paprikaschote, feingehackt
- 1 Zwiebel, feingehackt
- 2 Stangen Bleichsellerie, feingehackt
- 3 Knoblauchzehen, feingehackt
- 1 TL gemahlener Koriander
- 1 TL gemahlener Kreuzkümmel
- 1,2 l Hühnerfond
- 250 g geräucherte Schweinswurst, enthäutet und in Scheiben geschnitten
- Salz und frisch gemahlener Pfeffer

Bei frischer *meloukhia* die Blätter von den Stengeln streifen und sehr fein hacken. Getrocknete *meloukhia* zerbröseln, mit heißem Wasser bedecken und etwa 20 Minuten quellen lassen, bis sie ihr Volumen verdoppelt hat.

Die Perlhuhnteile mit etwas Mehl bestäuben, in 2 Eßlöffeln Öl anbraten und beiseite stellen. In einem schweren Schmortopf das restliche Öl erhitzen, bis es raucht. Das restliche Mehl (etwa 75 g) hineinrühren und unter ständigem Rühren anschwitzen, bis es mahagonibraun ist (es darf aber nicht anbrennen). Dann unter Rühren den Fond aufgießen.

Grüne Paprika, Zwiebeln, Bleichsellerie, Knoblauch und Gewürze hinzufügen und 10 Minuten bei schwacher Hitze garen, dabei weiterrühren. Perlhuhnteile, Wurst, Salz und Pfeffer dazugeben. Getrocknete *meloukhia* abtropfen lassen und sofort hinzufügen, frische *meloukhia* nach weiteren 20 Minuten Garzeit. Den Gumbo insgesamt etwa 30 Minuten köcheln lassen, bis das Perlhuhn weich und die Sauce dick ist.

CARDY-GRATIN

Im Piemont verwendet man Fontina auch für Käsefondue, bei diesem Rezept wird er zusammen mit einem im Piemont ebenfalls sehr beliebten Gemüse, dem Cardy, für ein gehaltvolles Gratin verwendet. Falls kein Fontina erhältlich ist, kann man als Ersatz Greyerzer nehmen.

Für 6 Personen

350 g Fontina oder Greyerzer, gewürfelt
300 ml Milch
1 kg Cardy
Zitronensaft
Salz und frisch gemahlener weißer Pfeffer
25 g Butter
3 Eigelb

Fontina und Milch in eine Schüssel geben und für 1 Stunde beiseite stellen. Vom Cardy die Blattreste entfernen und wegwerfen, die Stengel in 5 bis 8 cm lange Stücke schneiden. Sofort in eine Schüssel mit Zitronenwasser legen, damit sie nicht braun werden. Dann abtropfen lassen und in leicht gesalzenem Zitronenwasser 25 bis 30 Minuten garen, bis sie gerade weich sind. Nach dem Abtropfen unter fließendem kaltem Wasser abspülen. Fäden und harte Außenhaut abziehen. Die Stengel in einer 4 bis 5 cm dicken Lage in eine ofenfeste Form schichten. Mit Folie abdecken.

Die Schüssel mit Fontina und Milch auf einen Topf mit leise köchelndem Wasser setzen. Darauf achten, daß der Schüsselboden das Wasser nicht berührt. Rühren, bis der Käse schmilzt und Fäden zieht. Von der Kochstelle nehmen und die Butter unterschlagen, anschließend die Eigelb. Die Schüssel wieder auf den Topf setzen und die Mischung kräftig rühren, bis sie glatt und cremig ist – sie darf aber nicht kochen, weil sonst das Eigelb gerinnt. Großzügig pfeffern und über den Cardy geben. Das Gratin bei 200 °C (Gasherd Stufe 3–4) 20 Minuten im Backofen garen, bis es leicht gebräunt ist.

Salat von Yamsbohne, Papaya und Grapefruit

SALAT VON YAMSBOHNE, PAPAYA UND GRAPEFRUIT

Dieser pikante, erfrischende Salat erhält durch Chillies, Gewürze und Limettensaft eine besondere Note. Yamsbohne kann auch in Stifte geschnitten und mit Limettenspalten und einer Schale Gewürze serviert werden.

Für 4 Personen

1 getrocknete rote Chilischote
1 TL Kreuzkümmelsamen
1 TL Koriandersamen
1/2 TL Salz
1 Yamsbohne
1 reife Papaya
1 rosafleischige Grapefruit
Saft von 1 Limette oder 1/2 Zitrone

Die Chilischote in Stücke brechen und die Samen herausschütteln. Die Schote zerbröseln und mit Kreuzkümmel und Koriander in einer kleinen, schweren Pfanne bei hoher Temperatur rösten, bis die Gewürze zu duften beginnen – die Pfanne dabei schütteln. Die Gewürze abkühlen lassen und in einer elektrischen Kaffeemühle oder – besser noch – in einem Mörser fein vermahlen. Mit dem Salz vermischen.

Die Yamsbohne vierteln, schälen und in dünne Scheiben schneiden. Die Papaya halbieren, nach Entfernen der Kerne ebenfalls schälen und in Scheiben schneiden. Die Grapefruit schälen, dabei möglichst viel von der bitteren weißen Schale entfernen. Die Segmente filetieren. Yamsbohne, Papaya und Grapefruit in einer Servierschüssel anrichten und den Limettensaft darüberträufeln. Dünn mit der Gewürzmischung bestreuen (man braucht sie nicht ganz). Den Salat leicht gekühlt servieren, die restliche Gewürzmischung in einer kleinen Schale dazu reichen.

OBST UND NÜSSE

Auf meinem Wohnzimmertisch steht immer eine Obstschale, und ich finde es schrecklich, wenn der Berg Früchte auf ein oder zwei einsame Äpfel oder Orangen zusammenschrumpft. Das kommt allerdings selten vor, da ich in den Lebensmittelgeschäften dem verlockenden Anblick von frischem Obst selten widerstehen kann. Manchmal mache ich mich mit einem ganz profanen Einkaufszettel auf den Weg, aber wenn ich zurückkomme, befindet sich in den Tragetüten inmitten von Toilettenpapier, Katzenfutter und Spülmittel sicher auch eine Schale mit Blaubeeren, eine Mango oder irgendeine andere Herrlichkeit, an der ich einfach nicht vorbeigehen konnte.

Ich bin eine hoffnungslose Obstnärrin, vor allem, seit in den letzten Jahren kleine und große Geschäfte mit einer Vielzahl exotischer Importe überschwemmt werden und einheimische Anbauer entdeckt haben, daß es auch einen Markt für ausgefallenere Obstsorten gibt.

Besonders im Winter sind diese Neuheiten ein großer Vorteil. Ich habe nichts gegen das traditionelle Winterobst. Wenn man aber über Monate nichts als Äpfel, Orangen und Bananen ißt, verlieren sie ihren Reiz. Doch Vorsicht, auch nicht alle bezaubernden Neuheiten sind das Nonplusultra. Dazu fallen mir spontan zwei Beispiele ein: Kiwano und Babaco. Die Kiwano ist außergewöhnlich hübsch, die Babaco eher unförmig, doch von beiden Früchten kann man bestenfalls sagen, daß sie erfrischend sind.

Hingegen sind es alle in diesem Kapitel beschriebenen Früchte wert, sie einmal zu kosten. Einige sind faszinierender als andere, doch keine könnte man als langweilig bezeichnen.

Nachreifen

Im Idealfall werden Früchte vollreif geerntet und nach wenigen Stunden gegessen. In der Praxis ist dies jedoch selten möglich. Selbst wenn Früchte vom Ernteort bis zum Händler nur kurze Transportwege zurücklegen, dürfen sie nicht vollreif gepflückt werden, sollen sie unbeschädigt ankommen. Sie reifen dann durch Stoffwechselprozesse nach, werden vielleicht aber nie das volle Aroma einer an der Pflanze gereiften Frucht entwickeln.

Früchte, die sich bereits im Reifestadium befinden, geben Etyhlengas ab, das bei anderen Früchten die Reifung auslöst oder fördert. Diese Eigenschaft kann ausgenutzt werden, indem man harte, unreife Früchte mit einem reifen Apfel (oder auch mit einer Kartoffel) in eine braune Papiertüte legt.

Will man umgekehrt bei einer reifen Frucht den Alterungsprozeß einige Tage hinauszögern, lagert man sie einzeln und kühl, um die natürlichen Stoffwechselprozesse zu verlangsamen.

Verwendung von Obst

Man kann Obst in drei Kategorien einteilen: 1. Sorten zum Rohessen; 2. Sorten, die roh und gegart schmecken; 3. Sorten, die gegart werden müssen, um schmackhaft zu sein. Wenn Sie wissen, zu welcher Gruppe eine Frucht gehört, sind die Verwendungsmöglichkeiten ebenso vielfältig wie die jeder ähnlichen bekannteren Obstsorte.

Will man teure Früchte etwas »strekken«, bieten sich Obstsalate an, sie dürfen darin jedoch nicht untergehen. Daher beschränkt man sich besser auf wenige – herkömmliche und exotische – Früchte mit kontrastierenden Strukturen und Aromen, wie etwa Mango zusammen mit Orange und einem Schuß Grand Marnier oder Papaya zusammen mit Apfel und Blaubeeren.

In dünne Scheiben geschnittene Früchte eignen sich, vielleicht ebenfalls mit einer gewöhnlicheren Obstsorte gepaart, als Belag für Tortenböden, die mit Konditorcreme, aromatisierter Sahne oder Fruchtpüree bestrichen wurden. Als Glasur kann Aprikosenmarmelade oder rotes Johannisbeergelee verwendet werden, die man im Verhältnis zwei zu eins mit Wasser verdünnt und erhitzt (Marmelade durch ein Sieb streichen). Falls die verwendeten Früchte in Zuckersirup pochiert wurden, wird dieser eingekocht und als Glasur aufgetragen.

Viele Früchte schmecken besser, wenn sie in einem dünnen Zuckersirup pochiert werden. Man kann sie warm oder kalt im Sirup servieren, als Kompott mit Sahne, *fromage frais,* Schafsmilchjoghurt oder Eiscreme reichen oder für *pie*-Füllungen verwenden. Übrigbleibenden Sirup nimmt man zum Süßen von Obstsalaten, zum Aromatisieren von Schlagsahne, als Grundlage für Sektcocktails oder einfach wieder zum Pochieren anderer Früchte. Der Sirup wird in einem Glas mit Schraubverschluß im Kühlschrank aufbewahrt.

Für Obstpürees gibt es unzählige Verwendungsmöglichkeiten. Man kann sie als Sauce, leicht gesüßt als Dessert und gegebenenfalls auch zu Fleischgerichten servieren. Oder ändern Sie Standardrezepte für Fruchteis, Cremes und ähnliches entsprechend ab. Weichere Früchte werden am besten mit Zucker und eventuell mit einem Spritzer Zitronen- oder Orangensaft, einem schwachprozentigen alkoholischen Getränk oder Sahne püriert. Festere Früchte muß man möglicherweise zunächst in Zuckersirup pochieren (Wasser entzieht ihnen das Aroma).

Oft harmoniert Süßes auch gut mit pikanten Speisen. So passen geräuchertes Fleisch und Obst ausgezeichnet zusammen – probieren Sie einmal Mango, Papaya oder Kaki zu Parmaschinken. Mit Chillies gewürzte Fruchtsaucen schmekken zu gegrilltem Fleisch wunderbar. Schwierig ist mitunter die Kombination von Fisch und Obst, doch passen die zarteren melonenartigen Früchte gut zu allen Arten von Krustentieren, von Garnelen bis zum Hummer.

MANGO

Die Mango gehört zu den einzigartigen Genüssen des Lebens. Mit ihrem außergewöhnlich exotischen Aroma beschwört sie Bilder von den Rätseln und herrlichen Kostbarkeiten indischer Paläste herauf. Ihr Geschmack ist nicht einfach zu beschreiben – Mangos sind süß, oft aber auch leicht säuerlich und haben eine fruchttypische Terpentinnote. Das mag nicht besonders verlockend klingen, doch wer einmal ein Stück von dem saftigen Fruchtfleisch einer reifen Mango probiert hat, versteht sofort, warum sie als die Königin der Tropenfrüchte gilt.

Manche Mangos sind kaum faustgroß, andere dick und schwer. Neben langen, schlanken, anmutig gebogenen Früchten gibt es pralle, rundliche Sorten. Die Farbe ihrer Schale variiert im vollreifen Zustand von Grün, Gelb und Orange bis zu kräftigem Rot. Reife Früchte duften und geben auf Fingerdruck leicht nach. Früchte mit Schadstellen sollte man nicht kaufen.

Eine der besten Mangosorten ist die schlanke »Alphonso« aus dem Westen Indiens, die butterweiches Fruchtfleisch und einen honigartigen Geschmack hat. Bei anderen Sorten ist das Fleisch fasriger, doch selten enttäuscht es.

Es gibt zwei Methoden, eine Mango aufzuschneiden, aber bevor Sie zum Messer greifen, betrachten Sie die Frucht einmal genauer. In ihrer Mitte sitzt längs ein flacher, ovaler Stein, mit dem das Fruchtfleisch fest verbunden ist, und die »Bakken« der Frucht sind dicker als die Ränder. All dies sollten Sie beim Schneiden bedenken.

Links: Papayas; rechts: Mangos

Die erste Methode wendet man an, wenn Mangowürfel gebraucht werden. Man stellt die Mango hochkant und schneidet die beiden dicken »Backen« am Stein entlang ab. Das Fruchtfleisch wird noch in der Schale mit sich kreuzenden Linien eingeschnitten, dann wird die Schale umgestülpt. Nun stehen Würfel heraus, die mit dem Messer von der Schale abgelöst werden können. Das am Stein sitzende Fruchtfleisch schneidet man so weit wie möglich ab und würfelt es dann.

Mit der zweiten Methode erhält man hübsche Scheiben, die kunstvoll angerichtet werden können. Sie empfiehlt sich besonders, wenn ein oder zwei Mangos auf eine größere Personenzahl verteilt werden sollen. Allerdings eignet sie sich nur für Früchte, die zwar schon reif, aber noch fest sind. Zuerst wird die Mango geschält. Dann schneidet man die Frucht mit einem scharfen Messer von einem Ende zum anderen ein. In etwa 1/2 cm Abstand macht man einen zweiten Schnitt und löst nun den Streifen mit dem Messer vom Stein und so weiter.

Im Winter ist gewürfelte Mango ein idealer Ersatz für die Früchte des Sommers. So kann man sie für Kuchen verwenden oder, fächerförmig angerichtet, mit einer Kugel selbstgemachtem Eis oder aromatisierter Sahne servieren (vermischen Sie beispielsweise zerkrümelte Amaretti mit geschlagener Sahne). Aus pürierter Mango läßt sich eine hübsche orangefarbene Sauce zubereiten.

Zu italienischem Parmaschinken oder spanischem *jamón serrano* schmeckt Mango ebenso köstlich wie Melone. In Scheiben geschnittene Mango und geräuchertes Hühnerfleisch, mit gehackter frischer Minze bestreut und Vinaigrette angemacht, ergeben eine herrliche Vorspeise. Ich liebe auch kalte Sauce aus Mango und frischen Chillies, die zu warmem Grillfleisch oder würzigen Currys gereicht wird. Garen sollte man Mangos jedoch nicht, da ihr Aroma durch Hitze stark leidet. Mangosaucen können erwärmt werden, dürfen aber nicht kochen.

PAPAYA

Im reifen Zustand haben Papayas eine gelbgrüne bis gelbe ledrige Haut und geben auf Fingerdruck leicht nach. Die

plumpe, birnenartige Form verrät nichts von der herrlichen Frucht im Innern. Wenn man eine Frucht halbiert, wird leuchtendlachsrotes Fruchtfleisch sichtbar, in dem unzählige grauschwarze Kerne sitzen. Die Kerne haben einen kresseähnlichen Geschmack. Wer ihr Aroma schätzt, kann sie über kräftige Salate streuen.

Interessant ist das Fruchtfleisch, dessen volles, frisches Aroma man mit einem Spritzer Zitronensaft oder Limettensaft unterstreichen kann. Ich habe Rezepte mit pürierter Papaya ausprobiert, doch scheinen Aroma und Konsistenz durch das Pürieren stark zu leiden.

Wie Mango paßt auch Papaya ausgezeichnet zu geräuchertem und gepökeltem Fleisch oder scharfen Chilisaucen. Oder man richtet Papayascheiben mit Grapefruit und/oder Avocado an, gibt eine Vinaigrette oder einfach Zitronensaft darüber und würzt mit etwas Cayennepfeffer, gemahlenem Kreuzkümmel und gemahlenem Koriander. Das Aroma übersteht die Härten des Garens.

Papaya besitzt eine ganz besondere Eigenschaft. Sie enthält das Enzym Papain, das ein natürlicher Zartmacher für Fleisch ist. Probieren Sie einmal, dünne Fleischstücke (Hühnerbrust eignet sich besonders gut) in Papayaschale zu wickeln oder zwischen zwei dünne Scheiben Papaya zu legen (frisch geriebene Ingwerwurzel und gehackter Knoblauch verleihen ihnen zusätzliches Aroma). Dann lassen Sie das Fleisch über Nacht stehen. Am nächsten Tag bestreichen Sie es dann mit ein wenig Öl und grillen es. Es wird gut gewürzt mit Scheiben frischer Papaya oder einer Sauce serviert. Leider verhindert Papain das Festwerden von Gelatine. Es ist daher nicht möglich, gewürfelte Papaya in Gelee einzubetten (das gleiche gilt für Kiwis und frische Ananas).

Grüne, noch unreife Papaya kann ungegart zur Herstellung von Chutneys verwendet werden. Man kann sie auch dämpfen und mit reichlich Salz und Pfeffer als Gemüse servieren.

KARAMBOLA
(Sternfrucht)

Diese Frucht sieht aus wie ein kleiner, durchscheinender, gelber Rugbyball, aus dem längsseits Keile entfernt wurden. Schneidet man eine Karambola quer in Scheiben, entstehen hübsche Sterne, daher nennt man sie auch Sternfrucht. Die Früchte sollten beim Kauf fest und unbeschädigt sein. Schmale braune Streifen an den Kanten beeinträchtigen die Qualität nicht, bei größeren Schäden ist sie jedoch nicht mehr optimal.

Im rohen Zustand hat die Karambola ein saures, zitrusartiges Aroma. Sie ist saftig und schmeckt angenehm, aber nicht außergewöhnlich. Viele Leute, die sie bisher nur roh gegessen haben, halten die hübsche Form für ihre beste Eigenschaft. Aber sie irren sich. Ihr volles Aroma entwickelt die Karambola erst, wenn man sie in Scheiben schneidet und vorsichtig in Zuckersirup pochiert, bis sie weich ist (sie muß aber ganz bleiben). Die Scheiben können mit ein wenig Sirup an Obstsalate gegeben werden. Den restlichen Sirup bewahrt man auf. Man kann ihn Obstsaucen hinzufügen und über Biskuitboden oder Löffelbiskuits für Obstcharlotten, *trifle* (Mürbeteiggebäck in Wein mit Mandeln und Sahne) und andere Süßspeisen träufeln. Ein erfrischendes Getränk läßt sich daraus zubereiten, wenn man ihn mit Mineralwasser verdünnt; mit einem Schuß Gin, Wodka oder ähnlichem wird ein Cocktail daraus.

KIWI
(Chinesische Stachelbeere)

Das Schicksal der Kiwi ähnelt dem von manchen Popstars. Nach einem kometenhaften Aufstieg und einigen ruhmreichen Jahren mit zahllosen Auftritten bei allen nur erdenklichen Anlässen kehrte Langeweile ein, und die Kiwi war passé.

Aber das hat sie nicht verdient. Die Kiwi mag nicht die Königin der Früchte sein, aber sie ist nicht zu verachten. In der anfänglichen Euphorie wurde diese hübsche grüne Frucht einfach zuviel und falsch benutzt, und dabei blieben ihre wirklichen Vorzüge auf der Strecke.

Wenn Sie meinen, Kiwis seien fad und

langweilig, versuchen Sie es noch einmal mit ihnen. Machen Sie aber kein Aufhebens, denn das vertragen sie nicht. Genießen Sie die Früchte einfach, indem Sie sie halbieren und auslöffeln – sie sind kühl und erfrischend und haben einen zarten Duft.

Abgesehen davon, verwende ich sie nur noch für zwei Dinge. Wenn sie preiswert sind, bereite ich mit ihnen ein Sorbet zu, dem ich mit einem Spritzer Marsala eine besondere Note verleihe. Die Schalen werfe ich übrigens nicht weg, sondern verwende sie, wie Papayaschale, als Fleischzartmacher. Rohe Kiwis sind für die Zubereitung von Gelees ungeeignet, da sie das Gelieren verhindern. Darüber hinaus bringen sie Milch und Sahne zum Gerinnen.

PASSIONSFRUCHT
(Granadilla, Grenadille, Maracuja)

Die harte, oft schrumpelige Schale der eigroßen, violetten, gelblichen, weinroten oder dunkelbraunen Passionsfrucht sieht wenig verlockend aus, und auch das gelblich-graue Fruchtfleisch ist nicht hübscher. Doch das kümmert niemanden mehr, der einmal den intensiven säuerlichen Duft des Saftes gerochen hat. Das durchscheinende Fruchtfleisch haftet fest an kleinen, knackigen, schwarzen Kernen. Es kann pur gegessen werden, aber dann ist es nach zwei Happen fort. Deshalb verwendet man besser den Saft der Frucht zur Zubereitung von Gelees, Cremes, Eis und Saucen.

Um eine möglichst große Menge Saft zu erhalten, löst man das Fruchtfleisch aus der Schale und gibt es mit einem Löffel Zucker in einen Topf. Dann erwärmt man es vorsichtig, ohne es aber zum Kochen zu bringen, und streicht es durch ein Sieb. Die zurückbleibenden Kerne können aufbewahrt und als Dekoration über die Süßspeisen gestreut werden. Passionsfruchtsaft paßt ausgezeichnet zu Orangensaft, und man kann beide gemischt für Getränke und Desserts verwenden.

SÜSSE GRANADILLA

Die orangefarbene, runde süße Granadilla ist eine größere Schwester der Passionsfrucht. Sie hat eine glatte, harte Schale mit einem holzigen Stiel, genau wie die Passionsfrucht. Wer Passionsfrüchte gern pur ißt, sollte einmal diese Frucht probieren, denn sie ist fleischiger und hat einen etwas zarteren Geschmack.

JOHANNISBROT
(Karube, Bockshörndl)

Das ursprünglich aus dem Orient stammende Johannisbrot findet man mitunter in Obstgeschäften. Die bis zu 20 cm lange Fruchthülse hat im getrockneten Zustand eine ledrige bis harte dunkelbraune Schale. Ihr rötliches Fruchtmark riecht etwas unangenehm, schmeckt aber angenehm süß. Ich lernte das Johannisbrot im »Fauchon« in Paris kennen. Man hatte dort für ein Milchmixgetränk das Fruchtmark durch ein Sieb gestrichen und mit Milch verquirlt.

BAUMTOMATE
(Tamarillo)

Mit ihrer glatten, roten Schale leuchtet die eiförmige Baumtomate wie ein Juwel. Diese seltsame Frucht hat nur wenig Süße und ein ungewöhnliches Aroma. Es ist intensiv und tomatenartig. Baumtomaten sollten erst gegessen werden, wenn sie auf Fingerdruck etwas nachgeben, die Schale schmeckt aber auch dann nicht. Unreife Tamarillos enthalten Tannin und wirken stark adstringierend.

Ich schneide die Früchte gewöhnlich längs durch und löffle dann das saftige, weiche Fleisch aus der Schale. Man kann Baumtomaten aber auch für süße und pikante Salate verwenden oder garen. In den meisten Fällen ist es ratsam, sie zu schälen. Dazu blanchiert man sie in kochendem Wasser, damit sich die Haut löst. In einem vornehmen Londoner Restaurant werden halbierte (ungeschälte) Tamarillos mit Zucker bestreut, gegrillt und als Dessert serviert. Wenn man nur wenig Zucker verwendet, kann man sie ebensogut zu Fleisch reichen.

KAKI und SHARONFRUCHT

Zum erstenmal sah ich einen Kakibaum vom Fenster eines Zuges, mit dem ich durch die Vororte Roms fuhr. Es war Anfang Dezember, und die kahlen Äste hoben sich klar vor dem kräftig blauen Himmel ab. Obwohl der Baum keine Blätter hatte, trug er doch schwer an den herabbaumelnden bernsteinfarbenen Früchten. Und auf dem Markt des Campo dei Fiori stahlen Kakis allen anderen Früchten die Schau.

Vollreife Kakis sind himmlische Früchte mit geleeartigem Fleisch, das honigsüß schmeckt und wunderbar duftet. Doch Finger weg von unreifen Kakis, die durch ihren hohen Gehalt an Tannin stark adstringierende Wirkung haben. Kaufen Sie statt dessen Exemplare, die weich, durchscheinend, bernsteinbraun und kurz davor sind, zu platzen. Der eine oder andere kleine Riß in der Schale schadet nicht, es sollten aber keine Druckstellen vorhanden sein. Vollreife Kakis werden im Kühlschrank gelagert.

Die Sharonfrucht ist eine israelische Neuzüchtung der Kaki, die kein Tannin enthält und deshalb auch in noch festem Zustand gegessen werden kann. Sie hat keinen sehr ausgeprägten Geschmack und braucht die Säure von Zitronensaft.

Um eine Kaki zu essen, schneidet man sie in der Mitte durch, gibt etwas Sahne oder *fromage frais* darauf und löffelt dann das weiche Fruchtfleisch aus der Schale. Durch seine geleeartige Konsistenz eignet es sich auch ideal zur Zubereitung von Cremes und anderen Speisen auf der Basis von dicken Fruchtpürees.

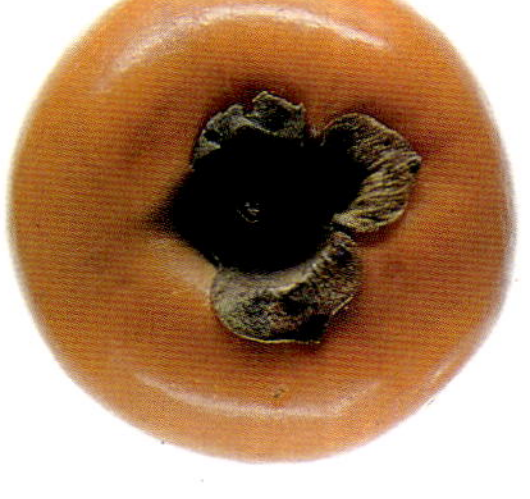

KAKTUSFEIGE

Mein erster, wenig glücklicher Kontakt mit einer Kaktusfeige kam in den Markthallen von Kalámai in Südgriechenland zustande. Noch während ich nach einer Frucht griff, rief mir die Händlerin warnend zu, aber zu spät. Die unsichtbaren Stacheln hatten ihr Werk vollbracht. Mehrere Tage mußte ich büßen. Kaktusfeigen, die hierzulande in den Handel kommen, haben meist keine Stacheln, ich gehe aber nie mehr ein Risiko ein und streife immer eine Papiertüte über meine Hand, bevor ich sie berühre.

Um mich vor einer Wiederholung meines Fehlers zu bewahren, zeigte mir die Marktfrau, wie man gefahrlos mit einer Kaktusfeige hantiert. Sie stach eine Gabel hinein und setzte die Frucht auf den Tisch. Dann schlug sie mit einem scharfen Messer die Enden ab und schnitt die Schale einmal der Länge nach ein. Schließlich zog sie mit Hilfe des Messers die Schale ab.

Das Fruchtfleisch ist mit vielen knackigen Kernen durchsetzt und hat einen angenehmen, süßen Geschmack, der mit einem Spritzer Zitronensaft gehoben werden kann. Servieren Sie es in Scheiben geschnitten mit *fromage frais* oder mit Quark, der mit etwas Sahne aufgeschlagen und mit abgeriebener Zitronenschale aromatisiert ist.

PEPINO

(Birnenmelone)

Die seltenen Gelegenheiten, bei denen ich Pepinos sehe, lasse ich nie ungenutzt und kaufe sofort ein Exemplar. Dabei spielt offen gestanden ihr Aussehen die wichtigste Rolle. Ihre wachsartige elfenbeinfarbene Haut ist violett gestreift und verleiht ihnen eine ungewöhnliche Schönheit, die mit keiner anderen Frucht zu vergleichen ist. Der zarte Geschmack des melonenartigen Fleisches ist angenehm, wenn auch nicht außergewöhnlich, und hat eine ganz leichte Note von Bananen und Birnen. Wenn Sie einmal Gäste mit einer Pepino bezaubern wollen, sollten Sie sie zunächst im ganzen präsentieren, bevor Sie sie in der Küche aufschneiden.

Pepino schmeckt in Obstsalaten kühl und erfrischend, die Salate sollten aber einfach sein, damit das zarte Aroma nicht von aromatischeren Früchten überlagert wird. In Kombination mit Orangen, Bananen oder Weintrauben geht zumindest ihre Konsistenz nicht unter. Sehr gut paßt Pepino zu Shrimps oder Garnelen mit einem Dressing aus Zitronen- oder Limettensaft, Salz, Pfeffer und frischer Petersilie oder Basilikum.

ANANAS-MELONE

Die Ananas-Melone sieht aus wie eine gelbgemaserte Wassermelone und hat auch einen ähnlichen Geschmack, duftet aber vielleicht etwas weniger und hat mit etwa 25 cm einen kleineren Durchmesser. Der eigentliche Unterschied fällt sofort ins Auge – ihr Fruchtfleisch ist leuchtendgelb.

Oft wird sie halbiert oder in Spalten geschnitten und in Klarsichtfolie verpackt angeboten, doch hier ist Vorsicht angebracht. Am besten gehen Sie in einen Laden, wo die Melonen nicht unter heißen Lampen liegen, und kaufen ein möglichst großes Stück. Das Fleisch sollte frisch und fest sein. Falls es musig ist oder matt aussieht, verzichten Sie lieber darauf. Ein großes Stück Melone in gutem Zustand hält sich, in Klarsichtfolie gewickelt, im Gemüsefach des Kühlschranks drei bis vier Tage.

Häufig kaufe ich eine Ananas-Melone allein wegen ihrer Farbe. Sie kommt zusammen mit rotfleischiger Wassermelone besonders zur Geltung. Für ein sommerliches Mittagessen gibt es kaum einen verführerischeren Abschluß als einen Teller mit roten und gelben Melonenspalten, die mit schwarzen Kernen gesprenkelt sind. Man kann Ananas-Melone aber auch für pikante oder süße Salate verwenden. Für ein Dessert vermischt man Melonenstücke mit Orangensaft, Minzeblättern und etwas Zucker und streut dann geröstete Mandeln oder Pistazien darüber. Wiederum kann rote und gelbe Melone hinzugefügt werden. Um einen pikanten Salat zuzubereiten, macht man die Melonenstücke – statt mit Orangensaft und Zucker – mit Zitronensaft, abgeriebener Zitronenschale, Öl sowie reichlich Salz und Pfeffer an. Dann fügt man gehackte Minze und Basilikum hinzu und wiederum geröstete Mandeln oder Pistazien. Mit gewürfeltem Hühnerfleisch wird aus dem Salat ein leichtes Hauptgericht.

LOQUAT
(Japanische Mispel)

Lange glaubte ich, Loquats seien nur ein schlechter Ersatz für Aprikosen, aber ich habe meine Meinung revidiert und blicke nun ihrer Saison im Spätfrühjahr und Frühsommer erwartungsvoll entgegen. Vielleicht waren die ersten, die ich probierte, von schlechter Qualität oder zu lange gelagert worden. Diese hübschen orangegelben Früchte mit ihrer flaumigen Schale (sie läßt sich leicht entfernen) weisen beträchtliche Geschmacksunter-

schiede auf, in reifem Zustand sind sie jedoch immer saftig und erfrischend.

Früchte mit perfektem Äußeren sind unreif und sollten nicht gekauft werden. Reife Loquats haben braune Flecken, sind jedoch immer noch fest. Mit »Flecken« meine ich keine großflächigen musigen Druckstellen. Verlassen Sie sich beim Kauf auf Ihr Gefühl, und verzichten Sie auf Exemplare, die ihre besten Tage offenbar hinter sich haben.

Ich esse Loquats häufig so, wie sie sind. Manchmal gebe ich einen Spritzer Zitronen- oder Limettensaft darauf, der ihr Aroma hebt. Geschält und in Scheiben geschnitten schmecken sie mit einem Löffel Frischkäse wunderbar oder auch mit frischem jungem Ziegenkäse, den man mit Crème double oder Crème fraîche aufschlägt und leicht mit Zucker oder Honig süßt. Halbierte oder geviertelte Loquats können in einem dünnen, mit Zitrone, Vanille oder Ingwer aromatisierten Sirup pochiert und als Kompott mit Vanilleeis oder zum Frühstück serviert werden.

ROTE OBSTBANANE

Mit roten Obstbananen habe ich gemischte Erfahrungen gemacht. Die ersten, die ich kaufte, waren eine herrliche Überraschung. Sie waren dicker als herkömmliche gelbe Bananen und hatten eine dunkelrote, schwarzgestreifte Schale, unter der sich hellrotes, duftendes Fruchtfleisch verbarg. Bessere Bananen habe ich nie gegessen.

Voller Begeisterung kaufte ich ein riesiges Bündel fingerlanger, roter Bananen, die enttäuschenderweise aber kaum anders schmeckten als normale Bananen. Zugegeben, wir waren ungeduldig und aßen sie sofort; wenn wir einige Tage gewartet hätten, um sie nachreifen zu lassen, wäre unser Urteil vielleicht anders ausgefallen.

Danach versiegte meine Quelle, und ich warte bis heute auf die Gelegenheit, einen neuen Versuch machen zu können. Falls Sie rote Bananen sehen, sollten Sie sie auf jeden Fall mitnehmen, aber warten Sie, bis die Schale schwarze Flecken bekommt.

APFELBANANE

Apfelbananen sind fingerlang und verdanken ihren Namen der Tatsache, daß sie im reifen Zustand leicht nach Apfel schmecken. Am besten sind sie, wenn die gelbe Schale bereits braune Flecken hat.

Man kann sie auf die gleiche Weise verwenden wie normale Bananen, doch wäre es schade, die kleinen, hübschen Früchte in Scheiben zu schneiden oder zu zerdrücken. Als Dessert kann man sie längs halbieren, in Butter und Zucker braten und dann mit Rum flambieren. Oder man würzt sie einfach mit Salz und Pfeffer und reicht sie zu Fleisch. In meiner Kindheit gehörten zu meinen Lieblingsspeisen in Speckstreifen gewickelte Bananen, die im Backofen gebraten oder gegrillt wurden, und auch heute mag ich sie noch gern als Vorspeise oder Imbiß. Darüber hinaus eignen sich Apfelbananen gut zum Ausbacken. Man taucht die ganzen Bananen in Teig und fritiert sie dann. Sie werden mit Zucker und Sahne als Dessert serviert oder mit Salz, Pfeffer und einer Tomatensauce als Vorspeise.

Sapodillas

SAPODILLA

Äußerlich sieht die Sapodilla reizlos aus. Davon sollten Sie sich aber nicht abschrekken lassen, denn unter der unscheinbaren mattbraunen Schale verbirgt sich eine Frucht mit sanftem Charme – allerdings nur im Stadium der Vollreife. Unreife Sapodillas haben einen hohen Tanningehalt, und es macht kein Vergnügen, wenn man hineinbeißt. Warten Sie, bis die Schale runzelig wird und die Frucht weich ist, auch wenn sie dann noch reizloser aussieht.

Man halbiert die Frucht und entfernt die flachen schwarzen Kerne. Das Fleisch löffelt man aus der Schale. Ein Spritzer Zitronen- oder Limettensaft bringt das Aroma voll zur Entfaltung. Bereiten Sie einmal eine Fruchtcreme zu, indem Sie das Fruchtfleisch mit Sahne oder Joghurt und einer Prise Zimt im Mixer pürieren. Dieses Püree eignet sich auch zur Herstellung von Eiercremes oder Eis. Darüber hinaus können Sapodillas in traditionellem englischem *tea bread* als Ersatz für Äpfel oder Datteln verwendet werden.

Guaven

PITAHAYA
(Pitaya)

Irgendwie kam mir diese Frucht bekannt vor, obwohl ich wußte, daß ich sie noch nie in natura gesehen hatte. Später erinnerte ich mich, zu Weihnachten in Geschenkläden buntbemalte südamerikanische Holzschnitzereien gesehen zu haben, die neben Palmen und Flamingos auch Kakteen darstellten, an denen diese wunderschönen, schuppigen, gelben Früchte saßen.

Unter der gelben Schale der Pitahaya befindet sich milchweißes Fruchtfleisch mit winzigen schwarzen Samen. Tatsächlich hat das Fleisch auch einen milchartigen Geschmack. Sein melonenartiger Duft vermischt sich mit einem Anflug von Kiwi und Banane. Wer das Glück hat, eine Pitahaya zu finden, sollte sie einfach aus der Schale löffeln.

GUAVE

Guaven würde ich allein ihres Duftes wegen kaufen. Sie werden von einigen der größten Parfümhersteller verwendet, und eine einzige reife Frucht kann einen ganzen Raum mit Wohlgeruch erfüllen. Verglichen mit ihm kann der Geschmack der rohen Frucht nur enttäuschen. Er ist angenehm, aber nicht halb so hinreißend wie der Duft.

Guaven werden oft hart und unreif verkauft und duften dann kaum oder gar nicht. Doch wie die meisten Früchte reifen sie in einem warmen Raum nach. Ihre Nase verrät Ihnen, wann sie verzehrt werden können. Außerdem kann man sie durch sanften Fingerdruck testen – sie sollten noch fest sein, aber ein wenig nachgeben.

Das Fruchtfleisch hat eine körnige Konsistenz und ist mit Hunderten winziger, harter Samen durchsetzt. Ich versuche nie, sie zu entfernen, weil dabei auch viel Fruchtfleisch verlorengeht, und außerdem beeinträchtigen sie den Genuß nicht. Garen verbessert den Geschmack so enorm, daß er dann beinahe mit dem Duft mithalten kann. Wenn möglich, füge ich einfachen Apfel-*pies* ein oder zwei geschälte und in Stücke geschnittene Guaven hinzu. So wird aus einer schlichten Süßspeise ein himmlisches Dessert.

Zur Zubereitung von Kompott gart man dicke Guavenscheiben in einem dünnen Zuckersirup gerade weich; wenn man mag, kann man etwas geriebenen Ingwer hinzufügen. Um diese teuren Früchte zu »strecken«, kann man sie mit in Scheiben geschnittenen Birnen mischen. Es schmeckt übrigens gut, wenn man statt Zucker Honig verwendet. Darüber hinaus eignen sich Guaven auch ausgezeichnet für Gelees und Marmeladen.

CHERIMOYA und SCHUPPENANNONE

Cherimoya und Schuppenannone sind typische Vertreter der Annonengewächse. Beide sind hellolivgrün oder gelblich-grün. Ihr Durchmesser beträgt meist 8 bis 15 cm. Bei der Cherimoya besteht die Schale aus flachen, verschmolzenen Schuppen, die wie getriebenes Metall aussehen. Die Schuppenannone hat dagegen stark ausgeprägte, fleischige Schuppen, die ihr ein bizarres, urtümliches Aussehen verleihen.

Beide Früchte besitzen sehr ähnliches weißes Fruchtfleisch, in dem schwarze Kerne sitzen. Reife Früchte haben eine sahnige Konsistenz, die eine leichte Körnigkeit interessant macht. Die Cherimoyas mit ihrem süßen Geschmack, der an Banane, Vanille und Erdbeere zugleich erinnert, könnte man als die Aristokraten dieser Familie bezeichnen, aber die Schuppenannonen kommen gleich danach.

Man kann das Fruchtfleisch einfach aus der Schale löffeln oder es mit Sahne vermischt für exotische Saucen verwenden. Püriert schmeckt das Fruchtfleisch auch in Desserts köstlich. Man muß es lediglich durch ein Sieb streichen, um die Kerne zu entfernen. Mit einem Spritzer Zitronen- oder Limettensaft läßt sich sein feines Aroma noch heben. Aus Püree, Milch und einer Prise Zimt oder einem Tropfen Vanilleextrakt kann im Mixer ein wunderbares Milchmixgetränk zubereitet werden, das leicht gekühlt serviert wird.

DURIAN

(Stinkfrucht, Zibetkatzenbaum-Frucht)

Die Durian ist keine Frucht, der man sofort verfällt, doch ich versichere Ihnen, daß sich etwas Geduld lohnt. Das erste Anzeichen dafür, daß sich irgendwo in der Nähe ein Exemplar dieser Frucht befindet, ist ein grauenhafter Gestank, wie er mitunter verstopften Abflüssen entströmt. Er stammt von einer großen, dicken Frucht, die bis zu 4,5 kg schwer und mit urtümlichen Stacheln bewehrt ist. Beim Öffnen der harten Schale wird ein elfenbeinfarbenes Fruchtfleisch sichtbar, das in mehreren Kammern jeweils zwei bis vier Samen enthält; diese Samen sind von einem hellgelben Samenmantel umhüllt, der der verzehrbare Teil der Frucht ist.

Falls Sie die Gelegenheit haben, frische Durian zu probieren, werden Sie den ersten Bissen vermutlich als angenehm, aber nicht bemerkenswert empfinden. Der zweite schmeckt dann wirklich gut, und beim dritten verstehen Sie dann all das Aufhebens und lechzen nach mehr.

Trotzdem ist es praktisch unmöglich, eine ganze, frische Durian im Haus aufzubewahren. Eine Alternative ist die Verwendung von konservierter Durian, die in asiatischen Lebensmittelgeschäften angeboten wird. Verwenden Sie konservierte Durian in kleinen Mengen zum Aromatisieren von Cremes und anderen Süßspeisen. Auf Seite 136 finden Sie ein herrliches Rezept für ein Durian-Kokos-Eis.

QUITTE

Aufgrund einer großen Zahl von griechischen Zyprioten in meinem Londoner Stadtviertel gibt es dort eine Vielzahl von Bäckereien und Gemüseläden, die den Wünschen dieser Bevölkerungsgruppe nachkommen. Doch auch alle anderen Bewohner profitieren davon. Ich kaufe in den Geschäften Olivenbrot, große Sträuße Koriandergrün, Rucola und im Herbst herrliche goldene Quitten.

Quitten sind hart wie Stein und bewahren ihr kulinarisches Geheimnis gut. Erst Garen läßt sie so weich werden, daß sie genießbar sind. Am besten schmecken Quitten, wenn man sie bei mittlerer Temperatur im Backofen 45 bis 60 Minuten gart, bis sich ein Spieß leicht durch die Mitte der Frucht schieben läßt. Außerdem kann man Quitten wie Äpfel schälen und entkernen, und dann in die Mitte eine Mischung aus Butter, Zucker oder Honig und Trockenfrüchten geben. Anschließend setzt man sie mit einigen Löffeln Wasser in einen Topf und deckt sie mit Alufolie ab. In einem Restaurant in Lissabon aß ich einmal waagerecht halbierte, ungeschälte Quitten aus dem Backofen. Die Schnittflächen waren mit Zucker bestreut worden, der einen dunkelbraunen Karamelüberzug gebildet hatte. Dazu gab es einen Löffel Crème double. Will man das Fruchtfleisch pürieren, gart man die Quitten zunächst mit etwas Wasser abgedeckt im Backofen.

Ein köstliches kaltes Dessert läßt sich aus Quittenscheiben bereiten, die in einem mit Zitrone oder Vanille parfümierten Sirup pochiert werden. Sie eignen sich auch für Obstkuchen – den Sirup kocht man dann zu einer Glasur ein. Es ist nicht erforderlich, die Scheiben vorher in Zitronensaft zu wenden, um ein Verfärben zu verhindern. Der rötlich-braune Farbton pochierter Quitten sieht recht hübsch aus.

Schon eine einzelne Quitte im Dessert hat große Wirkung, da sie die gesamte Süßspeise aromatisiert. Sie können sie beispielsweise wie oben beschrieben pochieren und kurz vor Ende der Garzeit mehrere in Scheiben geschnittene Birnen dazugeben oder den Äpfeln für einen Apfelkuchen gegarte Quittenscheiben hinzufügen. Quittenpüree kann in kleinen Mengen auf den Boden eines französischen Apfelkuchens gestrichen oder für Speiseeis und Cremes verwendet werden.

Spanische *mermelada,* italienische *cotognata* und französischer *cotignac* sind Quittenpasten – mit Zucker vermischtes Quittenpüree, das zu einer meist schnittfesten Masse eingekocht wurde. Je nach Konsistenz kann man sie auf Toast streichen oder als Konfekt essen. In Spanien serviert man dünne Scheiben *mermelada* mit Manchego-Käse, eine wahrhaft wundervolle Kombination. Probieren Sie sie auch mit anderen Käsesorten.

MISPEL

Oft werden Mispelbäume nicht wegen ihrer Früchte gepflanzt, sondern haben rein dekorativen Charakter. In Totnes führt ein Weg über den Friedhof zur St. Mary's Church, der auf beiden Seiten von gepflegten Mispelbäumen gesäumt wird.

Zum Verzehr muß die seltsame dunkelbraune Mispel überreif sein. Deshalb legt man die harten reifen Früchte an einem luftigen Platz nebeneinander aus und wartet mindestens drei Wochen, bis sie überreif und weich sind. Das süße braune Fruchtfleisch kann aus der Schale gelöffelt und mit einem Spritzer Zitronensaft gegessen oder mit Sahne vermischt als Fruchtcreme zubereitet werden. Mispelgelee paßt, wie rotes Johannisbeergelee, wunderbar zu Braten oder Frischkäse.

Durian

PHYSALIS
(Kap-Stachelbeere, Ananaskirsche, Inka-Pflaume)

Ein Freund, der während seiner Kindheit in Kenia lebte, erzählte einmal, wie er sich damals Taschengeld verdiente, indem er Kap-Stachelbeeren vor dem Verpacken einzeln abwog. Angesichts ihrer Winzigkeit scheint das ziemlich übertrieben, aber vielleicht waren diese kenianischen Kap-Stachelbeeren größer als jene, denen ich bisher begegnet bin.

Die robusten Beeren sitzen in einer dünnen, papierartigen Hülle. In reifem Zustand färben sie sich leuchtendorange; sie haben einen süß-säuerlichen Geschmack, der an Kokosnuß und Orange erinnert.

Kap-Stachelbeeren würden sich gut zur Zubereitung von Marmelade eignen, sind dafür jedoch zu teuer. Am besten serviert man sie als *petits fours* zum Kaffee. Man kann die Früchte mit einer dünnen Schicht dunkler Schokolade überziehen, die mit Cointreau oder Grand Marnier aromatisiert ist. Vorher werden die Hüllen von der Spitze zur Basis aufgeschnitten und die »Blätter« wie Flügel zurückgezogen. Konditoren verwenden Physalis häufig als Tortendekoration, und es ist eine gute Methode, nur wenige Früchte einem ganzen Tisch mit Gästen zu präsentieren.

Physalis

JUJUBE
(Chinesische Dattel, Indische Brustbeere)

In Stilo, einem Dorf in Süditalien, gibt es eine Sehenswürdigkeit – La Cattolica, eine winzige byzantinische Kirche aus dem 10. Jahrhundert. Die meisten Besucher machen dort auf dem Weg zu irgendeinem anderen Ort Zwischenhalt, und kaum jemand setzt seinen Fuß in die einzige Pension des Dorfes, einen etwas heruntergekommenen Palazzo. Von seiner Terrasse geht der Blick ins Tal hinab zum Meer. Ich wurde vom Sohn des Hauses empfangen, der etwas in den Händen hielt, was wie dicke braune Oliven aussah.

Aber es waren Jujuben, frisch vom Baum im Garten gepflückt, süß und knackig, im Geschmack an Äpfel erinnernd, mit einem Anflug von Karamel und Datteln. Er bestand darauf, daß ich meine Taschen mit ihnen füllte, und dann stapfte ich den Hügel hinauf zu La Cattolica, dabei aß ich Jujuben und spuckte die Kerne in den Staub. Dies geschah einige Zeit bevor ich die glänzenden, rotbraunen Jujuben mit den grünen und orangefarbenen Chinesischen Datteln in asiatischen Lebensmittelgeschäften in Verbindung brachte. Manchmal bekommt man sie dort mit Zucker und Honig kandiert.

Wenn eine ausreichende Menge frischer Jujuben zur Verfügung steht, kann man aus ihnen Marmelade und Gelee herstellen oder sie – als Kompott – behutsam in Orangensaft mit Zucker dünsten. Gehackte Jujuben kann man zusammen mit gehackten Schalotten, gewürfelter Gurke und Gewürzen an eine *salsa* geben.

Blaubeeren

MAULBEERE

Als ich einmal in den »Chelsea Physic Gardens« einige Früchte von den schwerbeladenen Zweigen des Maulbeerbaums aß, erhielt ich einen strengen Verweis. Die Erde war violett von zerquetschten Früchten, und unter den Blättern versteckten sich noch viele mehr. Gern hätte ich für ein oder zwei Körbchen dieser himmlischen Beeren bezahlt, aber nein, lieber ließ man sie verderben.

Obwohl Maulbeeren in diesem Land gut gedeihen, findet man sie nur selten. In reifem Zustand werden die burgunderroten Beeren leicht zerdrückt und geben ihren färbenden Saft ab. Daher sind sie für den kommerziellen Handel ungeeignet. Maulbeerbäume wachsen langsam, aber stetig. Wer keinen eigenen Baum besitzt, sollte sich mit jemandem anfreunden, in dessen Garten ein großer Maulbeerbaum steht. In guten Jahren trägt er schwer, und vielleicht sind die Besitzer dann bereit, etwas von der Ernte abzugeben.

In Frankreich, Spanien und Italien verwendet man für Maulbeeren und Brombeeren die gleiche Bezeichnung (*mûre* oder *mora*), was verwirrend, aber nicht völlig unverständlich ist, da praktisch in jedem Rezept Brombeeren durch Maulbeeren ersetzt werden können.

Man kann Maulbeeren pur essen oder für Süßspeisen, Torten, Marmeladen und Gelees verwenden. Frisch gepreßter Maulbeersaft ist ein ausgezeichneter Muntermacher am Morgen.

BLAUBEERE
(Heidelbeere, Schwarzbeere, Bickbeere)

Die aromatischen, saftigen Blaubeeren werden in vielen Ländern seit langem hoch geschätzt. Sie gehören zu den herrlichsten Weichfrüchten, und mit einem Spritzer Zitronen- oder Limettensaft und, falls notwendig, etwas hellem Muscovado sowie einem Löffel Schafsmilchjoghurt, *fromage frais* oder Sauerrahm schmecken sie einfach wunderbar.

Wildwachsende Blaubeeren sind kleiner als Kultursorten. Ich verbinde sie mit dem weiten Seenlabyrinth im Westen Ontarios, obwohl sie in Nordamerika auf mageren Böden überall üppig gedeihen und auch hierzulande in manchen Gegenden zu finden sind. Ein Auflauf mit Waldblaubeeren war der krönende Abschluß eines ausgezeichneten Abendessens, das für unsere kleine Journalistengruppe in einem Blockhaus auf einer Insel, die mitten im Nirgendwo lag, zubereitet worden war. Eine denkwürdige Mahlzeit, es gab großartiges Essen, und die Hausherren waren äußerst gastfreundlich.

Im Gegensatz zu den meisten anderen Weichfrüchten sind Blaubeeren lagerfähig. Unbeschädigte, feste Blaubeeren halten sich im Gemüsefach des Kühlschrankes eine Woche und sogar länger. Außerdem lassen sie sich gut tiefgefrieren.

Für Blaubeeren gibt es hundertundeine Verwendungsmöglichkeit. In England sind *pies* und Teegebäck mit Blaubeeren sehr beliebt, man kann die Beeren aber auch mit Zucker, abgeriebener Zitronenschale, ein bis zwei Prisen Zimt, Muskatnuß und Ingwer leicht dünsten und warm oder kalt servieren. Oder man benutzt sie wie Brombeeren in süßen und pikanten Saucen, Eiscreme, Sorbets, Marmeladen und Gelees.

Im Uhrzeigersinn, von links oben: Litchis, Rambutan, Mangostanen

LITCHI

Zu den besonders schönen Erinnerungen meiner Kindheit gehören Familienausflüge nach Oxford, die wöchentlich stattfanden. Mittags aßen wir dann oft in einem chinesischen Restaurant im Zentrum der Stadt, und ich bestand immer darauf, die Mahlzeit mit einer Schale Litchis zu beenden. Natürlich kamen sie aus der Dose, denn damals waren frische Litchis praktisch unbekannt. Wie sich die Zeiten ändern. Meine Vorliebe für Litchis ist geblieben, doch heute halte ich nach frischen Litchis Ausschau.

Früher habe ich sie in meiner Begeisterung immer gleich pfundweise gekauft, aber das ist nicht empfehlenswert. In einer hübschen Schale aufgetürmt, sehen sie sehr verlockend aus, und in den ersten Tagen schmecken sie auch großartig. Doch während sie ihr Aussehen bewahren, ist das Fruchtfleisch in ihrem Innern nicht so haltbar. Ich habe daraus gelernt und kaufe nur noch kleine Mengen.

Es gibt Saucen- und Eisrezepte mit Litchis, ich habe aber noch nicht eines gefunden, das der Frucht wirklich gerecht würde. Litchis passen gut in süße und pikante Salate oder – kalt – zu gegartem Fleisch, doch ich esse sie am liebsten pur. Mir fällt als Krönung einer Mahlzeit mit guten Freunden kaum etwas Besseres ein, als gemütlich beim Kaffee zu sitzen und hin und wieder eine Litchi zu verspeisen.

MANGOSTANE

Die dicke, dunkelviolette Schale der Mangostane umschließt mehrere Segmente aus weißem Fruchtfleisch, das saftig und süß ist und an Litchis erinnert. Mangostanen muß man wenige Tage nach dem Kauf essen, weil sie sonst austrocknen. Sie sind nicht gerade billig und haben im Verhältnis zur dicken Schale wenig genießbares Fruchtfleisch. Daher sollte man gar nicht erst überlegen, ob man sie zum Kochen nimmt – es wäre die reine Verschwendung. Auch für Obstsalate würde ich sie nicht verwenden. Bei Mangostanen liegt das Vergnügen darin, einen Deckel abzuschneiden und die Segmente herauszulösen, um das saftige Fruchtfleisch von den Kernen abzuknabbern. Am besten gibt man einige Exemplare zusammen mit anderen kleinen Früchten in die Obstschale. Konservierte Mangostanen schmecken im übrigen fad.

RAMBUTAN

Wie Mangostanen können Rambutanfrüchte bei einem gemütlichen Kaffeeplausch gegessen werden. Aus naheliegenden Gründen nennt man sie mitunter auch »behaarte Litchis«. Die Früchte sind mit einem Wirrwarr roter »Haare« bedeckt, die sie wie unordentliche Bommeln aussehen lassen, und das fest am Stein sitzende Fruchtfleisch erinnert stark an Litchis. Solange die »Haare« aufrecht stehen, sind die Früchte frisch, wenn sie aber welk oder sogar braun aussehen, sollte man sie nicht kaufen. Sie waren dann zu lange unterwegs und haben vermutlich keine gute Qualität mehr. Konservierte Rambutanfrüchte, die mit gewürfelter Ananas gefüllt sind, schmecken recht gut.

Kumquats, Pomelo

SALAK
(Croton)

Salak ist eine Palmenfrucht, die in Thailand und Indonesien angebaut wird. Sie ist etwas größer als eine Litchi, und ihre harte Schale besteht aus glänzenden roten oder braunen Schuppen, die die Frucht fest umschließen und wie lackiertes Flechtwerk aussehen – wie eine Art fernöstlicher Christbaumschmuck. Wenn man die Schale aufbricht, findet man darunter weißes, saftiges, säuerliches Fruchtfleisch, das mehrere ungenießbare Kerne umhüllt. Salakfrüchte sollten bald nach dem Kauf gegessen werden.

Salaks

KUMQUAT
(Zwergorange, Zwergpomeranze)

Vor einigen Jahren führte mich eine für Journalisten organisierte Reise aus einem grauen Londoner Februar nach Israel. Meine schönste Erinnerung an diese Reise ist, wie ich an einem milden Morgen inmitten eines Feldes mit taillenhohen Kumquatbäumen stand und die reifen Kumquats direkt von den Zweigen pflückte.

Die Zwergorangen gehören zu meinen Lieblingsfrüchten, und ich nasche sie wie Süßigkeiten. In der Vergangenheit habe ich mit Kumquats experimentiert. Auch heute noch pochiere ich gelegentlich einige Früchte in Zuckersirup (sie müssen vorher mit einer Nadel eingestochen werden) und serviere sie dann mit Eiscreme oder einer Flasche Weinbrand und Zucker, doch am liebsten esse ich sie roh. Ein klassischer Wintersalat aus Brunnenkresse, Chicorée und Orange wird noch köstlicher, wenn man statt Orangen in Scheiben geschnittene Kumquats verwendet. Die winzigen Kumquatscheiben schmecken auch in Fleischgerichten herrlich – sie werden am Ende der Garzeit hinzugefügt und nur kurz erhitzt. Taucht man Kumquats ganz in dunkle Schokolade, erhält man unwiderstehliche *petits fours*.

POMELO

Im Spektrum der Zitrusfrüchte stehen die großen, schweren Pomelos den kleinen, zarten Kumquats am anderen Ende gegenüber. Da Pomelos zum großen Teil aus ungenießbarer Schale bestehen, glauben viele Leute, daß man mit ihrem Kauf nur Zeit und Geld verschwendet. Ich bin anderer Meinung.

Zunächst einmal ist die Schale weder nutzlos noch ungenießbar. Man kann sie wunderbar kandieren – sogar leichter als die dünneren Schalen von Orangen und Zitronen. Außerdem besitzen die Segmente der Pomelo eine typische Konsistenz, wie man sie bei keiner anderen Zitrusfrucht findet – das Fleisch ist fest und beinahe knackig und hat erheblich mehr Substanz; es ist saftig, sättigend und erfrischend zugleich. Geschmacklich erinnert es an süße Grapefruit.

Durch die Festigkeit der großen Segmente lassen sich die papierartigen Trennhäutchen zu beiden Seiten leicht abziehen. Pomelos ißt man am besten pur oder verwendet sie für Salate. Besonders gut passen sie zu Avocado, Brunnenkresse und Schaltieren.

BERGAMOTTE

Die ebenfalls zu den Zitrusfrüchten gehörende Bergamotte ist frisch kaum erhältlich. Echter Earl Grey wird mit Bergamotteöl aromatisiert, auch die Parfümindustrie verwendet dieses Öl viel.

In Kalabrien an der Spitze des italienischen Stiefels sind Bergamotthaine ein vertrauter Anblick. Mein Reiseführer erklärte Bergamottmarmelade zu einer regionalen Spezialität, und so suchte ich emsig in Dorfläden und an Straßenständen, doch überall sah man mich ratlos an.

Schließlich fand ich meine Bergamottmarmelade – nicht in Kalabrien, sondern im Twinings-Laden im Londoner Strandviertel. Wann immer ich nun in diese Gegend komme, stocke ich meine Vorräte wieder auf. Wenn man auf die dünnen Schalenstücke in der Marmelade beißt, wogt das köstliche Aroma von Earl Grey durch den Mund.

BLAUBEERKUCHEN MIT MANDELCREME

Für diesen Kuchen können alle Beerenobstarten verwendet werden, die zum Garen geeignet sind, wie Blaubeeren, Maulbeeren oder Himbeeren. Am besten serviert man den Kuchen warm, aber er schmeckt auch kalt ausgezeichnet.

Für 6–8 Personen

- 250 g Mürbeteig
- Puderzucker

MANDELCREME

- 75 g Butter
- 75 g Vanillezucker
- 1 Ei
- 1 Eigelb
- 2 TL Zitronensaft
- 25 g Mehl
- 100 g gemahlene Mandeln
- 450 g Blaubeeren

Eine Kuchenform mit 24 cm Durchmesser mit dem Teig auslegen und 30 Minuten in den Kühlschrank stellen. Ein Backblech in den Backofen schieben. Den Backofen auf 200 °C (Gasherd Stufe 3–4) vorheizen. Den Kuchenboden mit einer Gabel einstechen.

Die Creme zubereiten. Butter und Vanillezucker schaumig rühren. Nacheinander Ei und Eigelb unterschlagen, dann den Zitronensaft. Mehl und Mandeln hineinrühren. Knapp die Hälfte der Creme auf den Boden geben. Die Blaubeeren darauf verteilen und die restliche Füllung auf den Beeren verstreichen. Die Oberfläche muß nicht ganz gleichmäßig sein, da sie sich beim Backen glättet.

Den Kuchen auf das Blech im heißen Backofen setzen und 10 Minuten backen. Dann die Temperatur auf 180 °C (Gasherd Stufe 2–3) herunterschalten und den Kuchen noch einmal 15 Minuten backen, bis die Mandelcreme gerade fest geworden ist. Den Kuchen mit Puderzucker bestreuen und für weitere 10 bis 15 Minuten in den Backofen setzen, bis er gut gebräunt ist. Warm oder kalt mit Sahne oder Eiscreme servieren.

ABWANDLUNG

TAMARILLO-MANDELCREME-KUCHEN

Als Ersatz für die Blaubeeren fünf reife Tamarillos verwenden. Die Tamarillos mit kochendem Wasser übergießen. Nach 30 bis 60 Sekunden abtropfen lassen und schälen. Die Früchte längs halbieren. Jede Hälfte quer in dünne Scheiben schneiden und diese in Blütenform auf die Creme legen. Die restliche Creme daraufgeben und den Kuchen wie oben beschrieben backen.

Gegenüber: Tamarillo-Mandelcreme-Kuchen

FRUCHTCREME VON FEIGE, WALNUSS UND RUM

Für diese nahrhafte, cremige Fruchtspeise werden Zutaten verwendet, die das gesamte Spektrum dieses Kapitels wiedergeben – Trockenobst, Nüsse und der Saft frischer Zitrusfrüchte.

Für 4–6 Personen

- 200 g getrocknete Feigen
- 2 EL Rum
- 1 EL Zitronensaft
- 300 ml Crème double
- 100 g Walnüsse

Die holzigen Stiele der Feigen abschneiden. Die Feigen in eine Schüssel legen, mit Wasser bedecken und vier Stunden quellen lassen. Dann mit gut 150 ml Einweichwasser, Rum und Zitronensaft im Mixer oder in der Küchenmaschine glattpürieren.

Die Walnüsse auf einem Backblech verteilen und im 200 bis 220 °C heißen Backofen (Gasherd Stufe 4) 4 bis 10 Minuten rösten. Wenn sie dunkel werden, in ein Metallsieb geben und über Zeitungspapier schütteln, um die papierartige Haut zu entfernen. Grobhacken und abkühlen lassen. Die Sahne steif schlagen. Feigenpüree und Walnüsse unterziehen. Abschmecken und gegebenenfalls mehr Rum oder Zitronensaft hinzufügen, falls notwendig auch etwas Zucker.

TROCKENFRÜCHTE

Wer seinen Blick über die Regale eines durchschnittlichen Supermarkts schweifen läßt, kann zu dem Schluß kommen, daß es außer Weintrauben, Pflaumen, Aprikosen und Feigen keine Früchte gibt, die sich zum Trocknen eignen. Irrtum! Fast alle Früchte können getrocknet werden, und in vielen Ländern gibt es eine große Auswahl.

In New York habe ich getrocknete Erdbeeren, Kiwis, Blaubeeren, Moosbeeren und Kirschen gekauft. In einem Geschäft in Tel Aviv fand ich getrocknete Sauerkirschen und Ananas. Auch bei Streifzügen durch heimische Gefilde taten sich Quellen für ungewöhnliche Trockenfrüchte auf. Am besten sind hierzulande Naturkostläden sortiert, gleich an zweiter Stelle kommen Delikatessengeschäfte. Trockenfrüchte (auch Dörrobst genannt) werden entweder an der Luft getrocknet oder in besonderen Trocknungsanlagen. Der Wassergehalt beträgt zwischen 16 und 30 Prozent. Dörrobst mit einem relativ hohen Wassergehalt kann man ohne weitere Vorbereitung essen, während Früchte mit nur noch wenig Feuchtigkeit vor dem Verzehr eingeweicht werden müssen. Trockenfrüchte werden häufig mit Schwefeldioxid behandelt, damit sie ihre Farbe bewahren und vor Schädlingen geschützt sind. Mitunter setzt man zum Schluß etwas Pflanzenöl oder Glukosesirup hinzu, um den Früchten zusätzlichen Glanz zu verleihen und weiteren Feuchtigkeitsverlust zu verhindern.

Lagerung

Trockenfrüchte sollten in luftdicht verschlossenen Behältern aufbewahrt werden, damit sie nicht weiter austrocknen und hart werden. Außerdem müssen sie vor Fruchtfliegen und Dörrobstmotten sicher sein. Falls Sie aber doch einmal ungebetene Gäste entdecken, die es sich in Ihren Vorräten wohlergehen lassen, müssen Sie alles wegwerfen und den Behälter gründlich mit kochendem Wasser reinigen, bevor Sie ihn wieder verwenden.

Auch Gefäße, die allem Anschein nach luftdicht sind, werden an einem trockenen, kühlen Platz außerhalb der Reichweite des Dampfes von Wasserkessel oder Herd aufbewahrt, denn die Früchte sollen weder austrocknen noch zu schimmeln beginnen.

Trockenobst verwenden

Die meisten Trockenfrüchte esse ich direkt aus der Tüte. Nur gelegentlich gebe ich sie in den Kochtopf, über Müsli und an Obstsalate oder mische sie für ein Dessert einfach mit Schafsmilchjoghurt oder *fromage frais.*

Damit Trockenfrüchte weich werden, reicht es meist aus, sie einige Stunden in Wasser oder einer anderen geeigneten Flüssigkeit quellen zu lassen. Falls sie nicht hart sind, kann man sogar darauf verzichten und sie einfach weich köcheln. Dazu bedeckt man sie gerade eben mit Wasser und gibt einige Gewürze oder Orangenschale hinzu. Wenn sie dann weich sind, süßt man nach Geschmack. Sollte noch eine große Menge Garflüssigkeit vorhanden sein, nimmt man die Früchte heraus und kocht die Flüssigkeit zu Sirup ein. Diesen gießt man über die Früchte und läßt ihn abkühlen. Noch besser schmeckt es, wenn man Wein verwendet – für dunkle Früchte Rotwein und für hellere Früchte einen süßen Dessertwein, wie etwa Muskateller. In jedem Fall muß man jedoch die Früchte beim Garen im Auge behalten und von der Kochstelle nehmen, bevor sie musig werden.

Eingeweichte oder gegarte Trockenfrüchte können püriert und als Grundlage für Saucen, Eis und Cremes benutzt werden. Ihr konzentrierter, fruchtiger Geschmack, der oft angenehm säuerlich ist, paßt außerdem ausgezeichnet zu allen Fleischarten.

HUNZA-APRIKOSEN

Hunza-Aprikosen sehen recht unscheinbar aus – sie sind beigegrau und so groß wie ein Pfirsichstein –, aber sie schmecken wunderbar. Sie kommen aus Kaschmir, wo sie auf den Wellblechdächern der Häuser trocknen und dann auf dem Karakorum Highway ihre erste Etappe in die Naturkostläden des Westens zurücklegen.

Hunza-Aprikosen sind in der Handhabung vollkommen unkompliziert. Man läßt sie einfach drei oder vier Stunden einweichen oder läßt sie, gerade eben mit Wasser bedeckt, etwa 5 Minuten köcheln. Zucker ist nicht erforderlich, ein Spritzer Zitronensaft hebt jedoch ihr Aroma. Sie können warm oder kalt serviert werden.

Die Steine kann man aufknacken und die mandelartigen Kerne an die gegarten Aprikosen geben.

UNGESCHWEFELTE APRIKOSEN

Ungeschwefelte Aprikosen sind im Gegensatz zu geschwefelten Aprikosen kastanienbraun und haben darüber hinaus ein intensives karamelartiges Aroma. Am besten kauft man sie in gutbesuchten Naturkostläden, denn wenn sie zu lange unter schlechten Bedingungen lagern, bekommen sie einen unangenehmen gärigen Beigeschmack. Man kann sie roh essen oder wie normale Trockenaprikosen verwenden. Ihren geringen Säuregehalt gleicht man mit einem Spritzer Zitronensaft aus.

TRAUBENROSINEN
(Muskatelrosinen)

Ebenso wie Muskatellertrauben mit ihrer intensiven moschusartigen Süße zu den besten Traubensorten für Wein gehören, zählen die großen, seidigen Trauben- oder Muskatelrosinen zu den besten Rosinen.

Spanische Traubenrosinen werden oft am Stiel getrocknet; sie kommen vor Weihnachten in die Geschäfte. Ich kaufe sie in guten Delikatessengeschäften und genieße sie nach dem Essen mit Kaffee.

CHUTNEY VON GETROCKNETER MANGO

Dieses ockergelbe Chutney hat ein ausgeprägtes Mangoaroma. Es paßt ausgezeichnet zu indischen Gerichten, Schinken und kalter Zunge oder Pute.

Ergibt etwa 1 kg

- 220 g getrocknete Mango
- 350 g Kochäpfel, geschält, entkernt und gewürfelt
- 300 ml Weißwein oder Apfelessig
- 1 Zimtstange, in zwei Stücke gebrochen
- 5 Pimentkörner
- 5 grüne Kardamomkapseln
- 3 Nelken
- 1 TL Korianderfrüchte
- 1–2 getrocknete rote Chillies, halbiert
- 1/2 TL Salz
- 350 g Zucker

Die Mango gerade eben mit Wasser bedekken und vier Stunden quellen lassen. Die Flüssigkeit abgießen. 300 ml abmessen und mit Mango, Äpfeln, Wein oder Essig, Gewürzen und Salz in einen weiten, schweren Topf geben. Zum Kochen bringen und 10 Minuten unter gelegentlichem Rühren köcheln lassen. Von der Kochstelle nehmen und den Zucker hinzufügen. Rühren, bis sich der Zucker vollkommen aufgelöst hat.

Die Mischung erneut zum Kochen bringen und 25 bis 35 Minuten einkochen, bis sie sehr dick ist. Zwischendurch häufig umrühren, damit sie nicht ansetzt. Das Chutney in heiße, sterilisierte Gläser füllen. Die Gläser mit nicht rostenden Deckeln verschließen. Das Chutney vor Gebrauch für mindestens zwei Wochen an einen kühlen, dunklen Ort stellen.

MARMELADE VON HUNZA-APRIKOSEN UND TROCKENBIRNEN

Diese süße Marmelade hat einen maronenartigen Geschmack. Wer Zeit und Geduld hat, kann die Aprikosensteine knacken und die Kerne anstelle der Haselnüsse verwenden.

Ergibt etwa 2 kg

- 450 g Hunza-Aprikosen
- 450 g Trockenbirnen
- Abgeriebene Schale und Saft von 2 unbehandelten Zitronen
- 1 Zimtstange
- 1 Vanilleschote
- 1,5 kg Zucker
- 75 g geröstete Haselnüsse, halbiert (nach Belieben, siehe oben)

Die Aprikosen mit 1,2 l Wasser in einen Topf geben. Langsam zum Kochen bringen und die Aprikosen einige Minuten köcheln lassen, bis sie weich werden. Etwas abkühlen lassen, dann die Steine herauslösen. Sie können geknackt werden, um die Kerne zu verwenden. Die Aprikosen wieder in den Topf geben.

Die Birnen mit 1 l Wasser, abgeriebener Zitronenschale, Zitronensaft, Zimtstange und Vanilleschote in einem großen Topf zum Kochen bringen. Behutsam köcheln lassen, bis sie weich sind, dann von der Kochstelle nehmen. Die Aprikosen mit Garflüssigkeit und den Zucker hinzufügen. Den Topfinhalt bei mittlerer Temperatur rühren, er darf aber nicht kochen. Wenn sich der Zucker vollkommen aufgelöst hat, die Mischung zum Kochen bringen. Einkochen lassen, dabei häufig umrühren, damit sie nicht anbrennt. Aprikosenkerne oder Haselnüsse hineinrühren und die Marmelade für 10 Minuten beiseite stellen. Noch einmal umrühren, dann in heiße, sterilisierte Gläser füllen. Die Gläser fest verschließen und an einen kühlen Ort stellen.

LAMMKOTELETTS MIT SAUERKIRSCHSAUCE

Für 4 Personen

- 100 g getrocknete Sauerkirschen
- 450 ml Wasser
- 2 Thymianzweige
- 8 Lammkoteletts
- 15 g Butter
- 1 EL Öl
- Salz und frisch gemahlener Pfeffer
- 1/2 EL Zucker
- 15 g gekühlte Butter, gewürfelt

Die Sauerkirschen 24 Stunden im Wasser einweichen. Dann mit dem Einweichwasser und dem Thymian in einen Topf geben und zum Kochen bringen. Die Kirschen 10 bis 15 Minuten köcheln lassen, bis sie weich sind. Mit einem Schaumlöffel herausnehmen und beiseite stellen. Den Thymian wegwerfen. Die Garflüssigkeit abmessen. Falls es mehr als 150 ml sind, die Flüssigkeit einkochen lassen. Ist weniger vorhanden, mit Wasser auffüllen.

Die Koteletts langsam in 15 g Butter und dem Öl braten. Sie sollten in der Mitte gerade noch rosa sein. Aus der Pfanne nehmen und salzen und pfeffern. Auf einer Servierplatte warm stellen. Das Fett aus der Pfanne gießen. Die Garflüssigkeit der Kirschen und den Zucker hineingeben. Zum Kochen bringen und rühren, dabei den Bodensatz lösen. Die Kirschen hinzufügen und 1 bis 2 Minuten köcheln lassen, bis sie heiß sind. Den Herd ausschalten und die kalte Butter portionsweise unter die Kirschen schlagen. Die Sauce über die Koteletts geben, dann servieren.

Gegenüber, oben: Chutney von getrockneter Mango; unten: Marmelade von Hunza-Aprikosen und Trockenbirnen

NÜSSE

Nüsse sind die größten Energielieferanten der Früchtewelt und enthalten neben großen Mengen Öl viel Protein und B-Vitamine. Der hohe Fettgehalt verleiht den meisten Nüssen ihren herrlichen Geschmack, macht sie aber gleichzeitig zu Kalorienbomben und läßt sie leicht ranzig werden, wenn man sie unsachgemäß oder zu lange lagert.

Doch vergessen wir die Nachteile einen Moment, und widmen wir uns den guten Eigenschaften. Nüsse werden auf der ganzen Welt geschätzt und in so vielfältiger Weise verwendet, daß man dicke Bücher nur mit Nußrezepten füllen könnte. Viele Nüsse können als Ersatz füreinander dienen wie etwa Pecannüsse und Walnüsse oder Paranüsse und Macadamianüsse. Dadurch mag sich der Geschmack der zubereiteten Speisen etwas verändern, doch sie gelingen immer.

Um Nüssen noch mehr Aroma zu verleihen, ist es am einfachsten, sie in Öl beziehungsweise Öl und Butter goldbraun zu rösten. Gegen Ende der Röstzeit kann man nach Belieben einige Gewürze hinzufügen. Dann läßt man die Nüsse kurz auf Küchenkrepp abtropfen und bestreut sie, noch heiß, mit Salz. Oder man bereitet Nußpaste zu. Dazu vermahlt man geröstete Nüsse (siehe unten) in der Küchenmaschine mit etwas Salz und, falls notwendig, ein oder zwei Eßlöffeln zusätzlichem Öl zu einer Paste, die grob oder fein sein kann. Sie wird wie Erdnußbutter verwendet, Cashewnußpaste sollten Sie aber vor Ihren Kindern gesichert aufbewahren!

Ausnahmen bilden Kokosnüsse und Maronen, die besonderer Behandlung bedürfen. Bei Erdmandeln handelt es sich tatsächlich um Knollen, und auch sie werden auf andere Weise verwendet.

Nüsse auswählen und lagern

Der echte Feinschmecker kauft nur ungeschälte Nüsse. Während es aber eine vergnügliche Beschäftigung ist, in geselliger Runde bei Tisch Nüsse zu knacken, erfordert es Zeit und Geduld, wenn man zum Kochen ein halbes Pfund Nüsse benötigt. Da unglücklicherweise geschälte Nüsse viel schneller ranzig werden als ungeschälte, sollte man erstere immer nur in kleinen Mengen und in Geschäften kaufen, die stets frische Nüsse anbieten.

Metallbehälter sind zur Lagerung von geschälten Nüssen ungeeignet, da das Metall die Oxidation des Nußöls beschleunigt. Am besten bewahrt man sie in Folienbeuteln verpackt im Kühlschrank auf, aber auch dort sind sie nicht unbegrenzt haltbar, im besten Fall einen Monat.

Rösten

Es ist erstaunlich, wie sehr sich das Aroma von Nüssen durch kurzes Rösten im Backofen verbessern läßt. Man verteilt dazu die Nüsse einfach auf einem Backblech und schiebt sie dann in den heißen Backofen. Die genaue Temperatur spielt keine Rolle, doch je heißer der Backofen, desto schneller werden die Nüsse braun; allerdings ist die Gefahr auch größer, daß sie verbrennen. Wenn ich nicht gleichzeitig andere Dinge gare, röste ich sie bei 200 °C (Gasherd Stufe 3–4). Bei dieser Temperatur benötigen die meisten Nüsse 4 bis 8 Minuten. Dabei sollte man regelmäßig nachsehen und das Blech immer wieder schütteln, damit sie gleichmäßig bräunen. Die Nüsse läßt man abkühlen, bevor man sie hackt oder anderweitig verwendet.

Das Rösten intensiviert nicht nur das Aroma, sondern löst bei Haselnüssen, Walnüssen und Pecannüssen auch die dünne braune Haut. Um sie zu entfernen, schüttelt man die Nüsse in einem Durchschlag hin und her, den man über Zeitungspapier hält, bis sich die Haut weitgehend gelöst hat und auf das Papier gefallen ist.

MACADAMIANÜSSE

In London gibt es ein australisches Geschäft, in dem eine kleine Ecke für Lebensmittel reserviert ist. Dort findet man *pavlova*-Mischung, *pavlova*-Füllung in Dosen, *vegemite* und leider auch Macadamianüsse mit einem Überzug aus Milchschokolade. Das scheint mir zuviel des Guten. Macadamianüsse gehören zu den fettreichsten Nüssen. Sie haben eine weiche, wachsartige Konsistenz (ähnlich wie Paranüsse) und einen feinen, süßlichen Geschmack. Ihre Heimat ist Australien, in kühleren Klimalagen sind sie immer noch ein seltener Anblick. Wären sie so verbreitet wie Haselnüsse, erschiene es vielleicht auch nicht so abwegig, sie mit Schokolade zu überziehen.

Häufig sind sie gesalzen im Handel und können dann direkt aus der Tüte gegessen werden. Wer Macadamianüsse für Süßspeisen oder Kuchen benötigt und keine ungesalzene Ware bekommt, kann das Salz leicht abwaschen.

PISTAZIEN

Die hübschen Pistazien haben eine frische grüne Farbe und einen herrlichen Geschmack. Pasteten oder Brühwurst, wie etwa Mortadella, sind oft mit Pistazien getupft, die einen schönen Kontrast zu der rosa Wurstmasse bilden. Ein Gaumenschmaus ist auch echtes Pistazieneis.

Um Pistazien von ihrer papierartigen braunen Haut zu befreien, übergießt man sie mit heißem Wasser und läßt sie ein oder zwei Minuten stehen. Nach dem Abtropfen streift man die Haut ab, verteilt die Pistazien auf einem Backblech und läßt sie bei niedriger Temperatur 10 bis 15 Minuten im Backofen trocknen Pistazien können an alle süßen und pikanten Speisen gegeben werden, die ihre Farbe und ihr feines Aroma zur Geltung kommen lassen. Darüber hinaus eignen sie sich für Pilaws und Nudelgerichte und, feingehackt, für eine Zitronen-Vinaigrette, die man zu Spargel oder Porree reicht. Ferner kann man sie in Kuchen, Keksteig und Cremes rühren.

PARANÜSSE

Geschälte Paranüsse haben eine nur sehr begrenzte Haltbarkeit, weil ihr hoher Fettgehalt sie rasch ranzig werden läßt, wenn man sie zu lange lagert. Das ist schade, denn frische Paranüsse schmecken einzigartig. Ungeschält halten sich die Nüsse besser, jedoch auch nicht unbegrenzt.

Leider ist es eine wenig verlockende Aufgabe, einen Haufen harter Paranüsse zu knacken, um sie zum Kochen zu verwenden. Und damit ist man in der Zwickmühle, denn sie schmecken in vielen Süßspeisen und Naschereien einfach herrlich – ich würde einige Mühen für gute selbstgemachte Butterscotch-Paranüsse auf mich nehmen. Die einzige Alternative ist hier, die geschälten Nüsse in einem Geschäft einzukaufen, das frische Paranüsse anbietet, die Daumen zu drücken und ein Rezept ohne Paranüsse in Reserve zu haben.

PINIENKERNE

Pinienkerne und Mandeln sind die beiden wichtigsten Nüsse des Mittelmeergebietes, dort werden sie für alle nur denkbaren Speisen verwendet. Frische Pinienkerne haben einen hohen Fettgehalt, einen süßlichen Geschmack und eine cremige Konsistenz. Ihr volles Aroma entwikkeln sie erst, wenn man sie röstet oder brät, doch muß man sie sorgfältig im Auge behalten, da sie rasch verbrennen.

Das vermutlich bekannteste Rezept mit Pinienkernen ist der *pesto alla genovese,* eine dicke Paste aus Pinienkernen, Basilikum, Parmesan und Knoblauch, aber es gibt noch Hunderte anderer Rezepte. In Sizilien werden viele süß-saure Gerichte mit einer Mischung aus Pinienkernen, Rosinen und Sardinen zubereitet, was vielleicht merkwürdig klingt, aber köstlich schmeckt. Als Studentin in Perugia leistete ich mir gelegentlich ein Stück *pinoccata,* ein Gebäck aus Pinienkernen, Eiern und Zucker, das manchmal mit Orangen- oder Zitronenschale aromatisiert wird.

Häufig streue ich eine Handvoll geröstete Pinienkerne über grüne Salate, die mit Nußöl oder Olivenöl angemacht sind, sowie über gedämpfte Gemüse und vieles andere mehr. Sie heben selbst bei einfachsten Gerichten den Geschmack enorm, von Suppen bis hin zu einer Schüssel Himbeeren.

ERDMANDELN

(Chufa-Nüsse, Tigernüsse)

Ich entsinne mich, daß ich einmal mit meinem Vater am Straßenrand nach Erdmandeln grub. Ich glaube, es war in Frankreich, aber ich habe keine Ahnung, wo. Ich erinnere mich, daß sie knackig und angenehm schmeckten, doch als ich bedachte, wie lange man dafür in der Erde wühlen mußte, schien mir die Ausbeute ziemlich dürftig.

Bekannter sind die Erdmandeln in Spanien, wo man sie anbaut, um aus ihnen *horchata de chufa* herzustellen – Erdmandelmilch, die sich großer Beliebtheit erfreut. Man bekommt sie in Tüten, doch schmeckt sie viel besser, wenn man sie eisgekühlt an der Theke einer *horchateria* nippt. *Horchata de chufa* ist ein wunderbarer Muntermacher an heißen Nachmittagen. Da Erdmandeln auch in manchen Naturkostläden angeboten werden, müssen Sie für das Getränk nicht extra nach Spanien reisen. Versuchen Sie es selbst zuzubereiten (Rezept S. 154).

PECANNÜSSE

Ich wünschte, man würde die Schalen von Pecannüssen nicht mit solchem Fleiß unnatürlich rotbraun färben. Sie sehen doch auch so hübsch genug aus. Glücklicherweise scheint die Nuß selbst dadurch keinen Schaden zu nehmen, dennoch finde ich die Farbe sehr störend.

Pecankerne haben ein ähnliches Aussehen wie Walnüsse, unterscheiden sich im Geschmack jedoch recht stark. Besonders verführerisch schmecken sie in dem klassischen amerikanischen Pecannußkuchen. In New Orleans testete ich einmal ausgiebig *New Orleans pralines* (Konfekt mit Pecannüssen), das heißt, ich konnte einfach nicht die Finger davon lassen. Obwohl die Nüsse hauptsächlich für Desserts und Süßigkeiten verwendet werden, passen sie auch gut zu pikanten Gerichten.

CASHEWNÜSSE

Die Cashewnuß wächst auf merkwürdige Weise. Sie sitzt in einer harten, nierenförmigen Schale und hängt von einem birnenförmigen Gebilde herab, dem sogenannten Cashewapfel. Botanisch gesehen handelt es sich dabei jedoch nicht um eine Frucht, sondern um den verdickten Stiel der Nuß.

Im Gegensatz zu den meisten Nüssen werden Cashewnüsse nur geschält verkauft, da die Schale ein ätzendes Öl enthält. Außerdem sind sie geröstet.

Durch Zugabe von Salz können Cashewnüsse ihr typisches Aroma voll entfalten, und gesalzene Cashewnüsse schmecken zu Drinks reizvoller als gesalzene Erdnüsse. Sie bereichern viele chinesische oder andere fernöstliche Speisen durch ihr besonderes Aroma und ihre Konsistenz. In thailändischen und indonesischen Rezepten kann man sie als Ersatz für Erdnüsse verwenden.

MARONEN
(Eßkastanien)

Ich liebe es, wenn im Herbst die ersten Kohlenpfannen an den Straßenecken aufgestellt werden und der Duft von gerösteten Maronen die kalte Luft erfüllt. Und erst der Geschmack dieser halbverkohlten, süßen, mehligen Nüsse…

Maronen enthalten wenig Öl und viel Stärke und nehmen damit eine Sonderstellung unter den Nüssen ein. Am einfachsten lassen sie sich »nach Art der Straßenecke« servieren, also über einem offenen Feuer oder im Backofen geröstet. Dann stellt man sie ungeschält in einer großen Schüssel in die Tischmitte, und jeder kann sich selbst bedienen.

In allen anderen Fällen läßt sich aber das mühsame Entfernen der harten Schale und dünnen Haut nicht vermeiden. Zumindest nicht, wenn man auf das unverfälschte, herrliche Aroma frischer Maronen Wert legt. Eingeweichte getrocknete Maronen haben einen merkwürdig undefinierbaren Geschmack, der in pikanten Speisen angehen mag, für Süßspeisen jedoch katastrophal ist. Es gibt zwei konservierte Maronentypen, die Ähnlichkeit mit frischen haben: In Gläsern eingemachte Maronen und vakuumverpackte Maronen aus Frankreich. Sie können im Notfall als (teurer) Ersatz verwendet werden, sind aber mit frischen Maronen nicht zu vergleichen.

Maronen auswählen und schälen

Beim Kauf müssen Maronen fest und glatt sein und eine glänzende Schale haben. Die Verwendung sollte so rasch wie möglich erfolgen, denn in einer warmen, feuchten Küche werden sie bald schimmelig. Am besten kauft man eine etwas größere Menge, als man tatsächlich benötigt – es sind immer ein paar schlechte dabei. Zunächst schneidet man die harte Schale jeder Marone mit einem scharfen Messer kreuzförmig ein. Dadurch wird später das Schälen erheblich leichter.

Dann werden die Maronen auf einem Backblech verteilt, mit Wasser bespritzt und für 5 Minuten in den heißen Backofen geschoben. (Sind die Maronen zum direkten Verzehr vorgesehen, röstet man sie 15 bis 20 Minuten.) Oder man bedeckt sie mit Wasser, das man zum Kochen bringt, und köchelt sie 1 Minute. Leider läßt sich die Schale nur leicht entfernen, solange die Maronen heiß sind. Am besten gibt man sie portionsweise in das heiße Wasser oder den Backofen – immer nur so viele, wie man schälen kann, solange sie noch heiß sind. Auf diese Weise verkochen sie nicht.

Frische Maronen verwenden

Rosenkohl mit Maronen ist ein Klassiker, aber, wie ich finde, nicht halb so gut wie Bleichsellerie und Maronen. Garen Sie geschälte Maronen und in Scheiben geschnittenen Bleichsellerie getrennt in Fond oder Salzwasser. Dann hacken Sie die Maronen und erhitzen sie zusammen mit Sellerie, reichlich Butter, Salz und Pfeffer noch einmal.

Für Maronenfüllungen gibt es eine große Zahl von Rezepten, die herrlich sein können. Aber damit sind die Möglichkeiten nicht erschöpft. Man kann Maronen in Schmortöpfe geben und scharf gewürzt um gebratenes Wild anrichten oder, etwas profaner, um gegrillte oder gebratene Würste. In letzterem Fall kocht man sie in Fond oder Wasser, bestreut sie mit Cayennepfeffer und Salz und brät sie dann kurz in Butter.

Aus Italien, Spanien und Portugal kommt eine Fülle von Maronenrezepten. Zu meinen Lieblingsgerichten gehört Piemonteser Maronensuppe (S. 152).

Mit Maronen zubereitete Süßspeisen sind (oder sollten) das großartige Finale einer guten Mahlzeit bilden. Das einfachste Rezept: Man köchelt geschälte, halb gegarte Maronen mit geeigneten Aromazutaten (z. B. Orangenschale oder etwas Kakao) in einem dünnen Zuckersirup, bis sie weich sind. Sie werden in kleinen Portionen kalt mit Schlagsahne und knusprigen Keksen serviert. Rezepte für Maronendesserts gibt es in großer Zahl, und für viele verwendet man Maronenpüree oder kandierte Bruchmaronen. Maronen und Schokolade sind eine wundervolle, verführerische Kombination für Kuchen und alle Arten von Süßspeisen.

Maronenprodukte

Ungezuckertes Maronenpüree (Konserve) Es ist nicht ganz so wunderbar wie selbstgemachtes Maronenpüree, doch als Zutat, etwa für eine Füllung, eignet es sich trotzdem gut. Wenn man es als Beilage zu Braten serviert, muß man sein Aroma jedoch mit Kräutern und anderen Zutaten heben. Man röstet feingehackte Zwiebel, Möhre und Bleichsellerie in Butter oder Olivenöl mit einem Zweig Thymian und/oder Rosmarin an. Dann fügt man das Püree und so viel Fond oder Milch hinzu, daß eine cremige Mischung entsteht. Sie wird 1 bis 2 Minuten geköchelt und großzügig mit Salz, Pfeffer und einem Spritzer Zitronensaft gewürzt. Zum Schluß rührt man ein großes Stück Butter unter. Gibt man mehr Flüssigkeit hinzu, wird daraus eine köstliche Sauce.

Crème de marrons, gesüßtes Maronenpüree, Maronencreme (Konserve) Maronencreme ist sehr süß und klebrig, aber unwiderstehlich. Selbstgemacht schmeckt sie natürlich noch besser (man streicht gegarte Maronen noch heiß durch ein Sieb, verrührt sie mit Wasser, gibt Zucker dazu und köchelt sie mit einer Vanilleschote, bis eine dicke Creme entstanden ist), doch die fertige steht ihr nicht viel nach. Schon eine kleine 200-g-Dose reicht für vier Personen aus. Man kann sie mit Schlagsahne oder dickem Joghurt mischen, um eine Dessertcreme zuzubereiten. Aus gleichen Teilen Creme und geschlagener dicker Sahne läßt sich ein herrliches Eis herstellen. *Mont blanc* ist eine wunderbare Süßspeise aus einem Berg Maronencreme, die auf Baiser sitzt und von Wolken aus Schlagsahne umgeben ist. Ich lasse gewöhnlich das Baiser weg und streue statt dessen geröstete Mandeln darüber.

Maronenaufstrich (im Glas) Manche Maronenaufstriche sind nichts anderes als glattere Varianten des gesüßten Pürees aus der Dose, die oft noch mehr Zucker und mitunter auch Zitronensaft oder andere Aromazutaten enthalten.

Marrons glacés, kandierte Maronen
Diese herrlichen kandierten Früchte

Im Uhrzeigersinn, von oben links: ganze gegarte Maronen, ungesüßtes Maronenpüree, Marrons glacés, Maronenmehl, gesüßtes Maronenpüree

schmecken köstlich und sind enorm sättigend. Man sollte sie mit gebührendem Respekt behandeln und pro Person nur wenige servieren, am besten mit starkem schwarzem Kaffee. Nur ganz Unersättliche können mehr als drei kandierte Maronen essen.

Es gibt auch zahlreiche Rezepte, für die Bruchmaronen verwendet werden, doch scheint es mir eine Unsitte, sie zu zerstoßen. Wer allerdings nur noch einen kleinen Rest hat, kann sie auf diese Weise »strecken«.

Ganze Maronen in Sirup (Konserve) Hierbei handelt es sich im Prinzip um eine Variation der *marrons glacés.* Um rasch eine Süßspeise zuzubereiten, kann man pro Person zwei oder drei Stück in kleine Glasschalen geben, dann schöpft man ein wenig von ihrem Sirup darüber und fügt einen Spritzer Kirschwasser und einen Löffel Schlagsahne hinzu.

Marrons brisés, marrons cassés, Bruchmaronen Dies sind zerbrochene *marrons glacés,* die nur etwa ein Drittel von diesen kosten und beinahe unbegrenzt haltbar sind. Man kann sie für Süßspeisen und Naschwerk verwenden.

Maronenmehl Getrocknete Maronen können auch zu Mehl vermahlen werden. Das feine Mehl wird in Norditalien und in der Toskana zur Zubereitung von dickem Brei, Fettgebackenem und *castagnaccio,* einem Kuchen, verwendet. Auch bei Pfannkuchen mit einer pikanten Füllung kann normales Mehl durch Maronenmehl ersetzt werden.

An der Wiederentdeckung dieser Zutaten gibt es nichts auszusetzen. Ich brauchte allerdings einige Zeit, bis ich mich an etwas anderes heranwagte als Reis und Kichererbsen. Doch langsam konnte ich meine unsinnige Abneigung überwinden, die ich gegen alles hegte, was im Ruf stand, gesund zu sein. Es dauerte eine Weile, bis ich begriff, daß gesunde Ernährung und Genuß einander nicht ausschließen. Ganz allein meine Schuld ist das allerdings nicht. Vollkornprodukte und Linsenaufläufe einer bestimmten Art gehören nicht zu den großartigsten Speisen dieser Welt, und sie liegen schwer im Magen. Dennoch habe ich mich nach und nach durch die in Naturkostläden angebotenen Getreide und Hülsenfrüchte hindurchgearbeitet. Andere brachte ich von Auslandsreisen in Europa und in fernere Länder mit. Welch reiche Auswahl es gibt! Sie scheint beinahe unerschöpflich.

Sowohl bei Hülsenfrüchten als auch bei Getreide reichen die Zubereitungsmöglichkeiten von einfach, wärmend und wohlschmeckend bis hin zu absolut köstlich. In diesem Buch habe ich die Getreide bevorzugt behandelt, und dies nicht, weil ich sie für besser halte als Hülsenfrüchte, sondern weil sie bisher von Feinschmekkern weitgehend ignoriert wurden. Das einzige Getreide, das wir häufiger als Beilage essen, ist Reis. Weißer Reis hat jedoch häufig eine entsetzlich schlechte Qualität und lediglich flüssigkeitsbindende oder sättigende Funktion, ohne persönlichen Charakter zu besitzen. Basmati-Reis findet gelegentlich Verwendung, aber er stellt alle anderen Sorten in den Schatten. Den vielleicht reinsten Reisgeschmack hat thailändischer Duftreis. Selbst die bescheidene Hirse, oft nur als Vogelfutter bekannt, schmeckt zweifellos besser und ist wesentlich nahrhafter als fader Reis. Auch Buchweizen, Gerste oder ganze Weizenkörner sind leicht zuzubereiten, und sie sind interessante, wohlschmeckende Alternativen zu Reis.

Wenn von Mehl die Rede ist, meint man gewöhnlich Weizenmehl; prinzipiell lassen sich jedoch jedes Getreide und jede Hülsenfrucht vermahlen. Weizenmehl hat insofern eine Sonderstellung, als es große Mengen Kleber (Gluten) enthält. Ohne Kleber könnte Hefeteig nicht gehen, und daher ist es nicht möglich, allein aus kleberarmen Mehlen Brot zu backen. Sie sind aber dennoch sehr nützlich, da sie Broten nicht nur Substanz, sondern auch ihr charakteristisches Aroma verleihen.

Zwei der herrlichsten Teige – der hauchdünne *filo*-Teig (S. 166) und der fadennudelartige *kadaif*-Teig (S. 166), beide Produkte der großartigen Küche des Nahen Ostens – werden aus Weizenmehl hergestellt. Es bedarf einiger Geschicklichkeit, um sie richtig zuzubereiten, doch nur ein wenig Phantasie, um für sie in der Küche einen passenden Verwendungszweck zu finden.

Getreide und Hülsenfrüchte aufbewahren

Getreide und Hülsenfrüchte sollte man nur in gutgehenden Geschäften kaufen, da dort die Lebensmittel schneller umgesetzt und somit kürzere Zeit gelagert werden. Die größte Auswahl haben im allgemeinen Naturkostläden. Getrocknete Hülsenfrüchte und Getreide sind zwar für die Vorratshaltung vorgesehen, aber keineswegs unbegrenzt lagerfähig, außerdem sollen sie in Ihrer Speisekammer gelagert werden, nicht im Geschäft. Getreide verbraucht man am besten innerhalb von vier Monaten nach dem Kauf, bevor das enthaltene Fett ranzig wird, Hülsenfrüchte sollten höchstens zwei Jahre gelagert werden. Je älter sie sind, desto länger muß man sie garen. Da man aber nicht weiß, wie lange sie benötigt haben, um von ihrem Anbaugebiet über Groß- und Einzelhändler in Ihre Küche zu gelangen, ist es wahrscheinlich ratsamer, sie innerhalb von einem Jahr zu verbrauchen.

Füllen Sie Getreide und Hülsenfrüchte stets in luftdicht verschließbare Behälter um, und mischen Sie frische Ware nicht mit alter. Die Behälter bewahrt man an einem kühlen, dunklen Ort auf, wo sie vor Licht und Wärme geschützt sind. Werden die Produkte rasch verbraucht, kann man sie aber auch in ein offenes Regal stellen.

Ich hasse Kornkäfer, und ich finde sie einfach ekelhaft. In luftdicht verschließbaren Gläsern gelagerte Getreide, Mehle und Hülsenfrüchte sind gewöhnlich nicht von Befall bedroht, ganz sicher kann man aber nie sein. Die Käfer legen ihre Eier noch auf dem Feld in den Getreidekörnern ab, und manchmal werden diese Eier während der Verarbeitung nicht zerstört. Dann schlüpfen aus ihnen in unserer Küche erwachsene Käfer, und man kann nur noch den gesamten Vorrat in den Müll werfen. Das Gefäß muß gründlich mit Seifenwasser gereinigt und anschließend mit kochendem Wasser ausgewaschen werden. Immerhin verhindern in einem solchen Fall luftdicht verschlossene Gefäße wenigstens, daß die Schädlinge auch auf andere Lebensmittel übergehen.

GETREIDE

Bevor ich näher auf die ausgewählten Getreidearten eingehe, noch einige Worte zum Garen. Es gibt zwei Grundmethoden.

Grundrezept für Pilaw

Wenn man irgendein Getreide als Beilage zum Hauptgericht reichen will, kann man es einfach in Wasser kochen. Es schmeckt dann gut – nicht wundervoll, aber gut. Will man aber mehr daraus machen, bereitet man einen Pilaw. Dazu brät man das Getreide zunächst in etwas Öl an, gibt eine abgemessene Menge Flüssigkeit hinzu und läßt es dann ungestört quellen. Um den Pilaw noch zu verfeinern, kann man etwas Zwiebel und Knoblauch, einige Kräuter, Nüsse oder Trockenfrüchte hinzufügen und Fond statt Wasser verwenden. Weitere Zugaben, etwa Gemüse, Fleisch oder Fisch, machen aus dem Pilaw eine komplette Mahlzeit. Das Grundrezept bleibt jedoch das gleiche:

Auf je 250 g ganze Getreidekörner gibt man:

2 EL Öl oder Butter
die zwei- bis dreifache Menge an Flüssigkeit (Wasser oder Fond)
Salz und frisch gemahlenen Pfeffer
1 mittelgroße Zwiebel, feingehackt (nach Belieben)
1 Knoblauchzehe, feingehackt (nach Belieben)

Getreidearten mit langer Garzeit, wie etwa ganze Weizenkörner, Gerste oder Naturreis, können einige Stunden oder über Nacht eingeweicht werden, um den Garprozeß abzukürzen.

Wenn man Zwiebeln und Knoblauch verwendet, schwitzt man sie zunächst behutsam in Öl oder Butter an, ohne sie zu bräunen. Dann fügt man das Getreide hinzu und rührt es bei mittlerer Hitze 2 bis 3 Minuten, um die Körner anzurösten und gleichmäßig mit Fett zu überziehen. Man gibt Flüssigkeit, Salz und frisch gemahlenen Pfeffer hinzu und bringt alles zum Kochen. Nun schaltet man die Temperatur herunter, legt den Deckel fest auf, läßt den Topfinhalt sanft köcheln und widersteht der Versuchung, zwischendurch umzurühren. Nach 15 Minuten (bei langsam garenden Getreiden später) macht man einen Gartest und gibt, falls wirklich notwendig, noch etwas heiße Flüssigkeit hinzu – manche Getreidesorten quellen um mehr als das Doppelte ihres Volumens auf. Die Körner werden zugedeckt weitergegart, bis sie weich sind und die gesamte Flüssigkeit aufgenommen haben. Dann schaltet man den Herd aus und läßt den Topf zugedeckt noch 5 Minuten stehen. Anschließend lockert man das Getreide mit einer Gabel auf und würzt es. Wer keine Angst um seinen Cholesterinspiegel haben muß, fügt vor dem Servieren auch noch ein ordentliches Stück Butter hinzu.

Absorptionsmethode

Im Prinzip deckt sich diese Methode mit der oben beschriebenen, doch wird kein Fett verwendet. Für Reis ist sie am besten geeignet. Allgemein gibt man auf eine Tasse Reis zwei Tassen Flüssigkeit. Beides bringt man mit Salz in einem Topf zum Kochen, legt den Deckel fest auf und läßt den Reis bei schwacher Hitze 10 bis 20 Minuten köcheln, bis er weich ist und die gesamte Flüssigkeit aufgenommen hat. Falls notwendig, fügt man noch etwas zusätzliche Flüssigkeit hinzu. Dann schaltet man den Herd aus und läßt den Reis zugedeckt 5 Minuten stehen. Anschließend lockert man ihn mit einer Gabel auf (außer es ist Klebreis). Zum Befeuchten kann Butter oder Joghurt hinzugefügt werden.

Von oben: Spanischer Reis, italienischer Risotto-Reis, Basmati-Reis, weißer Klebreis, schwarzer Klebreis, Wildreis

REIS

Es gibt unzählige Reissorten, und wenn sich auch zugegebenermaßen viele in der Verwendung kaum unterscheiden, besitzen sie doch eine ganze Reihe besonderer Eigenschaften, die sie deutlich voneinander abheben. Natürlich werden in Reisanbaugebieten die speziellen Eigenheiten der dort kultivierten Reisarten für die regionalen Gerichte möglichst vorteilhaft genutzt. Wenn man nun für ein Originalrezept einen anderen Reis verwendet, mag das Ergebnis zwar akzeptabel sein, doch hat es nur entfernte Ähnlichkeit mit dem Original und wird wahrscheinlich nicht annähernd so gut schmecken.

Italienischer Risotto-Reis Es ist völlig sinnlos, einen Risotto mit etwas anderem als echtem italienischem Risotto-Reis zuzubereiten. Risotto-Reis ist ein dicker Langkornreis. Er nimmt große Mengen Flüssigkeit auf, ohne pappig zu werden; und er besitzt einen hohen Stärkeanteil, der Risottos cremig macht. Für besonders gute Risottos verwendet man die Qualitätsstufen *fino* oder *superfino*. Die besten Risottos lassen sich mit Arborio- und Vialone-Reis zubereiten, beide sind *superfino*-Sorten.

Spanischer Reis Das Sumpfland rund um Valencia ist das Hauptanbaugebiet für Reis in Spanien. Hier wächst Rundkornreis, und es mag manchen vielleicht überraschen, wenn er hört, daß echte *paella* mit Rundkornreis zubereitet wird. Natürlich ist dieser Reis nicht irgendein Rundkornreis; im Gegensatz zu billigem Milchreis bewahrt er seine Form gut.

Basmati-Reis Der indische Basmati-Reis hat schlanke Körner; er ist der König der Langkornsorten. Sein Duft und sein Aroma sind einzigartig, auch wenn ihn Banausen mitunter als fad bezeichnen. Es ist der richtige Reis für *biryani* (indische Reisgerichte mit Safran und Fleisch) und Pilaw, aber gleichzeitig eine der zwei besten Allzwecksorten (die andere ist thailändischer Duftreis). Gegart ist er körnig und locker und ideal als Beilage für Eintopfgerichte vieler Art oder für Reissalate.

Thailändischer Duftreis Thailändischer Duftreis ist ein Langkornreis, der, wie der Name vermuten läßt, herrlich duftet. Er ist der beste körnige Reis für südostasiatische Gerichte und ein klassischer Allzweckreis; er ist ein wenig klebriger als Basmati-Reis. Man bekommt ihn in den meisten asiatischen Lebensmittelgeschäften.

Chinesischer weißer Klebreis Dieser Reis enthält keinen Kleber, dennoch trifft der Name die Konsistenz dieser Reissorte gut. Da er einen hohen Anteil an Stärke besitzt, wird er beim Garen klebrig, und die Körner haften fest aneinander. In China wird er nur für bestimmte Speisen verwendet, wir hier im Westen können ihn aber viel leichter mit Stäbchen essen als herkömmlichen Langkornreis. Sein milder Geschmack macht ihn zu einem idealen Partner für die stark gewürzten Speisen der chinesischen und südostasiatischen Küche. Klebreis wird auch für Süßspeisen und *congee* (ein Reisbrei) benutzt. Außerdem eignet er sich ausgezeichnet für Fettgebackenes oder gefüllte Reisbällchen.

Chinesischer schwarzer Klebreis Dieser Reis sieht aus, als sei er verkohlt oder verbrannt. Obwohl man ihn auch pikant zubereiten kann, wird er gewöhnlich für süße Speisen verwendet. Er hat einen malzigen Geschmack und wird beim Garen dunkelbrombeerviolett. Weicht man ihn über Nacht ein, gart er rascher. Die Indonesier bereiten aus schwarzem Reis und Kokosmilch einen herrlichen Reispudding zu, der auch nach westlicher Art variiert werden kann. Sie garen dazu den Reis mit Zucker und Vanille in Milch und geben ihn dann in Förmchen, eventuell abwechselnd mit Schichten von weißem Milchreis.

Wildreis Er wird als »Kaviar unter den Getreiden« bezeichnet, aber nicht nur wegen seines entsetzlich hohen Preises. Seine nadelförmigen, glänzenden, schwarzen Körner haben ein nussiges Aroma und eine feste Konsistenz. Beim Garen platzen sie auf, und ihr blaßbrauner Kern wird sichtbar. Da Wildreis sehr ergiebig ist, sollte man sich von dem hohen Preis nicht abschrecken lassen.

In den USA wird Wildreis in gewissem Umfang kultiviert, in Kanada wächst er aber tatsächlich wild in den Seen, und dort ernten ihn immer noch Indianer von ihren Kanus aus. Ein großer Teil der Körner fällt dabei ins Wasser und geht wieder auf oder dient wilden Tieren als Nahrung. Chemikalien und Dünger werden nicht eingesetzt – eine gesunde Sache.

Wie Naturreis braucht Wildreis zum Garen mindestens 35 bis 40 Minuten. Man sollte ihn nie so lange kochen, daß er weich und pappig wird; er muß noch körnig sein und Biß haben. Am besten macht man ihn mit einem großen Stück Butter, frisch gemahlenem Pfeffer und eventuell etwas Orangensaft an.

BUCHWEIZEN

(Kascha)

Buchweizen gehört in Osteuropa zu den Grundnahrungsmitteln. Er hat ein beinahe fleischartiges, rauchiges Aroma, und man bekommt ihn in zwei Formen: unbehandelt und geröstet. Durch das Rösten wird sein natürliches nussiges Aroma verstärkt, und ich finde, so schmeckt er besser. Bei Buchweizen handelt es sich nicht um ein Getreide, sondern er gehört – wie Rhabarber und Sauerampfer – zu den Knöterichgewächsen.

Das Wort *kascha* bezeichnet eigentlich einen gegarten Getreidebrei, häufig wird Buchweizen aber als *kascha* verkauft. Ganze Buchweizenkörner kann man entweder in Salzwasser weich kochen lassen oder als Pilaw mit Fond garen. Eine natürliche Ergänzung sind Pilze. Man kann eingeweichtes und gehacktes Trockengut verwenden. Bevor man die Pilze dem Buchweizen hinzufügt, werden sie mit Zwiebeln und Knoblauch gedünstet. Ihr Einweichwasser kann man zur Garflüssigkeit dazugeben. Wenn man einen Löffel (oder auch mehr) Sauerrahm darübergibt, ist die Mahlzeit komplett.

WEIZEN

Die dicken, goldgelben Weizenkörner haben ein süßliches, nussiges Aroma und schmecken herrlich. Falls sie nicht erntefrisch sind, haben sie eine relativ lange

Im Uhrzeigersinn, von oben links: Buchweizen, Weizen, Gerste

Garzeit (mindestens eine Stunde), und auch dann haben sie noch Biß. Wenn man sie über Nacht einweicht, reduziert sich die Garzeit, und bei getrocknetem Weizen ist das immer empfehlenswert. Während der Weizen gart, platzt die äußere Kleieschicht auf, und der weiße Kern wird sichtbar. Köchelt man ihn weiter, bekommt er schließlich eine weiche, gelatinöse Konsistenz, die sich herrlich für Süßspeisen eignet wie das traditionelle englische *frumenty* (Rezept S. 170).

Aus ganzem Weizen läßt sich ein guter Pilaw zubereiten, und auch an langsam garende Suppen und Eintöpfe kann man ihn geben. Zu meinen Lieblingsgerichten gehört ein mit Kurkuma, Weizenkörnern und Eiern zubereiteter Hühnereintopf aus Ägypten, *ferique* genannt, den ich in Claudia Rodens Buch »Die Küche des Vorderen Orients« entdeckte. Gut eingeweichte Weizenkörner können auch an Brotteig gegeben werden.

Hirse, Quinoa

GERSTE

Selbst wenn man mit ganzen Gerstenkörnern nichts anderes machen könnte als Gerstenlimonade (Rezept S. 168), wäre ihre Existenz gerechtfertigt. Gerstenlimonade schmeckt an heißen Sommertagen herrlich. Bei der in Naturkostläden und Reformhäusern angebotenen Gerste handelt es sich um Gerstenkörner, bei denen nur die harten Spelzen entfernt wurden. Graupen (Rollgerste) wurden hingegen zusätzlich geschliffen und poliert. Selbst wenn man Gerste über Nacht einweicht, muß sie mindestens noch eine Stunde gekocht werden. Graupen benötigen mindestens 45 Minuten Garzeit.

Gerste wird häufig für Eintöpfe und Suppen mit langer Garzeit (wie etwa *scotch broth,* die schottische Gemüsesuppe mit Hammelfleisch) verwendet und eignet sich, wie andere Getreide, zur Zubereitung von Pilaw. Auch zu Süßspeisen paßt das Aroma von Gerste gut. Bei *frumenty* (Rezept S. 170) kann man den Weizen durch Gerste ersetzen. Man kann Gerste auch in der ersten Hälfte der Garzeit in Wasser kochen und in der zweiten Hälfte in Sirup fertiggaren.

HIRSE

Hirse wird oft zu Unrecht ignoriert. Sie hat einen milden Geschmack, der zwar nicht als überragend bezeichnet werden kann, aber mir gefällt ihre cremige und zugleich körnige Konsistenz. Sie ist eine ideale Ergänzung für würzige Eintopfgerichte. Bereitet man Hirse als Pilaw zu, gibt man die zweieinhalb- bis dreifache Menge Wasser, Fond oder Milch und reichlich Gewürze dazu. Wie Reismelde eignet sie sich gut für warmen Frühstücksbrei und kann mit Milch, Sahne, Zucker und Vanille als Süßspeise im Backofen gegart werden.

QUINOA
(Reismelde)

Quinoa ist in der Welt der Getreide das, was für normale Sterbliche Superman ist. Diesen Eindruck vermittelte mir jedenfalls die schwärmerische Anpreisung auf der Rückseite der ersten Packung, die ich kaufte. Seitdem sind die Hymnen etwas bescheidener geworden und werden damit diesem Getreide eher gerecht.

Dieses »Spitzengetreide der Zukunft«, wie es auf der Verpackung heißt, ist eher ein Spitzengetreide der Vergangenheit, das schon die Inka kannten. Heute noch wird es in den bolivianischen und peruanischen Anden angebaut. Tatsächlich enthält es sehr viel Protein (12–20 Prozent), und anders als bei den meisten Getreiden handelt es sich dabei um Protein mit hoher biologischer Wertigkeit; daher ist es besonders für den Speiseplan von Vegetariern geeignet.

Quinoa hat einen milden Geschmack und eine feste, körnige Textur. Gegart sind die winzigen runden Körner durchscheinend und mit einem weißen Ring umgeben. Quinoa-Körner eignen sich gut für Pilaw; sie nehmen etwa das Doppelte ihres Volumens an Wasser auf. Durch aromatischere Zugaben wie etwa Tomaten, Chillies und Knoblauch kann man ihren Geschmack heben. Ferner sind sie eine gute Grundlage für Füllungen. Oder man bereitet daraus einen Frühstücksbrei, indem man beim Garen gehackten Apfel und eine Handvoll Rosinen oder andere gehackte Trockenfrüchte hinzufügt. Dann süßt man nach Geschmack und serviert das »Müsli«, warm oder kalt, mit Milch, Joghurt oder Sahne.

Im Uhrzeigersinn, von oben links: Maismehl, Polenta-Mehl, Mehl aus blauem Mais, Hartweizengrieß

HARTWEIZENGRIESS

Es gibt Leute, die das Gesicht verziehen, wenn sie nur das Wort »Grieß« hören. Meist liegt das daran, daß sie Grießpudding verabscheuen; doch dann frage ich sie, ob sie Nudeln mögen. Ja? ... aber die werden doch aus Hartweizengrieß hergestellt. Man sollte kein Nahrungsmittel ablehnen, bevor man nicht sicher ist, ob es nicht vielleicht an der Zubereitungsmethode liegt, daß es nicht schmeckt.

Hartweizengrieß wird aus Durumweizen hergestellt. Durumweizen ist der härteste Weizen und besitzt große Mengen Kleber (Gluten). Wenn man ihn vermahlt, erhält man einen blaßgelben harten Grieß. Italienische Pasta wird üblicherweise aus Hartweizengrieß hergestellt, von Hand läßt sich daraus aber nur schwer ein homogener Teig zubereiten. Deshalb ersetzt man ihn ganz oder teilweise durch kleberreiches Brotmehl oder normales Haushaltsmehl, wenn man zu Hause frische Nudeln herstellt.

Vergessen Sie Grießpudding, denn er macht dem Weizengrieß keine Ehre. Dagegen schmecken *gnocchi* aus Hartweizengrieß, ebenso wie die besser bekannten *gnocchi* aus Kartoffeln, köstlich. Ich benutze Hartweizengrieß aber gewöhnlich zum Backen und füge ihn Kuchen- und Plätzchenteig hinzu, denen er eine feine, körnige Konsistenz verleiht. Wenn Sie je die klebrigen Rauten von sirupgetränktem griechischem Honigkuchen gegessen haben, wissen Sie, was ich meine.

MAISMEHL
(Polenta-Mehl)

Sonnengelbes Maismehl ist in den Südstaaten der USA, in der Karibik und in Norditalien ein wichtiges Grundnahrungsmittel. Und auch ich habe in meiner Speisekammer immer einen Vorrat davon. Mit seinem nussigen Geschmack ist es unendlich nützlich und absolut köstlich.

Italienisches Maismehl ist grob gemahlen und wird vor allem zur Zubereitung von dickem, sättigendem Polentabrei verwendet. Traditionell läßt man es gleichmäßig in einen großen Topf mit kochendem Wasser einrieseln und rührt dabei ununterbrochen, damit keine Klumpen entstehen. Das Ganze läßt man dreißig bis vierzig Minuten sanft kochen, bis ein goldgelber Brei entstanden ist, dem reichlich Butter und Parmesan hinzugefügt werden kann. Ich habe festgestellt, daß die Gefahr der Klumpenbildung geringer ist, wenn man das Maismehl in kaltes Wasser gibt und dann unter Rühren zum Kochen bringt. In beiden Fällen muß man jedoch auch während des Garens häufig umrühren. Mit Fond oder Milch und Wasser zubereitet schmeckt Polenta noch besser. Heute ist bereits vorgegartes Polentamehl (»Polenta-Fix«) im Handel. Man kann Polenta dampfend heiß essen oder in einer geölten Kastenform abkühlen und fest werden lassen, in Scheiben schneiden, mit Öl bestreichen und unter dem Grill knusprigbraun backen.

Amerikanisches Maismehl ist feiner als italienisches, Maismehl aus der Karibik wird fein und grob angeboten. In der Praxis sind die Mehle aber austauschbar. In den USA gibt es eine große Bandbreite von Broten, Kuchen und *muffins* aus Maismehl, von denen sich die meisten rasch zubereiten lassen. Maisbrotreste können zerbröselt ausgezeichnet für Geflügelfüllungen verwendet werden. Rezepte aus der Karibik für Klöße und

Süßspeisen aus Maismehl sind ebenfalls wunderbar.

Feingemahlenes Maismehl eignet sich perfekt als Überzug für fritierte oder gebratene Speisen, die dadurch eine knusprige, süßliche Kruste bekommen.

MEHL AUS BLAUEM MAIS

Dieses Maismehl wird aus einer dunkelvioletten Maisart hergestellt und ist mehr violettgrau als blau. Es kann wie gelbes Maismehl verwendet werden, aber es ist nicht so süß. Wer Glück hat, findet auch blaue Maiskörner, aus denen Popcorn hergestellt werden kann.

COUSCOUS

Bei *couscous* handelt es sich nicht um eine kleinkörnige Getreidesorte, sondern um eine Art von Teigwaren, die aus Nordafrika stammt. Er wird aus feingemahlenem Hartweizengrieß und Wasser hergestellt. Hierzulande erhältlicher *couscous* ist meist schon vorgegart und bequem in der Zubereitung. Ihn muß man lediglich befeuchten und dämpfen, um ihn zu erhitzen und die Kügelchen voneinander zu trennen. Gewöhnlich rührt man Butter darunter, um ihn aufzulockern und ihm mehr Gehalt zu geben.

In Marokko wird *couscous* zu kräftig gewürzten Eintopfgerichten aus Gemüsen und Fleisch oder Fisch serviert, die ebenfalls als *couscous* bezeichnet werden. Beides bereitet man in einem speziellen Dämpftopf, der sogenannten *couscousière* zu, die aus zwei übereinandersitzenden Töpfen besteht. Man kann sich damit behelfen, daß man den *couscous* in ein mit Musselin ausgeschlagenes Sieb gibt, das man auf einen Topf mit kochendem Wasser setzt und mit einem Deckel oder mit Alufolie abdeckt. Man kann den befeuchteten und mit Butter verrührten *couscous* aber auch gut mit Alufolie abgedeckt im Backofen erhitzen. Kurz vor dem Servieren lockert man ihn mit einer Gabel auf.

Gedämpfter, einfacher *couscous* schmeckt gut, aber durch einige kleine Extras – gehackte Kräuter, Gewürze, feingehackte getrocknete Aprikosen und Nüsse – kann man ihn noch verbessern. *Couscous* ist außerdem eine gute Grundlage für Salate und Füllungen.

Oben: Couscous; unten: Bulgur

BULGUR
(*Burghul,* Weizenschrot)

Zur Herstellung von Bulgur wird Weizen zunächst gekocht und getrocknet, dann geschält und schließlich geschrotet. Wie *couscous* muß er im Prinzip nur befeuchtet werden. Man läßt ihn entweder 20 Minuten in Wasser quellen oder bringt ihn mit Wasser zum Kochen und gart ihn dann zwei bis drei Minuten. In beiden Fällen sollte er gut abgetropft und ausgedrückt werden, um überschüssiges Wasser zu entfernen. Wenn man ihn mit feingewürfelter Tomate, Salatgurke, Zwiebel, reichlich gehackter Minze und Petersilie, Zitronensaft und Olivenöl zubereitet, erhält man *tabbouleh,* einen der köstlichsten Salate des Nahen Ostens. Bei *kibbi* (syrisch) oder *kobba* (jordanisch) handelt es sich um eine Mischung aus Bulgur und Lammhackfleisch. Außerdem eignet sich Bulgur gut für Füllmassen oder ein rasch zubereitetes Pilaw.

Trachana ist mit Joghurt vermischtes Weizenschrot, das in kleinen »Würsten« getrocknet wird. Es dient als eine Art Instantsuppe und ist eine Spezialität Griechenlands und der Türkei. Es wird in Fond geköchelt, bis es sich auflöst. Einige Minuten vor dem Servieren gibt man feingewürfelten *haloumi*-Käse hinein.

Maniokmehl

MANIOKMEHL
(*Gali, gari, farinha de mandioca,* Tapiokamehl)

In Afrika heißt Maniokmehl *gari;* es ist natürlich weder ein Getreide noch eine Hülsenfrucht. Ich habe es aber in dieses Kapitel aufgenommen, weil man es als stärkehaltige Beilage servieren kann. Es hat das Aussehen von Semmelbröseln und wird aus Maniokwurzeln hergestellt; es wird bereits während der Veredelung gegart und muß nur befeuchtet werden. Am einfachsten läßt es sich für *fufu* verwenden, einen festen »Pudding«, der in weiten Teilen Afrikas zu Eintöpfen serviert wird. Bevor ich *gari-fufu* probierte, fand ich *fufu* fad und umständlich. Heute bin ich ein *fufu*-Fan. *Gari-fufu* (Rezept S. 168) hat einen kräftigen Geschmack – säuerlich, etwas käseähnlich und einfach ausgezeichnet.

Maniokmehl wird auch auf den Westindischen Inseln und in Südamerika verwendet, insbesondere in Brasilien, wo es als *farinha de mandioca* bekannt ist. Brasilianische *farofa* ist geröstetes Maniokmehl. Es hat einen nussigen Geschmack und wird über gegarte Speisen gestreut. Man röstet dafür 250 Gramm Maniokmehl ohne Fett bei schwacher Hitze in einer schweren Pfanne, bis es leicht gebräunt ist – zwischendurch schüttelt man die Pfanne und rührt um. Dann zieht man 4 Eßlöffel Palmöl oder Butter unter. Das Fett wird aufgenommen, sobald es schmilzt.

Im Uhrzeigersinn, von oben links: Reismehl, Roggenmehl, Kichererbsenmehl, Buchweizenmehl

BUCHWEIZENMEHL

Dieses scheckige, graue Mehl hat einen recht kräftigen, rauchigen Eigengeschmack und wird beispielsweise für russische *blinis* verwendet, mit Hefe hergestellte Pfannkuchen, die mit Sauerrahm und Kaviar serviert herrlich schmecken. In der Bretagne bereitet man aus Buchweizenmehl pikante Crêpes oder *galettes* mit knusprigbraunen Rändern. Ebenfalls von dort stammt der *farz,* ein dicker, oft mit Rosinen oder Backpflaumen getupfter Kloß aus Buchweizenmehl, den man, in ein Tuch gewickelt, in einem Fleisch- oder Gemüseeintopf gart. In den USA werden Buchweizen-Pfannkuchen auch gern zum Frühstück gegessen.

Buchweizenmehl enthält keinen Kleber, deshalb ist es allein zum Brotbacken nicht geeignet. Wer daher nicht eine unerschütterliche Passion für den unverfälschten Geschmack von Buchweizen hat oder eine Kleberallergie, verwendet es am besten in Kombination mit Weizenmehl. *Blinis* oder Pfannkuchen aus gleichen Teilen Buchweizen- und Weizenmehl sind angenehm leicht und haben trotzdem den typischen Buchweizengeschmack.

ROGGENMEHL

Dieses graue Mehl hat einen charakteristischen Eigengeschmack. Es enthält Kleber, aber bei weitem nicht soviel wie Weizenmehl. Roggenbrot läßt sich zu Hause nur schwer herstellen, und vermutlich haben Sie am Ende keines jener köstlichen dunklen Roggenbrote, wie man sie aus Osteuropa kennt. Am besten verwendet man daher eine Mischung aus gleichen Teilen Roggen- und Weizenmehl, was den Roggengeschmack etwas dezenter macht. Ich habe Roggen- und Weizenmehl schon oft zusammen für Kuchen, Kekse und Pfannkuchen benutzt, und das hat gut geklappt.

REISMEHL

Reismehl ist so zart und seidig, daß es von der Kosmetikindustrie unter anderem als Grundlage für Gesichtspuder verwendet wird. In der Küche ist es aber nicht weniger nützlich. Reismehl eignet sich ausgezeichnet zum Andicken von Saucen, insbesondere von süßen Saucen.

Da es keinen Kleber enthält, kann es

nicht zum Brotbacken verwendet werden, aber ich ersetze beim Backen von Kuchen und Keksen oft einen Teil des Weizenmehls durch Reismehl. Kekse erhalten dadurch eine herrlich mürbe, krümelige Struktur. Im Backofen gebackene Kuchen werden durch Reismehl gelockert, doch meine wirkliche Entdeckung war, daß es im Mikrowellengerät wahre Wunder wirkt. Wer je Kuchen im Mikrowellengerät gebacken hat, mußte vielleicht feststellen, daß sie, wenn man sie auch nur wenige Sekunden zu lange gart, unangenehm gummiartig werden. Ersetzt man zwei Drittel des Weizenmehls durch Reismehl, ist dieses Problem vom Tisch.

KICHERERBSENMEHL

An einem Nachmittag in Genua bekamen wir Hunger und machten an einem kleinen schäbigen Imbißstand halt, um zu sehen, was es dort zu essen gab. Wir verließen ihn mit einem in Zeitungspapier gewickelten Päckchen mit großzügig gesalzenen, fritierten *paniccia fritta* – Kichererbsenküchlein, die außen knusprig und innen butterweich waren.

Kichererbsenmehl gehört in Genua zu den Grundnahrungsmitteln. Man kann daraus einen dicken, nahrhaften Brei bereiten, ähnlich der *farinata,* einem herzhaften Polentabrei, den man mit Gewürzen und Öl abrundet.

Der Geschmack des Mehls verändert sich mit der Länge der Garzeit. Kurz gegart hat es das Aroma von Hülsenfrüchten. Längeres Garen macht es etwas milder. Es wird nussig, leicht käseartig und bekommt eine cremige, gelatinöse Konsistenz.

Außerhalb Norditaliens und Südfrankreichs sollte man Kichererbsenmehl in indischen Geschäften suchen, wo es unter der Bezeichnung *besan* angeboten wird. Zwiebel-*bhujiya* werden mit Kichererbsenmehl zubereitet, und man verwendet das Mehl in Indien auch für viele pikante Brote, Klöße, Fettgebackenes und Süßigkeiten sowie zum Andicken von Saucen.

MARONENMEHL

Siehe Maronen (Seite 149–150).

HÜLSENFRÜCHTE

PUY-LINSEN

Die hübschen schwarzgrünen Puy-Linsen aus Frankreich sind die Aristokraten der Linsenwelt. Wie alle braunen und grünen Linsen bewahren sie beim Garen ihre Form, doch ihr Geschmack ist unvergleichlich. Zum Garen gibt man sie in kaltes Wasser oder, noch besser, in Fond und läßt sie 15 bis 20 Minuten köcheln. Zwischendurch probiert man immer wieder, denn der Unterschied zwischen perfekt gegarten und übergarten Linsen beträgt nur wenige Minuten.

Ich esse Puy-Linsen gern warm und gebe immer eine Zwiebel, Knoblauchzehen und ein *bouquet garni* in das Kochwasser, noch besser schmecken sie mir aber kalt in Salaten, mit reichlich Olivenöl, gutem Weinessig oder Zitronensaft, feingewürfelten Tomaten und gehackter Petersilie und Minze angemacht, oder mit einer Vinaigrette aus Sherryessig und Walnußöl. Für derbe Eintopfgerichte sind Puy-Linsen zu schade.

FLAGEOLET-BOHNEN

Die nierenförmigen, blaßgrünen Flageolet-Bohnen haben von allen getrockneten Hülsenfrüchten das frischeste, feinste Aroma. Wie die meisten Hülsenfrüchte müssen sie vor dem Garen vier oder fünf Stunden eingeweicht werden. Anschließend läßt man sie etwa 40 Minuten köcheln (Salz wird erst zum Schluß hinzugefügt).

Die gegarten Bohnen läßt man einfach abtropfen, würzt sie und schwenkt sie in Butter oder Olivenöl – fertig. Will man sie für einen kalten Salat verwenden, macht man sie noch warm mit einem Dressing an. Wenn sie abgekühlt sind, ißt man sie entweder so, wie sie sind, oder vermischt sie mit anderen gegarten Hülsenfrüchten. Man kann auch frische Tomate, gegrillte Paprikaschote, hartgekochte Eier und Kräuter hinzufügen.

In Frankreich bekommt man im August und September neue Flageolet-Bohnen. Sie sind dann frisch gepflückt, wurden aber bereits an der Pflanze getrocknet. Sie müssen vor dem Garen nicht eingeweicht werden. Französische Flageolet-Bohnen aus der Dose schmecken ebenfalls gut.

Puy-Linsen, Flageolet-Bohnen

GEBÄCK

FILO

(Phyllo, yufka, malsouqua)

Filo-Teig wird aus Mehl und Wasser hergestellt und geknetet, bis er seidig-glatt und sehr elastisch ist. Dann kommt der komplizierte Teil: Man rollt ihn aus und dehnt ihn, bis er so dünn ist, daß man durch ihn hindurch beinahe Zeitung lesen kann.

Auch wenn es vielleicht Spaß macht, einmal selbst zu probieren, den Teig herzustellen, empfiehlt es sich im Normalfall, ihn fertig zubereitet und in handliche saubere Rechtecke geschnitten zu kaufen. Griechische und türkische Ware ist gewöhnlich am dünnsten und somit am besten.

Im Nahen Osten verwendet man *filo* für kleine und große pikante Backwaren, aber auch für extrem süßes, klebriges, mit Sirup getränktes Gebäck, wie etwa *baklava*. In England ist *filo* in den letzten Jahren sehr beliebt geworden und wird nun auf vielfältige Weise verwendet, meist aber in starker Anlehnung an die Traditionen des Nahen Ostens. Das Herrliche an *filo* ist seine knusprige Brüchigkeit. Wenn man hineinbeißt, zerspringt er in Stücke, Füllungen umschließt er jedoch fest. Aufgrund seiner großen Elastizität kann man ihn beliebig formen, und er ist praktisch für jede Füllung geeignet. Die einfachste und nützlichste Form ist der »Geldbeutel«: Man legt zwei 10 cm große *filo*-Quadrate übereinander, dann nimmt man die Ränder über der Füllung zusammen und dreht sie so, daß ein kleiner Beutel entsteht.

Da der Teig sehr dünn ist, trocknet er rasch aus. Um dies zu verhindern, entnimmt man nur die erforderlichen Blätter und legt den Rest sofort wieder in das Gefriergerät (*filo* kann mehrmals aufgetaut und wieder eingefroren werden – er wird dadurch nicht besser, ist aber immer noch verwendbar). Die übereinandergelegten *filo*-Platten deckt man mit Butterbrotpapier ab und legt dann ein mit kaltem Wasser befeuchtetes Küchenhandtuch darüber. Die Platten werden nach Bedarf einzeln herausgenommen.

Für *filo* ist reichlich Butter oder Öl erforderlich. Den schönsten Glanz – und einen herrlichen Buttergeschmack – bekommt das fertige Gebäck, wenn auf jede Platte zerlassene Butter großzügig aufgetragen wird. Öl macht die Oberfläche matter, bei Verwendung von feinem Olivenöl erhält das Gebäck das wundervolle Olivenölaroma. Für pikantes Gebäck kann man beides benutzen, für süßes muß es jedoch unbedingt Butter sein.

Strudelteig Strudelteig wird wie *filo* verwendet. Bei manchen Strudelrezepten wird dem Teig zerlassene Butter oder Ei hinzugefügt, doch letztlich zählt nur, daß der Teig hauchdünn ist.

Filo, Kadaif

KADAIF

(Tel katayif, konafa, kunafeh, kataifi)

Diesen Teig findet man in griechischen und türkischen Geschäften. Um ihn herzustellen, gibt man einen Teig aus Mehl und Wasser durch ein Sieb auf ein heißes Metallblech. Die entstandenen »Fadennudeln« werden rasch wieder vom Blech entfernt, solange sie noch weich und geschmeidig sind. In griechischen Bäckereien kann man häufig Tüten mit *kadaif* kaufen, und er ist leichter zu verwenden, als Sie vielleicht glauben. Wie *filo* läßt er sich auch gut einfrieren.

Zum Gebrauch gibt man den Teig in eine Schüssel und gießt lauwarme zerlassene Butter (im Verhältnis 2:1) darüber. Diese mischt man mit den Fingern sorgfältig unter die Fäden, bis alle überzogen sind. Nun kann man den Teig in Formen pressen oder, in Stränge getrennt, gerade auf die Arbeitsfläche legen, so daß ein schmales, langes Rechteck entsteht. Man setzt die Füllung auf das eine Ende des Rechtecks und rollt den Teig um die Füllung herum auf.

Kadaif wird nur für süßes Gebäck verwendet, das in den meisten Fällen sirupgetränkt ist; ich wüßte aber nicht, warum man ihn nicht auch für pikantes Gebäck nehmen sollte.

MAISMEHL-PIZZA AUS DER PFANNE

In der Pfanne gebackene Pizzas sind oft schwer und teigig – diese nicht. Ihr dicker, goldgelber Boden ist feucht, nussig und sättigend, aber nicht schwer. Sie läßt sich zum Abendessen rasch zubereiten. Die rote Tomate und das gelbe Maismehl sehen zusammen sehr hübsch aus.

Für 2–3 Personen

BELAG
300 g frische Tomaten, enthäutet und feingehackt
1–2 Knoblauchzehen, sehr fein gehackt
1 TL gehackter frischer Oregano oder 1/4 TL getrockneter Oregano
Salz und frisch gemahlener Pfeffer
Olivenöl
1 rote Paprikaschote, in dünne Streifen geschnitten
100 g Champignons, in dünne Scheiben geschnitten

BODEN
80 g Mehl
1/2 TL Salz
1 Teelöffel Backpulver
150 g Maismehl oder Polenta-Mehl
2 Eier, verquirlt
175 ml Milch

Maismehl-Pizza aus der Pfanne

Die Tomaten mit Knoblauch, Oregano, Salz, Pfeffer und 2 Teelöffeln Olivenöl vermischen.

Für den Boden das Mehl mit Salz und Backpulver sieben, dann das Maismehl hineinrühren. In die Mitte eine Mulde drücken. Die Eier und die Hälfte der Milch hineingeben. Die Zutaten behutsam vermischen und nach und nach die restliche Milch hineinrühren, so daß ein glatter, dicker Teig entsteht.

Einen guten Eßlöffel Olivenöl in einer schweren Pfanne mit 25 cm Durchmesser sehr heiß werden lassen. Den Teig hineingeben und glattstreichen. Auf mittlere Temperatur herunterschalten und den Boden 5 Minuten garen. Falls er anzubrennen droht, die Hitze nochmals etwas reduzieren. Nun wird es ein bißchen schwierig… mit einem Messer um den Rand fahren. Den Boden aus der Pfanne lösen und auf einen Teller gleiten lassen. Falls die Pfanne trocken ist, noch etwas Öl hineingeben. Den Boden umgedreht wieder hineingleiten lassen und noch einmal 5 Minuten garen.

In der Zwischenzeit den Grill erhitzen. Die Tomatenmischung mit ihrer Flüssigkeit auf dem Pizzaboden verteilen. Paprikastreifen und Pilze daraufgeben und mit Olivenöl bestreichen. Die Pizza etwa 4 bis 5 Minuten grillen, bis die Paprikastreifen weich werden. Sofort servieren.

FRUMENTY

Diese traditionelle englische Süßspeise besteht aus Getreidekörnern, die langsam gegart werden, bis sie platzen und weich sind. Wenn man Gerste verwendet, bewahrt man das Wasser vom ersten Garvorgang auf und bereitet daraus ein oder zwei Gläser Gerstenlimonade zu (Rezept S. 168).

Für 8 Personen

250 g Weizen- oder Gerstenkörner, 8 Stunden eingeweicht und abgetropft
Eine Prise Salz
600 ml Milch
300 ml Sahne
50 g Rosinen
40 g Zucker und 1 Vanilleschote oder 40 g Vanillezucker
Einige Safranfäden, zerstoßen
3 Eigelb, verquirlt
Frisch geriebene Muskatnuß

Weizen oder Gerste und Salz in einen Topf geben und mit reichlich Wasser bedecken. Zum Kochen bringen und köcheln lassen, bis die Körner weich sind und platzen. Gut abtropfen lassen und den Topf abspülen. Die Getreidekörner wieder in den Topf geben und Milch, Sahne, Rosinen, Zucker, Vanilleschote (oder Vanillezucker) und Safranfäden hinzufügen. Die Zutaten zugedeckt 20 bis 25 Minuten sanft kochen lassen. Dann von der Kochstelle nehmen. Wenn sich die Mischung etwas gesetzt hat, 3 Eßlöffel von der Garflüssigkeit unter die Eigelb schlagen. Die Eigelb in den Topf geben und gut untermischen. Muskatnuß hinzufügen und die Mischung bei sehr schwacher Hitze unter Rühren noch einmal garen, bis sie dick wird. Warm oder kalt servieren.

HASELNUSS-JOGHURT-KUCHEN

Diesen Kuchen kann man mit frischen Früchten und Schlagsahne servieren; er schmeckt aber auch ohne Beilagen.

Für 8 Personen

75 g Mehl
Eine Prise Salz
1½ TL Backpulver
225 g Hartweizengrieß
150 g Vanillezucker oder Zucker und 1 TL Vanille-Extrakt
150 ml Öl
1 Becher Schafsmilchjoghurt (250 g)
1 EL Orangenblütenwasser
2 Eier, verquirlt
50 g Haselnüsse, leicht geröstet und sehr fein gehackt

SIRUP

175 g Zucker
Saft von 1 Zitrone
300 ml Wasser

Das Mehl mit Salz und Backpulver sieben, dann Grieß und Zucker untermischen. In die Mitte eine Mulde drücken und Öl, Joghurt, Zucker und Vanille-Extrakt (oder Vanillezukker), Orangenblütenwasser und Eier hinzufügen. Einen glatten Teig herstellen. In eine ausgebutterte Form mit 20 cm Durchmesser geben. Zum Schluß die Haselnüsse daraufstreuen.

Den Kuchen bei 190 °C (Gasherd Stufe 3) 35 bis 40 Minuten im Backofen backen, bis ein in die Mitte geschobenes Holzstäbchen beim Herausziehen sauber bleibt.

In der Zwischenzeit den Sirup zubereiten. Zucker, Zitronensaft und Wasser in einen Topf geben und bei mittlerer Hitze rühren, bis sich der Zucker aufgelöst hat. Zum Kochen bringen und 5 Minuten köcheln lassen.

Den Kuchen aus der Form nehmen und mit der Haselnußkruste nach oben in eine flache Schüssel setzen. Etwa ein dutzendmal mit einem Spieß einstechen und anschließend den Sirup darübergießen. Auskühlen lassen und zwischendurch immer wieder mit dem herausgelaufenen Sirup beschöpfen. Den erkalteten Kuchen abdecken und mindestens eine Stunde, besser aber 24 Stunden, stehen lassen.

KADAIF-BERGE

Hübsche runde, mit Nüssen gefüllte Berge aus »Kadaif«-Teig sind in der Türkei als »Mädchenbrüste« bekannt, und die optische Ähnlichkeit ist nicht abzustreiten. In diesem Gebäck befindet sich eine feuchte, grüne Füllung aus Engelwurz, Mandeln und Pistazien – eine köstliche Überraschung, wenn man es zerteilt.

Ergibt 8 Stück

SIRUP

250 g Zucker
1 EL Zitronensaft
250 ml Wasser
50 g flüssiger Honig

FÜLLUNG

50 g Pistazien, feingehackt
50 g Mandeln, feingehackt
50 g Engelwurz, feingehackt

200 g Butter, zerlassen
350 g *kadaif*-Teig
8 Mandelhälften

Für den Sirup Zucker, Zitronensaft und Wasser in einen Topf geben. Bei mittlerer Temperatur rühren, bis sich der Zucker vollkommen aufgelöst hat, dann zum Kochen bringen. 5 Minuten kochen lassen.

Dann den Honig hineinrühren, den Sirup wieder zum Kochen bringen und anschließend abkühlen lassen.

Für die Füllung Pistazien, Mandeln und Engelwurz vermischen.

Ein Backblech mit etwas zerlassener Butter einfetten. Die restliche Butter bis auf etwa 1 Eßlöffel über den Teig geben. Den Teig behutsam wenden und drücken, bis alle Fäden mit Butter überzogen und geschmeidig sind.

In acht Portionen teilen. Den Teig während der weiteren Arbeit abdecken.

Eine kleine Teetasse oder Schöpfkelle mit 6 bis 8 cm Durchmesser mit einem Teil der beiseite gestellten Butter einfetten. Eine Mandelhälfte in die Mitte legen.

Etwa zwei Drittel einer Teigportion hineingeben und mit den Fingern in die Mitte eine Mulde drücken, dabei den Teig fest an die Wand der Form drücken.

Ein Achtel der Nußmischung hineinfüllen, dann den restlichen Teig darauflegen und gut andrücken.

Die Handfläche oder eine Untertasse auf